KNAUR

Über die Autorin:

Lily Oliver wurde 1980 geboren und ist in München aufgewachsen, wo sie mit ihrem Mann lebt. Sie hat eine besondere Leidenschaft für gefühlvolle und bewegende Geschichten, in denen sie gerne vielschichtige Themen wie Organtransplantation aufgreift. Mehr Informationen über Lily Oliver und ihre Bücher auf www.lilyoliver.net

Lily Oliver

Die Tage, die ich dir verspreche

Roman

KNAUR

Besuchen Sie uns im Internet:
www.knaur.de

FSC
www.fsc.org
MIX
Papier aus verantwortungsvollen Quellen
FSC® C083411

Originalausgabe September 2016
Knaur Taschenbuch

Ein Imprint der Verlagsgruppe
Droemer Knaur GmbH & Co. KG, München

Covergestaltung: Nele Schütz Design
Coverabbildung: Shutterstock/Katerina Izotova
Satz: Sandra Hacke
Druck und Bindung: CPI books GmbH, Leck
ISBN 978-3-426-51676-8

2 4 5 3

Für Iris

Kapitel 1

www.jungundherzkrank.de/Forum/Intern/showtopic27435
Re: Blödsinn, den man uns erzählt
Antwort von Gwen (vor zwölf Monaten)
»Mein Arzt sagt, die Familien der Spender sind froh, dass sie helfen können. Wie können sie froh sein? Jemand, den sie lieben, ist tot.«

Gwen

Ich weiß nicht, wer für mich gestorben ist.

Manchmal sehe ich ein Mädchen, neunzehn, so alt wie ich. Manchmal ist es ein älterer Mann. Heute Nacht war es eine Frau mit weit aufgerissenen Augen. Blut tropft von einer Wunde an ihrer Stirn. Autounfall.

Ich atme tief durch, schlage die Bettdecke zurück und versuche, den Gedanken zu verdrängen, dass sie mir ihr Leben gegeben hat. Ein Leben, das sie nicht geben wollte.

Über den Linoleumboden dringt Kälte in meine Füße. Ich begrüße das Gefühl, halte mich daran fest, bis der erstarrte Blick der Frau aus meinem Kopf verschwunden ist. Mit wenigen Schritten tapse ich zu dem winzigen Bad. Hoffentlich bin ich die Erste. Auf keinen Fall will ich wieder zurück ins Bett, wo die Schatten der Nacht auf mich warten.

Ein Seitenblick zu dem anderen Bett im Zimmer zeigt mir, dass Andrea noch in ihre Bettdecke gerollt ist. Sie erinnert mich immer ein bisschen an eine Mumie, wenn sie schläft. Vollkommen bewegungslos, die Arme an den Seiten lang gestreckt. Dunkle Punkte zeichnen sich in ihren Ellenbeugen ab, und an beiden Unterarmen hat sie lange Narben, wo vor der Transplantation monatelang die Shunts für die Dialyse lagen. Vor ein paar Wochen hat sie eine neue Niere bekommen, und die walnussgroßen Buckel, die sie beim Beugen der Arme immer gespürt haben muss, sind verschwunden. Trotzdem kann sie sich nicht abgewöhnen, so zu schlafen, als wären sie immer noch da.

Ich drücke die Klinke der schmalen Tür herunter und schiebe mich ins Bad. Die Neonröhre flackert auf und zeigt brutal jeden Riss, jeden Fleck auf den türkisen Fliesen. Ohne einen Blick in den Spiegel ziehe ich mein Schlafanzugoberteil aus. Vorsichtig, so wie ich es mir nach der Operation angewöhnt habe, als jede Armbewegung, jeder Atemzug einen stechenden Schmerz in meinem Brustkorb auslöste. Auch die Schlafanzughose muss dran glauben. Es klackert leise, als ich auf die Waage steige. Der Zeiger pendelt hin und her, dann bleibt er auf einundsechzig Kilogramm stehen. Erleichtert atme ich aus. Alles wie immer. Keine Schwankung. Seit der Operation habe ich ein wenig zugenommen, was wahrscheinlich am Cortison liegt, das ich nehmen muss. Aber richtig aufgeschwemmt bin ich zum Glück nicht.

Ich trage den Wert in die Tabelle ein, die neben dem Waschbecken auf einem Regalbrett liegt. Dann messe ich Blutdruck und Puls. Auch diese Werte sind normal. Im Krankenhaus haben das die Schwestern gemacht, aber hier in der Reha machen wir es selbst, damit wir es mühelos beherrschen, wenn wir nach Hause gehen. Ich muss schlucken. Nach Hause. Heute gehe ich nach Hause.

Ich schlüpfe unter die Dusche und drehe das Wasser heiß auf. Nicht, weil ich es mag, sondern damit der Spiegel beschlagen ist, wenn ich wieder rauskomme. Ich will mein Gesicht, die schmutzig grauen Augen und die straßenköterblonden Haare nicht sehen. Und vor allem nicht meine Brust. Ich habe das alles oft genug begutachtet.

Nachdem ich mich abgetrocknet habe, nehme ich die Salbe, die auf der Ablage über dem Waschbecken liegt, und betupfe damit ein paar

Mal die Narbe zwischen meinen Brüsten. Dann massiere ich sie, langsam, von oben nach unten. Inzwischen tut die Narbe nicht mehr weh, nur manchmal zieht oder juckt sie noch ein bisschen. Sie ist in den drei Monaten seit der Transplantation gut verheilt.

Als ich in ein Handtuch gewickelt aus dem Bad komme, ist Andrea wach. Sie sitzt mit fest übereinandergeschlagenen Beinen und Leidensmiene auf dem Bett.

»Du kannst rein«, sage ich.

Sie verdreht die Augen. »Na endlich!« Mit einem Satz ist sie aus dem Bett, rast ins Bad und knallt die Tür hinter sich zu. Während ich mich anziehe, höre ich sie rumoren. Ihre Routine ist die gleiche wie meine. Duschen, wiegen, eincremen. Die Tür wird wieder aufgerissen, und sie kommt aus dem Bad, splitterfasernackt. Sie rubbelt sich mit dem Handtuch die Haare trocken, während sie zu ihrem Schrank geht.

»Siebenhundert Gramm mehr«, nuschelt sie. Die Zahnbürste steckt noch in ihrem Mund. »Meinst du, das muss ich melden?«

Ich würde es tun, auch wenn es wohl nur eine tägliche Schwankung ist. Aber ich kenne Andrea mittlerweile gut genug, um zu wissen, dass sie keinen Aufstand machen will, wenn sie denkt, dass es keinen Grund dafür gibt.

Sie nimmt die Zahnbürste aus dem Mund. »Ich meine, ein halbes Kilo ist okay, und zweihundert Gramm mehr ist gar nichts.«

Ich hebe die Schultern. »Wenn sie nachher bei der Kontrolle nichts sagen, kannst du zur Sicherheit ja noch mal nachfragen. Fühlst du dich denn sonst gut? Tut irgendwas weh?«

Sie lässt die Hände sinken. Das Handtuch rutscht über ihre Schultern auf den Boden, und ihre rotbraunen Haare fallen wirr über ihren Rücken. Zögerlich betastet sie ihre Seite. Ihre Narbe ist viel frischer als meine. Andrea ist erst vor wenigen Tagen hierher verlegt worden.

»Nein. Alles normal.« Die Erleichterung in ihrer Stimme ist nur schwer zu hören, aber sie ist da. Man hat uns gesagt, worauf wir achten müssen. Unübliche Schmerzen. Plötzliche Gewichtszunahme. Unregelmäßiger Puls. All das können erste Zeichen einer Abstoßung sein. Dann war alles umsonst. Das Warten, die Operation, die Reha.

Der Tod eines gesunden Menschen.

Das Zimmer fängt an, sich um mich zu drehen. Ich klammere mich an die Tür meines Schranks und konzentriere mich auf die Aufgabe, ein T-Shirt herauszuziehen. *Deine Werte sind in Ordnung. Mehr als in Ordnung. Du hast Glück, so einen komplikationslosen Verlauf zu haben.* Wie ein Mantra wiederhole ich die Worte meines Arztes, bis ich mir Jeans, T-Shirt und Strickjacke angezogen habe. Dann gehe ich zu dem kleinen Tischchen auf meiner Seite des Zimmers. Dort steht eine weiße Tasche mit meinen Medikamenten, von der mir der Aufdruck »Transplantations- und Rehazentrum Berlin« grün entgegenleuchtet. Davor liegt ein Tabletteneinteiler aus durchsichtigem Plastik. Er hat vier Fächer: für morgens, mittags, abends und nachts. Nur zwei sind befüllt, das Fach für mittags wird inzwischen nicht mehr gebraucht. Ich habe die Tabletten für heute schon gestern Abend vorbereitet, damit die Schwester kontrollieren kann, ob ich es richtig gemacht habe. Nach sechs Wochen ist mir das in Fleisch und Blut übergegangen. Trotzdem überprüft sie es jeden Tag, wie das Protokoll es vorsieht.

Ich kippe etwas Wasser aus der Plastikflasche in mein Glas und lasse die Tabletten aus dem Abteil »morgens« in meine Hand fallen. Zuerst nehme ich die weiße Kapsel. Sie ist etwas kleiner geworden seit der OP. Eine geringere Dosierung. Danach kommt die kleine kreisrunde Tablette dran. Und zum Schluss die etwas größere längliche rosane. Sie bleibt fast in meinem Hals hängen, und ich muss mehrere Schlucke nachtrinken, bis sie endlich runterrutscht. Diese Tablette hasse ich besonders. Dabei habe ich Glück, denn ich muss nur eine davon nehmen. Andrea braucht drei. Sie flucht jeden Morgen wie ein Bauarbeiter, bis sie alle unten hat.

Auch jetzt höre ich sie hinter mir grummeln und schließlich das Glas auf ihren Tisch knallen. »Scheißdrecksdinger!« Sie dreht sich zu mir um. »Bist du fertig?«

Ich lege meine Box wieder auf das Tablett und nicke ihr zu. Gemeinsam machen wir uns auf den Weg zum Esszimmer. Es ist nur ein paar Türen den Gang runter.

»Hast du den Essensplan gesehen? Heute Abend gibt es Ravioli.« Sie grinst. »Ich liebe Ravioli. Endlich mal kein gedünstetes Gemüse.«

Meine Mundwinkel zucken. Das Essen ist ganz ordentlich, nur eben meistens sehr gesund. Wir sollen lernen, wie man sich vernünftig ernährt. Dafür organisieren sie auch Kochkurse.

»Ich bin heute Abend nicht da.« Nicht *mehr* da.

Andrea bleibt wie angewurzelt stehen. »Stimmt. Du kannst heute nach Hause! Mann, ich beneide dich.« Sie verzieht das Gesicht. »Ich muss mindestens noch zwei Wochen bleiben.«

»Das ist ja nicht lang«, antworte ich, aber sie redet schon weiter.

»Dann kann ich endlich wieder Rad fahren und laufen und …«

»Bergsteigen im Himalaja.« Ich muss lächeln.

»Ja.« Ihre Augen leuchten. »Bergsteigen im Himalaja. Das wär's.« Sie weiß genau, dass es eine Weile dauern wird, bis sie all diese Dinge wieder machen kann. Aber sie lässt sich ihre Vorfreude nicht verderben.

Ich wünschte, ich könnte das auch.

***

Nach dem Frühstück gehe ich sofort zum Treppenhaus. Vor dem abschließenden Gespräch mit meiner Therapeutin habe ich noch etwas Zeit. Ich steige die wenigen Stufen in das Stockwerk direkt unter uns. Dunkelgrüne Wände im Flur, weiße in den Zimmern. Holzleisten auf Hüfthöhe, damit die Betten nicht gegen die Wand stoßen. Alles sieht genauso aus wie auf der Rehastation. Und doch ist hier nichts wie oben.

Ich gehe den Gang entlang und sehe aus den Augenwinkeln das Bild von dem kleinen Mädchen, das sich in der Sonne auf einer Wiese dreht. Ein dumpfes Ziehen macht sich in meinem Magen bemerkbar. *Bis zu dem Bild und zurück.* Das war in den letzten Wochen vor der OP mein Tagesziel. Bis auch das nicht mehr ging.

Ich komme an mehreren Türen vorbei, an anderen Bildern, die Fröhlichkeit vermitteln sollen, bis ich die Nummer 215 erreiche. Nur kurz zögere ich, dann klopfe ich und öffne die Tür. Sofort höre ich das Rattern und Summen, das Leni in den letzten Wochen täglich begleitet. Es vibriert in meinen Knochen, in meinen Muskeln, in dem neuen Herz. Ich klammere mich an der Türklinke fest. Am liebsten würde ich wieder verschwinden. Gleichzeitig will ich sie sehen, muss sie sehen, vor allem heute. Ich atme tief durch und betrete das Zimmer durch den kleinen, dunklen Flur, von dem das Bad abzweigt. Lenis Bad. Mein Bad. Sechs Monate lang.

Leni lehnt mit geschlossenen Augen an der hochgestellten Rückenlehne ihres Betts. Sie kommt mir winzig vor, wie ein Kind, dabei ist sie auch neunzehn. Ihre braunen Haare hat sie zu einem festen Zopf geflochten. Wie sehr habe ich sie immer um ihre dicken, glänzenden Locken beneidet. Jetzt wirken sie kraftlos und ausgemergelt, und weil sie nicht aufstehen darf, um sich die Haare zu waschen, sind sie ziemlich fettig. Lenis Mund steht offen, und ich erkenne sogar von hier aus, wie angestrengt sich ihr Brustkorb hebt und senkt. Ihr schweres Atmen mischt sich mit dem Rattern und Summen des Dialysegeräts. Noch hat sie mich nicht bemerkt. Noch könnte ich wieder gehen. Ich schließe die Augen. Was bin ich bloß für eine Freundin, dass ich das überhaupt denke? Mühsam mache ich die letzten Schritte bis zum Bett und setze mich an ihre Seite.

Als die Matratze einsinkt und das Bett quietscht, schlägt sie die Augen auf.

»Gwen!« Ein schwaches Lächeln legt sich auf ihre Lippen. Sie hebt eine Hand, und ich nehme sie in meine. Ihre Finger sind eiskalt. Ich versuche, ihr etwas von meiner Wärme abzugeben. Ich weiß noch genau, wie es sich anfühlt, immer so kalte Hände zu haben.

Mein Blick fällt auf die Stelle, an der früher mein Bett gestanden hat. Sie ist leer. Nur der rollbare Nachttisch steht verwaist in der Ecke. Unwillkürlich drücke ich Lenis Hand. Ich frage erst gar nicht, was mit der Frau passiert ist, die bis gestern dort lag.

»Gestern Nacht«, flüstert Leni, als wüsste sie genau, was ich denke. Mehr sagt sie nicht, sie muss es nicht erklären. Leni und ich hatten Glück, all die Monate, die wir nebeneinanderlagen. Ein Mann auf der Rehastation hat während seiner Wartezeit zwei Zimmernachbarn sterben sehen.

»Du gehst heute nach Hause.« Lenis Stimme ist rauh und abgehackt.

»Ja. Nach Hause.« Die Worte bleiben mir beinahe im Hals stecken. Nach Hause.

Lenis Augen leuchten. »Wie schön. Ich freue mich für dich.« Ich sehe ihr an, dass sie es ernst meint. Auch als sie mir gesagt haben, dass es ein Herz für mich gibt, hat sie sich ehrlich für mich gefreut. Fast mehr als ich selbst.

Ohne es zu wollen, fixiere ich ihren Arm, in dem zwei dicke Schläuche stecken. Sie führen ihr Blut in das Dialysegerät und wieder zurück in ihren Körper, wenn es gereinigt ist. Leni ist herzkrank wie ich. Nein. Wie ich es gewesen bin.

Ihr Herz ist inzwischen so schwach, dass ihre Nieren Schaden nehmen könnten, wenn man sie sich selbst überlässt, deswegen muss ihr Blut gereinigt werden. Ich streichle vorsichtig über ihre Hand. Ich bin sicher, Leni würde alles tun, um hier wegzukommen. Weg von den Schläuchen, weg von dem Geruch und weg von der ständigen Hoffnung, dass ein Spenderherz gefunden wird. Wenn sie an meiner Stelle wäre, wenn sie ein neues Herz hätte und alles so gut verlaufen wäre wie bei mir, würde sie sicher nicht mit diesem leeren Gefühl in der Brust herumlaufen. Sie würde die Klinik verlassen, überglücklich, so wie es sich gehört.

Warum kann ich mich nicht darauf freuen, dass ich endlich hier wegkomme? Warum bekomme ich kaum noch Luft, wenn ich nur daran denke, die Klinik zu verlassen?

Eine Weile schweigen wir uns an, und ich versuche, nicht zu bemerken, dass sie noch schlechter aussieht als gestern. Ihre Haut wirkt noch durchscheinender, ihre Arme noch dünner. Fieberhaft suche ich nach etwas, das mich davon ablenkt, wie dringend sie ein Herz braucht, und davon, dass sie wahrscheinlich keines bekommen wird.

»Gibt es was Neues von deiner Schwester?« Meine Stimme klingt wie ein Krächzen.

Leni deutet auf ihren Laptop, der auf ihrem Nachttisch steht. Ich stehe auf und ziehe das ausfahrbare Tischchen zu mir. Es dauert nicht lange, Claires Geocachingprofil aufzurufen.

»Zwei Fotos von gestern. Hast du die schon gesehen?«

Leni lächelt. »Klar.« Was für eine Frage. Natürlich hat sie sie gesehen. Sie schaut jeden Tag mehrmals nach. Seit sie mit ihrem GPS-Gerät nicht mehr selbst auf Schatzsuche gehen kann, tut ihre Schwester es für sie. Claire weiß, dass Leni sehnsüchtig auf jedes Foto wartet, das sie von einem neuen Cache macht, und hebt in jeder freien Minute an jedem Ort, an dem sie sich befindet, einen Cache nach dem anderen. Dabei macht sie immer zwei Fotos: Eins von der kleinen Dose mit dem Logbuch, in das man sich einträgt zum Zeichen dafür, dass man den Cache gefunden hat. Und eins vom Ort, an dem der Cache liegt. Natürlich nicht vom Versteck selbst, auch wenn das sicher spannend wäre. Manche Caches liegen unter einem losen Stein, andere sind per Magnet an eine Regenrinne geklebt, und wieder andere verstecken sich in einer Mauer hinter einem losen Ziegelstein. Aber das ist geheim, und die Cacher, die nach einem kommen, wollen selbst suchen und nicht gespoilert werden. Also fotografiert Claire lediglich die Aussicht in der

Nähe des Cache. Mal ist es ein wunderschöner kleiner Bach, mal eine riesige Mietskaserne. Geocaches sind überall.

Gestern hat Claire einen besonders großen Schatz gefunden. Auf dem Foto ist eine mittelgroße Tupperdose zu sehen, darin allerlei Krimskrams: Gummibälle, Spielzeugautos, *Star-Wars*-Sammelkarten. Man kann diese Dinge gegen etwas eintauschen, das man selbst hinterlässt. Aber Claire tauscht nicht. Sie legt nur etwas hinein. In jeden Cache, der groß genug ist, legt sie ein paar Organspendeausweise. Gelegenheit macht Spender, sagt sie immer.

Das andere Foto ist ein Panorama, eine kleine Stadt an einem glitzernden Fluss, von oben fotografiert. Wahrscheinlich Heidelberg, wo Claire studiert. Der Cache muss auf einer kleinen Anhöhe liegen.

Ich deute auf das Foto. »Wie schön es da ist.«

Leni nickt eifrig. »Wenn ich gesund bin, besuche ich sie.«

»Ja.« Ich wende das Gesicht ab, damit sie nicht sieht, dass meine Augen feucht werden. Ihr unverbesserlicher Glaube, dass auch sie eines Tages Glück haben wird, treibt mir jedes Mal die Tränen in die Augen. Wie kann sie sich so sicher sein, wo sie doch genau weiß, dass es so gut wie nie einen Spender gibt, der zu ihren Blutwerten passt?

Mein Blick fällt auf die kleine Uhr im rechten unteren Eck des Bildschirms. »Ich muss los.« Beinahe froh darum, dass ich gehen kann, springe ich auf. Ich bin wirklich die schlechteste Freundin der Welt. Warum kann ich nicht mehr wie Alex sein? All die Monate meiner Wartezeit hat er an meinem Bett verbracht. Fast jeden Tag war er da, und er ist immer lange geblieben. Auch als ich nicht mehr viel Ähnlichkeit mit dem Mädchen hatte, in das er sich vor zwei Jahren verliebt hat.

»Gehst du noch mal zu Sabrina, bevor du abgeholt wirst?«, fragt Leni.

»Ja.« Das schlechte Gewissen lässt meine Stimme schwanken. »Sie will mich noch mal sehen, ein paar letzte Dinge besprechen und so.

Bei Dr. Marenbach war ich gestern schon, und danach kommen meine Eltern, also …«

Mir wird klar, dass ich nachher keine Zeit haben werde, Leni auf Wiedersehen zu sagen. Ich beuge mich zu ihr und lege die Arme um sie, ganz behutsam, als könnte ich sie zerdrücken, wenn ich unvorsichtig bin. »Ich komme dich besuchen«, sage ich. »Sooft ich kann. Dann lese ich dir auch was vor. So wie früher.«

»Tust du mir einen Gefallen?«, keucht sie.

»Alles«, antworte ich und meine es so. Monatelang war Leni der Mittelpunkt meiner Welt. Ohne sie hätte ich die Zeit nicht durchgestanden.

»Genieß den Sommer für mich mit, ja?«, flüstert sie. Sie drückt mich fest. Ihre knochige Schulter bohrt sich in meinen Arm, und alles, was ich denken kann, ist: Es ist nicht fair. Es ist einfach verdammt noch mal nicht fair, dass ich ein Herz bekommen habe und es mir gutgeht. Es ist falsch, dass ich gehen kann und sie bleiben muss.

***

Sabrina, die uns psychologisch betreut, sitzt mir gegenüber. Sie lächelt, und in ihren Augen liegt ein lebhaftes Glitzern. »Ich freue mich immer sehr, wenn ich jemanden nach Hause schicken kann.« Sie hält mir eine grüne Mappe hin. »Hier sind noch ein paar Broschüren, die für dich interessant sein könnten. Das meiste haben wir besprochen, aber es schadet nicht, wenn du es zur Not noch mal nachlesen kannst.«

Mit tauben Fingern nehme ich die Mappe entgegen und lasse Sabrinas weiteren Redeschwall über mich ergehen. Ich bekomme kaum mit, was sie sagt. In meinem Kopf gibt es nur einen Gedanken. Eine Frage, die ich ihr unbedingt stellen will. Was stimmt mit mir nicht? Ich krampfe die Hände um die Mappe.

»Gwen? Ist alles in Ordnung?« Ihr sanfter Tonfall dringt endlich zu mir durch.

Ich sehe sie an. Sie ist noch jung, vielleicht Ende zwanzig. In den letzten Monaten habe ich ihr alles gesagt. Ich habe von meinen Alpträumen erzählt und von den Gedanken an den Spender, die ich einfach nicht aus dem Kopf bekomme. Nur nicht, wie schlecht es mir wirklich geht. Dass ich ohne jeglichen Grund heulen könnte. Dass ich keine Freude spüre, sondern nur eine innere Leere. Dass mir schlecht wird, wenn ich nur daran denke, ein normales Leben zu führen.

»Gwen?«

Ich ringe mir ein Lächeln ab. »Ja. Alles in Ordnung.«

Ihr prüfender Blick zeigt mir, dass sie mir nicht glaubt. Sie will mehr hören. Ich überlege, was ich antworten kann, ohne sie anzulügen oder völlig verrückt zu klingen. Und undankbar. »Es ist nur … ich fühle mich hier so sicher«, murmele ich.

Verständnisvoll mustert sie mich. »Du würdest gerne länger bleiben?«

Ich nicke. Dabei bin ich schon viel länger hier als viele andere.

Sabrina legt den Kopf schief. Ihre Art, einen anzusehen, gibt einem immer das Gefühl, dass man in guten Händen ist und dass ihr wirklich etwas an einem liegt. Das war vom ersten Tag an so. Vielleicht kann ich ihr deswegen nicht sagen, was für ein schrecklicher Mensch ich bin.

»Das ist völlig normal, Gwen. Nach zehn Monaten im Krankenhaus und in der Reha kommt es dir wie eine gewaltige Aufgabe vor, dich da draußen zurechtzufinden.«

»Ja, vielleicht.«

»Du brauchst keine Angst zu haben. Du hast tolle Fortschritte gemacht, alles sieht sehr gut aus.«

Das sagen sie mir alle. *Alles sieht sehr gut aus, Gwen. Du hast wirklich Glück, Gwen.* Warum fühle ich es dann nicht?

»Darf ich … darf ich dich was fragen?« Meine Hände krallen sich so fest in die Mappe, dass die Seiten in meine Haut einschneiden.

»Alles, Gwen, das weißt du doch.«

Wie soll ich es ausdrücken, ohne zu viel zu verraten? »Die anderen, manche von ihnen … Sie wirken so wahnsinnig glücklich.«

Sabrina fixiert mich prüfend. »Und du fragst dich, warum es dir nicht auch so geht?«

»Genau.« Meine Stimme ist tonlos.

»Jeder reagiert anders auf diese Erfahrung. Das ist völlig in Ordnung so. Du solltest dir deswegen keine Gedanken machen. Es ist okay, nicht dieses überschäumende Glück zu spüren.«

Ein bitteres Lachen entkommt mir, schnell verstecke ich es unter einem Husten. Kein überschäumendes Glück ist also okay. Das ist normal. Aber was ich empfinde, ist so weit weg von überschäumendem Glück, von Glück irgendeiner Art, das kann nicht normal sein. »Okay«, sage ich trotzdem. Es ist besser, nicht weiter nachzufragen.

Sabrinas durchdringender Blick ruht eine Weile auf mir, dann zieht sie eine Karte aus ihrem Kalender und reicht sie mir. »Hier. Das ist die Nummer von einem Kollegen von mir. Vielleicht wäre es gut, wenn du noch eine Weile zu ihm gehst.«

Ich halte die Karte in der Hand, unfähig, mich zu bewegen. Glaubt sie also auch, dass mit mir etwas nicht stimmt? »Ich weiß nicht …«

»Das machen viele Patienten im Anschluss an die Reha«, beruhigt sie mich, und ich bin tatsächlich erleichtert. Sicher wäre es gut, jemanden zum Reden zu haben, auch wenn ich nicht mehr hier bin.

»Er ist meistens ziemlich ausgebucht, aber ich glaube, ihr würdet gut miteinander auskommen. Ich rufe ihn an und sage ihm, dass er dich so bald wie möglich einschieben soll.«

»Kann ich nicht weiter zu dir kommen?« Der Gedanke, mich einem völlig Fremden anzuvertrauen, macht mich nervös.

Sie schüttelt den Kopf. »Nein, tut mir leid. Ich behandle nur die Patienten hier auf den Stationen.«

Mit zusammengepressten Lippen nicke ich und schiebe die Karte zu den Broschüren in den Ordner.

»Gut, wo war ich?« Sabrina sieht auf ihren Zettel. »Ach ja. Das meiste, was die Hygiene und Ernährung zu Hause angeht, hast du schon während deines Aufenthalts hier gelernt.« Ihr Blick gleitet über das Papier, dann sieht sie auf. »Du hast einen Freund, Alex, richtig?«

»Ja, Alex.« Sofort ist das dumpfe Ziehen im Magen wieder da.

»Und ihr hattet früher schon Sex, hast du mir mal erzählt. Du weißt, dass ihr damit jetzt nicht mehr warten müsst?«

Ich blinzele sie an. Eigentlich sollte es mich nicht wundern, dass sie darüber spricht. Man erwartet wohl, dass Mädchen in meinem Alter sich wünschen, mit ihrem Freund zu schlafen.

Ihre Mundwinkel zucken. »Viele glauben, dass man warten muss. Aber deine Werte sind in Ordnung, dein Puls bei leichter körperlicher Betätigung ist nicht zu hoch.«

Meine Wangen werden heiß. Leichte körperliche Betätigung? Was für eine Vorstellung von Sex hat sie denn bitte?

»Sobald du dich gut genug dafür fühlst, spricht nichts dagegen. Nur solltet ihr mindestens die nächsten drei Monate noch unbedingt mit Kondomen verhüten, um die Infektionsgefahr für dich gering zu halten, okay?«

Wieder nicke ich. Langsam komme ich mir vor wie ein Wackeldackel.

»Und mach dir keine Sorgen, Gwen. Pass auf dich auf, achte auf dich, an den Rest wirst du dich mit der Zeit gewöhnen.«

***

Als ich zurück in mein Zimmer komme, warten meine Eltern schon auf mich. Auch Alex ist da. Natürlich. Er ist immer da. Nur mein Bruder Tom fehlt. Sicher hat er einen Kurs an der Uni, den er nicht schwänzen kann. Sie tragen alle einen Mundschutz, um die Patienten auf der Station nicht durch Keime zu gefährden. Trotzdem sehe ich an ihren Augen, dass sie lächeln.

Ein wenig unschlüssig stehe ich vor ihnen, bis Mama mich in ihre Arme zieht. »Endlich geht es nach Hause.« Sie streicht mir über die Haare, und ich zwinge mich, ihre Umarmung zu erwidern. Als sie mich loslässt, legt Papa einen Arm um mich und presst mich kurz und heftig an seine Seite, dann überlässt er mich Alex, der seinen Mundschutz ein Stück nach unten zieht und mir einen schnellen Kuss auf die Lippen drückt. Ich muss daran denken, was Sabrina über den Sex gesagt hat. Ob Alex es erwartet? Bestimmt wünscht er es sich. Das letzte Mal ist über ein Jahr her.

»Ist das was Wichtiges?« Mama deutet auf die Mappe in meinen Händen. »Soll ich es nehmen, während du deine Sachen holst?«

Froh, den Blick von Alex abwenden zu können, sehe ich nach unten. Unter dem Gummizug der Mappe steckt noch eine Überweisung an ihren Kollegen, die Sabrina mir mitgegeben hat. Ich reiche Mama die Mappe. Ihr Blick fällt auf die Überweisung. »Psychotherapie?«

Papa runzelt die Stirn. »Brauchst du das jetzt noch?« Er redet nicht weiter, aber sein Blick spricht Bände. *Muss ich mir Sorgen machen?*

»Das ist nur zur Sicherheit«, murmele ich. »Ich muss da nicht hingehen.«

Erleichterung huscht über Papas Gesicht. Zum ersten Mal fällt mir auf, dass er viel älter aussieht als vor einem Jahr. Bisher habe ich es nicht bemerkt, weil er dunkelblonde Haare hat, aber bei genauerem Hinsehen entdecke ich überall Grau.

Mamas Haare sind dunkelbraun wie immer, und doch ist da etwas, eine Art innere Erschöpfung, die nach außen strahlt. Vielleicht liegt es an den Fältchen um ihre Augen und auf der Stirn. Es sieht aus, als ob ihre Sorge sich tief in ihre Haut eingegraben hat. Meine Krankheit hat auch an meiner Familie deutliche Spuren hinterlassen.

»Dann können wir das ja entsorgen.« Papa greift nach der Überweisung.

Mama drückt seine Hand. »Lass mal. Es ist doch gut zu wissen, wohin man sich wenden kann, wenn mal was ist.« Lachfältchen bilden sich in ihren Augenwinkeln. »Auch wenn ich sicher bin, dass es nicht nötig sein wird.«

Die Zuversicht in ihren Worten schnürt mir die Luft ab. »Ich hole meine Sachen«, sage ich, bevor der Flur Gelegenheit bekommt, sich um mich zu drehen. Ich weiß jetzt schon, dass ich ihnen nicht werde sagen können, wenn mal was ist.

Kapitel 2

www.jungundherzkrank.de/Forum/Intern/showtopic67445
Re: Das Warten ist vorbei!
Antwort von Gwen (vor vier Monaten)
»Nur schnell, bevor ich los muss: Gerade kam die Nachricht. Sie haben ein Herz für mich. Hoffentlich nicht wieder ein Fehlalarm.«

Gwen

Ich kontrolliere die Pulsuhr an meinem Handgelenk. Alles, wie es sein soll. Noch fünfundzwanzig Minuten, dann habe ich es für heute geschafft. Am liebsten würde ich sofort aufhören. Am allerliebsten würde ich gar nicht erst anfangen. Aber Ausdauersport ist vorgeschrieben, also halte ich mich daran. Jeden Tag walke ich sechzig Minuten. Auch wenn es regnet, so wie heute. Wenn es nur nieselt und nicht wie aus Eimern schüttet, ist mir das sogar lieber als die staubige Julihitze, die mir das Atmen schwer macht.

Direkt nach der Entlassung aus der Reha vor einem Monat habe ich es in der einen Stunde gerade mal bis zur Mitte vom Heinrich-Laehr-Park und wieder zurück geschafft. Jetzt komme ich bis in den daran anschließenden Schönower Park und sogar noch einmal um den Teich herum, bevor ich mich auf den Rückweg mache.

Schritte hämmern hinter mir auf dem Weg. Aus den Augenwinkeln sehe ich Toms blaue Jacke. Bald kommt er zum ersten Mal an mir vorbei. Auch er geht bei Wind und Wetter raus. Auch er macht sechzig Minuten. Nur läuft er in der Zeit zwei- bis dreimal durch beide Parks.

Tom holt mich ein, als ich an der Skulptur der kuschelnden Schildkröten vorbeikomme. Ich verziehe das Gesicht. Viel schneller als die bin ich nicht. Tom wird langsamer und passt sich meiner Geschwindigkeit an. So wie sich die Kapuze seiner Regenjacke um sein Gesicht schmiegt, wirkt er wie ein Astronaut. Nur auf Höhe der Stirn schauen die Enden seiner blonden Haare hervor.

»Wirst du das Walken nicht langsam leid?«, fragt er, während er neben mir her trabt. Es scheint eine Zumutung zu sein, seinen kraftstrotzenden Körper derart zurückzuhalten.

Ich zucke mit den Schultern. »Ich würde auch lieber aufhören, aber es muss eben sein.«

»Haha, sehr witzig. Du weißt, was ich meine.«

Natürlich weiß ich das. Er fragt mich fast jeden Morgen, ob ich nicht endlich laufen will. Ich gehe etwas schneller.

»Komm schon, Gwen. Immer nur so vor dich hin latschen und das bisschen Krankengymnastik. So kommst du nie in Form.«

Ich verkneife mir ein Seufzen, schließlich meint er es nur gut. Als mir vor einem Jahr gesagt wurde, dass mein Herz keinen Sport mehr aushält, hat Tom mir feierlich versprochen, dass wir eines Tages zusammen einen Zehnkilometerlauf machen werden. Er wollte mir Mut machen, damals, als ich es kaum noch in den ersten Stock geschafft habe, ohne dass mir schwarz vor Augen wurde. Ich weiß das auch zu schätzen. Trotzdem wünschte ich, er hätte sein Versprechen vergessen. Wenn ich jetzt laufe, wird er neben mir bleiben. Er wird jeden meiner Schritte überwachen und mir Tipps geben, wie ich mehr aus mir rausholen kann. Allein bei der Vorstellung wird meine Brust eng, und das Atmen fällt mir schwer. Fast wie vor der OP.

»Ich weiß nicht, ob das eine gute Idee ist. Die Ärzte …«

Tom macht eine ungeduldige Handbewegung. »Schieb nicht die Ärzte vor. Deine letzte Untersuchung ist super verlaufen. Alles ist bestens.«

Er hat recht. Erst letzte Woche haben sie wieder eine Biopsie gemacht, haben über einen Katheter in der Leistenbeuge ein winziges

Stück Muskel von meinem neuen Herz entnommen und es auf Anzeichen einer Abstoßung untersucht. Alles ist bestens, das haben die Ärzte auch gesagt. Ich balle die Fäuste. Alles ist bestens. Wenn ich das noch mal höre, schreie ich.

»Na los, gib dir einen Ruck. Nur ein paar Meter. Bis zum Vogelbrunnen.« Seine Miene hellt sich auf, und mir wird klar, dass er es kaum erwarten kann, mit mir zu trainieren. Er freut sich darauf, mir zu helfen. All die Zeit konnte er nichts tun, weder für mich noch für meine Eltern. Natürlich hat er mich besucht und zu Hause im Haushalt angepackt. Aber wenn es mir schlechter ging, war er gezwungen, an der Seite zu stehen und zuzusehen. Zur Untätigkeit verdammt zu sein, muss ihn wahnsinnig gemacht haben. Wie kann ich ihm jetzt die Gelegenheit nehmen, endlich etwas beizutragen? Mühsam verdränge ich die Enge in meiner Brust, atme tief ein und aus, bis ich sie nicht mehr wahrnehme.

»Okay. Aber du läufst voraus. Ich will nicht, dass du mir dabei zuschaust, wie ich mich blamiere.«

Er grinst. »Super. Ich warte beim Vogelbrunnen auf dich, ja?« Ohne eine Antwort abzuwarten, trabt er davon. Ich fixiere seine blaue Jacke, die sich rasend schnell entfernt. Bestimmt hat er einen kleinen Graben ins Gras um den Brunnen gelaufen, bis ich da bin. Ich reiße mich von seinem Anblick los und konzentriere mich auf meine Füße. Sie setzen sich in einen leichten Trab. Zuerst so langsam, dass ich im Gehen noch schneller wäre, dann etwas zügiger. Es geht erstaunlich leicht, das regelmäßige Walken hat mich offensichtlich gut darauf vorbereitet. Wie ich es von Tom gelernt habe, bemühe ich mich, immer mit den Fersen aufzusetzen. Trotzdem spüre ich jedes Mal eine Erschütterung, wenn mein Fuß auf den Boden trifft. Wumm, wumm, wumm. Jeder Schritt vibriert in meinen Beinen, meinen Knochen, meinen Muskeln. Und in dem neuen Herzen. Wumm, wumm, wumm. Immer stärker durchdringt jeder Aufschlag meinen Körper, das Geräusch meiner Füße auf dem Weg wird immer lauter. Die Erschütterung wird immer heftiger, die Vibration jedes Schritts setzt sich bis in das Herz fort. Ich versuche, ruhig zu atmen und mich nicht davon beirren zu lassen.

Wumm, wumm, wumm.

Das Herz rast jetzt, es kommt mir unregelmäßig vor. Als hätte die Wucht meiner Schritte es aus dem Rhythmus gebracht. Mein Keuchen ist laut in meinen Ohren, fast lauter als das Blut, das wild darin rauscht.

Wumm, wumm, wumm.

Es ist das Herz, das ich höre. Spüre. Es pocht heftig und schmerzhaft in meiner Brust. Auch die Enge ist wieder da, sie legt sich um meine Lunge und schnürt mir den Atem ab. So wie vorher. Bevor ich das neue Herz bekam. Als sich Wasser in meiner Lunge sammelte und ich kaum noch Luft holen konnte. Die Angst zu ersticken kommt mit voller Wucht zurück.

Abrupt bleibe ich stehen. Die Bäume, der Park, der Himmel, alles dreht sich um mich. Ich beuge mich nach vorne, stütze mich auf den Knien ab, damit ich nicht hinfalle. Das Wummern hört nicht auf. Es hallt immer noch durch meinen Körper, durch meinen Kopf, durch das Herz. Ein leises Schluchzen entkommt mir. Wie konnte ich nur so dumm sein? Wie konnte ich riskieren, dass dem Herz etwas passiert?

»Ist alles in Ordnung?« Eine unbekannte Stimme.

Nein. Nichts ist in Ordnung. Warum hört das Herz nicht auf, wie wild zu pochen? Warum beruhigt es sich nicht endlich? Ich greife mir an die Brust, als könnte ich es von außen dazu bringen, langsamer zu schlagen.

»Soll ich einen Krankenwagen rufen?«

Einen Moment lang bin ich versucht, ja zu sagen. Die Sanitäter könnten ein EKG machen und mir sagen, ob alles in Ordnung ist. Aber dann denke ich an Toms Gesicht, wenn er mich im Krankenwagen sieht. Er wird sich die Schuld geben. Dabei ist es ganz allein meine Schuld. Ich hätte nicht laufen dürfen. »Nein«, keuche ich. »Nein danke, alles in Ordnung. Ich habe mich nur etwas übernommen.«

Tatsächlich merke ich, dass sich das Herz jetzt doch beruhigt. Vielleicht ist es der Gedanke an Tom. An seine Sorge und sein Entsetzen, wenn er mich so vorfände.

»Wirklich? Sie sehen nicht gut aus.«

Langsam hört auch der Park auf, sich um mich zu drehen, und der Himmel ist wieder da, wo er sein soll. Ich hebe den Kopf und erkenne einen Mann mittleren Alters. Er lächelt zaghaft. Ich versuche, sein Lächeln zu erwidern.

»Soll ich Sie irgendwohin bringen?«

»Nein, vielen Dank. Ich bin nicht allein, mein Bruder ist da vorne.« Ich deute in Richtung Brunnen. »Er kommt sicher gleich.«

Der Mann dreht den Kopf. In diesem Moment betritt Tom in einiger Entfernung den Weg und schaut sich suchend um. Als er mich sieht, läuft er sofort los.

Der Mann verabschiedet sich und geht weiter.

»Gwen!« Keuchend kommt Tom neben mir zum Stehen. »Ist was passiert? Geht es dir gut?« Seine Stimme ist etwas zu hoch, und seine Augen sind weit aufgerissen.

Jetzt bin ich froh, dass ich das Angebot mit dem Krankenwagen abgelehnt habe. Das Herz schlägt auch wieder ruhig, wie ein Blick auf die Pulsuhr bestätigt. »Ich bin nur gestolpert.« Ich lächle zittrig. Vielleicht habe ich es mir ja nur eingebildet. Wenn ich wieder zu Hause bin, Tom in der Uni ist und Mama und Papa aus dem Haus, rufe ich in der Klinik an.

Tom atmet erleichtert auf, er lacht sogar leise. »Du keuchst ganz schön. Wie es aussieht, hast du etwas Training echt nötig.«

Ich knuffe ihn in die Seite und lache mit ihm, obwohl mir eher nach Heulen zumute ist.

Er legt einen Arm um mich. »Aber das macht nichts, wir kriegen das hin. Jeden Tag ein bisschen. Morgen nimmst du eben doch erstmal ein kürzeres Stück.«

Morgen. Er will, dass ich morgen wieder laufe. »Nein!«, sage ich laut, um die Erinnerung an das Wummern aus meinem Kopf zu vertreiben. Die Erinnerung an das schmerzhafte Pochen. An die Angst zu ersticken.

Tom zieht eine Augenbraue hoch. »Nein? Warum denn nicht?«

Die Gedanken kreisen wild in meinem Kopf. Was kann ich ihm sagen, ohne zu viel preiszugeben? Auf keinen Fall will ich, dass er sich Vorwürfe macht. »Ich … ich hätte gern einen professionellen Trainingsplan.«

»Kein Problem.« Tom hebt die Schultern. »Die kann man sich im Internet zusammenstellen.«

Verdammt. Muss er auf alles eine Antwort haben? »Ja, schon, aber mir wäre es lieber, wenn das jemand macht, der sich mit meiner Situation auskennt. Ich frage mal in der Klinik nach, bestimmt haben sie jemanden für so was.«

Enttäuschung schleicht sich in seine Miene. »Na gut, wenn dir das lieber ist.«

»Ja.« Die Erleichterung hält nur kurz an. Wie lange werde ich ihn hinhalten können, bevor ich ihm sagen muss, dass ich nicht vorhabe, jemals wieder zu laufen? »Für heute mache ich Schluss. Kommst du mit heim, oder machst du noch weiter?«, frage ich.

»Ich mache meine Runde noch fertig. Oder brauchst du mich?«

»Nein. Wie gesagt, ich bin nur gestolpert. Alles wieder bestens.« Ich verziehe das Gesicht. *Alles ist bestens.* Jetzt fange ich schon selber damit an.

»Dann bis später.« Tom läuft wieder los. Ich bin fast froh, dass er mich nicht begleitet. So kann ich in der Klinik anrufen, wenn ich zu Hause bin. Gesetzt den Fall, Mama und Papa sind schon weg.

Obwohl ich langsam gehe, dauert es nicht lange, bis ich wieder vor unserem Reihenhaus stehe. Als ich Mamas Auto vor der Garage sehe, fluche ich leise. Sie sind noch da. Ich schließe auf und betrete den hellen Flur. Ich wohne hier, seit ich denken kann, und doch wundert es mich immer wieder, wie groß das Haus von innen ist. Von außen sieht man ihm die sechs Zimmer jedenfalls nicht an. Gewohnheitsmäßig werfe ich meine Jacke über den Schirmständer, damit sie trocknen kann. Noch an der Tür ziehe ich meine Sportschuhe aus und stelle sie auf ein dunkles Tuch unter dem Schuhregal, damit sie keinen Dreck machen.

»Gwen, schau mal, was gerade gekommen ist.«

Ich hebe den Kopf. Papa steht im Durchgang zum Wohnzimmer und hat einen Stapel Papiere in der Hand.

»Was ist das?«, frage ich.

»Die Einschreibungsunterlagen.« Er strahlt, als ob er für seine Forschungen den Physik-Nobelpreis gewonnen hätte. »Wenn du willst, gehen wir sie gleich durch.«

Nein, ich will nicht. Ich will nur eins: in der Klinik anrufen. »Musst du nicht zur Arbeit?«

Sein Lächeln verblasst, und sofort tut es mir leid. Ich würde seinen Enthusiasmus so gerne teilen. Vor einem Jahr musste ich kurz vor der Immatrikulation den Studienplatz ablehnen, weil es mir nicht mehr gut genug ging. Seitdem redet er immer wieder davon, dass ich mich für das nächste Wintersemester einschreiben soll.

»Ich kann mir den Vormittag freinehmen, dann können wir gemeinsam überlegen, was du machen möchtest, und ich helfe dir mit den Unterlagen.«

Ich senke den Kopf, damit ich seine Begeisterung nicht mehr sehen muss. »Können wir das vielleicht morgen machen?«

Er kommt auf mich zu und legt mir eine Hand auf die Schulter. »Je früher wir es anpacken, desto besser. Meinst du nicht? Ich weiß, dass es schwer für dich ist, dich zu entscheiden. Deswegen helfe ich dir ja. Wir finden etwas, das dir gefällt.« Er schiebt mich sanft in Richtung Wohnzimmer. »Und dann gehst du im September mit allen anderen in die Vorlesungen. Ganz normal.«

Ich lasse zu, dass er mich auf die Couch zuschiebt, während ich daran denke, was ein Studium für mich bedeutet. Abgesehen davon, dass ich nicht weiß, was ich studieren soll, bedeutet es vor allem Menschen. Viele Menschen. Es wird Winter werden, sie werden krank sein. An jeder Ecke wird jemand husten und sich die Nase putzen. Unwillkürlich halte ich mir eine Hand vor den Mund.

Ich werde einen Mundschutz tragen müssen, und trotzdem kann ich nie sicher sein, dass es mich nicht trifft. Jede Infektion ist gefährlich. Eine einfache Erkältung kann für das neue Herz üble Folgen haben. Die Hand vor meinem Mund zittert. Schnell nehme ich sie runter und halte sie mit der anderen fest. Papa soll es nicht sehen. Er würde mir nur vorhalten, dass es mir gutgeht, ich mich nicht ewig verstecken kann und dass andere nach drei Monaten schon wieder arbeiten.

Er weiß nicht, wie es sich anfühlt, jedes Mal Angst zu haben, wenn mir in der U-Bahn jemand in den Nacken atmet. Deswegen meide ich die U-Bahn. Und jetzt soll ich mich mit so vielen anderen in einen Hörsaal setzen? Ich krampfe die Hände in meine Oberschenkel.

»Ach hier, sieh mal. Mama hat schon nach einer Wohnung für dich Ausschau gehalten.« Er schiebt mir eine Klarsichtfolie mit Ausdrucken hin. »Ein Zimmer in einer WG wäre doch eine schöne Sache. Oder ein kleines Apartment. Dein eigenes Reich. Da kannst du schalten und walten, wie du willst. Auch mit Alex.« Er zwinkert mir zu.

Ich möchte im Boden versinken. Wieso erwarten alle, dass Alex und ich sofort ausgehungert übereinander herfallen, sobald wir die Gelegenheit dazu haben? Seit Sabrina mit mir darüber gesprochen hat, habe ich versucht, nicht mehr daran zu denken. Muss Papa jetzt auch noch damit anfangen? Und muss er dabei dieses Leuchten in den Augen haben, diese Freude, dass ich lebe, und die Vorfreude, die ich nicht empfinden kann?

Ich springe auf. »Tut mir leid, aber ich …« Meine Stimme bricht. »Ich habe Leni versprochen, sie zu besuchen. Nur noch umziehen und duschen, dann will ich los. Wir müssen das verschieben.« Ohne ihn noch einmal anzusehen, haste ich aus dem Wohnzimmer. Wieder rast das Herz, wenigstens gleichmäßig diesmal. Ich erklimme die Stufen in den ersten Stock, laufe in mein Zimmer und schließe die Tür hinter mir. Meine Beine geben nach, und ich sinke auf den Boden. Ich umschließe meine Knie mit den Armen und lege den Kopf darauf.

Bald höre ich, wie Papa das Haus verlässt, und auch Mama folgt ihm wenig später. Das schlechte Gewissen liegt mir wie ein Stein im Magen. Bestimmt sind sie enttäuscht und traurig. Tom kommt zurück, klopft an, lässt sich aber leicht abwimmeln.

Den ganzen Tag liege ich auf dem Bett und grübele. Manchmal übermannt mich für ein paar gnädige Stunden der Schlaf. Als Mama zum Abendessen ruft, behaupte ich, schon gegessen zu haben. Sie akzeptieren es. Sicher sind sie noch verärgert, bestimmt hat Papa erzählt, dass ich ihre Bemühungen nicht zu schätzen weiß. Wie undankbar ich bin.

Ich vergrabe das Gesicht in mein Kissen und döse noch einmal weg. Als ich wieder aufwache, ist es dunkel. Eine Weile starre ich in die Finsternis vor meinem Fenster. Wenn ich nur mit Sabrina reden könnte. Die Gespräche mit ihr haben mir immer gutgetan, auch wenn ich ihr nicht alles sagen konnte. Die Überweisung fällt mir ein, aber ich kann Mama nicht darum bitten. Nicht, nachdem ich Papa so vor den Kopf gestoßen habe.

Früher, als ich Leni und Sabrina noch nicht hatte, war ich oft in einem Online-Forum für herzkranke Jugendliche. Dort waren immer Leute, die mich verstanden haben. Mir wird wohlig warm, wenn ich an die vielen lieben Menschen denke. Seit der OP war ich nicht mehr dort, aber ich bin sicher, keiner wird mir das übelnehmen. Das Forum ist kein realer Ort, aber unsere Ängste, der Trost und die Freundschaften sind echt. Ich wische mir über die Augen und gehe zu meinem Schreibtisch. Als ich meinen Laptop hochgefahren habe, logge ich mich sofort im Forum ein. Wie von selbst führt meine Hand den Mauszeiger auf mein Profil und dann auf »Neue ungelesene Beiträge«. Das habe ich früher immer als Erstes gemacht: gelesen, was andere auf meine Beiträge geantwortet haben. Als mir auffällt, welches Thema ganz oben ist, wird mein Mund trocken. »Das Warten ist vorbei.« Der Thread, in dem man verkündet, dass man zur Transplantation einbestellt wurde.

Der Mauszeiger zittert kurz über dem Link, dann rufe ich ihn auf. Unter meinem Beitrag von vor vier Monaten, wenige Stunden vor der OP, haben sich unzählige Antworten angesammelt. Von den Menschen, die die Jahre meiner Krankheit und die lange Wartezeit auf ein Spenderherz mit mir durchgestanden haben.

»Ach, ich freu mich so für dich!«, steht da. Und: »Oh wie toll, jetzt wird alles gut, wirst sehen. Diesmal ist es bestimmt kein Fehlalarm.« All die Antworten von Leuten, die selbst warten und sich trotzdem für mich freuen. Es sind oft nur wenige Buchstaben, nur zwei oder drei Worte. Und doch steckt darin so viel Freude, so viel Hoffnung und Zuversicht. Wie kann ich ihnen sagen, wie es wirklich in mir aussieht? Es wäre ein Schlag ins Gesicht für alle, die immer noch warten. Für diese Menschen, von denen ich so viele tief in meinem Herzen trage, auch wenn ich sie nie kennengelernt habe. Das kann ich ihnen nicht antun.

Ich schließe das Forum und rufe stattdessen meine E-Mails auf. Nur eine neue ist dabei. Werbung. Mein Blick fällt auf die Mail darunter. Sie ist von Leni.

Seit ich entlassen wurde, habe ich sie nicht besucht. Ich habe sie nicht einmal angerufen. Und auch diese Mail von vor zwei Wochen habe ich nicht beantwortet. Meine Brust zieht sich zusammen, wenn ich mir vorstelle, dass sie sich fragt, warum. Es ist nicht richtig, und ich weiß es. Sie wartet auf mich. Sie braucht mich. Und doch kann ich es nicht. Wenn ich mir vorstelle, dass sie mich fragt, wie es mir geht und was ich mache, dass ich sie anlügen muss, dass ich lächeln und gleichzeitig mit ansehen muss, wie schlecht es ihr geht … Ich klammere mich an der Schreibtischkante fest.

Mit zitternden Fingern greife ich nach der Maus. Ich schließe auch das E-Mail-Konto und rufe die Suchmaschine auf, einfach nur, um irgendwas zu tun. In die Suchmaske gebe ich »Forum Herztransplantation« ein. Sofort erscheint eine Liste mit Ergebnissen. Ich sauge mich daran fest, lese jedes Ergebnis genau durch, um Lenis Blick aus meinem Kopf zu vertreiben. Viele passende Treffer gibt es allerdings nicht. Ich muss mehrmals mit verschiedenen Suchbegriffen suchen, und meist kommt nur das Forum, das ich schon kenne: www.jungundherzkrank.de.

Endlich finde ich etwas, das vielversprechend aussieht: www.herzforum.de. Ich klicke auf den Link und registriere mich. Als Nickname gebe ich »Gwen« an. Der Name ist so selten, dass er bisher noch nirgendwo vergeben war.

Gerade noch rechtzeitig breche ich die Registrierung ab. Der Name ist selten, und ich benutze ihn immer. Wenn hier jemand aus dem anderen Forum angemeldet ist, wird er sich denken können, dass ich das bin. Ich beiße mir auf die Lippe. Schließlich gebe ich »Gwerlin« ein. Für Gwen aus Berlin. Nicht gerade einfallsreich, aber hoffentlich unkenntlich genug. Für etwas Witzigeres fehlt mir jetzt die Zeit. Ich muss endlich etwas schreiben, muss wenigstens ein paar von meinen Gedanken irgendwo loswerden. Sonst werde ich verrückt.

Wenig später finde ich die Bestätigungsmail in meinem Postfach.

Vielen Dank für Ihre Registrierung auf www.herzforum.de. Bitte stellen Sie sich im Vorstellungsboard vor. Der Moderator entscheidet dann, ob Sie freigeschaltet werden.

Oh, verdammt. Das kann Stunden dauern. Vielleicht Tage. Kurz überlege ich, das Ganze abzubrechen. Aber dann kann ich nichts schreiben. Nirgendwo. Ich stalke schnell den Moderator in den anderen Beiträgen im Vorstellungsboard. Er heißt Noah. Die letzte Aktivität ist von heute morgen. Verzweifelt tippe ich eine schnelle Vorstellung und schicke sie ab.

Wieder beginnt das Warten.

Kapitel 3

www.herzforum.de/schwarzesbrett/topicreveal77754
Re: TxKandidatin war nur ein Fake
Antwort von Noah (vor zwei Jahren)
»Ich weiß, dass es schwer zu verstehen ist, warum jemand so was tut. Ich bitte euch nur, jetzt nicht jedem hier zu misstrauen. Das würde dem Forum viel mehr schaden als das, was TxKandidatin getan hat.«

Noah

Es ist ein Stück zu laufen vom Starnberger Bahnhof zum Segelclub, aber das macht mir nichts aus. Der Weg ist schön, immer direkt am Starnberger See entlang. Die Hitze des Tages hängt noch über dem Wasser, und viele Menschen bevölkern das Kiesbett am Ufer. Einige haben nicht mal Badesachen dabei, sie ziehen sich einfach bis auf die Unterwäsche aus und waten zwischen den vielen Wildgänsen hindurch ins Wasser.

Auf der anderen Seite des Sees ragen die Alpen auf, so klar wie sonst nur im Herbst. Wenn ich das sehe, bin ich froh, dass ich Sevis Einladung angenommen habe. Nicht, dass ich was Besseres vorgehabt hätte. Und warum sollte man eine Beachparty nicht mitnehmen, wenn man sie angeboten bekommt?

Ich ziehe mein Handy raus. Schon halb acht, ich sollte längst beim Club sein. Andererseits kann ich mir nicht vorstellen, dass er pünktlich ist. Er kommt immer zu spät. Eines der wenigen Dinge, die wir gemeinsam haben. Im Gehen checke ich mein Forum. Den Bewerber von heute früh habe ich zu Hause noch freigeschaltet. Die Geschichte von seiner gerade diagnostizierten Herzkrankheit klingt echt. Seine Verzweiflung auch.

Seitdem keine neue Anmeldung mehr. Ich gehe die verschiedenen Diskussionen in den einzelnen Bereichen des Forums durch, kontrolliere, ob alles friedlich ist. Vor allem im Board um neue und experimentelle Behandlungsmethoden arten die Threads oft übel aus. Immer wieder muss ich eingreifen und den einen oder anderen für ein paar Tage aus diesem Teil des Forums verbannen. Auch dort ist alles ruhig. Im »Frag den Experten«-Board ist ein Beitrag seit gestern unbeantwortet. Ich schreibe meiner Mutter eine SMS, dass sie sich darum kümmern soll. Ich weiß genau, dass sie das Board abonniert hat und sofort erfährt, wenn eine neue Antwort gebraucht wird. Trotzdem dauert es manchmal ewig, bis sie etwas schreibt. Mich in der SMS darüber aufzuregen, dass ich sie schon wieder erinnern muss, verkneife ich mir. Das bringt ja doch nichts. Sie würde nur antworten, dass sie deshalb das Forum nicht selbst führt, sondern dafür mich hat. Damit ich sie erinnere, sich darum zu kümmern, wenn sie mal lang genug aus dem OP raus ist. »Du moderierst, ich operiere«, sagt sie dann. Eine SMS kommt zurück.

Wird sofort erledigt.

Zufrieden schiebe ich das Handy wieder in meine Hosentasche.

Der Weg entfernt sich etwas vom Ufer, weicht Privatstränden und Bootshäusern. Als ich vor dem großen Holztor des Starnberger Ruder- und Segelvereins ankomme, steht ein Haufen spärlich bekleideter Mädchen davor. Auf den ersten Blick sehen sie aus, als hätten sie sich nur schnell eine kurze Jeans über ihre Bikinis gezogen, um vom Badestrand hier rüberzuschlappen. Aber ich bin sicher, dass sie vorher irgendwo Halt gemacht und viel Arbeit investiert haben, um auf diese lässige Art umwerfend auszusehen. Sofie hat das auch immer so gemacht.

Ich bleibe ein paar Schritte entfernt stehen und warte auf Sevi. Trotzdem mustert mich eine von ihnen. Nicht mal unauffällig, sondern mit einem vorwitzigen Lächeln. Ich halte mich davon ab zurückzulächeln. Ihre direkte Art gefällt mir, aber zurzeit ist bei mir nichts zu holen, und ich will keine falschen Signale senden. Irgendwann hat sie genug gesehen und wirft mit einer grazilen Kopfbewegung ihre langen blonden Haare nach hinten. Ihr Blick zuckt noch einmal kurz zu mir, um sicherzugehen, dass ich gesehen habe, wie ihre Haare in der Sonne schimmern. Dann folgt sie den anderen durch das Tor. Sie hätte bestimmt nichts dagegen, wenn ich sie in ein Gespräch verwickeln würde. Oder in etwas anderes.

Sevi ist immer noch nicht da, und ohne ihn komme ich nicht rein, denn ich bin schon länger kein Clubmitglied mehr. Noch einmal hole ich mein Handy raus, um nachzusehen, ob er eine SMS geschrieben hat. Nichts. Dafür gibt es im Forum zwei neue Beiträge im Thema »Was wir uns nicht sagen trauen«. Ich rufe den Thread auf, er hat 455 Seiten.

Der erste neue Beitrag ist von Stefan35. Seit sieben Monaten wartet er auf ein Herz.

Ich weiß nicht, wie ich das ausdrücken soll. Eigentlich darf man so etwas gar nicht sagen. Eigentlich darf man so etwas nicht mal denken, aber … Gerade haben sie im Radio über einen schlimmen Auffahrunfall auf der A7 berichtet. Es ist so schrecklich, aber im ersten Moment, nur eine winzige Sekunde lang, habe ich gehofft, dass jemand gestorben ist. Ein passender Spender, ihr wisst schon. Wie kann man nur so denken?

Früher hätte mich so ein Post schockiert. Ich bin nicht herzkrank, und es war schwer, sich in diese Gedanken hineinzuversetzen. Aber es hat seinen Grund, dass der Thread so lang ist. Viele Organempfänger haben diese Gedanken und können sie nur hier loswerden. Wer würde seinen Freunden schon erzählen, dass er in seinen düstersten Momenten auf den Tod eines Menschen hofft?

Unter dem Post von Stefan ist eine Antwort von MiaLi.

Ich weiß, du fühlst dich wie der schlimmste Mistkerl, Stefan. Aber solche Gedanken sind normal. So ziemlich jeder von uns hat sie. Wie sollte man sie auch nicht haben? Wenn's dir mies geht und du kaum noch Luft kriegst, wenn du immer wieder Angst hast zu ersticken, wie sollst du dann nicht hoffen, dass endlich ein Herz für dich gefunden wird? Und das geht nun mal nur durch den Tod eines Menschen. Schrecklich, aber wahr.

MiaLi schreibt aus Erfahrung. Mittlerweile hat sie die Transplantation hinter sich. Ich überlege, ob ich auch noch antworten soll. Meistens muss man bloß hören, dass man kein kranker Psychopath ist. Wahrscheinlich reicht MiaLis Antwort aus, um Stefan zu beruhigen.

Auf der Straße kommt röhrend ein Auto näher. Ob das Sevi ist? Ein schwarz glänzendes BMW-Cabrio biegt in die Einfahrt und hält vor dem Tor. Ich achte nicht mehr darauf, Sevi fährt keinen BMW, sondern einen gelben Porsche.

»Hey, Noah.«

Ich reiße mich vom Forum los und hebe den Kopf. Es ist doch Sevi, der in dem Auto sitzt. Ich muss wohl ein ziemlich dämliches Gesicht machen, denn er grinst.

»Scheiße, was ist das denn?« Ich deute auf das Auto, das aussieht, als hätte er es frisch aus dem Werk geholt. Es riecht auch so. Neuwagengeruch. Ich weiß nicht, was alle daran finden.

Sevis Grinsen wird breiter. »Habe ich neu. Damit die zweite Garage nicht leer steht.«

»Klar. Ergibt total Sinn.« Obwohl ich solche Aktionen von ihm gewöhnt bin, kann ich mir den Sarkasmus nicht verkneifen. Ich gönne mir sogar noch ein leichtes Augenrollen, als ich Sevis Aufzug bemerke. Eines muss man ihm lassen, er macht keine halben Sachen. Seine blonden Haare sind stramm hochgegelt, wie es sich für einen imagebewussten BWL-Studenten gehört. Er trägt ein rosa Poloshirt, und in der Knopfleiste hängt eine schwarze Sonnenbrille, die wahrscheinlich mehr gekostet hat als meine Jahreskarte für die S-Bahn. Wenn ich über den Rand des Cabrios linse, kann ich eine kurze weiße Hose erahnen. Bestimmt trägt er auch die passenden weißen Stoffschuhe.

»Musst du eigentlich immer jedes verdammte Klischee mitnehmen?«, frage ich.

Er lacht. »Und du?« Er mustert meine kurze beige Hose und mein weißes Poloshirt, das ich nur aus dem Schrank gezogen habe, damit er nicht wieder rummeckert, dass ich nicht standesgemäß angezogen bin.

»Immerhin hast du dir Mühe gegeben.« Er nickt mein Outfit ab, bis sein Blick auf meine Haare fällt. »Wo ist deine Sonnenbrille? Rebellierst du wieder, oder was?« Sein Ton ist empört, aber seine Augen blitzen. »Du weißt doch, dass die dazugehört.«

Ich lache. »Sorry, habe ich vergessen. Nimmst du mich trotzdem mit rein?«

Er seufzt theatralisch. »Na gut. Aber nächstes Mal denkst du dran. Reicht schon, dass du so blass bist. Das wirkt, als würdest du dauernd drinnen rumhocken und lernen.«

Dazu kann ich nur noch schnauben. Ich lerne so gut wie nie. Das ist eher Sevis Ding, obwohl er das nie zugeben würde.

»Wenn du glaubst, dass ich auch noch ins Solarium renne, vergiss es«, antworte ich. Es reicht, dass ich mich ihm heute kleidungstechnisch angeglichen habe. Ab und an tue ich ihm den Gefallen.

Während Sevi mit einer Fernbedienung das große Hoftor öffnet, ziehe ich die Autotür auf und lasse mich in den Beifahrersitz fallen. Der Neuwagengeruch steigt wie eine Wolke aus den Ledersitzen und bringt mich fast zum Würgen. Zum Glück fahren wir nur auf den Parkplatz. Nach einem schnellen Blick ins Forum schiebe ich das

Handy zurück in meine Tasche. Ich bin sicher, sie kommen erst mal ohne mich zurecht.

»Ach was, Solarium.« Sevi winkt ab. »Blässe ist jetzt in. Und die dunklen Haare. Du weißt schon, der Vampirlook. Du musst nur noch lernen, wie man ordentlich stalked, dann kannst du dich vor Weibern nicht mehr retten.«

Als ob ich das wollte. »Danke, kein Bedarf«, erwidere ich, muss aber doch grinsen.

Sevi lenkt den BMW auf einen freien Platz. Den See kann man nicht sehen, das Vereinsheim und eine hohe Hecke trennen den Parkplatz vom Wasser. Bässe dröhnen zu uns herüber und hin und wieder ein paar Klänge Musik. Die Party ist in vollem Gange.

»Wie du willst. Ich brauche jedenfalls unbedingt noch so eine blonde Barbie als Freundin, damit meine Ausstattung komplett ist.«

Bin ich froh, dass außer mir niemand in der Nähe ist. Sevi klingt, als ob er wirklich der Arsch ist, für den ihn alle halten. Man muss ihn gut kennen, um die Ironie aus seinen Worten herauszuhören. Zynisch war er schon immer, aber seit den letzten Semesterferien im März, als er zum Segeln in Kiel war, ist es besonders schlimm.

»Kommt bestimmt gut, wenn du das genau so sagst.«

Sevi steigt aus und knallt die Tür hinter sich zu. »Ich muss gar nichts sagen. Die sehen alle auch so, was Sache ist. Managerarsch in der Mache.«

Deswegen macht er es also. Damit alle sofort bemerken, wofür er sich hält. Das ist extrem. Selbst für ihn.

»Zum Glück gibt's genug Leute, die da drauf stehen.« Es klingt bitter.

Ich runzele die Stirn. Ob irgendwas vorgefallen ist? »Sevi …«

»Steigst du jetzt aus, oder was?« Sein Grinsen ist wieder da, aber es sitzt sperrig in seinem Gesicht. Zu groß, so als würde es nicht ganz draufpassen. Er hält den Autoschlüssel auf mich gerichtet wie eine Pistole. »Sonst muss ich dich einsperren.«

»Was für eine Drohung in einem Cabrio.« Bevor ich nach dem Türgriff fassen kann, piepst es zweimal, und das Auto ist zu.

»Du hast es nicht anders gewollt.«

Mir bleibt nichts anderes übrig, als mich über die Autotür zu schwingen.

Sevi geht schon auf die alte Jugendstilvilla zu, die dem Club als Vereinsheim dient. Ein ziemlich nobles Vereinsheim, das nichts mit den muffigen Umkleiden eines herkömmlichen Ruder- und Segelclubs gemeinsam hat, sondern mehr wie ein Fünf-Sterne-Hotel wirkt. Trotzdem fühle ich mich immer wie zu Hause. Schon als Kind war ich ziemlich oft hier. Mein Vater war Mitglied, bevor meine Eltern sich getrennt haben und er zurück nach Hamburg gezogen ist. Mich wollte er auch fürs Rudern begeistern, und eine Weile habe ich wirklich versucht, es zu mögen. Ohne Erfolg.

Sevi hält eine Chipkarte vor den Scanner an der Tür. »Severin Thalberg« steht in geschwungenen Lettern auf silbergrauem Grund. Natürlich hat er die Platinkarte.

Die Tür öffnet sich, und wir betreten die große Eingangshalle. Laut hämmert uns die Musik entgegen. Das Lied ist nicht so mein Fall, aber es hat diese Beats, die einem direkt in die Knochen fahren und einen mitreißen, ob man will oder nicht. Wir durchqueren den Saal, der bis auf ein paar Stühle wie leer gefegt ist. Die Lautsprecher stehen an den weit geöffneten Flügeltüren, die auf die Seeterrasse führen, und beschallen Park und Seeufer.

Normalerweise sind nur wenig Menschen auf dem Gelände. Der Club nimmt nicht jeden auf, und es gibt jahrelange Wartelisten für die wenigen Anlegestellen für Segelboote. Heute ist die Terrasse allerdings gestopft voll. Eigentlich darf jedes Mitglied höchstens zwei Gäste mitbringen. Nur für die legendären Beachpartys wird diese Regel aufgehoben, und das wird ordentlich ausgenutzt.

»Wohin?«, frage ich. Ich habe nicht viel Lust, mich unter die schwitzenden Leiber auf der Terrasse zu mischen. Es ist auch so heiß genug.

»Erst mal zum Boot.«

»Klingt gut. Einmal kurz ins Wasser.«

Sevi gibt einem Kellner noch ein paar Anweisungen. Wahrscheinlich bestellt er Getränke aufs Boot. Dann drängen wir uns durch die Menge. Der Anlegesteg, auf den Sevi zuhält, erfreut sich großer Beliebtheit. Menschen liegen dort auf bunten Handtüchern, die so genau ineinandergepasst sind wie Tetrisblöcke, um ja keinen Quadratzentimeter wertvollen Stegplatz zu verschwenden. Auf dem Weg zu Sevis Boot bemühen wir uns, nur auf die schmalen Streifen Holz zu treten, die zwischen den Handtüchern frei geblieben sind. Mehr als einmal müssen wir über jemanden klettern.

Sevi starrt unverhohlen die Mädchen an, an denen er vorbeikommt. Was er sieht, scheint ihm zu gefallen. Ich riskiere auch einen Blick, um zu sehen, was er so interessant findet, und stoße prompt mit dem Fuß gegen jemanden.

»Tut mir leid«, sage ich zu dem Mädchen, das vor mir auf dem Rücken liegt. Zum Glück habe ich nur ihren Fuß erwischt.

Sie stützt sich auf, bis sie halb sitzt. »Macht doch nichts.« Es ist die Blonde von vorhin. Sie grinst äußerst sympathisch. »Du darfst jederzeit über mich drübersteigen.«

Meine Mundwinkel zucken. So viel zu meiner Theorie, dass sie einem *Gespräch* nicht abgeneigt wäre. Unter normalen Umständen hätte ich ihr Angebot in Erwägung gezogen. Im Moment steht mir allerdings nicht der Sinn danach. Sofie ist gerade erst ausgezogen, und ich genieße es viel zu sehr, meine Wohnung wieder für mich alleine zu haben. »Danke, aber aktuell komme ich noch an der Seite vorbei.«

Die Brünette neben ihr kichert. Die Blonde grinst nur noch breiter. »Dann vielleicht später.«

Ich will sie nicht vor ihrer Freundin in Verlegenheit bringen, indem ich ihr rundheraus sage, dass ich kein Interesse habe. Deswegen zwinkere ich ihr nur nichtssagend zu und schlängele mich weiter über unzählige Arme und Beine, bis ich beim Boot ankomme. Eigentlich gehört es Sevis Eltern, aber die kümmern sich nicht mehr darum, und Sevi hat es irgendwann usurpiert. Zusammen mit der wertvollen Anlegestelle im Club.

Segeln ist eines meiner wenigen Hobbys, die über die Jahre hinweg geblieben sind. Sevi und ich machen es schon so lange, dass es zu einer Art Tradition geworden ist, sonst hätte ich auch damit bestimmt längst aufgehört. Ich ziehe das Boot mit dem Tau an den Steg und gehe mit einem großen Schritt an Deck. Heute werden wir natürlich nicht ablegen. Beinahe tut mir das leid, denn so richtig Bock habe ich nicht auf die Party. Eine Runde über den See würde mir jetzt besser in den Kram passen.

Sevi sieht das offensichtlich anders, denn er kommt mir mit der improvisierten Gangway entgegen. Sie ist normalerweise verräumt, wir benutzen sie nie.

»Ich werf mal die Angel aus.« Sevi hebt vielsagend die Gangway. Bei seinen Aufreißerplänen setzt er wohl voll auf die Anziehungskraft seines Segelboots. Und wahrscheinlich wird es funktionieren. Es ist zwar relativ klein und mehr auf Sport als auf gemütliches Kreuzen vor der Küste ausgelegt, trotzdem weckt es immer Interesse.

Ich steige die Treppe in die winzige Kajüte hinunter, ziehe meine Klamotten aus und werfe sie auf die Sitzbank. Aus meiner Hose krame ich mein Handy, um noch mal schnell in den Thread im Forum zu schauen.

Eine neue Antwort von Stefan ist da.

Was, wenn jetzt wirklich etwas passiert ist? Was, wenn jetzt jemand gestorben ist und ich tatsächlich ein Herz bekäme? Ich weiß, es ist unwahrscheinlich, aber was, wenn?

Er sagt nicht, was er damit meint, aber ich weiß es genau. Er denkt, dass er dann Schuld hätte. Natürlich weiß er, dass das Blödsinn ist.

Trotzdem lassen sich diese Gedanken nicht einfach ausschalten. MiaLi hat noch nichts geschrieben, sie ist offline. Ich bemerke, dass Stefan immer noch den Thread anschaut. Er braucht eine Antwort. Aber es wird ihm nicht helfen, wenn ich ihm sage, dass er diese Gedanken wegschieben soll. Das macht es nur noch schlimmer. Und die Schuldgefühle heftiger. Ich denke an den Tipp, den meine Mutter in so einem Fall gibt. Sie hat ihn von einem befreundeten Psychotherapeuten, der ihre Patienten nach der Transplantation betreut.

Du musst diese Gedanken zulassen, Stefan. Es ist okay, sie zu haben. Du bist deswegen kein schlechter Mensch. Sollte es schlimmer werden, zögere nicht, dir Hilfe zu suchen. Es wäre gut, wenn du auch außerhalb des Forums mit jemandem darüber sprechen könntest. Jemand, der sich auskennt und dir helfen kann, damit umzugehen. Dein Arzt kann dir zum Beispiel ein paar Stunden bei einem Therapeuten verschreiben.

Vielleicht hätte ich das mit der Therapie nicht schreiben sollen. Noch nicht. Aber es ist zu wichtig, um es ungesagt zu lassen. Die meisten warten einfach viel zu lange.

Therapie? Ich weiß nicht.

Bevor ich etwas antworten kann, erscheint ein weiterer Post von MiaLi. Ich habe gar nicht gesehen, dass sie wieder online ist.

Denk nicht, dass Therapie nur was für Bekloppte ist. Ich habe auch eine gemacht. Magst du in den Chat kommen? Dann können wir darüber reden.

Das wäre super, danke.

Weg sind sie. MiaLi ist wirklich toll. Ich habe schon öfter darüber nachgedacht, sie ins Moderatorenteam zu holen. Sie hat das im Griff, da bin ich sicher. Die beiden brauchen mich jetzt nicht. Dafür brauche ich dringend eine Abkühlung. Unter Deck ist es besonders heiß, mir rinnt der Schweiß in Strömen runter. Ich schiebe das Handy zurück in meine Hose, gehe wieder an Deck und halte nach Sevi Ausschau. Er hat die Gangway ausgelegt und steht mit einem Fuß auf dem Steg. Schon jetzt ist er mit einem Mädchen ins Gespräch gekommen, und es sieht nicht so aus, als ob er sich loseisen würde, um kurz ins Wasser zu hüpfen. Auch gut.

Da die Boote nur einreihig liegen, kann ich vom Heck ins Wasser. Ich springe kopfüber hinein, die Stelle kenne ich gut genug. Zuerst ist es scheißkalt, wie immer. Der Starnberger See wird nie wirklich warm. Nachdem ich eine Runde gedreht habe, lässt der Schmerz nach, es wird erträglich. Diesen Moment liebe ich besonders. Wenn der Kältereiz in den Muskeln zu Wärme wird. Ich mache noch ein paar Schwimmzüge, bevor ich mich wieder auf das Boot ziehe.

Der Himmel über den Bergen färbt sich orange, und von der Sonne ist nicht mehr viel übrig. Trotzdem ist die Luft noch warm genug, um die Kälte des Sees aus meiner Haut zu vertreiben. Im Hintergrund wird die Musik lauter, als wäre die einsetzende Dunkelheit ein Signal, dass jetzt ernsthaft gefeiert wird. Prompt leert sich der Steg ein wenig, und die ersten Sonnenanbeter machen sich auf den Weg zur Bar oder zur Tanzfläche.

»Noah?« Sevi steht mit ein paar Kumpels und einigen Mädchen am Bug. Offensichtlich hat die Gangway ihren Dienst getan. Er hebt ein Glas in meine Richtung. »Champagner?«

Champagner markiert immer den Auftakt. Ich seufze. Auch hier wird jetzt wohl ernsthaft gefeiert. Ich gehe zu den anderen hinüber. Schließlich hat mich niemand gezwungen zu kommen, und ich will kein Spielverderber sein. Ist ja auch nicht so, als hätte ich generell was gegen Partys.

Unter den Mädels, die bei Sevi stehen, ist auch die Blonde von vorhin. Sie zwinkert mir zu, während Sevi mir ein Glas in die Hand drückt. Nachlässig gießt er mir Champagner ein, bis er überschäumt und mir über die Hand läuft.

»Prost.« Die Blonde stößt ihr Glas gegen meins und schaut mir tief in die Augen. Sie hat hübsche Augen, braun. Ich kann nicht widerstehen und betrachte den Rest von ihr. Der knappe Bikini verhüllt nichts, die kurze Jeans hat sie inzwischen auch ausgezogen. Die sanfte Rundung ihrer Brüste lässt mich nicht kalt, das gebe ich zu.

»Du bist noch ganz nass.« Sie hebt eine Hand und folgt mit den Fingerspitzen ein paar Tropfen, die aus meinen nassen Haaren auf meine Brust fallen. Ihre Berührung prickelt auf meiner Haut und nicht nur dort. Schließlich bin ich nicht aus Stein.

Ich muss wohl endlich deutlicher werden. Obwohl sie so rangeht, macht sie nicht den Eindruck, als ob sie nur einen One-Night-Stand sucht, und mehr kann ich ihr zurzeit nicht bieten. Oder besser, ich will ihr nicht mehr bieten. Ihr nicht und keiner anderen. Ich schiebe ihre Hand weg.

Statt ein enttäuschtes Gesicht zu machen, grinst sie nur. Es wirkt wie eine Kampfansage. Was meinen Entschluss fast ins Wanken bringt. Ob sie ahnt, wie sexy ich es finde, dass sie genau weiß, was sie will, und dass sie vorhat, es sich zu nehmen? Es weckt in mir den Drang, ihr zuvorzukommen.

Mit Sofie war es auch so. Leidenschaftlich. Der Gedanke an meine Ex ist wie ein kalter Wasserguss. Die Erinnerung an die grauenhaften letzten Wochen kommt wieder hoch. Wie lange es gedauert hat, bis wir endlich eingesehen haben, dass es so nicht weitergeht. Wie froh ich war, als es vorbei war. Ich habe nichts als Erleichterung gespürt, als sie ausgezogen ist. Nein. Es ist besser, wenn ich eine Pause mache.

»Ich ziehe mir mal was über.« Ohne der Blonden noch einen Blick zuzuwerfen, mache ich mich auf den Weg zur Treppe in die Kajüte.

Natürlich versteht sie es falsch und folgt mir. Verdammt. Ich hätte es wissen müssen. Unten angekommen, drehe ich mich zu ihr um.

»Studierst du auch BWL?«, fragt sie, bevor ich etwas sagen kann.

»Ja.« Falls man es studieren nennen kann, wenn man sich nie in den Vorlesungen blicken lässt.

Sie nimmt eine Strähne ihrer blonden Haare und zwirbelt daran herum, als wäre sie verlegen. Aber das freche Lächeln, das schon in ihren Mundwinkeln lauert, verrät sie. Verlegenheit liegt ihr nicht. »Das ist interessant.« Erstaunlicherweise macht es den Eindruck, als ob sie das ernst meint.

Sie macht einen Schritt auf mich zu. »Interessant und sexy.«

Sie steht also auf den Managertyp. Das erleichtert mich ein wenig, denn so fällt es mir leichter, sie abzuweisen. Ich bin nicht der Managertyp und werde es auch nie sein. Sie macht noch einen Schritt auf mich zu und stellt sich auf die Zehenspitzen.

Sanft schiebe ich sie weg. »Ich fürchte, daraus wird nichts.« Ich hoffe, sie ist nicht verletzt. Zu sagen, dass ich vergeben bin, wäre so viel einfacher, aber ich will nicht lügen.

Sie seufzt. »Na ja, es war einen Versuch wert.« Die sachliche Art, auf die sie es sagt, bringt mich zum Lachen. Sie ist wirklich sympathisch.

Ich grinse schief. »Tut mir leid.«

»Ach, schon gut.« Sie zupft an ihrem Bikini herum. Diesmal wirkt es nicht, als würde das zu ihrem Plan gehören.

»Der Managertyp, hm?«, frage ich.

Sie grinst verlegen. »Ja. Ich weiß auch nicht, das macht mich total an.«

»Dann solltest du dir Sevi näher anschauen, der passt viel besser in dein Beuteschema als ich.« Und sie passt, zumindest dem Aussehen nach, genau in seins. Nur ist sie ihm wahrscheinlich zu nett und zu witzig für seinen aktuellen Selbsthasstrip, der ihn nach einer hohlköpfigen Barbie suchen lässt.

»Das ist dann wohl mein Stichwort.« Sie zwinkert mir noch mal zu und steigt die Treppe wieder rauf. Dabei wackelt sie mit dem Po und lacht leise, als ob sie genau wüsste, dass ich mir einen Blick nicht verkneifen kann.

Ich reiße mich los und gehe zu meinen Sachen. Im Forum ist immer noch nichts los. Als ich mich angezogen habe und wieder nach oben komme, ist die Blonde verschwunden, aber nicht zusammen mit Sevi, der ist noch da. Schade. Irgendwie hätte sie mir als seine Freundin gefallen.

»Wir wollen zur Bar, Noah, kommst du mit?«

»Klar, warum nicht.«

Gemeinsam mit Sevis Kumpeln, auch BWLer, und den zwei Mädchen, die noch übrig sind, machen wir uns auf den Weg zur Terrasse. Daneben ist eine Strandbar aufgebaut. Sevi schmeißt eine Runde Cocktails. Eines der beiden Mädchen trinkt ihren auf ex. Als sie meinen Blick bemerkt, kichert sie. »Wette verloren. Ich habe getippt, dass ihr Jura studiert.«

Ich verkneife mir ein Augenrollen. Die anderen setzen ein Gespräch fort, das sie offensichtlich schon auf dem Boot angefangen haben. Eines, das mir wie so oft das Gefühl gibt, fehl am Platz zu sein. Es dreht sich um Praktikumsplätze bei hochkarätigen Firmen.

»Papi bringt mich schon unter«, sagt Sevi gerade. Dabei weiß ich genau, dass er lieber sterben würde, als zu seinem Vater in den Betrieb zu gehen. Er wurde von einer Firma in London genommen, wo er sich still und leise beworben hat, ohne Empfehlung seines Vaters und weit weg von allen Möglichkeiten, durch Vitamin B nach oben zu kommen.

»Und du, Noah?«, fragt das Mädchen, das die Wette verloren hat.

In diesem Moment verkündet mein Handy eine neue Nachricht. Zum Glück. So muss ich nicht vor allen zugeben, dass ich mich noch nicht mal beworben habe. Ich schaue auf das Display. Jemand hat sich neu im Forum angemeldet und in das Vorstellungsboard gepostet.

»Ich bin mal kurz weg.« Ich hebe das Handy.

Sevi sieht auf. »Schon wieder das Forum?«

»Ja, eine neue Anmeldung.«

»Und die kann nicht warten?«

»Nein, kann sie nicht«, erwidere ich mit Nachdruck. Wenn sich jemand anmeldet, will er meistens dringend etwas loswerden. Es ist ja kein Forum, in dem einfach nur gelabert wird. Die Leute, die sich dort herumtreiben, brauchen Zuspruch. Und sie brauchen ihn sofort. Ganz besonders an dem Tag, an dem sie sich anmelden. Deswegen will ich sie nicht warten lassen und lasse mich sofort benachrichtigen, wenn sich jemand neu registriert.

»Pass auf, das könnte man dir glatt als Begeisterung auslegen.« Sevi wendet sich mit einem traurigen Gesicht an seine Kumpel. »Ich weiß nicht, was ich bei ihm falsch gemacht habe, ehrlich. All die Semester BWL für die Katz.«

»Ach, das täuscht«, sage ich. Ich mag das Forum, es macht mir Spaß. Aber ob ich es Begeisterung nennen würde? Manchmal glaube ich, dass ich viel mehr als Sevi das Klischee des BWL-Studenten erfülle, den nichts bewegt und nichts interessiert. Sevi bedient es nach außen hin, mit seinen Klamotten, seinen Autos und seinen dummen Sprüchen. Aber in Wirklichkeit bin ich es, der innerlich hohl ist.

Ich dränge mich durch die Menschenmasse vor der Bar und halte nach einem freien Strandkorb Ausschau. Die meisten stehen so, dass man nicht hineinsehen kann, und ich muss sie nicht überprüfen, um zu wissen, dass sie besetzt sind. Aber ein paar stehen mitten auf der Wiese, für alle einsehbar, und einer davon wird gerade frei. Ich lasse mich reinfallen und mache mich breit, damit keiner auf die Idee kommt, dass ich Gesellschaft will. Dann mache ich das Forum auf.

Ein neuer Post von Gwerlin. Interessanter Nick, hört sich an wie ein Zwerg aus irgendeinem Film. Ich checke das Geschlecht. Ein Mädchen, 19 Jahre alt. Vielleicht erklärt sie ja im Woher-kommt-dein-Nick-Thread, was Gwerlin bedeutet. Ich lese mir ihre Vorstellung durch.

Ich bin 19, wohne in Berlin, habe ein neues Herz bekommen und will mich mit anderen darüber austauschen.

Das ist alles. Ich lese den Satz noch einmal und versuche zu erkennen, ob sie die Wahrheit sagt. Es ist nicht immer leicht, einen Troll zu entlarven, und leider rutschen mir manchmal welche durch. Früher, nachdem ich das Forum auf Bitte meiner Mutter eingerichtet hatte, war es nach der Anmeldung sofort zugänglich. Da war ich noch naiv und wusste nicht, wie grausam Menschen sein können. Dass es Leute gibt, die sich in Foren anmelden und eine erfundene Krankheitsgeschichte erzählen. Mit allen Details. Manchmal klauen sie die Geschichten von echten Patienten, manchmal recherchieren sie einfach gut. Sie wollen Aufmerksamkeit oder geilen sich an mitleidigen Kommentaren von anderen auf, ich weiß es nicht. Ich weiß nur, dass es mich unglaublich wütend macht.

Vor zwei Jahren hat eine Userin nach langer Zeit im Forum, nachdem sie viele Freundschaften geschlossen hat, sogar ihren Tod vorgetäuscht. Viele haben um sie getrauert, auch ich. Als herauskam, dass sie gar nicht gestorben war, hätte das beinahe das Forum zerstört, weil plötzlich jeder jeden für ein Fake hielt. Danach habe ich beschlossen, dass man nur noch nach Freischaltung reinkommt.

Ich lese noch einmal die knappe Vorstellung von Gwerlin. Es sind die sehr kurzen und die sehr langen Vorstellungen, die besonders verdächtig sind. Die mit vielen Details oder die ganz ohne. Ihre ist einfach zu knapp. So kann ich sie nicht freischalten. Ich klicke auf »antworten«.

Wie lange ist deine Tx denn her?, frage ich.

Wenn jemand schon nicht weiß, dass Tx als Synonym für Transplantation verwendet wird, ist das ein ziemlich sicheres Zeichen, dass er ein Troll ist. Natürlich kann man es auch erraten oder googeln. Dass jemand es weiß, bedeutet also gar nichts.

Wenige Sekunden später leuchtet die Antwort auf. Gwerlin wartet anscheinend sehnsüchtig auf die Freischaltung. Oder sie hat nur große Langeweile.

Vier Monate. Vor einem Monat wurde ich aus der Reha entlassen.

Drei Monate Krankenhaus und Reha ist ziemlich lang, aber es kommt vor. Möglich, dass sie die Wahrheit sagt. Oder sie ist schlau und gibt lieber eine zu lange Zeit als eine zu kurze an.

Das war sicher nicht leicht für dich. Erst die Krankheit, auf ein Herz warten und dann hinterher auch noch so lange in der Reha festsitzen.

Ein bisschen Anteilnahme ist wichtig, damit sie sich nicht fühlt wie bei der Inquisition. Falls sie die Wahrheit sagt, will ich sie nicht vor den Kopf stoßen.

Diesmal kommt die Antwort nicht so schnell. Vielleicht ahnt sie, dass ich mir nicht sicher bin, und recherchiert, bevor sie etwas schreibt.

Ich mochte die Reha. Da habe ich mich sicher gefühlt.

Ich verenge die Augen. Das klingt ehrlich und nicht wie jemand, der sich alles nur ausgedacht hat. Eher wie jemand, der dringend Zuspruch braucht. Jemand, der sich in seinem neuen Leben nicht gut aufgehoben fühlt und Angst hat. Tatsächlich ist das gar nicht so selten.

Natürlich kann sie auch das irgendwo gelesen haben.

Kann ich gut verstehen, tippe ich. *Es ist beruhigend zu wissen, dass sofort jemand kommen kann, wenn etwas ist.*

Und die Leute erwarten nichts.

Auch das erscheint mir sehr authentisch. Es könnte der Grund sein, warum sie sich im Forum angemeldet hat. Um mit Fremden reden zu können, die sie nicht kennen und nichts von ihr verlangen.

Wer erwartet denn etwas?

Wieder dauert die Antwort länger. Ich stelle mir vor, wie sie vor dem Bildschirm sitzt, etwas tippt, dann wieder löscht, in dem Versuch, mit wenigen Worten zu sagen, was sie bedrückt.

Alle.

In diesem einen Wort steckt so viel Verzweiflung, dass ich anfange, ihr zu glauben. Mein Finger ist schon fast auf dem Weg zum Moderationszentrum, wo ich sie freischalten kann. Aber dann will ich es doch noch genauer wissen. Bevor ich nachfragen kann, macht sie einen Doppelpost.

Mein Vater, meine Mutter. Mein Bruder. Einfach alle.

Während ich noch überlege, erscheint ein dritter Post.

Ich kann nicht mehr.

Der letzte Satz berührt etwas in mir. Wenn sie das so offen postet, hier im Vorstellungsboard, muss es ihr ziemlich dreckig gehen. Langsam tut sie mir leid. Gleichzeitig macht mich das besonders wachsam. Trolle haben ein Händchen dafür, Mitleid zu erzeugen. Aber so ein Satz ist immer ein Warnsignal, das man ernst nehmen muss. Ich kann nicht riskieren, dass sie echt ist und mit solchen Gedanken alleine bleibt. Außerdem glaube ich, dass ein Troll so etwas ausführlicher schreiben würde, um mich zu überzeugen. Ich klicke auf das Moderationszentrum und schalte sie frei. Danach schicke ich eine private Nachricht an meine beiden Co-Moderatoren, damit sie sie im Auge behalten. Auch ich werde sie überwachen.

Hast du jemanden, mit dem du darüber reden kannst?, poste ich.

Nein.

Es kommt wie aus der Pistole geschossen.

Verdammt. Das klingt gar nicht gut.

Ich habe dich freigeschaltet, antworte ich.

Ich empfehle ihr ein Thema, in das sie schreiben kann. Es ist unser Notfallthread, wo man fast immer sofort Zuspruch bekommt, wenn es einem schlechtgeht. Auch Neulinge werden ermutigt, dort zu posten. Sie sollen sofort Unterstützung bekommen, nicht erst nach ein paar Wochen.

Ich sehe, dass sie sich den Thread anschaut, aber sie schreibt nichts. Unendlich lange hängt sie rum, liest vielleicht. Dann ist sie verschwunden. Immer noch bin ich mir nicht sicher. Ist sie doch ein Troll und bereitet jetzt erst mal einen herzzerreißenden Beitrag vor? Oder glaubt sie, dass auch das Forum ihr nicht helfen kann?

Was sie dann vielleicht tut, daran will ich gar nicht denken.

Kapitel 4

www.jungundherzkrank.de/Forum/Intern/showtopic34415
Re: Beziehungskram
Antwort von Gwen (vor elf Monaten)
»Ich fühle mich so mies, weil ich nicht mehr mit Alex schlafen darf.«

Gwen

Bewegungslos sitze ich vor dem Computer, das neue Forum ist geöffnet. Schreib etwas. Jetzt. Ein stummer Befehl ohne Wirkung. Meine Finger zucken nicht mal, sie wissen, ich meine es nicht ernst. Zwei Wochen ist es her, dass Noah mich freigeschaltet hat, und ich habe noch keinen Post verfasst. Der Thread, den er mir empfohlen hat, hat geholfen. All die Beiträge von anderen, die sich niemandem sonst anvertrauen können. Auch der knappe Beitragswechsel mit Noah im Vorstellungsboard hat gutgetan, weil er nicht geurteilt hat. Er hat nur nachgefragt, als hätte er echtes Verständnis für mich.

Noah hat meinen Vorstellungsthread noch am gleichen Tag gelöscht, das macht er anscheinend immer so. Danach habe ich mich quer durchs Forum geklickt, die neueren Themen und die aktiven User kenne ich mittlerweile. Auch von Noah habe ich unzählige Posts gelesen. Er schreibt viel und antwortet immer. Es kommt mir vor, als wäre er Tag und Nacht online, damit niemand lange auf Antwort warten muss. Wenn ich etwas poste, wird er darauf auch antworten.

Seit Tagen überlege ich, was ich schreiben soll. Anfangs fließen die Worte aus mir heraus, aber wenn ich es dann durchlese, kommt es mir viel zu dramatisch vor, und ich lösche es wieder. Dabei würde ich mir dringend wünschen, endlich etwas zu posten. Ich sehne mich danach, dass sie mir antworten. Ich sehne mich danach, zu wissen, ob es anderen genauso geht wie mir.

Sogar auf Papier habe ich einen Entwurf gemacht, weil ich gehofft habe, dass es mir dann leichter fällt. Hinterher ist mir aufgefallen, wie dämlich das ist. Jemand könnte das Papier finden. Ich habe es im Waschbecken verbrannt.

Es klopft an meiner Tür, und ich zucke zusammen. Schnell klicke ich das Forum weg.

»Kann ich reinkommen?« Es ist Tom.

»Meinetwegen.« Lieber wäre mir, er würde draußen bleiben. Seit dem Laufdesaster habe ich mich davor gedrückt, wieder mit ihm rauszugehen. Meine tägliche Runde mache ich, wenn er in der Uni oder mit Freunden unterwegs ist.

Tom lässt sich aufs Bett fallen. »Hast du endlich deinen Trainingsplan?«

»Nein«, erwidere ich beinahe trotzig. Sein fordernder Tonfall geht mir gegen den Strich.

»Warum nicht?«

Was geht dich das an? Warum lässt du mich nicht in Ruhe? Kannst du nicht einfach verschwinden? Ich sage nichts davon. Er meint es nur gut. »Ich habe ihn eben noch nicht. Keine Ahnung, warum das so lange dauert.«

»Vielleicht ist deine E-Mail verlorengegangen, und sie antworten deshalb nicht?«

Sie antworten natürlich deshalb nicht, weil ich nie eine E-Mail geschrieben habe. Ich hebe demonstrativ die Schultern. »Weiß nicht.«

»Mensch, Gwen, dann schick sie noch mal. Frag nach. Kann doch nicht so schwer sein.«

Hat er eine Ahnung. Zurzeit ist für mich alles schwer. Aufstehen. Spazieren gehen. Essen. Manchmal habe ich nicht mal genug Energie, um den Fernseher anzuschalten und mich berieseln zu lassen. Wenn ich alleine wohnen würde und nicht gezwungen wäre, für das Herz aufzustehen und rauszugehen, hätte ich wahrscheinlich seit Tagen die Sonne nicht mehr gesehen.

»Ist ja gut. Ich frage nach«, sage ich, um ihn abzuwimmeln.

Er hebt eine Augenbraue. »Wirklich?«

Wut steigt in mir auf. Ich will sie runterschlucken, will ihn nicht anschreien. Es gelingt mir nicht ganz. »Ja, verdammt. Aber nur, wenn du mich dann endlich damit zufrieden lässt«, fauche ich. »Und jetzt verschwinde.«

Tom hebt beschwichtigend die Hände und steht auf. »Bin schon weg.«

Sofort tut es mir leid. »Sorry«, grummele ich. »Ich wollte dich nicht anschreien.« *Und lügen auch nicht, aber du lässt mir keine Wahl.*

»Kein Problem, ich verstehe das.« Er grinst anzüglich. »Du willst mich loswerden, damit du dich für Alex hübsch machen kannst. Wo ihr doch heute sturmfreie Bude habt.«

Ich stöhne innerlich. Alex. Den hatte ich ganz vergessen. Ihn und die Tatsache, dass er bestimmt seit sechs Wochen auf eine Gelegenheit wie diese wartet. Seit ich aus der Reha entlassen wurde. Sturmfrei. Meine Eltern sind übers Wochenende weggefahren, und Tom schläft bei einem Freund. Wir haben das Haus die ganze Nacht für uns. Unwillkürlich zuckt mein Blick zum Bett.

Toms Grinsen wird breiter. Erst als ich ihn finster anstarre, verzieht er sich endlich und lässt mich mit dem dumpfen Ziehen in der Magengrube zurück. Ich stütze das Gesicht in die Hände. Was soll ich tun? Alex wird es erwarten. Er sagt es nie, aber sicher denkt er es. Er ist neunzehn und hatte seit einem Jahr keinen Sex. Ein Jahr, in dem er immer bei mir war. Natürlich erwartet er es. Und er geht bestimmt davon aus, dass ich es auch möchte. Tom hat recht. Ich sollte mich für Alex hübsch machen. Es ist das Mindeste, was ich tun kann.

Mühsam raffe ich mich auf und gehe in das Bad, das ich mir mit Tom teile. Sein Schweizer Taschenmesser liegt auf der Ablage. Seit er seinen Nagelklipser verlegt hat, benutzt er das dafür. Ich weiß, dass ich mich darauf einstellen kann, es eine Weile hier liegen zu sehen. So macht er es immer, wenn etwas kaputt- oder verlorengegangen ist. Er nimmt einfach irgendwas anderes, ein Provisorium, das dann zur Dauereinrichtung wird.

Ich hole meine Schminksachen aus dem kleinen Schrank über dem Waschbecken. Sie liegen unangetastet dort, seit ich vor einem Jahr ins Krankenhaus musste. Trotzdem ist der Concealer nicht eingetrocknet, und auch der Rest scheint noch in Ordnung zu sein. Mit dem Abdeckstift betupfe ich ein paar rote Flecken auf meinen Wangen und die Schatten unter meinen Augen. Dann öffne ich die Tube mit dem Make-up und trage es auf. Hoffentlich gefällt es Alex. Das, und was ich sonst noch vorhabe. Das, worauf er seit einem Jahr gewartet hat. Er hat es verdient, dass ich ihm endlich etwas zurückgebe.

***

Als Alex wenig später klingelt, habe ich mich sogar in ein Kleid geworfen. Es sitzt etwas enger als vor der Transplantation und spannt ein wenig um Brust und Bauch, aber es passt noch. Ich laufe die Treppe hinunter und öffne die Tür.

Sofort fällt sein Blick auf mein Kleid und wandert dann nach oben. »Du siehst hübsch aus.« Ein Lächeln breitet sich auf seinem Gesicht aus, in dem ich nicht nur Bewunderung, sondern auch Erleichterung lese. Weil ich endlich mal was anderes anhabe als schlabbrige Hosen und ausgebeulte Pullis. Weil ich mich aufgerafft habe. Weil hübsch und gesund für viele Menschen das Gleiche ist.

Ich zwinge mich, sein Lächeln zu erwidern. »Du siehst auch gut aus.« Um das zu wissen, muss ich ihn nicht mal ansehen. Selbst wenn er gerade aus dem Bett gefallen ist, sieht er gut aus. Was natürlich auch daran liegt, dass ihm dieser leicht unordentliche Look besonders gut steht. Seine schlaksige, lässige Art fand ich früher ziemlich sexy, genau wie seine stets verwuschelten blonden Haare und die Brille, die ihm einen nerdigen Touch verleiht. »Komm rein.« Ich lasse ihn vorbei.

Er zieht sich seine braunen Chucks aus und schiebt sie neben meine unter die Heizung. Selbst unsere Schuhe scheinen untrennbar zusammenzugehören.

»Ich hab ein paar DVDs mitgebracht. Ein bisschen was von allem. Was Romantisches, was Lustiges, was Trashiges, du kannst es dir aussuchen.« Er klopft auf seine Tasche mit der Aufschrift »Don't panic, the answer is 42«, bevor er sie neben seine Schuhe stellt. »Oder wir schauen uns alles an. Heute haben wir ja Zeit.«

Ich krampfe die Hände ineinander. Wir haben Zeit. Danach.

»Hast du Hunger?« Ich hoffe, dass er nein sagt.

»Ein bisschen, aber das kann warten. Vielleicht können wir später was bestellen?«

Erleichtert atme ich aus. »Gute Idee.«

»Sollen wir erst einen Film anschauen? Oder noch ein bisschen spazieren gehen? Supertolles Wetter ist anders, aber immerhin schüttet es nicht.«

Jetzt ist es so weit. Ich sollte ihm sagen, was ich vorhabe. Das ist nur nicht so leicht, mein Mund ist staubtrocken. »Eigentlich würde ich lieber nach oben gehen«, quietsche ich.

Er runzelt die Stirn. »Nach oben?«

»Nach oben«, wiederhole ich und hoffe, dass er endlich kapiert.

»Oh.« Erkenntnis leuchtet in seinen Augen auf. »Nach oben.«

»Ja.« Meine Wangen brennen, als hätte mir jemand eine Qualle durchs Gesicht gezogen.

Alex sieht mich prüfend an. »Bist du sicher?«

Nein. »Ja.«

»Ja?«

»Ja!« Wenn das Gespräch so weitergeht, eliminiert sich mein restlicher Wortschatz in den nächsten Minuten selbst. Aus Protest. »Kommst du?« Ich gehe zur Treppe, um ihm keine Gelegenheit zu geben, Zweifel zu äußern. Davon habe ich selbst genug, ich brauche seine nicht auch noch.

»Okay.« Ich höre seine Schritte hinter mir auf den Stufen. Gleichmäßig und ruhig, viel ruhiger als das Herz, das in meiner Brust rast.

In meinem Zimmer angekommen, warte ich an der Tür, bis Alex hereinkommt. Er steht mitten im Raum, anstatt sich wie sonst auf das Bett zu fläzen oder in den Schreibtischstuhl fallen zu lassen.

Auch ich stehe nur bewegungslos da und versuche, mich zu erinnern, wie wir es gemacht haben. Hat er mich zuerst geküsst oder ich ihn? Und danach? Was gefällt ihm? Was mag er? Ich weiß es nicht mehr. Ich weiß ja nicht einmal mehr, was mir selbst gefällt. Aber das spielt auch keine Rolle, schließlich geht es nicht um mich.

Langsam gehe ich auf ihn zu, mache den ersten Schritt, bevor ich den Mut verliere. Ich lege ihm meine Arme um den Hals und berühre seine Lippen mit meinen. Es ist ewig her, dass wir uns richtig geküsst haben. Er zieht mich vorsichtig an sich, als wäre ich zerbrechlich. Genauso ist auch sein Kuss. Zart und sanft, irgendwie schön. Und langweilig. Trotzdem wünschte ich, es könnte dabei bleiben. Ich hätte nichts dagegen, ihn eine Weile so zu küssen und dann aufzuhören. Nur habe ich es so nicht vorgesehen.

Ich ziehe seinen Kopf zu mir herunter und öffne den Mund, damit er versteht, dass ich es ernst meine. Er schiebt seine Zunge zwischen meine Lippen, in meinen Mund. Es weckt Erinnerungen daran, wie es früher war, wenn er mich so geküsst hat. Ein aufregendes Prickeln hat meinen ganzen Körper ergriffen, bis ich nichts so sehr wollte, wie ihn in mir zu spüren.

Jetzt fühle ich nichts.

Sicher liegt es an der langen Pause. Bestimmt lässt sich das nicht so einfach wieder anschalten. Ich dränge mich an ihn, um seinen Körper zu spüren, während er mich küsst. Ich fahre mit den Händen durch seine Haare, als könnte das etwas in mir wecken.

Nichts.

Alex schiebt mich langsam auf das Bett zu. Für ihn scheint alles wie immer zu sein. Genau wie damals. Ich schließe die Augen und versuche, mich ihm zu überlassen. Er spürt es noch, vielleicht weiß er dann auch noch, was zu tun ist. Er drückt mich sanft auf die Matratze, bis ich flach auf dem Rücken liege. Anstatt sich sofort dazuzulegen, sieht er mich an. Mustert meinen Körper in dem etwas zu engen Kleid, das nichts verbirgt. Auch nicht, dass meine Brustwarzen sich unter dem Stoff nicht abzeichnen. Hoffentlich übersieht er es.

Sein Blick wandert weiter. Ich fühle mich entblößt, als hätte er mich schon ausgezogen. Am liebsten würde ich mir die Hände vorhalten, aber das wäre total albern.

Offensichtlich hat er jetzt genug gesehen, denn er legt sich neben mich, halb auf mich, so dass er mich weiter küssen kann. Seine Hand streichelt über meinen Bauch, meine Seite, meine Arme. Ich schließe die Augen. Es ist schön. Beruhigend. Tröstlich.

Als er meine Brust berührt, zucke ich zusammen. Ich zwinge mich stillzuhalten. Widerstehe dem Drang, mich wegzudrehen. Es wird mir gefallen. Es muss. Sanft knetet er meine Brust durch den Stoff des Kleides. Er küsst meinen Hals, meinen Nacken, den Ansatz meiner Brust, der sich aus dem Ausschnitt wölbt. Ich presse die Lider fest zusammen. Wo bleibt das verdammte Kribbeln?

»Gwen?«

Ich schlage die Augen auf. Alex' Gesicht ist direkt über mir. In seinen blauen Augen steht Sorge. »Ist das okay so? Du musst mir sagen, wenn dir was wehtut.«

Wenn mir doch nur etwas wehtäte. Das wäre wenigstens irgendein Gefühl. »Nein, alles in Ordnung.«

Er knetet und streichelt weiter. »Spürst du die Narbe?«

Ich beiße mir auf die Lippen und schüttele den Kopf. »Nein. Mach weiter.«

Zweifelnd sieht er auf mich herunter. Natürlich, er merkt, dass etwas nicht stimmt.

»Bitte, mach weiter. Ich … ich brauche nur etwas Zeit, um mich daran zu gewöhnen.«

Ich nehme seine Hand und lege sie auf die Knopfleiste, mit der das Kleid vorne geschlossen wird. »Mach weiter.«

Er sieht nicht überzeugt aus. Trotzdem setzen sich seine Finger in Bewegung und öffnen die Knöpfe. Wieder küsst er mich, gibt sich Mühe, ist zärtlich, streichelt mich. Ich sollte nicht einfach so daliegen und nichts tun. Halbherzig lege ich die Arme um seinen Hals und streichele die nackte Haut in seinem Nacken. Er seufzt leise, er mag es.

Seine Fingerspitzen schieben das Kleid auseinander, bis meine Brüste offen daliegen. Er fährt mit der Handfläche darüber. Mochte ich das? Mag ich es jetzt? Warum tut sich dann nichts? Als seine Lippen sanft an meiner Brustwarze zupfen, wird sie doch noch hart. Ich presse mir die Faust auf den Mund, um nicht vor Erleichterung aufzuschluchzen.

Alex' Hand liegt auf meinem Oberschenkel. Er lässt sie langsam nach oben gleiten. Die Berührung gefällt mir, aber ich kann sie nicht genießen. Am liebsten möchte ich die Beine fest gegeneinanderpressen. Damit er nicht seine Hand dazwischen schiebt. Damit er nicht mit den Fingern unter meinen Slip fährt und merkt, dass ich nichts empfinde. Absolut nichts.

Er drängt sich an mich, und ich spüre deutlich, dass er sehr wohl etwas empfindet. Früher hat es mich immer unheimlich angemacht, seine Erektion zu spüren. Ich reibe mich daran, etwas mehr, warte auf den Stromstoß zwischen meinen Beinen.

Als Alex' Finger endlich meinen Slip beiseiteschieben und er mich vorsichtig dort berührt, wende ich den Kopf ab. Ich will die Enttäuschung auf seinem Gesicht nicht sehen. Ganz vorsichtig dringt er mit einem Finger in mich ein, als wollte er es nicht wahrhaben. Es tut nicht weh, aber es reibt. Ich zucke zurück. Sofort ist seine Hand verschwunden.

»Gwen …«

»Nein. Hör nicht auf.« *Gib mir noch eine Chance. Ich kann das.* »Bitte.«

»Ich glaube, wir sollten besser warten. Es langsam angehen. Wir müssen doch nicht sofort miteinander schlafen.«

»Nein!« Ich will nicht warten. Wenn wir warten, will ich es vielleicht noch weniger.

Meine Arme liegen immer noch um seinen Hals. Ich ziehe ihn zu mir herunter, löse gleichzeitig eine Hand und ziehe mir den Slip aus. Dann öffne ich seine Hose. Ich spüre, wie er sich verspannt, aber seine Erektion verrät ihn. Er will es. Ich umgreife ihn mit den Fingern, beinahe grob. Trotzdem stöhnt er auf.

»Das Kondom«, zische ich, während ich ihn schon halb auf mich ziehe.

Er lässt es nicht zu. Mit einer Hand stützt er sich ab und drückt sich von mir weg. »Nein, Gwen.« Sein Atem geht stoßweise. Er umgreift mein Handgelenk, bis ich meine Finger von ihm löse.

»Warum nicht?« Es kommt halb als Schluchzen heraus. Ich schlucke die Tränen mühsam herunter. Warum will er mich nicht?

»Weil ich es so nicht will«, antwortet er sanft. »Wir haben doch alle Zeit der Welt, wir können …«

»Nein. Nein!«, schreie ich. »Nein, wir können gar nichts.« Ich kann gar nichts. Ich habe es verdorben. Nach allem, was er für mich getan hat, schaffe ich es nicht mal, ihm das zu geben. Das eine, das ich geben könnte. Ich springe auf und renne in mein Bad. Ich schlage die Tür zu und sperre ab.

Wie erstarrt stehe ich da. Dem großen Spiegel vor mir hilflos ausgeliefert. Das Kleid hängt offen herunter, gibt meine Brüste frei. Und die Narbe. Er hat sie nicht berührt. Die ganze Zeit nicht. Kein Wunder, sie ist scheußlich. Hastig raffe ich die Hälften des Kleides zusammen und sinke an der Tür entlang nach unten.

Ich bin scheußlich.

»Gwen?« Alex ist auf der anderen Seite der Tür. Vielleicht hat er die Wange daran gelegt und lauscht. »Geht es dir gut?«, fragt er besorgt.

»Ja«, sage ich durch die Tränen, die meine Wangen herunterlaufen.

»Lass mich rein, bitte.« Er klopft leise gegen die Tür. »Lass mich dir helfen.«

Er will mir helfen? Immer noch? Mit tauben Fingern umklammere ich meine Knie, um das Zittern zu unterdrücken, das mich schüttelt. Er sollte mir nicht mehr helfen müssen. Ich bin gesund. Er hat genug getan.

»Bitte, Gwen, rede mit mir.«

O Gott, wie gerne ich ihm alles erzählen würde. Der Wunsch tut beinahe körperlich weh. Vielleicht würde er es sogar verstehen. Aber ich kann das nicht auch noch von ihm verlangen. Ich kann nicht auch noch meine schrecklichen Gedanken auf ihm abladen. Die Schuldgefühle, die mich zerfressen. Die Gleichgültigkeit, die nichts von mir übrig lässt.

Er hat genug getan.

»Nein. Wirklich, es geht mir gut.« Tränen hängen in meiner Kehle und dämpfen jedes meiner Worte.

Er schnaubt. »Klar. So klingt es auch.«

Ich öffne den Mund und atme tief durch, bis ich glaube, dass meine Stimme einen ganzen Satz tragen kann, ohne zu brechen. »Ach, das ist nur, weil ich es extra schön machen wollte, weißt du? Und jetzt ist es völlig danebengegangen.«

»Das macht doch nichts.« Ich kann das schwache Lächeln auf seinen Lippen hören. Das Lächeln, dessentwegen ich mich damals in ihn verliebt habe und das mir jetzt nichts mehr bedeutet. Wie kann ich nur so kalt sein?

»Das kann man nicht erzwingen. Wir warten einfach, irgendwann klappt es schon.«

»Ja«, lüge ich. »Irgendwann klappt es.« Es geht mir leicht von den Lippen. Das wenigstens kann ich für ihn tun.

»Kommst du jetzt raus oder übernachten wir so?«

»Nein. Ich komme nicht raus. Ich möchte allein sein, okay?« Ich will, dass er geht. Er soll nicht hier bei mir bleiben und immer weiter geben und geben, wie er es das ganze letzte Jahr getan hat. Mein Magen krampft sich zusammen. Ein Jahr. Ich habe ihm ein ganzes Jahr gestohlen.

»Gut, dann warte ich unten …«

»Nein!«, schreie ich. »Nein. Bitte. Geh nach Hause.«

»Gwen …« Immer noch sorgt er sich um mich. Kann er damit nicht aufhören? Ich verdiene das nicht. Ich verdiene ihn nicht.

»Bitte, tu mir den Gefallen.«

Ich höre ihn seufzen. »Gut. Aber ich rufe nachher an.«

»Tu das«, sage ich, damit er endlich geht. Wenn das Telefon klingelt, werde ich nicht abnehmen.

»Gut, dann … Bis später.« Es dauert eine Weile, bis ich an seinen Schritten höre, dass er sich entfernt. Als unten die Haustür ins Schloss fällt, sinke ich in mich zusammen. Ich liege auf den kalten Fliesen mitten im Bad, unfähig, mich zu bewegen. Meine nackten Brüste drücken unangenehm gegen den Boden, meine Wange ist an eine Fuge gepresst. Keinen Finger kann ich rühren.

Draußen wird es dunkel. Immer noch liege ich so. Mein Nacken tut weh, meine Knie schmerzen. Es fühlt sich seltsam gut an. Es soll wehtun. Ich schließe die Augen und sehe die Frau vor mir, die nachts in meine Träume kommt. Die Frau mit den erstarrten Augen. Ich weiß nicht, ob es sie wirklich gegeben hat und ob es ihr Herz ist in meiner Brust. Aber es ist jemand wie sie gewesen, der gestorben ist. Jemand, der vielleicht eine Familie hatte. Angehörige, die nächtelang an ihrem Bett gewacht haben, bis ihnen die schreckliche Wahrheit bewusst geworden ist. Bis ihnen klargeworden ist, dass sie eine Entscheidung treffen müssen, die kein Mensch jemals treffen sollte.

Sie haben sich dafür entschieden, die Organe zu spenden, vielleicht gegen ihr Bauchgefühl. Gegen die Hoffnung, dass der geliebte Mensch doch noch aufwacht. Weil die Vernunft ihnen gesagt hat, dass diese Hoffnung vergeblich ist.

Oder es war ein Ehemann, der nicht wollte, dass der Tod seiner Frau umsonst war, wenn er sie schon gehen lassen muss. Ein einziger Spender kann sieben Menschen das Leben retten. Sieben Menschen, die zusammen mit den Organen auch die Hoffnung der Angehörigen bekommen. Die niederdrückende Hoffnung, dass wenigstens wir durch dieses Opfer glücklich werden.

Was würde der Ehemann sagen, wenn er mich jetzt sehen könnte? Wenn er sieht, wie ich es ihm vergelte? Wenn er wüsste, dass ich mir wünsche, er hätte sich dagegen entschieden? Dass ich mir wünsche, ich hätte dieses Herz nie bekommen?

Mühsam setze ich mich auf. Es fällt mir schwer, alle Muskeln sind steif. Ich stehe auf, schwanke etwas, bis ich die Balance wiederfinde. Ich wanke zum Waschbecken. Drehe das heiße Wasser auf. Halte meine Finger darunter, bis sie warm werden.

Toms Taschenmesser liegt auf der Ablage.

Es wäre so einfach.

Wenn ich jetzt Schluss mache, müssten sie sich nicht mehr um mich kümmern. Alex müsste nicht mehr geben. Meine Eltern müssten keine Enttäuschung mehr aushalten. Ich müsste nicht mehr diese Leere ertragen.

Ich wende den Blick ab und fixiere meine Fingerspitzen. Das heiße Wasser läuft über meine Handgelenke. Nur zwei Schnitte. Auf jeder Seite einer. Das Blut läuft heraus, man verliert das Bewusstsein. Bis Alex anruft und merkt, dass ich nicht rangehe, bis er mit der S-Bahn wieder hierhergefahren ist, wäre es vorbei.

Ich strecke die Hand nach dem Messer aus und klappe es auf. Es liegt schwer in der Hand, viel schwerer, als man denkt. Welche Seite zuerst? Die linke. Ich bin Rechtshänder.

Die Klinge ist kalt auf meiner Haut. Und sie ist scharf. Ich muss nicht fest drücken, muss sie nur einmal kurz über meinen Arm ziehen.

Ein Tropfen Blut quillt hervor. Wie aus der Wunde, die die Frau mit den erstarrten Augen auf der Stirn hat. Die Spenderin, deren Ehemann ihr Herz gegeben hat. Das Messer wackelt in meinen Fingern und rutscht ab.

Ich kann das nicht tun. Ich darf das Herz nicht umbringen. Jemand muss es bekommen. Jemand, der es mehr zu schätzen weiß. Jemand, der die Hoffnungen des Ehemanns erfüllen kann. Mit steifen Fingern schließe ich das Messer und lege es zurück auf die Ablage. Es wird dort auf mich warten, bis ich jemanden gefunden habe. Ich drehe das Wasser noch etwas heißer und halte wieder meine Hände darunter. Bis es wehtut, bis meine Haut rot ist und ich es kaum noch aushalte.

Irgendwann drehe ich das Wasser ab und sehe auf mein Handgelenk herunter. Der Schnitt ist nicht lang und nicht tief. Nur eine oberflächliche Wunde. Ein Pflaster reicht.

Ich gehe zurück in mein Zimmer. Das Kleid hängt immer noch offen an mir herunter, aber das ist mir egal. Nur eines zählt noch. Ich muss jemanden finden. So schnell wie möglich.

Natürlich denke ich an Leni, wie gerne würde ich ihr das Herz geben. Alles würde ich ihr geben, aber es ist unmöglich. Sie hat eine andere Blutgruppe, und auch die restlichen Werte passen nicht. Außerdem würde sie es niemals nehmen.

Ich kann auch nicht im Krankenhaus anfragen, allein der Gedanke ist absurd. Sie würden mich sofort in die geschlossene Anstalt einweisen. Sie würden mich einsperren, damit ich mir nichts antun kann. Und wenn es mir doch gelingen würde, würden sie viel zu lange versuchen, mich zu retten. Und wenn das Herz dann noch schlägt, müssten sie ein Ärzteteam zusammenstellen, das entscheidet, dass ich wirklich tot bin und als Spender in Frage komme. Meine Familie müsste zustimmen, selbst wenn ich einen Organspendeausweis hätte. Und dann müssten sie einen passenden Empfänger suchen. Mit jeder Minute würden die Chancen für das Herz schlechter, und für ein

Herz, das schon einmal transplantiert wurde, ist Schnelligkeit sicher besonders wichtig.

Nein. Ich muss selbst nach jemandem suchen. Wie ich es anstellen soll, dass derjenige das Herz bekommt, weiß ich noch nicht. Eigentlich darf man sein Herz niemand Bestimmtem vermachen. Aber wenn ich jemanden finde, der es wirklich braucht und der passende Werte hat, und wenn dieser jemand bei mir ist, wenn das Herz zu schlagen aufhört, würden die Ärzte sicher keine kostbare Zeit verschwenden, um nach jemand anderem zu suchen. Ganz bestimmt nicht.

Ich schalte den Computer ein. Es gibt nur einen Ort, an dem ich suchen kann. Dort gibt es viele Menschen, die ein Herz brauchen, die mich nicht kennen und nicht um mich trauern müssen. Jetzt bin ich froh, dass ich nie etwas gepostet habe. Das macht es leichter.

Ich klicke auf »Neues Thema«. So lange wusste ich nicht, was ich schreiben soll. Jetzt ist es ganz einfach. »Herz zu verschenken«, tippe ich in den Betreff. »Blutgruppe AB+, restliche Werte auf Anfrage.«

Kapitel 5

www.herzforum.de/Leben-auf-der-Warteliste/topicreveal5682
Re: Warten, warten, warten und nichts tun – Zeitverschwendung ohne Ende
Antwort von Noah (vor zwei Monaten)
»Ich kann dich gut verstehen. Ich denke auch oft, dass mein Leben die reine Zeitverschwendung ist.«

Noah

Die Mikrowelle piept, und ich hole die Spaghetti von gestern raus. Auf dem Weg zum Tisch schiebe ich mir eine Gabel voll in den Mund. Die Tomatensauce schmeckt etwas schlapp, Parmesan wäre nicht schlecht. Ich gehe zum Schrank über der Mikrowelle und öffne ihn. Sofies Cornflakes-Packung fällt mir entgegen. Cornflakes habe ich schon immer gehasst, und die hier sind auch noch aus Vollkorn. Ich sollte sie endlich wegschmeißen, zusammen mit ihrem restlichen Kram. Mit der Packung in der Hand gehe ich zum Mülleimer und will sie reinstopfen, aber die Mülltüte ist voll bis oben hin.

»Verdammt«, fluche ich. »Dann eben nicht.«

Ich stelle die Cornflakes zurück in den Schrank, setze mich an den Küchentisch und vernichte die lauwarmen Spaghetti. Während ich den letzten Bissen kaue, räume ich Teller und Gabel in die Spülmaschine.

Mein Handy piept. Eine neue Benachrichtigung sagt mir, dass Gwerlin endlich etwas gepostet hat, und ich gehe in mein Arbeitszimmer. Ich muss ohnehin noch mal was an der Forensoftware machen, das geht mit dem Handy nicht.

Als ich an der Eingangstür vorbeikomme, höre ich ein merkwürdiges Heulen. Wie Wind, der um die Häuser pfeift. Aber es ist Juli, und München schwitzt unter einer Hitzewelle. Wahrscheinlich ist es Tobias. Er wohnt ein paar Stockwerke unter mir, und ihm ist völlig egal, dass man nach zehn Uhr abends nicht mehr bohren soll. Wenn er ein neues Loch braucht, macht er sich eins. Auch um ein Uhr nachts. Und jetzt ist es immerhin erst kurz nach zehn.

Im Arbeitszimmer fahre ich den Laptop hoch. Während ich warte, fällt mein Blick auf Sofies Tastatur am anderen Ende des großen Schreibtischs. Als sie gegangen ist, hat sie nur ihren Laptop mitgenommen. Und die Katze. Alles andere hat sie einfach stehen lassen: die externe Tastatur. Die passende Maus. Ihre Klamotten. Sogar ihr Fahrrad steht noch unten im Keller. Jeden Tag nehme ich mir vor, das Zeug rauszuschmeißen, es in große Säcke zu packen und wegzuwerfen. Ich habe ihr mal angeboten, es ihr zu bringen, aber sie will es nicht mehr. Lieber kauft sie alles neu, genug Kohle hat sie ja, seit sie ihr Internetportal meistbietend versteigert hat. Nicht, dass ich es ihr nicht gönnen würde, nur sitze ich jetzt mit ihrem Kram da, der sich überall in meiner Wohnung stapelt. Nie wieder lasse ich jemanden bei mir einziehen.

Der Computer klingelt, als wäre er stolz, dass er das Hochfahren endlich geschafft hat. »Hat auch lang genug gedauert«, murmele ich. Die Registry und der Autostartordner müssen dringend mal entrümpelt werden, sonst kann ich das Ding in Zukunft zwei Stunden vor Benutzung anschalten, damit es rechtzeitig bereit ist.

Als ich das Forum öffne, muss ich Gwerlins neuen Beitrag nicht lange suchen. Groß und breit steht er auf der ersten Seite.

»Scheiße.« Ich hab's gewusst. Ich wusste einfach, dass sie ein Fake ist. Wütend will ich auf »Thema löschen« klicken. Ich brauche drei Versuche, bis ich die Schaltfläche treffe. Beim letzten Mal dresche ich so fest auf die Maus ein, dass ich Angst habe, sie kaputt zu machen. *Nein, du hast es eben nicht gewusst,* sagt eine kleine gemeine Stimme in meinem Hinterkopf. *Du hast dich von ihr einwickeln lassen. Du hast dir sogar Sorgen um sie gemacht.* Die letzten zwei Wochen habe ich sie im Auge behalten, habe ihre Forenaktivität beobachtet. Habe eingestellt, dass ich benachrichtigt werde, wenn sie postet, damit ich ihr gleich antworten kann. Ich habe gesehen, dass sie viel gelesen hat. Wenn sie mal länger nicht da war, habe ich gehofft, dass das nicht Schlechtes zu bedeuten hat. Wie hat sie es nur mit diesen wenigen Zeilen von der Anmeldung geschafft, mich so mit reinzuziehen?

Mein Handy plärrt »Nur für dich« von den *Wise Guys.* Es ist Sofie. Das Lied habe ich nach der Trennung als Klingelton für sie eingestellt.

»Noah?« Es rauscht laut in der Leitung, als ob sie Auto fährt. »Du musst Miss Sunshine für mich nehmen.«

Kein »Hallo«. Kein »Wie geht's dir«. Kein »Tut mir leid, dass ich fremdgegangen bin und dich habe sitzenlassen«. Auch egal. Ich will es sowieso nicht hören. »Hast du niemand anderen, dem du sie geben kannst? Wie lange fährst du denn weg?«

»Nicht für den Urlaub. Für immer. Ich ziehe zu Enrico, und er ist allergisch. Du musst sie nehmen.«

Das Handy macht Ping, direkt in mein Ohr. Ein neuer Post von Gwerlin. Gottverdammt, müssen die alle auf einmal kommen? Ich schaue auf dem Computerbildschirm ins Forum.

»Noah?«

»Ja, verdammt, warte kurz.«

Der Post ist wieder da. Der gleiche wie vorhin.

Herz zu verschenken.

Glaubt sie wirklich, darauf fällt jemand rein? Mir reicht es. Ich lösche den Post, lösche Gwerlin aus dem Forum. Schade, dass ich die Beziehung mit Sofie nicht auch einfach löschen kann.

»Noah!« Sofie brüllt jetzt in den Hörer.

»Sie ist deine Katze. War nicht meine Idee, sie zu holen.«

»Du hattest nichts dagegen, dass ich sie kaufe.«

Das stimmt so nicht ganz. Mir war es egal. Ich fahre mir mit der Hand durchs Gesicht. Ich hätte mich mehr wehren sollen, als sie zwei Wochen nach dem Einzug damit ankam.

»Ich kann sie nicht nehmen, okay?« Was soll ich mit einer Katze? »Außerdem kann sie mich nicht leiden.«

»Dann streng dich halt mal etwas an. Du musst dich nur ein bisschen mit ihr abgeben.«

Ich schnaube. »Klar. Darüber freut sie sich bestimmt.« Jedes Mal, wenn ich sie streicheln wollte, hat sie gefaucht und demonstrativ ihre Krallen an meinem Sofa geschärft. »Ich glaube, sie hasst Männer. Außerdem habe ich keine Zeit …«

Sofie lacht hysterisch. Wie ich dieses falsche Lachen hasse. »Klar. Du bist ja so beschäftigt mit den Vorlesungen, in die du nicht gehst. Und mit den Vorlesungsskripten, in die du nie reinschaust.«

Wieder macht mein Handy ping. Diesmal ist es eine neue E-Mail. Die E-Mail-Adresse kenne ich genau. Es ist die, mit der Gwerlin sich im Forum angemeldet hat. Warum schreibt sie mir jetzt auch noch Mails? Wider besseres Wissen öffne ich die E-Mail. Vielleicht ist es der morbide Drang zu wissen, was sie sich Herzerwärmendes ausgedacht hat. Eigentlich sollte ich die Mail einfach löschen.

»Oder ist es so stressig, dieses blöde Forum von der Couch aus zu moderieren, dass du es nicht mal hinbekommst, der Katze ihr Futter hinzustellen?«

Am liebsten würde ich das Handy in die Ecke feuern. Aber das kann auch nichts dafür, dass Sofie mich zur Weißglut treibt. »Es geht nicht um das Futter …« Ich verstumme.

Der Text der E-Mail erscheint auf dem Bildschirm.

Sorry, dass ich dir schreibe, aber es scheint im Forum einen Bug zu geben. Ich habe was gepostet, das ist zweimal verschwun-

den, dann bin ich rausgeflogen, und jetzt kann ich mich nicht mal mehr einloggen. Kannst du da was machen? Bitte? Es ist dringend.

Jetzt treibt sie es wirklich zu weit. Ich hacke eine Antwort in die Tasten.

Ich habe dich und deinen Post gelöscht.

Hoffentlich kapiert sie, dass ich sie durchschaut habe und dass sie es nicht weiter zu versuchen braucht.

»Okay, also …«, fährt Sofie fort. Ziemlich kleinlaut. So kenne ich sie gar nicht. »Miss Sunshine steht vor deiner Tür.« Das Rauschen ist jetzt lauter.

»Was hast du gesagt?«

»Ich habe sie dir gebracht, sie steht draußen. Ich schenke sie dir.«

Ich glaube, ich spinne. Ist das etwa das komische Heulen, das ich die ganze Zeit höre? Ich springe auf und rase zur Wohnungstür. Das Geräusch wird lauter. Ich reiße die Tür auf. Davor steht ein riesiger Transportkorb, in dem ein kleiner Dinosaurier Platz finden würde. Aus der Box dringt jetzt herzzerreißendes Maunzen.

»Verdammt, Sofie, du bist echt …«

»Auf dem Weg nach Italien«, unterbricht sie mich. »Mit Enrico.« Ich schnalze fassungslos mit der Zunge. Enrico tut mir irgendwie leid. »Ich habe auch Futter dazugestellt.« Tatsächlich liegt eine Tüte neben der Box, eine Mappe mit Unterlagen ist auch darin. Sicher die Papiere vom Züchter. Sofie meint es wirklich ernst.

»Lass den Scheiß, Sofie. Ich weiß genau, dass du unten stehst. Du würdest doch nicht einfach …«

Sie unterbricht mich. Ihre Stimme ist wieder entschlossen. »Ich habe gesehen, dass du da bist. Wenn du sie nicht nimmst, muss sie ins Tierheim.«

Wieder maunzt es aus der Kiste. Sofie weiß genau, dass ich die Katze niemals ins Tierheim bringen würde.

»Ich wusste, du lässt sie nicht einfach vor der Tür, wenn ich weg bin.« Ein Hauch von Wärme liegt in ihrer Stimme und erinnert mich daran, wie es früher war. »Danke, Noah. Ich weiß das zu schätzen.«

»Sofie, verdammt …« Es klickt in der Leitung.

Ungläubig mustere ich die riesige Transportbox. Anstatt Sofies Sachen loszuwerden, habe ich noch etwas dazu bekommen.

Wieder maunzt es. Seufzend schnappe ich mir die Tüte und hebe die Kiste hoch. Sie wiegt mindestens so viel wie zwei Kästen Bier. Enrico muss sie die Treppe raufgetragen haben. Oder sie beide zusammen. »Dann komm mal mit.«

Aus der Box faucht es. Na prima.

Mein Handy macht ping, und mich überkommt das Bedürfnis, für ein paar Wochen auf eine einsame Insel zu ziehen.

Ich wuchte die Transportbox in mein Arbeitszimmer und stelle sie in eine dunkle Ecke. So hat Sofie es auch gemacht, als wir die Katze neu hatten. Ich öffne den Deckel und gehe schnell ein paar Schritte zur Seite. Sie könnte rausspringen und als kleinen Willkommensgruß mein Gesicht umgestalten. Ich traue ihr alles zu.

Rot-braunes Fell ragt über den Rand der Kiste. Sonst nichts. Sie rührt sich nicht. Auch gut.

Ich gehe zurück zum Computer und rufe die neue Mail auf. Gwerlin gibt einfach nicht auf.

Warum hast du mich gelöscht?

Entweder sie ist frecher als alles, was mir je begegnet ist, oder strohdumm.

Damit niemand den Beitrag sieht, schreibe ich zurück.

Die nächsten Sätze kann ich mir einfach nicht verkneifen. Was sie kann, kann ich schon lange.

Weil ich das Herz selbst will. Komm doch einfach her. Meine Mutter ist Herzchirurgin, die kann auch gleich die Transplantation vornehmen.

Hinter mir rumpelt es. Als ich mich umdrehe, liegt die Box auf der Seite. Von der Katze ist nichts zu sehen. Wahrscheinlich lauert sie in einer Ecke. Ich hätte ihr ein Glöckchen umhängen sollen, damit ich sie höre, wenn sie sich anschleicht. Natürlich hätte ich dazu erst mal an sie rankommen müssen.

Ich wusste gar nicht, dass du auch herzkrank bist. Auch wenn ich es vermutet habe, so gut wie du über alles Bescheid weißt.

Es reicht. Jetzt reicht es wirklich. Da steht noch mehr, aber ich lese nicht weiter. Auf so einen Scheiß habe ich wirklich keinen Bock. Ich lösche die E-Mail und blockiere Gwerlin fürs Forum. Nicht nur ihre E-Mail-Adresse, sondern gleich ihren Anschluss. So hartnäckig, wie sie ist, traue ich ihr zu, dass sie sich mit einer anderen E-Mail-Adresse neu anmeldet. Danach schalte ich den Computer aus. Auch das Handy schalte ich ab. Ausnahmsweise. Für heute habe ich echt genug.

Als ich aufstehe, höre ich es hinter mir leise knurren. Miss Sunshine. Der Name passt wirklich nicht zu ihr. Aber ich kann sie auch nicht immer Katze nennen, sonst wird das nie was mit uns beiden. Die Tüte mit den Papieren liegt neben der Box. Vorsichtig, um die Katze nicht zu beunruhigen, hebe ich sie auf und hole den Stammbaum heraus. Sofie hat immer gesagt, dass sie einen ewig langen Namen hat. Vielleicht passt ja was anderes daraus besser.

Miss Sunshine in Heaven of Spotless Clouds steht da. Ich hebe den

Kopf und suche die Stelle unter dem Tisch, wo ich hinter ein paar alten Kisten die Augen der Katze leuchten sehe. »Ernsthaft?«

Wieder ein Fauchen.

»Das ist echt Mist. Kein Wunder, dass du so schlecht drauf bist.« Ich lasse die Mappe auf den Schreibtisch fallen und nehme eine Dose mit Futter aus der Tüte. »Komm, ich stell dir erst mal Futter hin. Und dein Klo muss auch noch irgendwo sein.« Auch das hat Sofie hiergelassen. Mit etwas Glück ist sogar noch ein Rest Katzenstreu da.

»Dann hänge ich mich vor die Glotze, und du kannst aus einer dunklen Ecke herausknurren, um die Stimmung zu untermalen.« Die Sache mit Gwerlin liegt mir immer noch im Magen. Ich hasse es, dass sie das geschafft hat. Nicht nur, dass sie mich dazu gebracht hat, mich um sie zu sorgen, sondern dass ich es jetzt nicht einfach abhaken kann.

Die Katze brummt. Es klingt wie Zustimmung. Im Moment passen wir vielleicht doch irgendwie zusammen.

Kapitel 6

www.jungundherzkrank.de/Forum/Intern/showtopic07987
Re: Die verdammte Wartezeit
Antwort von Gwen (vor fünf Monaten)
»Das Warten, die Hoffnung, immer wieder Fehlalarm. Wie haltet ihr das nur aus? Manchmal wünsche ich mir, dass mein Herz einfach zu schlagen aufhört, während ich schlafe.«

Gwen

Er antwortet nicht mehr.

Seit der letzten E-Mail von vor einer Stunde. Seit er geschrieben hat, dass er das Herz für sich will, antwortet er nicht mehr. Warum antwortet er nicht? Er antwortet doch immer. Tag und Nacht. Er ist immer im Forum, was Sinn ergibt, wenn er auch auf ein Herz wartet. Wahrscheinlich darf er nicht mehr arbeiten und ist deswegen den ganzen Tag online. Vielleicht ist er gerade in irgendeinem Thread unterwegs und hat meine E-Mail nur noch nicht gesehen.

Gewohnheitsmäßig öffne ich das Forum.

Bitte registrieren Sie sich oder loggen Sie sich ein.

Stimmt ja, Noah hat mich gelöscht. Ich frage mich, warum. War das ein Versehen, weil er so aufgeregt war? Verständlich wäre es. Als ich erfahren habe, dass es ein Herz für mich gibt, war ich auch total durch den Wind. Nur kann ich jetzt nicht prüfen, ob er online ist und postet.

Was, wenn nicht? Ich habe im Forum nie gelesen, dass er von seiner Krankheit schreibt. Unmöglich zu sagen, was er hat. Es gibt so viele

Herzkrankheiten, und ich weiß nur über meine gut Bescheid. Was, wenn es ihm plötzlich schlechter geht? Vielleicht hat er sich so aufgeregt, dass er einen Anfall hatte und jetzt bewusstlos in seiner Wohnung liegt.

Mit zitternden Fingern klicke ich noch mal auf die Forenseite. Wieder nur der Startbildschirm. Aber es gibt mehrere Unterseiten, die ich einsehen kann. Ein paar Sätze Beschreibung, worum es auf der Seite geht. Eine Seite mit Linklisten zu Artikeln, Selbsthilfegruppen und anderen Internetseiten. Und »Kontakt und Impressum«. Kontakt. Hastig klicke ich darauf. Eine Eingabemaske erscheint. Aber ich will nichts eingeben, ich will keine Nachricht hinterlassen, auf die er wieder nicht antwortet. Ich brauche etwas anderes, eine Telefonnummer zum Beispiel.

Sein Name steht da. Noah Willinger. Und seine Adresse. Er wohnt in München. Nach einer Weile entdecke ich eine Handynummer. Ich habe längst gewählt, als mir auffällt, wie spät es ist. 23:21 Uhr. Egal. Ich muss wissen, dass mit ihm alles in Ordnung ist.

»Dies ist die Mobilbox von Noah Willinger. Bitte hinterlassen Sie eine Nachricht.« Natürlich hinterlasse ich keine Nachricht. Er hat genug Nachrichten von mir. Er braucht nicht noch eine, auf die er nicht antworten kann. Er kann nicht antworten. Das Herz rast so heftig in meiner Brust, dass es mir den Atem verschlägt. Was soll ich nur tun?

Seine Mutter ist Herzchirurgin. Vielleicht finde ich von ihr eine Nummer, und sie kann nach ihm sehen. Ich gebe »Willinger Chirurgin München« in die Suchmaschine ein. Sofort kommen unzählige Ergebnisse. Kathrin Willinger. Herzzentrum München. Keine Telefonnummer, egal, wie lange ich suche. Nur die von der Zentrale des Herzzentrums.

Noch einmal checke ich mein E-Mail-Postfach. Nichts.

Eine andere Möglichkeit fällt mir ein. Ich registriere mich einfach neu. Dann kann ich etwas ins Vorstellungsboard posten und sehen, ob er dort antwortet.

Anmeldung nicht möglich.

Verdammt, das gibt's doch nicht. Ich versuche es mit meiner zweiten E-Mail-Adresse, die ich nie benutze.

Anmeldung nicht möglich.

Ich lese es wieder und wieder und versuche, die Panik niederzukämpfen. Bestimmt hat es nichts zu bedeuten, dass genau jetzt keine Anmeldung möglich ist. Bestimmt heißt es nicht, dass die anderen Moderatoren die Anmeldung gesperrt haben, weil es Noah zu schlecht geht, um neue Mitglieder zu überprüfen. Meine Finger krampfen sich um die Maus. Nein, das bedeutet es nicht.

Und wenn doch? Was, wenn sie ihn zwar gefunden haben, er aber dringend das neue Herz braucht? Ich springe auf. Wenn er das Herz braucht, sollte ich sofort losfahren. Oder?

Ich setze mich wieder. Nein. Das ist doch verrückt. Es wäre besser zu warten, wenigstens bis morgen. Warten. Einen Tag. Vierundzwanzig Stunden. Oder wenigstens zwölf. Es kommt mir unmöglich vor. Ich kann nicht so lange hier sitzen und darauf hoffen, dass er etwas schreibt. Nicht, wenn nebenan im Bad Toms Taschenmesser liegt, und ich mir nichts so sehr wünsche, wie es zu benutzen.

Langsam stehe ich wieder auf. Ich werde fahren. Wenn er mein Herz nicht braucht oder will oder wenn die Werte nicht passen, weiß ich nicht, ob ich die Kraft habe weiterzusuchen. Ich wüsste nicht mal, wo ich suchen soll, jetzt, da mir der Zugang zum Forum verwehrt ist. Dann bliebe mir nur noch, es einfach zu tun und zu riskieren, dass das Herz es nicht schafft.

Lieber fahre ich. Nach München, zu Noah. Mit dem Auto, das Tom und ich uns teilen. Hoffentlich komme ich nicht zu spät. Jetzt bin ich froh, dass Tom mit der S-Bahn gefahren ist, damit er auf der Party trinken kann. Er wird nicht begeistert sein, dass ich einfach unser Auto nehme, aber das kann ich nicht ändern. Wenn alles vorbei ist, gehört es ihm allein.

Ich rupfe meinen alten Rucksack aus dem Schrank und werfe ein paar Anziehsachen hinein. Den Inhalt meiner kleinen Schultertasche, Geldbeutel, Schlüssel und so weiter, stopfe ich in das vordere Fach. Aus dem Bad hole ich meinen Kulturbeutel mit den Medikamenten und der Salbe für die Narbe. Außerdem das Blutdruckmessgerät.

Entschlossen stopfe ich meinen Kulturbeutel in den Rucksack und verschließe die Schnallen. Mir fällt auf, dass ich immer noch das Kleid trage. Es steht immer noch offen. Am liebsten würde ich es ausziehen und in den nächstbesten Mülleimer stopfen. Aber es spielt keine Rolle. Das Einzige, was zählt, ist, dass ich schnell zu Noah komme. Ich habe schon genug Zeit vertan. Ich schließe die Knopfleiste und werfe mir eine Strickjacke über. Unter das Kleid ziehe ich eine Jeans, an der Garderobe schnappe ich mir noch meine Regenjacke. Es schüttet wie aus Eimern.

Am besten fahre ich zuerst zu seiner Wohnung, die Adresse steht ja auf der Website. Falls ich ihn dort nicht antreffe, fahre ich in das Herzzentrum, in dem seine Mutter arbeitet.

Als ich das Auto in Richtung Autobahn lenke, fühle ich zum ersten Mal seit der Transplantation so etwas wie Zuversicht.

Bald habe ich es überstanden. Und meine Familie auch.

***

Ohne stehen zu bleiben, erklimme ich die Treppe in den fünften Stock. Früher hätte ich auf jedem Absatz haltgemacht, bis ich wieder Luft bekomme. Muss dieses verdammte Herz mir ständig klarmachen, dass es da ist? Dass es voller Leben ist? Muss es mir andauernd unter die Nase reiben, wie gesund ich bin und dass ich keinen Grund mehr habe, mich zu verstecken?

Ich sehe Papa vor mir, der mir den Uniprospekt vor die Nase hält, und höre, wie er mit mir über die Einschreibung reden will. Da ist auch Mama, die mir alles über eine neue Wohnung erzählt, und Tom, der immer wieder nach dem Trainingsplan fragt. Sie reden auf mich ein, bis ich ihre Worte kaum noch unterscheiden kann. Schon steigt die Panik wieder in mir hoch. Sie lähmt mich so sehr, dass ich nun doch stehen bleibe. Das Treppenhaus dreht sich. Immer schneller wirbeln die dunklen Holzstufen um mich herum. Ich versuche, mich mit dem Blick an dem verschnörkelten, schmiedeeisernen Geländer festzuhalten. Ich zähle die Stellen, an denen das Eisen sich überkreuzt. Konzentriere mich auf die winzigen Blumen, die an einigen Stellen angebracht sind. Langsam, ganz allmählich verschwinden die Stimmen meiner Familie aus meinem Kopf. Die Welt steht wieder still. Das Herz pocht immer noch. Gerade so, als wollte es sich über mich lustig machen und mir zeigen, dass es mich in der Hand hat, mit jedem Schlag, mit jedem Tropfen Blut, den es durch meine Adern treibt. Ich atme tief ein und hefte den Blick auf die nächste Stufe. Ich will endlich nach oben. Damit es ein Ende hat.

Die uralte Treppe quietscht laut bei jedem Schritt, und ich frage mich, ob er mich kommen hört. Vielleicht erwartet er mich schon. Wenn er überhaupt zu Hause ist. Die ganze Fahrt über habe ich mir eingeredet, dass sein Internet ausgefallen ist und deswegen eine Anmeldung nicht möglich war. Oder sein Computer ist kaputt, und er hat die anderen Moderatoren gebeten, die Anmeldung auszusetzen, bis er das Problem behoben hat.

Ich will nicht glauben, dass es zu spät ist.

Mühsam schiebe ich den Gedanken weg. Ob Noah in echt wohl genauso ist wie im Forum? Der typische Moderator. Freundlich und verständnisvoll, außer jemand stiftet Unruhe in der ihm anvertrauten Community. Ist es merkwürdig, dass ich mich darauf freue, ihn kennenzulernen?

Oben angekommen, betätige ich die Klingel. Einmal und noch

einmal. Nichts. »Komm schon, bitte«, murmele ich und drücke dreimal hintereinander fest auf den Knopf.

Erst als ich von drinnen Schritte höre, merke ich, wie angespannt ich bin. Ich lasse die Schultern sinken und bemühe mich um ein freundliches Gesicht. Die Tür öffnet sich. Als Erstes sehe ich dunkle Haare, die wirr um ein jungenhaftes Gesicht stehen. Er kann nicht viel älter sein als ich. Mein Blick wandert nach unten.

Er trägt nichts als Boxershorts.

Schnell hebe ich den Kopf und kann nicht anders, als seine nackte Brust zu betrachten. Unter der glatten Haut zeichnen sich seine Muskeln ab. »Weißt du eigentlich, wie spät es ist?«, knurrt er und reibt sich die Augen.

»Keine Ahnung«, antworte ich wahrheitsgemäß. Aber er hat recht. Es muss eine unmenschliche Zeit sein. Fünf Uhr früh vielleicht, oder halb sechs. »Als du nicht mehr geantwortet hast, bin ich so schnell gekommen, wie ich konnte.«

Er kneift die Augen zusammen. Die Verwirrung steht ihm deutlich ins Gesicht geschrieben. »Wovon redest du bitte?«

»Gwerlin.« Ich strecke ihm eine Hand hin, weil ich nicht recht weiß, was ich sonst tun soll. »Eigentlich heiße ich Gwen.«

Er starrt auf meine Hand, als könnte er darin lesen. Vielleicht kann er es sogar. Vielleicht erkennt er an ihrem leichten Zittern, wie aufgeregt ich bin und wie sehr mein Herz rast. Nein. Nicht mein Herz. Seines.

Er nimmt meine Hand. Seine ist warm und fest. Es tut mir beinahe leid, als er wieder loslässt. »Warte mal. Gwerlin? Aus dem Forum?« Sein Blick ist plötzlich wach, und etwas wie Misstrauen glitzert darin.

»Genau.«

»Ich fasse es nicht.«

»Ich komme, um … um dir mein Herz zu geben.« Meine Stimme ist kaum mehr als ein Flüstern.

»Ist das dein Ernst?« Er sieht mich an, als wäre ich völlig übergeschnappt.

Noch nie habe ich etwas so ernst gemeint. »Ja. Ich …« *Ich kann nicht mehr,* will ich sagen, doch die Worte bleiben auf meiner Zunge hängen. Hilflos sehe ich ihn an.

Er antwortet nicht, sondern mustert mich von oben bis unten. Meine Jeans mit den Flecken von dem Tee, den ich beim Autofahren verschüttet habe. Meine Strickjacke, die nicht so recht zum Kleid passt. Mein Kleid, das zu gar nichts passt.

»Woher weiß ich, dass du dir keinen Scherz mit mir erlaubst? Woher weiß ich, dass du wirklich Gwerlin bist?«

Es ist nur zu deutlich, dass er darüber nachdenkt, mir die Tür vor der Nase zuzuschlagen. Wahrscheinlich will er nicht, dass ich ihm falsche Hoffnungen mache. Ich beiße mir auf die Unterlippe. Es gibt nur einen Weg, ihm zu beweisen, dass ich bin, wer ich zu sein behaupte. Ich lasse meinen Rucksack auf den Boden fallen. Seine Augen werden groß, als ich anfange, die Knöpfe des Kleides zu öffnen.

»Was machst du da? Lass das!«

Er hebt eine Hand, um mich daran zu hindern weiterzumachen. Ich weiche einen Schritt zurück. Als ich das Kleid bis zum Bauchnabel geöffnet habe, höre ich auf. Ich kralle die Finger in den Stoff, atme tief ein und ziehe das Kleid auseinander, ohne Noah anzusehen. Ich höre ihn scharf den Atem einsaugen. Sofort kommen die Erinnerungen zurück. An mein erstes Mal. Ich stand vor einem großen Spiegel im Bad meines Krankenzimmers. Mein T-Shirt hatte ich ausgezogen, die Augen fest zusammengepresst. Langsam öffnete ich sie, nur einen Spaltbreit, als müsste ich dann weniger von dem langen roten Wulst sehen, der meinen Oberkörper in zwei Teile teilt. Direkt zwischen meinen Brüsten hindurch.

Hastig raffe ich mein Kleid wieder zusammen. Er hat genug gesehen. Nicht alles, nur die Ansätze meiner Brüste, aber doch mehr als genug. Trotzdem grinst er nicht anzüglich, als ich aufsehe. Sein

Gesicht ist todernst, und er sieht aus, als würden die Gedanken in seinem Kopf verrücktspielen. Ich weiß genau, wie er sich fühlt.

»Ich bin so froh, dass du zu Hause bist«, sage ich, um ihn davon abzulenken, wie schwer es mir fällt, die Knöpfe wieder zu schließen. Sie rutschen mir ständig durch die Finger. »Ich dachte schon, du wärst im Krankenhaus und ich käme zu spät.«

Er holt Luft, schweigt dann aber. Ich hänge mir meinen Rucksack wieder über die Schulter. Noahs Gesicht ist undurchdringlich. Glaubt er mir etwa immer noch nicht?

»Tut mir leid, ich wollte dich nicht so überfallen, aber als ich keine Antwort auf meine E-Mail bekommen habe, bin ich einfach losgefahren.«

»Die E-Mail«, sagt er nur, ein wenig niedergeschlagen. Vielleicht zweifelt er, jetzt wo er mich vor sich sieht. Ich kann das verstehen. Wirklich. Immerhin willigt er ein, mein Herz zu nehmen. Und natürlich weiß er, dass ich dafür sterben muss. Langsam wird mir klar, dass ich mir das alles viel zu einfach vorgestellt habe. Ich habe seine Zweifel nicht mit eingerechnet. Dass ich mir sicher bin, reicht nicht aus. »Ich kann verstehen, wenn du nicht willst.«

»Du meinst es wirklich ernst?« Er beäugt mich misstrauisch. »Wie soll das überhaupt gehen? Wie willst du bestimmen, wer der Empfänger sein soll? Das ist verboten.«

Er hat natürlich recht. Im Auto habe ich auch darüber nachgedacht, ob es wirklich so funktionieren würde, wie ich es mir vorstelle. »Ich dachte, wenn ich jemanden gefunden habe, der das Herz braucht und dessen Werte passen, und wenn derjenige dabei ist, wenn ich …« Ich breche ab, kann es nicht aussprechen. »Dass sie dann nicht lange nach einem anderen passenden Empfänger suchen, sondern lieber so schnell wie möglich transplantieren.«

Noahs Hand klammert sich um die Tür, so dass sie sich etwas weiter schließt. »Ich kann mir nicht vorstellen, dass das funktioniert.«

Das habe ich befürchtet. Trotzdem habe ich gehofft, dass er einen

Ausweg wüsste. »Gibt es denn wirklich gar keine Möglichkeit? Bist du ganz sicher?« Wenn das stimmt, dann bleibt mir nur, es zu riskieren und zu hoffen, dass für das Herz alles gutgeht. Eine winzige Sekunde wünsche ich es mir. Dann gibt es keinen Grund zu warten. Dann kann ich es gleich tun.

Noah saugt scharf die Luft ein. Ich muss den letzten Satz laut gesagt haben. »Ich sollte gehen.«

War er die ganze Zeit schon so blass? »Nein! Nein. Warte.«

Mutlos schüttele ich den Kopf. »Wozu?«

»Ich … ich glaube, es gibt vielleicht doch eine Möglichkeit. Ganz dunkel erinnere ich mich, da war irgendwas.« Er leckt sich über die Lippen. »Wenn die Werte passen, wenn man in der Nähe ist, wenn es keinen anderen Patienten gibt, der Vorrang hat und schneller erreicht werden kann, dann … dann kannst du den Empfänger bestimmen.«

»Bist du sicher?«

»Ja! Ich hatte es nur vergessen. Ich bin ganz sicher. Wenn du willst, schaue ich später nach, aber jetzt … solltest du erst mal hierbleiben.« Er tritt ein wenig zur Seite.

»Wirklich?«

»Unbedingt. Komm rein. Bitte.« Er zieht mir den Rucksack von der Schulter und deutet nach drinnen. Ich nicke ihm dankbar zu und gehe in die Wohnung. Der Flur ist lang und schmal, die Decke hoch. An der Wand neben der Tür hängen Jacken und machen den Flur noch enger. Noah stellt meinen Rucksack neben ein paar Schuhen ab. Ich schlüpfe aus meinen und schiebe sie neben dunkelbraune Sneaker. Wie ausgelatscht meine grünen Chucks daneben wirken.

»Möchtest du einen Tee?« Noahs Stimme hat einen vorsichtigen Unterton, als müsste er mich wie ein rohes Ei behandeln. Dabei sollte er doch wissen, dass das nicht mehr nötig ist. Jetzt nicht mehr. »Oder etwas anderes? Ein Wasser? Saft?«

Saft verträgt sich nicht mit meinen Medikamenten. »Besser nicht, aber ein Tee wäre toll, danke. Roibusch, wenn du hast.«

Ich folge ihm in die langgezogene Küche und setze mich auf einen der Stühle an dem winzigen Tisch, der unter dem Fenster steht.

Noah füllt Wasser in den Wasserkocher. Wenig später stellt er den dampfenden Tee vor mir ab. Er selbst trinkt nichts. Der Stuhl quietscht auf den Fliesen, als er ihn herauszieht und sich setzt. Ich frage mich, ob ihm nicht kalt ist. Er hat immer noch nichts an. Außer der Boxershorts natürlich.

»Gwen«, sagt er in den Raum hinein. »Ich hätte nicht gedacht, dass du kommst.«

Wer würde das schon glauben. »Es ist schon ein bisschen verrückt.« Ich starre in die Teetasse. Rotbraune Schlieren steigen vom Teebeutel auf und ziehen sich durch das Wasser. Ich nehme den Löffel, den er mir hingelegt hat, und rühre um.

»Willst du das denn wirklich? Dein Herz hergeben?«

Ich lasse einen Löffel Zucker in den Tee fallen und beobachte, wie er nach unten sinkt. »Ja. Das will ich.«

»Warum?« Kein Vorwurf schwingt in seiner Stimme mit. Keine stumme Anklage, dass ich doch diese Chance nicht aufgeben darf. Dieses zweite Leben, das mir geschenkt wurde. Er ist nur neugierig. Seltsamerweise kann ich mir sogar vorstellen, ihm zu erzählen, was in mir vorgeht, aber ich will nicht. Ich will überhaupt nicht daran denken. Es würde nur dazu führen, dass die Küche sich um mich dreht. »Ich will es eben. Willst du das Herz etwa nicht? Du brauchst es doch, oder?«

Er windet sich. »Ähm … ich …«

»Ich kann verstehen, wenn du dir nicht sicher bist«, unterbreche ich ihn. »Dann suche ich mir jemand anderen.« Für Noah klingt es hoffentlich, als hätte ich das so dahingesagt, obwohl mir die Worte beinahe die Kehle zuschnüren. Ich will mir nicht jemand anderen suchen. Ich will nicht noch länger so herumlaufen. Mit dem neuen Herz, das mich verhöhnt. Ich will endlich Ruhe. Trotzdem schiebe ich den Stuhl zurück.

Sofort springt Noah auf. »Nein! Bleib. Bitte.« Wir setzen uns wieder hin. »Ich will es. Unbedingt. Natürlich.«

»Gut.«

Er scheint mir die Erleichterung anzusehen, denn er verzieht kurz die Lippen zu einem wackeligen Lächeln. »Du hast auch keine Unterkunft, wenn du einfach so losgefahren bist, oder?«

Ich schüttele den Kopf. »Schlimmstenfalls muss ich im Auto schlafen.«

»Blödsinn. Du bleibst hier.« Es klingt wie ein Befehl.

Ich hebe eine Augenbraue.

»Wenn du willst, natürlich nur«, fügt er schnell hinzu.

Mit der Teetasse an den Lippen nicke ich. Ich trinke einen Schluck und stelle sie mit einem leisen Klonk auf dem Glastisch ab. »Ja, will ich.«

»Du kannst bleiben, solange du möchtest.«

»Vielen Dank.«

»Das ist das Mindeste, was ich tun kann, immerhin …« Er beendet den Satz nicht. Es ist auch nicht nötig. Wir wissen beide, was er sagen wollte. Er steht auf, geht zur Spüle, steht mit dem Rücken zu mir da, bevor er den Wasserkocher nimmt und ausschwenkt.

»Es ist sicher sinnvoll, wenn ich hier bleibe, bis … es so weit ist. Dann können wir alles in Ruhe vorbereiten. Natürlich dürfen wir niemandem davon erzählen. Es muss aussehen wie ein Unfall.«

Etwas klappert, ich schrecke auf. Noah starrt auf den Wasserkocher, der ihm aus der Hand gerutscht ist. »Ein Unfall«, flüstert er.

»Keine Sorge. Darum kümmere ich mich. Ich will nicht …« Ich hole tief Luft. »Ich will nicht, dass du damit etwas zu tun hast. Aber du musst dich auf die Transplantation vorbereiten, und wir müssen nachsehen, ob es diese Ausnahme wirklich gibt, von der du geredet hast.«

Noah hat sich zu mir umgedreht und betrachtet mich mit düsterem Blick. »Können wir das nicht morgen besprechen? Du solltest dich jetzt erst mal ausruhen. Du kommst doch von ziemlich weit her. Aus Berlin, oder?«

»Deswegen mein Nick. Gwen aus Berlin. Gwerlin. Nicht so einfallsreich, ich weiß.«

Er kommentiert es nicht. »Und du bist mit dem Auto gekommen? Das ist eine ziemlich lange Fahrt.«

Die Müdigkeit, die ich in meinem ganzen Körper spüre, gibt ihm recht. »Ist es.« Mit einem Mal bin ich sogar zu erschöpft, den Tee auszutrinken.

»Dann komm. Ich habe ein Gästezimmer.«

»Das klingt himmlisch.« Ich stehe auf. »Versprich mir nur eins: Sag niemandem, warum ich hier bin. Sie würden es nicht verstehen. Sie würden versuchen, uns aufzuhalten.«

Er presst die Lippen aufeinander. »Gut. Wenn du mir versprichst, deiner Familie Bescheid zu geben. Jetzt gleich.«

Er meint es ernst, also hole ich mein Handy aus der Tasche. Es ist wirklich besser, wenn ich mich schnell melde. Sobald meine Eltern und Tom merken, dass ich weg bin, werden sie sich große Sorgen machen, und das will ich natürlich nicht. Trotzdem zögere ich, Toms Namen auf dem Display anzutippen. Bei dem, was ich vorhabe, kommt es mir lächerlich vor, dass ich ihnen keine Sorgen bereiten will. Aber dann denke ich an einen Satz, den ich mal in einer Forensignatur gelesen habe: Nicht der Verlust quält uns am meisten, sondern die Hoffnung. Entschlossen tippe ich auf Toms Namen. Sie müssen jetzt Gewissheit haben, dass es mir gutgeht. Und später, dass ich Erfolg hatte.

Ich schreibe Tom, dass ich spontan nach München gefahren bin, um mir die Uni anzusehen. Er wird es Papa ausrichten. Hoffentlich freut Papa sich so darüber, dass er nicht merkt, wie wenig Sinn das ergibt. Den Vorfall mit Alex erwähne ich nicht. Und auch an Alex schreibe ich nicht. Ich weiß nicht, was ich ihm sagen soll.

Noah zeigt mir das Gästezimmer. Durch meine übermüdeten

Augen sieht es ziemlich hübsch aus, mit modernen weißen Möbeln und grüner Bettwäsche.

»Und hier ist das Gästebad.«

Noah führt mich wieder zurück auf den Flur und zu einer Tür, die nah an meinem Zimmer ist. Das Bad ist etwas kleiner als meines zu Hause, aber es gibt eine Dusche. Mehr brauche ich nicht. »Danke.«

Ich gehe in das Bad und will die Tür schließen, als mir das Katzenklo auffällt, das hinter der Tür steht. Sofort halte ich mir die Hand vor den Mund und stürze auf den Flur. Noah, der schon ein paar Schritte den Gang entlang gegangen ist, dreht sich zu mir um.

»Alles in Ordnung? Du siehst aus, als hättest du einen Geist gesehen.«

Ein Geist wäre mir lieber gewesen. »Du hast eine Katze?«

Seine Augen werden groß. »Hast du sie gesehen? Hat sie dich angefallen? Mist, das tut mir leid.« Er mustert mich von oben bis unten, als ob er nach Verletzungen sucht.

Ich runzele die Stirn. Das hört sich nicht gerade nach einer Schmusekatze an. »Nein, ich habe sie nicht gesehen, aber im Bad steht ihr Klo.«

»Das hatte ich ganz vergessen.«

»Es ist nur … Wir sollen keinen Kontakt zu Katzen haben. Vor allem nicht zum Klo.« Dass die Katze in der Wohnung ist, kann ich tolerieren, solange sie nicht in meine Nähe kommt. Aber ich kann mir unmöglich ein Bad mit ihr teilen. Es ist zu gefährlich, wegen der Medikamente, die mein Immunsystem unterdrücken, damit das Herz nicht abgestoßen wird.

»Shit, stimmt ja. Okay, warte, ich stelle das Klo in mein Bad.« Er verzieht das Gesicht. Offensichtlich ist er nicht scharf darauf, sich das Bad mit der Katze zu teilen.

Ich beiße mir auf die Lippen. Die Katze hat in der Streu gescharrt. Ihre gefährlichen Keime sind überall in der Luft, an den Fliesen und im Waschbecken. Verdammt, wie soll ich ihm das sagen, ohne völlig bescheuert zu klingen? Vielleicht sollte ich mich nicht so anstellen. Immerhin lässt er mich bei sich übernachten. Wahrscheinlich passiert nichts. Aber wenn doch? Toms Taschenmesser kommt mir in den Sinn und wie mühsam es war, es wieder wegzulegen. Ich stehe bloß hier, weil ich das Herz schützen will. Es wäre dämlich, so ein Risiko einzugehen, nur weil ich nicht will, dass Noah schlecht von mir denkt. Außerdem ist es ohnehin egal, was er von mir denkt.

Bevor ich reagieren kann, kommt er mir zuvor. »Nein, warte, vielleicht ist es besser, du nimmst mein Bad. So ist es am sichersten. Ich teile mir das Gästebad mit der Katze.«

Erleichtert atme ich auf. Zum Glück kennt er sich gut genug mit allem aus, um es mir von sich aus anzubieten. Zittrig lächele ich ihn an. »Danke. Das ist wirklich nett von dir.«

»Kein Problem.« Er erwidert mein Lächeln. Es kribbelt leicht in meinem Bauch. »Das mache ich gern. Du kannst dich jederzeit in der Küche bedienen, falls du etwas trinken oder essen willst. Wenn du sonst irgendwas brauchst, sag Bescheid.« Er deutet auf eine der Türen, die vom Flur abgehen. »Da ist mein Schlafzimmer. Direkt neben deinem Bad. Du kannst jederzeit zu mir kommen.«

Der Gedanke, in sein Schlafzimmer zu gehen, während er im Bett liegt, lässt mir das Blut in die Wangen steigen.

Er grinst schief. »Das klang jetzt irgendwie anders, als ich es meinte.«

Und damit wäre ich dann wohl knallrot. Ich räuspere mich. »Das … äh … ich … ich sollte dringend …« Ich deute auf die Badezimmertür und haste darauf zu.

Er lacht leise. »Gute Nacht.«

»Gute Nacht«, rufe ich ihm über die Schulter zu und schließe die Badezimmertür hinter mir.

Kapitel 7

www.jungundherzkrank.de/Forum/Intern/showtopic39857
Re: Das fremde Herz
Antwort von Gwen (vor sechs Monaten)
»Fühlt es sich nicht seltsam an, das Herz eines Toten in der Brust zu haben? Merkt man, dass es anders schlägt?«

Gwen

Mein Handy reißt mich mit einem fiesen Schrillen aus dem Schlaf. Ich muss unbedingt einen anderen Signalton einstellen. Nach zwei Stunden schon wieder geweckt zu werden, wenn man die ganze Nacht Auto gefahren ist, und dann auch noch mit so einem gemeinen Geräusch, ist unmenschlich. Ich schaffe es kaum, mich aufzurappeln. Wenn ich nur nicht immer um acht Uhr die Tabletten nehmen müsste.

Ich setze mich auf und versuche, den Traum abzuschütteln. Diesmal habe ich nicht die Frau mit dem erstarrten Blick gesehen, sondern ihren Mann. Wie vorwurfsvoll er mich angesehen hat, verbanne ich in die hinterste Ecke meiner Gedanken.

Als ich aufstehe, umfängt weicher Teppich meine Füße. Mühsam zwinge ich meine Muskeln, endlich aufzuwachen und mich zu tragen. In einem Regal neben dem Bett liegt ein Stapel Handtücher, den ich mir auf die Arme lade. Dazu meinen Rucksack und die Klamotten von gestern. Hausschuhe habe ich keine dabei, also gehe ich barfuß über den knarzenden Dielenboden im Flur. Als ich an einer offenen Zimmertür vorbeikomme, höre ich es laut fauchen.

»Ist ja gut. Ich will dir nichts. Bleib, wo du bist, dann sind wir alle zufrieden«, raune ich beschwichtigend in die Richtung, aus der das Fauchen kommt.

Ein lautes Knurren antwortet mir. Ich wusste gar nicht, dass Katzen solche Geräusche machen können.

Im Bad schiebe ich die Tür mit dem Fuß vorsichtig ins Schloss. Dann sehe ich mich um, wo ich die Sachen abladen kann. Dieses Bad hier ist viel größer als das andere und mit den dunkelgrauen Fliesen, die aussehen wie Schieferplatten, sehr schön. Gestern Abend habe ich es nicht mehr richtig wahrgenommen. Es hat etwas von einer Höhle und flößt mir Sicherheit ein. Zusätzlich zu einer großen Badewanne gibt es eine riesige Dusche. Daneben erspähe ich eine Kommode, auf der noch genug Platz für mein Zeug ist. Ich lasse den Rucksack auf den Boden sinken, lege die Handtücher auf die Kommode und packe meine Kulturtasche aus. Meinen Tabletteneinteiler lege ich auf die Ablagefläche, ebenso wie die Medikamente, das Blutdruckmessgerät und ein paar andere Sachen. Eigentlich hätte ich mir das Bad auch mit Noah teilen können, ich bin es ja gewohnt, mit einem Kerl zusammen ein Bad zu haben. Trotzdem bin ich froh, dass er es mir überlassen hat. So kann ich meinen Kram überall ausbreiten.

Ein Teil der Kommode ist vollgestellt. Ein Deo mit rosa Blumen drauf, ein Rasierer hinter Gitter. Noah hat eine Freundin. Oder seine Schwester übernachtet öfter bei ihm. Nein. Wahrscheinlich hat er eine Freundin. Ganz bestimmt sogar. Ich denke an sein Lächeln und den Rest von ihm, der auch nicht zu verachten ist.

Ich spüre einen winzigen, völlig dämlichen Anflug von Enttäuschung und ertränke ihn zusammen mit den Tabletten in viel Wasser. Dann ziehe ich das Kleid aus, das mir als Nachthemd gedient hat, weil ich natürlich auch den Schlafanzug vergessen habe. Das Kleid ist jetzt endgültig in einem so furchtbaren Zustand, dass ich es rechtfertigen könnte, es wegzuwerfen, so wie ich es schon gestern Nacht tun wollte. Aber ich wage es nicht, bevor ich inspiziert habe, was sich an Kleidung in meinem Rucksack befindet.

Ich hüpfe unter die Dusche, klaue mir etwas von dem Mango-Vanille-Duschgel von Noahs Freundin und spüle den Dreck und Schweiß der langen Autofahrt ab. Eigentlich mag ich lieber sportliche, unauffällige Gerüche, aber wer zu dumm zum Packen ist, muss eben nehmen, was er kriegt. Nachdem ich mir mit dem Waldfruchtshampoo die Haare gewaschen habe, rieche ich endgültig wie ein Obstsalat. Immer noch besser als eine Käseplatte.

Der Spiegel ist leider nicht vollständig beschlagen, als ich aus der Dusche komme, also drehe ich ihm beim Eincremen den Rücken zu. Meine feuchten Haare habe ich nach hinten gebunden, sonst fallen sie ständig auf die Narbe und stören.

Langsam massiere ich die Salbe ein, von oben nach unten mit langen gleichmäßigen Bewegungen. Als ich ein Geräusch höre, hebe ich den Kopf.

Meine Finger erstarren mitten auf meinem Brustbein.

Noah schlurft durch die Tür. Seine Haare sind verwuschelt, und er reibt sich mit der Hand durchs Gesicht. Als er mich sieht, bleibt er wie angewurzelt stehen. Seine Augen, gerade noch kaum erkennbare Schlitze, weiten sich.

»Oh, verdammt, sorry! Ich habe ganz vergessen, dass du da bist.«

Immer noch starrt er mich an. Ich fühle mich wie ein Reh, das von einem Autoscheinwerfer in Schockstarre versetzt wurde. Er starrt mich an, und ich bin nackt. Dummerweise habe ich nur zwei Hände. Was soll ich zuerst bedecken? Egal. Irgendwas. Ich versuche, mit beiden Armen alles zu verstecken, was natürlich nicht funktioniert. Hektisch drehe ich mich um, aber da ist der Spiegel. Warum guckt Noah immer noch? Kann er nicht einfach aufhören?

Endlich dreht er sich um, aber ich sehe noch, dass er ein letztes Mal durch den Spiegel zwischen meine Brüste schaut.

Langsam lasse ich die Arme sinken. Plötzlich spielt es keine Rolle mehr, dass ich nichts anhabe. Ihn interessiert sowieso nur die Narbe. Und die kennt er schon. Deswegen hat er gestern auch nicht anzüglich gegrinst, als ich sie ihm gezeigt habe. Er findet sie so abstoßend, dass alles andere in den Hintergrund tritt.

Ich schlucke gegen die Tränen an. Warum stört mich das? Es sollte mir egal sein. Ich habe sowieso nicht vor, noch sehr lange mit dieser Narbe zu leben. Ich greife nach einem der Handtücher und reibe mir damit die Salbe ab. Dann werfe ich die Tube in den Mülleimer. Dem Herz bringt es nichts, wenn ich meine Narbe pflege. Es ergibt keinen Sinn, die Salbe weiter zu benutzen.

Als ich wieder aufsehe, direkt in den Spiegel, ist Noah längst weg. Die Badezimmertür ist angelehnt. Im Flur höre ich seine Schritte, die sich entfernen, und ein leises Fauchen. Ich drücke die Tür ins Schloss, und diesmal sperre ich ab.

In meinem Rucksack finde ich zwei Jeans, ein paar Unterhosen und einige Paar Socken. Kein T-Shirt, keine Unterwäsche. Angewidert halte ich das durchgeschwitzte Zeug von gestern hoch. Auf keinen Fall kann ich das noch mal anziehen. Aber ich kann doch nicht ohne Slip herumlaufen. Verzweifelt wühle ich im Rucksack herum, hole alles heraus, bis ich in der hintersten untersten Ecke doch noch zwei frische Höschen entdecke. Das war's dann aber auch. Kein T-Shirt. Ich muss gestern wirklich völlig neben mir gestanden haben. Man könnte meinen, mein Bruder hätte für mich gepackt.

Trotzdem ziehe ich das Kleid auf keinen Fall noch mal an. Lieber eine Jeans und die Strickjacke ohne was drunter. Die ist wenigstens nicht ganz so mitgenommen wie der Rest. Wenn ich sie bis oben hin zuknöpfe, merkt Noah vielleicht nicht, dass ich darunter kein Shirt anhabe. Nachher muss ich mir noch ein paar Sachen zum Anziehen besorgen.

Als ich in die Küche komme, ist Noah schon dort. Er hantiert an einem Kaffeeautomaten herum und trägt immer noch die Boxershorts. Hat er jemals etwas anderes an?

Seine Rückenmuskeln bewegen sich unter seiner Haut, während er eine Tasse in die Maschine schiebt. Er hat eine sportliche Figur, aber nicht so, als würde er täglich Gewichte stemmen. Mehr so, als ob er viel läuft oder Rad fährt. Als ob er das getan hat, bevor er es wegen seiner Krankheit nicht mehr durfte. Ob ich besser wieder gehen soll? Ihm etwas Zeit geben, aufzuwachen und sich etwas überzuziehen? Ich mache einen Schritt nach hinten und trete auf die Türschwelle, die meine Fluchtabsichten mit einem lauten Knarzen zunichtemacht.

Noah dreht sich zu mir um und grinst verlegen. »Tut mir leid wegen vorhin. Ich weiß auch nicht, warum ich nicht schneller geschaltet hab. Sorry, dass ich dich angeglotzt habe.«

Ich weiß genau, warum er mich so angeglotzt hat. »Macht nichts.« Warum fällt mir sein Bauch auf? Ein flacher, glatter Bauch. Ohne Narben. Kein Grund, ihn anzusehen. Schnell wende ich mich ab und mustere möglichst beiläufig die Hochglanz-Küchenfront.

»Ich weiß, ich bin noch nicht ganz salonfähig«, sagt er, ohne ein Anzeichen von Belustigung im Gesicht, obwohl er gemerkt haben muss, dass ich ihn angestarrt habe. Erleichtert atme ich aus.

»Gestern Abend hab ich vergessen, meine Sachen aus dem Bad zu holen, deswegen hab ich gewartet, bis du rauskommst. Aber vielleicht bleibe ich auch so. Es lohnt sich nicht, sich mehr anzuziehen, wenn man es sich später doch nur wieder runterreißt.«

Er will sich später die Klamotten runterreißen?

Mein fassungsloser Blick bringt ihn zum Lachen. Es setzt sich bis in meinen Magen fort. »Wegen der Hitzewelle meinte ich.«

»Ach so.« Nicht rot werden. »Eine Hitzewelle?« War ja klar. Und das Einzige, was ich abgesehen von dem indiskutablen Kleid zum Anziehen dabei habe, sind zwei lange Jeans und eine wollene Strickjacke. Ich wünschte, mein Bruder hätte tatsächlich für mich gepackt, dann könnte ich ihm wenigstens ordentlich die Meinung sagen.

»Magst du auch einen Kaffee?« Er deutet auf die Tasse in der Maschine. »Ich brauche immer als Allererstes einen Kaffee, sonst bin ich zu nichts zu gebrauchen.«

»Nein danke. Ein Wasser wäre mir lieber.«

»Kommt sofort.« Er holt eine Wasserflasche aus dem Kühlschrank, schenkt mir ein Glas ein und drückt es mir in die Hand.

»So ganz komplett bist du aber auch nicht angezogen, oder?« Er deutet auf meinen Bauch. Ein Knopf ist offen. Ich habe es nicht mal bemerkt, obwohl die Jacke dort auseinanderklafft und deutlich sichtbar meine T-Shirt-Losigkeit präsentiert. Hastig versuche ich den Knopf mit meiner freien Hand zu schließen.

»Hier.« Noah schiebt meine Hand weg und macht den Knopf für mich zu. Zufrieden betrachtet er sein Werk. »Besser so. Nicht, dass dir noch kalt wird.«

Ein Kichern steigt in mir auf, aber auf halben Weg durch meine Kehle verwandelt es sich in ein Schnauben. Ein Glück. »Mein Bruder hat für mich gepackt«, sage ich. »Er hat die Hälfte vergessen.« Noah hebt eine Augenbraue, und ich muss grinsen. »Nein, okay. Ich bin selber schuld. Ich habe gestern schnell, schnell alles in den Rucksack geworfen, weil ich dachte, dass du …«

Noahs Grinsen ist wie weggewischt. Er greift nach seiner Tasse. Ich könnte mich ohrfeigen. Sicher ist seine Krankheit ein schwieriges Thema für ihn. Das ist es für die meisten von uns. Man redet nicht einfach so bei einem Kaffee darüber.

»Wenn du willst, kannst du dir Sofies Kram ansehen. Ist genug da.« Offensichtlich ist er nicht begeistert, dass seine Freundin sich so in seiner Wohnung ausgebreitet hat. Und jetzt breite ich mich auch noch aus. Sein Bad habe ich ihm schon weggenommen.

»Macht es ihr eigentlich nichts aus, dass ich bei dir übernachte?«

»Warum sollte es ihr was ausmachen?«

Ja, warum? Dämliche Frage, wo ich so offensichtlich keine Gefahr für sie darstelle. »Nur weil … Manche Frauen mögen es ja nicht so, wenn andere Frauen bei ihrem Freund wohnen.«

»Ach so.« Er schnaubt. »Nein. Sofie ist meine Ex.«

»Und hat sie nichts dagegen, dass du ihren Kram verleihst?«

»Schön wär's. Dann würde sie ihr Zeug vielleicht endlich mal abholen.« Das klingt nicht so, als sollte ich weiter nachfragen.

»Du kannst alles haben, was du willst. Sie hat mich … gebeten, es wegzugeben.« Er lacht in seine Kaffeetasse über einen Witz, den nur er versteht. Nach einem letzten Schluck stellt er die Tasse in die Spülmaschine. Mir fällt auf, dass ich mein Glas immer noch unberührt in der Hand halte. Schnell trinke ich etwas und stelle es dann auf die Arbeitsfläche.

»Komm, ich zeige dir, was von ihren Sachen noch da ist.«

Er führt mich in sein Schlafzimmer, das ähnlich eingerichtet ist wie das Gästezimmer, moderne Möbel in Weiß. Ein großes, zerwühltes Doppelbett, eine Kommode, auf der ein Fernseher steht. Kein Schrank. Vor dem Fenster stapeln sich unzählige Ausgaben vom Manager-Magazin.

»Gegen den Luftzug«, erklärt Noah, als wäre es das Normalste von der Welt.

»Klar.«

Noah deutet auf eine weiße Kassettentür am Ende des Zimmers.

»Ein begehbarer Kleiderschrank?«, frage ich.

»Eigentlich ist es ein schmales Nebenzimmer, nicht wirklich zu was anderem zu gebrauchen. Typisch Altbau halt.«

»Meine Mutter würde für einen begehbaren Kleiderschrank einen Mord begehen.« Unser Haus ist zwar nicht gerade klein, aber dafür reicht es dann doch wieder nicht.

»Scheint wohl so ein Mutter-Ding zu sein.« Er grinst. »Das hier war früher das Schlafzimmer meiner Eltern, bevor wir ins Haus gezogen sind.« Er öffnet die Tür für mich. »Das hier auf der linken Seite sind Sofies Sachen. Waren Sofies Sachen. Such dir einfach aus, was du willst. Der Rest fliegt raus, sobald ich mich endlich dazu aufraffen kann.«

In seinen Worten liegt keine Bitterkeit. Offensichtlich trauert er seiner Freundin nicht nach. Aber warum hat er dann ihre Sachen noch nicht entsorgt? »Wie lange ist es her, dass sie ausgezogen ist?«, frage ich vorsichtig.

»Weil ihre Sachen immer noch da sind? Faulheit? Keine Ahnung.«

»Entschuldige. Ich wollte nicht …«

Er macht eine wegwerfende Handbewegung. »Passt schon. Wahrscheinlich liegt es daran, dass ich nicht so recht weiß, wohin damit. Ich werfe nicht gern Sachen weg, die noch in Ordnung sind. Und zu deiner Frage: zwei Monate.«

»Okay.« Zum Glück erspart er es mir, über eine intelligentere Antwort nachdenken zu müssen, indem er gleich weiterredet.

»Lass dir Zeit. Ich räume inzwischen das Bad und gehe duschen und so. Vielleicht ziehe ich sogar was an.« Er zwinkert mir zu und ist verschwunden.

Die Überprüfung des Kleiderschranks fördert nicht viel Brauchbares zutage. Zwar hat Noahs Ex ziemliche viele Fächer belegt, nur leider ausschließlich mit Sachen, die so gar nicht zu mir passen. Eigentlich ist es ja egal, was ich anziehe. Zur Not könnte ich auch mal ein rosa Glitzertop tragen oder eine Businessbluse. Aber wenn es nicht sein muss, vermeide ich das lieber. Ich suche weiter und finde schließlich neben den spitzenbesetzten Schlafanzügen einen Stapel normaler T-Shirts. Auf einem davon steht in roten Buchstaben: *Come to the Dark Side, we have cookies.* Könnte aus Alex' Kleiderschrank sein. Mit dem Zeigefinger fahre ich die Buchstaben nach. Irgendwie vermisse ich ihn und seine ruhige Art. Ich ziehe mir das T-Shirt über, der Stoff schmiegt sich tröstlich an meinen Oberkörper. Ich wünschte, ich könnte jetzt mit Alex reden. Kurz überlege ich, ihn anzurufen. Dann fällt mir ein, wie sehr ich ihn enttäuscht habe, und ich verwerfe die Idee wieder. Das T-Shirt ist ein bisschen zu groß, wahrscheinlich hatte Noahs Ex es nur zum Schlafen an. Oder zum Sport.

Auf dem Flur komme ich wieder an der Tür vorbei, aus der es vorhin geknurrt hat. Diesmal ist alles ruhig. Ich gehe zurück in die Küche und bleibe wie angewurzelt stehen. Die Katze steht am Futternapf. Nein. Das ist keine Katze.

Das ist mindestens ein Luchs. Oder ein Puma. Sie geht mir auf jeden Fall bis zu den Knien.

Jetzt hat sie mich auch gesehen und faucht. Ihr langes braunrotes Fell stellt sich auf, ihr Schwanz nimmt die Dimensionen einer Klobürste an. Definitiv ein Luchs. Sie hat sogar diese schwarzen Haare an den Ohrspitzen.

Langsam weiche ich zurück. »Lass mich bloß in Ruhe.« Bestimmt denkt sie das Gleiche. Schließlich habe ich sie in der Küche überrascht. Und ich versperre ihr den Ausweg. Der Blick aus ihren blauen Augen hypnotisiert mich für einen Moment. Dann drücke ich mich an die Küchenzeile, damit sie rauskann. Sie verengt misstrauisch die Augen, gönnt mir ein letztes Knurren und rast an mir vorbei.

»Woah«, höre ich Noah auf dem Flur. Sie muss ihn fast von den Füßen gerissen haben.

»Gwen? Alles okay?«, ruft er. Ich stehe immer noch hinter der Küchentür.

»Ja.«

Er steckt den Kopf zur Tür rein. Seine Haare sind feucht, und gelegentlich tropft es auf seine immer noch nackte Brust. Langsam glaube ich nicht mehr, dass er wirklich vorhat, sich anzuziehen.

»Die Katze gehört Sofie«, sagt er, als würde das alles erklären.

»Okay«, antworte ich. Die Fähigkeit zu intelligenter Kommunikation scheint mir abhandengekommen zu sein. »Wie heißt sie?« Man sollte seine Feinde kennen.

»Willst du nicht wissen.« Er grinst. Jungenhaft, sexy verwirrend. Es bringt mich so aus dem Konzept, dass ich vergesse, was ich wissen wollte.

»Okay.« Ich stöhne innerlich. Kann ich nicht mal etwas anderes sagen?

Noah lacht. »Ich komme gleich.«

Ich dränge ein weiteres Okay zurück, das mir schon auf der Zunge liegt. Am Ende überfordere ich ihn noch mit meiner Sprachgewandtheit.

***

Es dauert nicht lange, bis er wiederkommt. Und er hat tatsächlich etwas an. Eine kurze Hose und ein Poloshirt. Irgendwie hätte ich ihn in ganz anderen Sachen gesehen und kann mir ein Grinsen nicht verkneifen. »Studierst du BWL, oder was?«

»Ja.«

O Gott. Voll rein ins Fettnäpfchen. »Ah … äh … interessant.«

Er verzieht spöttisch den Mund. »Klar.«

Mist. Warum sage ich so was? Jeder weiß, dass »interessant« in Wirklichkeit »total blöd« bedeutet.

»Allerdings gehe ich nie in die Vorlesungen«, ergänzt er, als wäre das völlig normal. Natürlich, für ihn ist es das ja auch. Wegen seiner Krankheit kann er nicht so viel hingehen, wie er sollte. Im Moment scheint es ihm allerdings wieder besserzugehen, abgesehen davon, dass er relativ blass ist. Was er wohl genau hat? Ich habe mal im Forum von einer Krankheit gelesen, bei der das Herz in unregelmäßigen Abständen aussetzt, dazwischen geht es den Leuten dann aber ganz gut. Ich würde ihn gerne danach fragen, und auch danach, was gestern Nacht los war, aber es reicht, dass ich ihn beleidigt habe. Ich muss ihn nicht auch noch ausquetschen.

Noah macht sich noch einen Kaffee, während ich mein Hirn nach einem anderen Gesprächsthema durchforste. »Äh … die Katze.« Genau. Über die lässt sich doch bestimmt reden.

Noah lächelt matt, als wüsste er genau, was ich denke.

»Ganz schön riesig.«

»Liegt an der Rasse. Sie ist eine Maine Coon. Allerdings ist sie selbst dafür ziemlich groß.«

»Und ziemlich schlecht gelaunt.« Was noch nett ausgedrückt ist, wenn ich daran denke, wie mörderisch sie mich vorhin angesehen hat.

»Das darfst du ihr nicht übelnehmen. Sie ist ein Scheidungskind.«

So wie du? Die Frage liegt mir auf der Zunge, aber ich halte mich zurück. Schließlich bin ich nicht hier, um seine Lebensgeschichte zu hören. Stattdessen greife ich nach meinem Wasserglas, das immer noch auf der Arbeitsfläche steht.

»Gestern Nacht hat Sofie mir die Katze einfach vor die Tür gestellt, weil ihr Neuer eine Allergie hat. Da wäre ich auch sauer. Hast du zwischen Sofies Sachen eigentlich was gefunden?« Noah mustert mich über den Rand der Kaffeetasse hinweg. Sein Blick fällt auf das T-Shirt. »War das in einem von ihren Fächern?«

»Ja, wieso? Ist das etwa deins?« Auf die Idee wäre ich nie gekommen, wie ein Nerd wirkt er nicht. Wie der typische BWL-Student aber auch nicht. Irgendwie habe ich keine Vorstellung, was zu ihm passt. Vielleicht ist er einfach der Typ, der nur in Boxershorts am besten aussieht? Schnell schaue ich in mein Wasserglas und beobachte intensiv die kaum noch vorhandene Kohlensäure.

»Ja, das suche ich schon ewig.«

»Es war bei Sofies Sachen, bei den Schlafanzügen.«

Wahrscheinlich mochte sie es, in seinen T-Shirts zu schlafen. Als Alex und ich frisch zusammen waren, hatte ich auch immer eins von seinen unter dem Kopfkissen, ein getragenes, in dem noch sein Geruch hing. So war er auf gewisse Art immer bei mir.

Noah schnaubt. »Sie hat es sicher dort versteckt, damit ich es nicht anziehen kann.«

Dann hat seine Ex das T-Shirt also nicht getragen, um ihm nahe zu sein. Merkwürdigerweise bin ich froh darüber, ich weiß nicht, ob ich mich sonst darin wohl gefühlt hätte. Aber vielleicht möchte er trotzdem nicht, dass ich es anhabe. »Willst du es zurück? Dann geb ich es dir.«

»Jetzt sofort?« Ich kann das freche Grinsen deutlich in seiner Stimme hören. Es wirkt nicht aufdringlich, eher ansteckend. Ich weiß genau, dass er nur Spaß macht. Er will mich sicher nicht noch mal oben ohne sehen. »Nein. Behalt es. Ich schenke es dir.«

War klar. Schweigen breitet sich zwischen uns aus. Auch Noah nippt nur an seinem Kaffee. Ein guter Moment, endlich über das zu reden, wofür ich hergekommen bin.

»Ich würde heute gerne in die Klinik fahren und die Werte abgleichen lassen.«

»Die Werte?«, fragt er.

»Ja. Unsere Werte. Ob sie zusammenpassen.«

Noahs Hände krampfen sich um die Kaffeetasse. »Heute ist Sonntag.«

»Ich weiß. Ich hatte gehofft, dass deine Mutter …«

»Nein!«

Ich runzele die Stirn. »Warum nicht?«

»Weil … weil sie keinen Verdacht schöpfen darf. Wir müssen einen Termin in der Sprechstunde machen. Unter dem Vorwand, dass du mich besuchst und so lange hier einen Arzt brauchst.«

»Stimmt, das ist besser.«

Noah macht ein finsteres Gesicht. »Es kann Tage dauern, bis ein Termin frei wird.«

Ich schließe die Augen, presse sie ganz fest zusammen. Tage? Mehrere Tage, nur bis die Werte abgeglichen sind? Mehrere Nächte, in denen ich die Frau sehe? Oder mich schlaflos hin- und herwälze, weil ich das Gesicht des Ehemanns nicht aus dem Kopf bekomme? Oder das von Alex. Seine Enttäuschung. Tom. Papa. Ich atme tief durch. Auch ohne die Augen zu öffnen, merke ich, dass sich um mich alles dreht. Das Wasserglas entgleitet mir. Es klirrt laut. Immer noch dreht sich alles. Ich strecke die Hand aus nach etwas, woran ich mich festhalten kann.

Noahs Arm. Er packt mich, hält mich, bis ich mich wieder im Griff habe.

»Alles in Ordnung?«

»Nein. So lange kann ich nicht warten«, flüstere ich.

»Gwen …«

»Nein. Bitte, Noah. Ich halte das nicht mehr aus, verstehst du?« Ich hasse es, wie kläglich meine Stimme klingt. Wie sehr meine Hand auf seinem Arm zittert.

»Okay.« Er legt mir einen Arm um die Schultern und schiebt mich um die Scherben herum zu einem Stuhl. »Ganz ruhig. Wir finden eine Lösung.«

Für mich gibt es nur eine Lösung: das Herz so schnell wie möglich loswerden. Ich muss es Noah wohlbehalten übergeben, damit ich endlich alles hinter mir lassen kann.

»Ich habe einen Bekannten, einen ehemaligen Studenten meiner Mutter. Er arbeitet im Herzzentrum. Bestimmt hilft er uns. Wir sagen einfach, dass du wegen irgendwas ein schlechtes Gefühl hast. Dann prüft er deine Werte sofort.«

Ein schlechtes Gefühl. Wegen irgendwas. Wegen allem. »Danke.«

Kapitel 8

www.herzforum.de/rechtliche-fragen/topicreveal5682
Re: Kann mir jemand sein Herz vermachen?
Antwort von Noah (vor zwei Jahren)
»Nein. Das geht nur bei Lebendspenden, zum Beispiel wenn eine Mutter ihrem Sohn eine Niere geben will. Alles andere ist verboten, und das ist gut. Sonst könnte jemand auf die Idee kommen, sich auf diesem Weg ein Organ zu verschaffen, das eigentlich der bekommen sollte, der es am dringendsten braucht.«

Noah

Bin ich denn völlig bescheuert? Was ist los mit mir? Was habe ich mir vorhin in der Küche nur gedacht? Ich kann doch nicht mit ihr flirten. Außerdem ist sie nicht mal mein Typ. Ich mag blonde Haare oder braune, aber ihre …

Ich betrachte sie aus dem Augenwinkel. Sie sitzt neben mir im Bus und sieht aus dem Fenster. Die Strickjacke steht offen, einen Teil davon hat sie sich über Mund und Nase gezogen. Und ihre Haare … Sie haben eine undefinierbare Farbe. Nur wenn die Sonne wie jetzt direkt darauf scheint, liegt ein goldener Schimmer auf ihnen. Es passt zu ihren Augen, die graugrün leuchten.

Shit. Das ist echt total unangebracht. Ich drehe den Kopf weg, zu dem griesgrämigen älteren Mann, der auf der anderen Seite des Ganges sitzt. Schlimm genug, dass ich seit dem Vorfall im Bad ständig daran denken muss, wie sie ausgesehen hat. Schlimm genug, dass ich sie angeglotzt habe, als hätte ich noch nie in meinem Leben eine nackte Frau gesehen. Oder überhaupt eine Frau.

»Wir hätten mein Auto nehmen können«, nuschelt sie durch die Strickjacke.

Ich reiße mich von dem Alten los und wende mich wieder Gwen zu. »Ich habe auch eins, aber ich lasse es meistens in der Garage. Die Parkplatzsuche nervt. Und man kommt mit den Öffentlichen gut überallhin.«

Sie wendet sich wieder ab. »… nicht so gern U-Bahn oder Bus«, ist alles, was ich verstehe.

Ich schimpfe mich einen Idioten. Ich weiß doch, dass öffentliche Verkehrsmittel für sie gefährlich sind. Vor allem, wenn sie keinen Mundschutz trägt. Den hat sie in der Eile wahrscheinlich auch vergessen. Weil sie Angst um mich hatte.

Sie hatte Angst um mich, weil sie glaubt, dass ich herzkrank bin. Weil ich so dämlich war, sie für ein Fake zu halten. Weil ich in einer schwachen Sekunde eine total bescheuerte E-Mail geschrieben habe. Ich sollte ihr die Wahrheit sagen. Nichts hasse ich mehr als Lügen. Aber wenn sie es erfährt, ist sie sofort weg. Und wer weiß, was sie dann tut. Ihr Glaube, dass ich ein Herz brauche, ist das Einzige, was sie hier hält.

Der Bus bremst, um an der nächsten Station anzuhalten.

»Wenn du willst, können wir hier aussteigen und den Rest laufen. Es ist nicht mehr weit.«

»Oh ja, das wäre mir lieber.« Die Erleichterung, mit der sie mich ansieht, liegt mir wie ein Stein im Magen. Nächstes Mal muss ich besser aufpassen.

Wir steigen aus, und ich überlege, welcher Weg der beste ist. Die Sonne sticht schon ziemlich runter, obwohl es noch nicht mal zehn Uhr ist. Ich entscheide mich für den schattigeren Weg durch eine Nebenstraße, in der die hohen Häuser enger stehen.

Trotzdem wird es bald so warm, dass sie ihre Strickjacke auszieht. Es ist merkwürdig, sie in meinem T-Shirt zu sehen. Sofie konnte es nie leiden, sie findet T-Shirts mit Sprüchen lächerlich und unsexy. Wenn ich Gwen so ansehe, finde ich es gar nicht unsexy. Es ist ihr ein wenig zu groß und zu lang, aber trotzdem sitzt es eng genug, um ihre Figur nicht vollkommen zu verstecken. Bestimmt hat Sofie es ein paarmal in den Trockner gesteckt, damit es mir nicht mehr passt. Zuzutrauen wäre es ihr.

Warum habe ich es Gwen überhaupt gegeben? Ich hätte sie mit der Strickjacke rumlaufen lassen sollen und darauf hoffen, dass sich auch weiter oben ein Knopf löst. Oder dass sie ein paar davon aufmacht, weil ihr zu warm ist. Ich balle die Fäuste. *Hör endlich auf, solchen Blödsinn zu denken. Sie hat eine üble Depression, sie will sich umbringen, verdammt.* Anstatt ihr hinterherzuhecheln, sollte ich ihr helfen.

»Warst du in Berlin in psychologischer Behandlung?«, frage ich, um das Schweigen zwischen uns zu brechen.

Sie hebt den Kopf. »Was? Wieso?«

Ich unterdrücke ein Schnauben. Vielleicht weil sie sterben will? Ich zucke demonstrativ mit den Schultern. »Viele sind es nach der Transplantation.«

»Ach so. Nein. Nur in der Reha. Danach nicht mehr.«

»Meinst du, es wäre gut, wenn du … Ich kenne jemanden, zu dem du gehen könntest. Michael Schmidt. Er betreut die Patienten meiner Mutter. Er ist wirklich nett. Ich könnte ihn anrufen.«

Sie runzelt die Stirn.

»Nur wenn du willst«, füge ich schnell hinzu.

»Will ich nicht.«

»Warum nicht?« Ob sie sich schämt? Ob sie findet, dass es nur was für Bekloppte ist, so wie Stefan aus dem Forum?

»Sie würden nicht verstehen, was ich vorhabe. Sie würden mich auf die Geschlossene stecken. Und dann …« Ihre Finger graben sich in die Strickjacke. »Dann hätte es nie ein Ende.«

Mist. Wenn ich jetzt versuche, sie dazu zu überreden, könnte sie das verschrecken. Dann haut sie ab, das kann ich nicht riskieren. Aber ich kann das auch nicht alleine regeln. Ich weiß nicht, wie man mit so etwas umgeht. Das bisschen Halbwissen aus dem Forum ist dafür nicht genug. Später, wenn sie abgelenkt ist, rufe ich Michael an. Hoffentlich kann er mir was raten.

***

Zum Glück hat Oliver heute Dienst und nimmt Gwen dran. Eine Weile warten wir schon. Gwen sitzt auf einem Stuhl, der weit weg von den anderen Patienten etwas versteckt in einer Ecke steht. An der Anmeldung hat sie als Erstes nach einem Mundschutz gefragt. Die Schwester hat versprochen, ihr ein paar zu bringen, sobald sie sich lange genug loseisen kann.

Ich stehe vor ihr, so dass sie noch besser vor Blicken geschützt ist. Sie redet nicht, sitzt einfach nur da, hoch aufgerichtet, mit leerem Blick. Ich wünschte, sie würde etwas sagen. Irgendetwas, das mich von meinen Gedanken ablenkt.

Immer wieder sehe ich sie im Bad vor mir. Nackt. Die weit aufgerissenen Augen. Die halbgeöffneten Lippen. Die sanften Rundungen ihrer Brüste und die dunklen Brustwarzen. Zu gerne würde ich wissen, wie es ist, wenn sie unter meinen Fingern hart werden. Ich kann nicht anders, als mich zu fragen, wie sich ihre Haut anfühlt. Die zarte Haut im Schatten zwischen ihren Beinen. Ich möchte … verdammt. Das leicht beengte Gefühl in meiner Hose sagt mir genau, was ich möchte. Und was ich bin. Ein perverses Schwein.

Ich beiße mir auf die Lippe, bis es weh tut, und versuche, mir vorzustellen, sie wäre meine Schwester. Was schwierig ist, wenn man Einzelkind ist.

»Was für eine Krankheit hast du denn?«

Oh, gut. Das hilft auch. Fast so gut wie eine kalte Dusche. Nur erwartet sie eine Antwort, was wiederum gar nicht gut ist. Was soll ich ihr sagen, und warum habe ich darüber nicht früher nachgedacht? Ich hätte mir denken können, dass sie das fragt.

»Ähm …« Prima. Guter Anfang. Das erklärt alles.

»Du musst nicht darüber reden, wenn du nicht willst.«

»Doch, doch.« Ich Depp. Warum habe ich nicht leidend das Gesicht verzogen und okay gesagt?

»Ähm …« Super. So weit waren wir schon. Ich durchforste mein Gehirn nach alten Krankheitsgeschichten aus dem Forum. »ARVC.« Sehr gut. Das war diese Krankheit, die vor allem bei jungen Männern vorkommt. Und man sieht ihnen lange nicht an, dass sie krank sind. Wenn ich mich jetzt nur noch erinnern könnte, was das ausgeschrieben heißt.

Gwen zieht ihr Handy raus und googelt. Scheiße. Sie googelt! Und ich habe keine Ahnung, was es mit dieser Krankheit auf sich hat.

»Arrhythmogene rechtsventrikuläre Kardiomyopathie«, murmelt sie.

»Genau das.« Welcher normale Mensch soll sich das bitte merken?

Sie liest eine Internetseite. Ich ziehe ebenfalls mein Handy raus, rufe eine Seite über ARVC auf und versuche, schneller fertig zu sein als sie. Es gelingt mir nicht ganz.

Gwen sieht auf. Sie ist kreidebleich. »Noah«, flüstert sie. »Das ist ja schrecklich.«

Oh, Mist. Sie hat gelesen, dass bei ARVC das Herz einfach aussetzen kann.

Auf der Internetseite, die ich anschaue, steht: Das erste Anzeichen für ARVC ist meist der plötzliche Herztod. Witzbolde. Das ist doch kein erstes Anzeichen mehr.

Jetzt fällt mir auch wieder ein, was in meinem Forum darüber stand. Die Erinnerung schnürt mir die Kehle zu. Ich habe es nicht im Bereich für die Betroffenen gelesen, sondern im Bereich für die Angehörigen. Eine junge Frau hatte geschrieben, dass sie nach Hause kam und ihren Freund tot in der Wohnung vorgefunden hat. Auf dem Fußboden. Einfach so. Jung und sportlich war er, man hat ihm nie etwas angemerkt. Das ist typisch für ARVC. Klingt, als hätte ich mir die perfekte Krankheit ausgesucht, um Gwen zu belügen. Trotzdem kommt bei mir keine Erleichterung auf. Ich kann nur an das arme Mädchen denken. Wie schrecklich es für sie gewesen sein muss.

Gwen ist immer noch leichenblass. »Woher weißt du es? Ist jemand in deiner Familie …« Sie verstummt.

»Was? Nein!« Auch das steht auf der Seite. Es wird vererbt. Meistens findet man heraus, dass man es hat, weil jemand in der Familie daran gestorben ist, und die Angehörigen dann darauf untersucht werden.

»Ich … ich habe mal Leistungssport gemacht. Rudern. Da haben sie mich getestet. Mit ARVC darf man keinen Leistungssport machen. Damals war der Test noch nicht Standard, aber meine Mutter hat darauf bestanden.« Lügen über Lügen. Aber besser, als einen toten Onkel zu erfinden. »Zum Glück. Auch wenn ich mit dem Rudern aufhören musste.«

Verdammt, wie ich es hasse, sie so zu hintergehen. Wenn sie das jemals herausfindet, wird sie mich für alle Zeiten verabscheuen. Ich weiß nur nicht, was ich stattdessen tun soll.

Vorhin habe ich mich verstohlen davongeschlichen und Michael angerufen. Natürlich hat er gesagt, dass ich sie in eine Klinik bringen muss. Ich habe von meiner Angst erzählt, dass sie davonläuft und sich was antut. Seiner Meinung nach bleibt mir nichts anderes übrig, als sie dazu zu bringen, sich Hilfe zu suchen. Das kann ich nur, wenn sie bei mir bleibt. Und das wird sie nur, solange sie denkt, dass ich ihr Herz brauche. Ich habe ihren Blick gesehen, als sie beinahe umgekippt wäre. Nur die Tatsache, dass sie mir das Herz unversehrt geben will, hält sie davon ab, sich sofort die Pulsadern aufzuschneiden.

»Hast du auch so ein Schrittmacherdings, das unter die Haut kommt? Mir ist vorhin gar nichts aufgefallen.«

Klar. Ich habe ja auch keinen. Und auch nicht die passende Narbe dazu. »Nein.«

»Trotzdem, da hast du bisher sicher auch schon einiges mitgemacht.

Medikamente nehmen, immer die Untersuchungen …« Ihre Blick wird leer, ihre Stimme tonlos. »Ich kenne das.«

Gwen schüttelt leicht den Kopf und konzentriert sich dann wieder auf den Artikel über ARVC. »Hier steht etwas von einer Operation, die sie erst versuchen, bevor sie eine Transplantation in Erwägung ziehen.« Sie sieht mich an, so viel Mitleid im Blick, dass mir fast übel wird. Aber ich muss zustimmen. Wenn ich jetzt nein sage, ist das viel zu verdächtig. Sie muss glauben, dass mein Zustand schlimm genug ist, um auf der Warteliste für eine Transplantation zu stehen.

Zum Glück hinterlässt diese Operation nur sehr kleine Narben, die man schnell fast nicht mehr sieht. Behauptet das Internet. Es ist noch das geringste Übel, wenn ich diese Operation in meine falsche Krankheitsgeschichte aufnehme. Widerwillig nicke ich.

Sie hält sich die Hand vor den Mund. »Oh, tut mir leid. Ich sollte dich nicht so ausfragen, entschuldige.« Sie wischt einmal über das Display und steckt das Handy weg.

Kurze Zeit später kommt Oliver aus dem Behandlungszimmer und ruft uns rein. Er sieht immer noch aus wie damals als Student. Nur mischt sich in seine schwarzen Haare nun eine Spur von Grau. Er ist um einiges älter als ich, trotzdem sind wir immer gut miteinander ausgekommen.

»Noah, schön dich zu sehen.« Wir schütteln uns die Hände. Ich deute auf Gwen.

»Oliver, das ist Gwen.« Mir fällt auf, dass ich ihren Nachnamen nicht weiß. »Wir kennen uns aus dem Forum.«

»Schön, dich kennenzulernen.« Oliver lächelt und reicht Gwen die Hand. Auch er beteiligt sich gelegentlich im Forum an den Expertenfragen, wenn meine Mutter lange nicht antworten kann. »Warum hat es dich nach München verschlagen?«

Erschrocken schweigt Gwen ihn an.

»Gwen besucht mich«, antworte ich an ihrer Stelle. »Sie sieht sich die Uni an.«

Oliver grinst. »Ich verstehe.«

Ich verdrehe die Augen. Soll er denken, was er will.

»Und ich soll die Werte kontrollieren, ja?«

Gwen nickt, als hätte sie nichts weiter im Sinn als eine stinknormale Kontrolluntersuchung.

»Gut.« Oliver nickt mir auffordernd zu. »Noah, du musst bitte draußen warten.«

Gwen öffnet den Mund, aber Oliver schiebt mich schon aus der Tür. Draußen setze ich mich auf einen der grauen Plastikstühle. Ich kann nur hoffen, dass Gwen ihn nichts über meine Erkrankung fragt. Meine nicht vorhandene Erkrankung, die ich mir von anderen zusammengeklaut habe, die wirklich daran leiden.

Ich spiele Gwen etwas vor und bringe sie mit Lügen dazu, Mitleid mit mir zu haben. Plötzlich ist egal, dass ich es für sie tue. Es ist das Allerletzte.

Ich bin ein Fake.

KAPITEL 9

www.jungundherzkrank.de/Forum/Intern/showtopic28035
Re: Minutenlang ohne Herz – ist der Gedanke nicht schrecklich?
Antwort von Gwen (vor sechs Monaten)
»Geht mir auch so. Allein daran zu denken, dass man so offen und ausgeliefert auf dem OP-Tisch liegt, macht mir Angst.«

Gwen

»Oliver hat gesagt, dass er die Ergebnisse heute Abend bekommt.«

Wir gehen langsam die Straße entlang, die Sonne brennt heiß auf uns herunter, und in meiner langen Jeans komme ich mir vor wie gedünstetes Gemüse. Die Mundschutze, die ich im Krankenhaus bekommen habe, ballen sich in meiner Hosentasche. Hoffentlich sind sie nicht schweißdurchtränkt und dadurch unbrauchbar.

Noah sieht von seinem Handy auf. Er hat ins Forum geschaut. »Oh. Ja. Gut.«

»Dann müssen wir nur noch rausfinden, ob sie zu deinen passen. Wie machen wir das am besten, ohne dass jemand Verdacht schöpft?«

Noah steckt sein Handy weg. Etwas Wachsames liegt in seinem Blick. Die ganze Situation ist ihm anscheinend immer noch nicht geheuer.

»Ich kann Oliver bitten, die Werte zu vergleichen«, sagt er langsam. Er brennt wohl nicht gerade darauf, das Ergebnis zu erfahren. Warum will er es nicht? Hat er so starke Zweifel?

»Das wäre gut. Dann rufst du ihn heute Abend an?«

Noah brummt etwas, eine steile Falte steht auf seiner Stirn. Ich weiß so gut, wie er sich fühlt. Schuldig, weil er das Herz eines anderen Menschen braucht, um zu leben. Man hat auf merkwürdige Weise den Tod eines gesunden Menschen auf dem Gewissen. Nicht verursacht, aber dennoch auf dem Gewissen. Man trägt ihn mit sich herum, solange man lebt. In Noahs Fall ist es möglicherweise noch schlimmer, weil er mich jetzt kennt. Vielleicht war es falsch, die Sache so anzugehen, und ich mute ihm zu viel zu.

»Du musst kein schlechtes Gewissen haben«, flüstere ich.

»Was meinst du?«

»Weil du das Herz von mir bekommst. Du tust mir damit einen Gefallen.«

»O Gott, Gwen, ich …« Er sieht so entsetzt aus, dass ich den Blick abwenden muss. Wie schaffe ich es nur, dass er es versteht?

»Wirklich, Noah. Den Gedanken, das Herz könnte mit mir sterben, halte ich kaum aus. Jemand wollte, dass ein Menschenleben durch dieses Herz gerettet wird, und dem will ich nicht im Weg stehen, verstehst du? Es ist das Einzige, was mich davon abhält …« Er muss das nicht so genau wissen. Das muss ich ihm nicht auch noch aufbürden.

Er bleibt stehen. »Ich verstehe das. Es ist nur … Ich weiß nicht …«

»Aber ich weiß genau, was ich will. Was ich tun werde, ist nicht deine Schuld.« Er wird es schon noch einsehen. Und er wird darüber hinwegkommen, wenn er das Herz erstmal hat. Er ist stärker als ich, viel stärker, da bin ich mir sicher. Er kann es aushalten.

Er öffnet den Mund, aber ich komme ihm zuvor. »Können wir noch ein bisschen zu Fuß gehen? Mir ist nicht danach, Bus zu fahren.«

»Klar.« Immer noch ist er ziemlich blass, als wäre ihm schlecht.

»Alles okay?«, frage ich.

»Alles bestens.« Es klingt, als hätte er einen Frosch im Hals. Er räuspert sich. »Wir können den ganzen Weg zu Fuß gehen, wenn du willst. Das ist allerdings ziemlich weit.«

»Macht nichts. Ich muss sowieso jeden Tag eine Stunde walken, das fehlt heute noch. Wenn wir etwas schneller gehen, kann ich das abhaken.« Ich lächele ihm zu, aber er erwidert es nicht.

Stattdessen deutet er auf eine Nebenstraße, in der ein Baum neben dem nächsten steht. »Dann gehen wir lieber dort entlang. Das ist schöner.« Sein Blick fällt auf meine lange Jeans. »Und schattiger.«

Schweigend gehen wir nebeneinanderher. Als wir in die Schatten der hohen Kastanien kommen, atme ich auf. »Viel angenehmer als in der Sonne.«

Noah nickt stumm. Ich seufze innerlich. Sicher denkt er immer noch über das nach, was ich gerade gesagt habe. Ich will, dass er aufhört zu grübeln. »Ich hasse das Walken, weißt du«, ist das Einzige, was mir einfällt. »Aber es muss sein. Gehört zum Reha-Plan.«

»Walken ist doch sicher nicht das Einzige, was du machen kannst. Was ist mit Laufen?«

»Nein!«, erwidere ich scharf. Sofort tut es mir leid. Er kann nicht wissen, dass mir allein der Gedanke an die harten Schritte auf dem Asphalt den Angstschweiß auf die Stirn treibt. »Machst du auch Sport? Darfst du das überhaupt?«, frage ich in versöhnlichem Tonfall.

»Ja.« Er pausiert so lange, dass ich überlege, ob ich nachhaken soll. »Ich darf Sport machen, solange ich es nicht übertreibe. Zurzeit ist alles unter Kontrolle, seit dieser OP.«

»Dann kannst du also nicht jederzeit …« Ich verstumme.

»Nein. Ich meine, es ist absehbar, sonst bräuchte ich ja keine Transplantation, aber du musst keine Angst haben, dass ich einfach so umkippe.«

Es überrascht mich, wie erleichtert ich bin. Ich hoffe, er will mich nicht nur beruhigen. Und wenn die Situation unkritisch ist, wieso geht er dann nicht in die Uni?

»Ich fahre Fahrrad. Der Isar-Radweg führt fast an meiner Wohnung vorbei, das ist ziemlich cool. Da kann man tagelang am Fluss entlangfahren, wenn man Lust hat.«

»Das klingt schön.«

»Wenn du willst, kannst du mitkommen. Ich fahre jeden Morgen. Meinst du, das könnte dir besser gefallen als Walken?«

Ich stelle mir vor, Fahrrad zu fahren. Es wäre nicht wie beim Laufen, es gäbe keine Schritte, die mein Herz aus dem Rhythmus bringen könnten. »Einen Versuch ist es wert. Ich habe hier nur kein Fahrrad.«

Noah grinst. »Du kannst das von Sofie haben. Steht noch im Keller.«

»Dann hat sie wirklich alles dagelassen?« Für mich ist das unvorstellbar. Wie kann man alles, was man besitzt, zurücklassen?

»Allerdings. Nach unserem letzten Streit hat sie ihren Laptop ausgestöpselt, die Katze in den Korb gepackt und ist gegangen. Seitdem habe ich sie nicht wiedergesehen.«

»Ich verstehe das nicht, ehrlich gesagt.«

Er hebt die Schultern. »Ich auch nicht. Sie macht wohl lieber einen kompletten Neuanfang.«

»War die Trennung so schlimm?« Das ist der einzige Grund, den ich mir vorstellen kann. Eine so hässliche Trennung, dass man den anderen nie wiedersehen will. Und die Sachen auch nicht, weil jedes Teil einen an den Ex-Freund erinnert.

»Die Trennung war das Beste daran.« Diesmal höre ich doch einen Hauch von Bitterkeit in seiner Stimme.

Ich verkneife mir eine weitere Frage. Gerne würde ich mehr erfahren, aber ich will ihn nicht nach Strich und Faden ausquetschen.

»Es hat schon länger nicht mehr funktioniert. Zum Schluss ist sie fremdgegangen.«

»Tut mir leid.«

Er macht eine wegwerfende Handbewegung. »Muss es nicht. Wenigstens haben wir dadurch endlich eingesehen, dass es keinen Sinn mehr hat.«

Nach der großen Liebe klingt das nicht. Ein winziger, verräterischer Teil in mir ist erleichtert. Erleichtert, dass es keine Beziehung war, die ihm für immer einen Teil seines Herzens gestohlen hat. »Ob sie deshalb die Sachen loswerden will?«

Er zieht die Augenbrauen zusammen. »Wie meinst du das?«

»Weil sie fremdgegangen ist. Vielleicht bekommt sie Schuldgefühle, wenn sie die Sachen sieht.« Das Kleid fällt mir ein, das ich am liebsten wegwerfen würde, weil es mich an den Abend mit Alex erinnert. Gestern Abend. Es kommt mir unmöglich vor, dass seitdem nicht mal vierundzwanzig Stunden vergangen sind.

»Möglich. Oder sie will sich für Enrico neu einkleiden.« Er schnaubt. »Aber dafür habe ich jetzt immerhin ein paar Sachen zum Anbieten, wenn jemand zu Besuch kommt, der nicht packen kann.« Seine Mundwinkel zucken.

Ich muss lächeln. »Solange es für dich nicht merkwürdig ist, dass ich ihre Sachen benutze.«

»Bisher tust du das ja nicht. Bisher benutzt du nur meine Sachen.« Er deutet auf das T-Shirt.

»Stimmt nicht. Ich habe ihr Duschgel und ihr Shampoo genommen. Oder gehören die etwa dir?« Die Vorstellung entlockt mir ein Grinsen.

Er bleibt stehen und beugt sich so weit zu mir herunter, dass sein Atem über mein Ohr streift und mich erschauern lässt. Sein Geruch steigt in meine Nase, und ich schließe die Augen. Seife. Und etwas anderes, Herbes, Eigenes.

»Jetzt, wo du es sagst … Du riechst wie sie.«

Zitternd hole ich Luft. »Ach ja?«

»Ja.« Er atmet tief ein, als ob er noch mal an mir riechen will. »Und du hast recht, es ist merkwürdig«, murmelt er.

»Warum?«

Immer noch ist er mir ganz nah. Wenn ich den Kopf ein klein wenig drehen würde, könnte ich seine Wange an meiner spüren. Ob sie rauh ist?

»Weil es nicht zu dir passt. Zu süß.« Kurz bleibt er so stehen, dann macht er einen Schritt von mir weg. »Gehen wir weiter?«, fragt er, genauso atemlos wie ich.

Nach wenigen Schritten klingelt mein Handy und erlöst mich von der Suche nach einem Gesprächsthema. Es ist Tom. Ob ich rangehen soll? Wenn ich es nicht tue, versucht er es sicher weiter. Besser, ich bringe es hinter mich. Seufzend streife ich über das Display.

»Gwen? Ich habe gerade erst deine SMS gelesen.« Tom ist heiser, wie immer nach einer durchgefeierten Nacht. »Geht's dir gut?«

»Ja.« Ich schaue zu Noah. Er hat sein Handy rausgezogen und tippt auf dem Display herum. Sicher kontrolliert er sein Forum.

»Was soll das heißen, du bist in München, um dir die Uni anzusehen? Bist du völlig übergeschnappt?«

Bin ich das? Weil ich mitten in der Nacht einmal quer durch Deutschland gefahren bin, zu jemandem, den ich nicht kenne, um ihm mein Herz zu geben? »Vermutlich.«

Tom lacht. »Immerhin siehst du es ein. In welchem Hotel bist du?«

»Äh, ich bin nicht im Hotel.« Noah hebt den Kopf. Ob es ihm lieber wäre, wenn ich mir ein Zimmer nehme? »Ich wohne bei … einem Bekannten.«

»Was?« Es klingt blechern, nach einem nahen Funkloch. »Du kennst in München doch niemanden.«

»Woher willst du das wissen?«

»Verdammt, Gwen, ist das jemand aus dem Internet? Das ist gefährlich, er könnte ein psychopathischer Mörder sein.«

Er hat recht. Es war leichtsinnig von mir, einfach so zu einem wildfremden Mann zu fahren und auch noch bei ihm zu übernachten. Mehr als leichtsinnig. Dumm.

Es wäre dumm, wenn ich nicht sowieso vorhätte zu sterben.

»Mach dir keine Sorgen, ich habe das im Griff.«

»Wenn Papa das erfährt … Du solltest lieber heimkommen.«

Wut ballt sich in mir zusammen. Wieso will er mir immer vorschreiben, was ich zu tun habe? »Papa will doch, dass ich ein Studium anfange. Dann soll er sich jetzt gefälligst nicht beschweren.«

»Gwen …«

»Nein. Ich tue, was ich für richtig halte. Du kannst mich nicht umstimmen und auch niemand sonst!«, schreie ich. Noah blickt finster zu mir herüber. Sofort werde ich leiser. »Also versuch es erst gar nicht.«

»Bitte, Gwen, komm nach Hause.« Toms besorgter Tonfall löst Schuld und Widerwillen in mir aus. Nach Hause? Ich will nicht nach Hause. Nie wieder.

»Nein. Und wenn du nur anrufst, um mich dazu zu überreden, kannst du dir das in Zukunft sparen.« Ich tippe auf »Beenden« und stecke das Handy zurück in meine Tasche. Tief nach unten, als könnte ich Toms Anruf damit von mir schieben.

»Mein Bruder«, erkläre ich Noah.

»Er ist wohl nicht begeistert, dass du hergekommen bist?«

Ich schnaube. »Er hält dich für einen Psychopathen.«

Noah lacht nicht, sondern sieht mich so durchdringend an, dass ich nicht weiß, wo ich hinschauen soll. »Er macht sich Sorgen um dich.« Das »zu Recht« sagt er nicht, aber ich höre es trotzdem.

»Ja.« Ich senke den Kopf. »Sie alle.«

»Willst du denn nicht …«

»Ich will nur, dass es aufhört«, flüstere ich. »Es soll endlich aufhören.« Ich mustere mein Handgelenk mit dem Schnitt von Toms Taschenmesser. Er ist winzig, verkleidet als unauffälliger Kratzer. Niemand würde erkennen, wofür er wirklich steht. Niemand außer Noah. Er atmet scharf ein, als er ihn bemerkt.

»Ich wollte sie mir aufschneiden«, sage ich. »Meinst du, das ist eine gute Methode? Immerhin tut es nicht weh.« Ich muss schlucken. »Nicht sehr.«

»Verdammt, Gwen …«

»Am besten in der Badewanne, wegen all dem Blut.«

Ich hebe den Kopf. Er ist blass, so blass, dass ich Angst bekomme, er könnte doch hier und jetzt tot umfallen.

»Nein. Das darfst du nicht.« Seine Stimme ist tonlos. »Das darfst du nicht.«

»Warum nicht?«

»Weil … weil …« Er ringt nach Worten. »Weil das den Organen schadet. Der Blutverlust. Das schädigt das Gewebe. Dann kann man sie nicht mehr transplantieren.«

Könnte das stimmen? Ich knabbere an meiner Unterlippe. »Was dann? Genickbruch?« Aber wie sollte das gehen? »Ich weiß nicht, ob ich es schaffe, mich irgendwo runterzustürzen.«

»O Gott, Gwen, bitte … Ich kann das nicht.« Seine Stimme schwankt, und in seinen Augen lese ich Panik.

Natürlich. Er hat Angst. Angst vor dem, was ich vorhabe, und sicher auch Angst vor der Operation. Wie konnte ich das vergessen? Wie es sich anfühlt, zu wissen, dass einem die Brust aufgeschnitten wird. Mittendurch. Wie schrecklich der Gedanke ist, dass sie einem das Herz rausschneiden, das einen all die Jahre am Leben gehalten hat. Dass man minutenlang nur dank einer Maschine lebt. Ohne Herz, nur mit einer großen Leere in der Brust.

Was ist ein Mensch ohne das eigene Herz?

»Tut mir leid.« Vorsichtig nehme ich seine Hand. Sie ist viel größer als meine. Seine Finger sind kalt, trotz der fast unerträglichen Hitze, die auf uns niederdrückt. »Bestimmt hast du Angst vor der Operation.«

Seine Augen sind dunkel. Eine Weile sieht er mich nur an und hält meine Hand. So fest, dass es beinahe weh tut. Schließlich nickt er. Ich überlege, was ich ihm sagen kann. Meine Angst fällt mir ein. So beherrschend, dass niemand sie mir nehmen konnte. Niemand außer Leni.

Plötzlich sehne ich mich so sehr nach ihr, dass ich nicht weiß, wie ich es noch eine Minute ohne sie aushalten soll. Meine Hand schiebt sich schon in meine Tasche und schließt sich um mein Handy.

»Natürlich kannst du sterben«, wiederhole ich leise Lenis Worte. »Niemand kann das vorher wissen. Aber die Wahrscheinlichkeit, dass du lebst, ist viel größer. Du schläfst ein, und wenn du wieder aufwachst, bekommst du eine neue Chance. Ein neues Leben.« Ich denke an ihre Augen. Wie sie geleuchtet haben. Wie sehr sie sich diese Chance wünscht. Und dass ich diese Chance nicht mehr will. Das Handy rutscht mir wieder aus den Fingern.

»Das ist schön«, erwidert Noah, immer noch heiser. Nächstes Mal muss ich vorsichtiger sein. Ich darf ihm nicht so viel zumuten.

»Eine Freundin hat mir das immer gesagt. Meine Zimmernachbarin im Krankenhaus.« Warum kann ich nicht wenigstens ihre E-Mail beantworten? Ich nehme mir vor, es später zu versuchen. Ein paar Sätze nur. Sätze, die ihr nicht verraten, wie es mir in Wirklichkeit geht.

Mein Handy klingelt. Diesmal ist es Alex. Tom muss ihm gesagt haben, dass ich weg bin. Sehnsüchtig betrachte ich seinen Namen auf dem Display. Es wäre schön, seine Stimme zu hören. Kurz schwebt mein Finger über dem grünen Kreis, dann tippe ich den roten an. Bevor ich es wieder wegstecken kann, verkündet es mir eine neue Nachricht auf Whatsapp.

12:32 Geht's dir gut? Bitte ruf mich an. Alex.

Ich schließe die Augen und kann ihn fast sprechen hören. Er hat mir immer so viel Sicherheit gegeben.

»Dein Freund?«

Noah. Ihn habe ich kurz vergessen. Ich blinzele ihn an. Was hat er gefragt?

»Sorry, ich wollte nicht auf dein Display gucken.«

Ach ja. Er wollte wissen, ob Alex mein Freund ist. Wie soll ich ihm das beantworten, wenn ich es selbst nicht weiß? Mein Herz sagt nein. Mein Gewissen auch. Und die Vernunft. Nach allem, was passiert ist, will er mich bestimmt nicht mehr. Aber wir haben uns nicht offiziell getrennt. Deswegen würde Alex diese Frage wohl trotz allem mit ja beantworten.

»Er war es mal«, sage ich, weil das auf jeden Fall die Wahrheit ist. Irgendwann habe ich ihn geliebt.

»Tut mir leid.« Ich höre ihm an, dass er es ehrlich meint.

Immer noch starre ich auf das Display. Es hat sich längst abgeschaltet, Alex' Name ist verschwunden. »Ja. Mir auch.«

***

Noah sperrt die Wohnungstür auf und lässt mich vorbei. Ich bleibe wie angewurzelt stehen. Auf dem Boden im Flur liegt die Monsterkatze flach auf der Seite. Sie schnurrt so laut, dass der Holzboden unter meinen Füßen vibriert. Neben ihr sitzt ein blonder Kerl ungefähr in Noahs Alter. Er trägt eine kurze weiße Hose und ein hellblau kariertes Hemd. Ein Outfit wie aus dem Barbie-Katalog, aber an ihm sieht es merkwürdigerweise ziemlich gut aus. Als er mich bemerkt, springt er auf.

Die Katze auch. Sie faucht, macht einen Buckel und rast in das Zimmer, aus dem ich sie immer knurren höre. Noah ist inzwischen ebenfalls hereingekommen.

»Hallo, Sevi.« Noah schlüpft aus seinen Schuhen und stellt sie neben große hellbraune Lederslipper, die so blank poliert sind, dass es in den Augen weh tut. Ich ziehe meine vollkommen durchgeschwitzten Chucks aus und stelle sie ein Stück von den Hochglanzschuhen entfernt ab.

Noah winkt mir, damit ich näher komme. »Sevi, das ist Gwen.«

Sevi mustert mich von oben bis unten. Dann grinst er. »Schön, dich kennenzulernen.« Er gibt mir die Hand und zieht mich dann an sich, um mich auf beide Wangen zu küssen. Als sein Blick auf mein ziemlich verwirrtes Gesicht fällt, wird sein Grinsen noch breiter. »Bist nicht aus München, stimmt's?«

»Nein, aus Berlin.«

Sevi reicht Noah die Hand. »Seit wann ist Flecki wieder da? Hast du Sofie etwa zurückgenommen?« Seinem Tonfall nach hält er allein den Gedanken für eine Todsünde.

Noah lacht. »Nein, keine Sorge. Das Thema habe ich ein für alle Mal abgehakt. Sofie hat mir die Katze vor die Tür gestellt. Ihr Neuer hat eine Allergie.«

»Mann, das ist ja Mist. Und du hast sie genommen?«

»Hätte ich sie ins Tierheim bringen sollen?«, antwortet Noah.

»Ich hätt's gemacht.«

Noah schnaubt. »Sicher.« Er hat genau wie ich gesehen, wie hingebungsvoll Sevi die Katze gestreichelt hat.

»Flecki?«, frage ich an Sevi gewandt.

»Oh ja. Passt einfach zu ihr.«

»Sie hat doch gar keine Flecken.« Oder habe ich sie übersehen? So oft ist mir die Katze zum Glück noch nicht begegnet.

Sevi grinst. »Eben.«

Fragend sehe ich Noah an.

»Sofie war so stolz darauf, dass sie weder Flecken noch Streifen hat. Ist eine spezielle Farbe. Nicht leicht zu bekommen.«

Sevis Grinsen wird breiter. Irgendwie ist es ansteckend. »Deswegen Flecki.«

»Falls du heute hier pennen willst, musst du das Sofa nehmen«, sagt Noah. »Das Gästezimmer ist belegt.«

»Sie schläft im Gästezimmer? Warum um alles in der Welt schläft sie im Gästezimmer?« Sevi macht ein Gesicht, als hätte man ihn gerade vor ein unlösbares Rätsel gestellt. Es sieht so unschuldig aus, so ernsthaft verwirrt, dass ich unwillkürlich lachen muss.

Noahs Blick ruht auf mir. Auch er lächelt. Es ist ein warmes Lächeln, von dem ich kaum die Augen abwenden kann.

Sevi schaut von Noah zu mir. »Noch mal: Warum schläft sie im Gästezimmer?«

Noah sieht aus, als würde er sich insgeheim dieselbe Frage stellen. Oder bilde ich mir das nur ein? Meine Wangen werden warm.

»Darf ich mal an deinen Computer?«, frage ich hastig.

»Sicher. Da ist das Arbeitszimmer.« Noah deutet auf die Tür, hinter der die Katze verschwunden ist.

Ich weiß nicht so recht, ob ich da jetzt reingehen will.

»Keine Sorge, die Katze haust unter einem Tisch hinter einem Stapel Kartons in der Ecke. Du störst sie nicht.«

Klar. Weil das meine größte Sorge ist. Dass ich sie stören könnte. Ich gehe auf das Zimmer zu.

»Ich bin nicht hier, weil ich übernachten will«, sagt Sevi hinter mir. »Ich wollte fragen, ob du heute Abend Lust auf Party hast.«

»An einem Sonntag? Wo willst du da eine Party auftreiben?«

»Fabian. Er schmeißt eine Nur-genug-Restalkohol-macht-den-Montag-erträglich-Party.«

Noah schnaubt. »Fabian, wer sonst. Warum frage ich überhaupt?«

Vorsichtig stoße ich die Tür zum Arbeitszimmer auf und schalte das Licht ein.

»Also was ist, kommst du mit?«, höre ich Sevi fragen. Ihre Stimmen sind hier drin um einiges leiser, selbst wenn es still wäre, könnte ich sie kaum noch hören, und durch das Knurren, das unter dem Tisch hervorkommt, verstehe ich Noahs Antwort erst recht nicht.

»Ist ja gut. Ich will nur an den Computer«, beruhige ich die Katze. Ich erspähe den Schreibtisch, nähere mich auf Zehenspitzen und schalte den Laptop ein. Als ich mich auf den Stuhl setze, ebbt das Knurren ab.

»Ich kann eben nicht«, sagt Noah. »Ich muss lernen.«

Sevi lacht so laut, dass die Katze vor Schreck faucht.

Noah murmelt etwas, das ich nicht verstehe. Der Computer ist immer noch nicht hochgefahren.

»Ach, wirklich?« Das ist wieder Sevi. »Ich könnte dir beim Lernen helfen. Ich frage dich ab, oder so.«

Der Computer klingelt, und ich klicke auf das Browsersymbol, aber nichts tut sich. Ich sehe mich im Zimmer um, während ich warte. Es ist ein typisches Arbeitszimmer, zwei Schreibtische, die sich gegenüberstehen, ein paar Poster an den Wänden, hauptsächlich Filmplakate. Ein paar Regale mit Ordnern und Büchern. Unter einem der Füße des Schreibtischs klemmt eine Zeitschrift, damit er nicht wackelt. Ich lese den Titel. Managar-Magazin. Die Dinger sind überall, und die meisten davon sehen ungelesen aus.

»Kannst mir doch sagen, dass du keine Lust hast, weil du deiner neuen Freundin im Gästezimmer Gesellschaft leisten willst.« Wieder Sevi. Was er mit »Gesellschaft leisten« meint, ist deutlich. Warum denken alle sofort, dass ich Noahs Freundin bin?

»Wenn du meinst.« Ich kann förmlich hören, wie Noah mit den Achseln zuckt. Warum streitet er es nicht ab?

Ihre Stimmen werden leiser, ich verstehe sie nicht mehr. Ist vielleicht besser so, sonst normalisiert sich meine Gesichtsfarbe gar nicht mehr. Inzwischen hat es der Computer doch noch geschafft, und der Browser öffnet sich. Ich rufe die Suchmaschine auf und gebe zwei Wörter ein.

»Todesarten Organspender«.

Kapitel 10

www.herzforum.de/Nach-der-Transplantation/topicreveal 3649
Re: Leben nach Plan – was habt ihr so für Vorgaben von euren Ärzten?
Antwort von Noah (vor zehn Monaten)
»Immer diese Pläne einhalten, alle Tabletten zur vorgegebenen Uhrzeit nehmen, der Sport und die regelmäßigen Untersuchungen. Das ist sicher nicht leicht und braucht viel Disziplin. Ich bewundere jeden, der das schafft.«

Noah

»Komm schon, Noah.« Sevi bleibt stehen. Ich halte ihm die Wohnungstür auf.

»Nein. Ich kann nicht. Ich kann sie nicht alleine lassen.« Das Gespräch von vorhin steckt mir noch in den Knochen. Ihr Gesichtsausdruck, als sie davon gesprochen hat, sich irgendwo runterzustürzen. Sie meint es ernst.

»Dann bring sie doch einfach mit.«

Gwen auf einer von Fabians Besäufnispartys? »Das ist keine gute Idee.«

Sevi seufzt schwer. »Na gut. Dann wünsche ich euch einen schönen Tag. Bisschen was ist ja noch davon übrig. Falls du es dir doch anders überlegst, wir feiern am Bootshaus. Ab acht.«

»Ist gut.« Ich schiebe ihn aus der Tür. Er nimmt mich jetzt schon seit zehn Minuten in Beschlag, dabei will ich unbedingt zu Gwen. Es macht mich unruhig, sie alleine zu lassen.

Sevi grinst. »Du hast es aber eilig.«

Ich kann mir ein Augenrollen nicht verkneifen. »Bis bald und grüß Fabian. Falls er noch nüchtern ist.« Bevor er etwas erwidern kann, schließe ich die Tür.

Als ich ins Arbeitszimmer komme, faucht es leise aus der Ecke. Gwen sitzt an meinem Laptop und liest. Plötzlich komme ich mir dämlich vor, weil ich wissen wollte, was sie macht. Ich sollte sie in Ruhe lassen. Trotzdem kann ich mir einen schnellen Blick auf den Bildschirm nicht verkneifen. Als ich erkenne, was für eine Seite sie geöffnet hat, kriecht eine Gänsehaut über meine Arme bis in meinen Nacken.

Sie recherchiert, wie sie sich am besten umbringen kann, ohne den Organen zu schaden. Shit, am liebsten würde ich ihr den Laptop wegreißen. Aber dann würde sie heimlich weitermachen. Es ist besser, wenn ich sie ablenke.

»Hey«, sage ich, als wäre ich gerade erst reingekommen.

Mit weit aufgerissenen Augen fährt sie zu mir herum. Sie fühlt sich ertappt und wendet sich sofort wieder dem Computer zu, um die Seite zu schließen. Darunter kommt eine andere zum Vorschein. Ein Blog. Ich traue mich kaum hinzusehen. Den klickt Gwen allerdings nicht weg, also ist es wohl ungefährlich, wenn ich einen Blick drauf werfe.

»Lenis Schätze« steht in großen nüchternen Buchstaben darüber. Die Blogeinträge bestehen hauptsächlich aus Bildern von Tupper- oder Filmdosen und Landschaftsaufnahmen.

»Geocaching?«

Gwen nickt. »Das ist Claires Blog. Sie ist die Schwester meiner Zimmernachbarin, von der ich vorhin erzählt habe.« Sie schaut auf den Bildschirm, als wollte sie hineinkriechen. »Leni liebt Geocaching.« Ihre Stimme ist so leise, dass ich mich zu ihr beugen muss, um alles zu verstehen. »Seit sie es nicht mehr selbst machen kann, hat ihre Schwester diesen Blog, wo sie ihre Funde zusätzlich zu den Logeinträgen auf der offiziellen Geocaching-Seite postet. Leni schaut sich den Blog jeden Tag an.«

Ich checke die Daten auf der Website. Manchmal sind es mehrere Einträge pro Tag. Das Archiv ist wochenweise sortiert. Wenn sich das lohnt, schreibt sie wohl ziemlich viele Beiträge pro Woche. Und hebt ziemlich viele Caches.

»Ganz schön viele Einträge.«

»Manchmal macht sie zwei oder drei Caches pro Tag. Ich … ich war schon ewig nicht mehr auf dem Blog. Gerade wollte ich die alten Einträge nachlesen, aber es ist unmöglich, so viel, wie sie immer schreibt. Ich bin erst bei den Einträgen von vor vier Tagen angekommen.«

»Hast du das schon mal gemacht? Geocaching, meine ich?«

Sie schüttelt den Kopf. »Bevor ich mit Leni auf ein Zimmer kam, hatte ich davon noch nie gehört. Und dann ging es natürlich nicht mehr.« Sie dreht sich zu mir um. »Und du?«

»Ein paar Caches habe ich mal gemacht. Ich habe eine App auf dem Handy, damit klappt das ganz gut. Ist ziemlich einfach, man braucht nichts lange rauszusuchen oder so. Man geht einfach los und … Hey, hättest du vielleicht Lust dazu?« Das wäre die perfekte Möglichkeit, sie von ihrer grauenhaften Recherche abzubringen.

Nur widerwillig löst sie sich vom Computer. Offensichtlich will sie sich nicht so gerne von der grauenhaften Recherche abbringen lassen. »Jetzt gleich?«

»Klar. Oder hast du was Besseres vor?«

Wieder guckt sie zum Bildschirm. Sie kann doch nicht ernsthaft denken, dass das etwas Besseres ist?

»Könnten wir auch Bilder hochladen? Für Leni?«, fragt sie zögerlich.

»Sicher, kein Problem. Das geht auf meinem Profil. Oder wir legen dir noch schnell ein Konto auf der Geocachingseite an, dann kannst du auch selber Caches und Fotos sammeln.«

»Das wäre toll.« Das vorsichtige Leuchten in ihren Augen lässt mein Herz schneller schlagen. Genauso wie vorhin, als Sevi sie zum

Lachen gebracht hat. Für einen kurzen Moment sehe ich das Mädchen, das unter all den Sorgen und Ängsten begraben liegt.

Erleichtert lächele ich sie an. »Dann machen wir das gleich. Die App kannst du auch runterladen, dann bist du voll ausgestattet.«

»Danke. Ich überlege nur gerade, ob wir es nicht besser auf morgen verschieben?«

Was? Nein! Damit sie am Ende doch weiter recherchiert? »Wieso?«, frage ich vorsichtig.

»Weil mich ehrlich gesagt die Vorstellung nicht so reizt, bei der Hitze draußen rumzulaufen.« Sie zupft an ihrer langen Jeans. »Bis morgen könnte ich mir wenigstens eine kurze Hose besorgen oder mein Kleid waschen.« Sie verzieht das Gesicht. Offensichtlich mag sie das Kleid nicht. Mir gefällt es. Es sitzt ziemlich eng und … lässt mich schon wieder an völlig unangebrachte Dinge denken.

»Du könntest noch mal bei Sofies Sachen schauen. Eine kurze Jeans oder einen Rock hat sie bestimmt.«

»Ich weiß nicht.«

Aber ich weiß, dass ich sie unbedingt von diesem Computer weglotsen muss. »Komm schon! Ich helfe dir suchen.«

Sie grinst. »Und du meinst, das hilft?«

Ich grinse zurück. »Wahrscheinlich nicht.«

Sie lacht. »Nachsehen können wir ja mal. Ansonsten …« Sie sieht an sich herunter. »Ansonsten könnte ich auch die Jeans hier abschneiden. Die ist eh schon dünn an den Knien.«

***

Seit einer halben Stunde durchwühlt Gwen Sofies Sachen. Immer wieder hält sie was hoch, aber sie hat recht: Es ist nichts für sie dabei. An Sofie sahen die ganzen Glitzeroberteile und Hosenanzüge immer klasse aus, aber zu Gwen passen sie nicht.

Mein Blick fällt auf einen kleinen Korb mit Bikinis, der auf einem

Regalbrett steht. Ein schokoladenfarbener ist dabei. Ich ziehe ihn heraus und halte ihn ihr hin. »Hier. Darin schwitzt du bestimmt nicht.«

»Sehr witzig.«

»Ich meine es ernst. Der passt gut zu dir. Probier ihn doch mal an.« Und lass mich dabei zusehen.

»Auf keinen Fall.« Sie wendet sich ab und sucht weiter.

Irgendwie will ich sie jetzt unbedingt in dem Bikini sehen. »Wir könnten baden gehen. Im Starnberger See. Da hat's bestimmt auch ein paar Geocaches. Wir könnten das verbinden.«

»Nein.« Sie schaut mich nicht an. Macht nichts. Ihre Rückansicht ist auch ziemlich nett.

»Komm schon. Vom Geocachen wird uns bestimmt heiß, danach in den See, reizt dich das nicht?«

Sie hält inne und dreht sich langsam zu mir um. »Doch, schon, aber …«

»Was aber?« Ich halte ihr demonstrativ den Bikini hin.

Sie schaut ihn an, als wäre er ein Folterinstrument. Schließlich seufzt sie. »Ich will nicht, dass die Leute meine Narbe begaffen.«

Mist, da habe ich den Finger genau in die Wunde gelegt. »Tut mir leid. Ich wollte nicht …«

Sie nickt, statt zu antworten. Ich könnte mich ohrfeigen. Gerade war sie noch halbwegs gut drauf, und jetzt habe ich alles kaputt gemacht. »Ich glaube nicht, dass die Narbe irgendwen interessiert«, versuche ich sie aufzumuntern.

Sie hebt den Kopf, und ihre Augen blitzen. Mist, das war wohl nichts. Offensichtlich habe ich sie auch noch wütend gemacht.

»Ach nein? Du hast sie doch auch angestarrt.«

Zuerst weiß ich nicht, was sie meint. Bis mir klarwird, dass sie auf die Situation im Bad anspielt. Dass sie denkt, ich hätte ihre Narbe angeschaut, ist irgendwie niedlich. Natürlich habe ich sie gesehen, aber sie stand definitiv nicht im Mittelpunkt meiner Aufmerksamkeit.

»Ich habe die Narbe nicht angestarrt.«

»Ich habe doch gesehen, dass du gestarrt hast.«

Es fällt mir schwer, nicht zu grinsen. Verdammt schwer. »Ja, ich habe gestarrt. Aber sicher nicht auf die Narbe.«

Langsam verschwindet die Wut aus ihren Augen, und eine deutliche Röte breitet sich auf Wangen und Hals aus. »Oh.«

Ich bemühe mich um ein schuldbewusstes Gesicht. »Tut mir leid.«

»Schon gut. Macht nichts.«

Toll. Jetzt weiß sie auch, dass ich ihr ständig hinterherhechle. Immerhin sieht sie nicht mehr so niedergeschlagen aus. Wenn ich mich nicht irre, liegt sogar ein winziges Lächeln auf ihren Lippen. Vielleicht war es das wert.

»Wenn dich keiner sieht, würdest du dann gern baden gehen? Ich kenne einen anderen See, einen kleineren, wo ziemlich wenig los ist.«

»Weiß nicht.« Sie sieht mich abschätzend an, überlegt, ob sie sich mir im Bikini präsentieren will.

»Denk dran, ich kenne die Narbe sowieso schon.« Und den Rest auch.

Sie kaut an ihrer Unterlippe. »Na gut, warum nicht«, meint sie schließlich. »Der Gedanke an eine Abkühlung ist wirklich verlockend.«

Ich halte ihr den Bikini hin. Sie schnappt ihn sich.

»Danke. Und jetzt verschwinde, damit ich mich umziehen kann.«

Kapitel 11

www.jungundherzkrank.de/Forum/Intern/showtopic9754
Re: Baden und so
Antwort von Gwen (vor acht Monaten)
»Ich werde bestimmt nicht wollen, dass die Leute meine Narbe sehen, wenn es bei mir mal so weit ist. Nicht nur, weil sie hässlich ist. Sondern eher, weil ich mich schutzlos fühlen würde. Als ob derjenige dadurch Dinge über mich erfährt, die niemand einfach so wissen sollte.«

Gwen

Schließlich habe ich doch die Jeans abgeschnitten, und es tat mir nicht mal leid. Sie hätte ohnehin nicht mehr lange gehalten. Wir gehen durch einen lichten Wald mit hohen Bäumen. Die schwüle, feuchte Luft ist angefüllt mit dem Duft von Kiefernnadeln und Harz. Immer wieder führt der Weg kleine Anhöhen hinauf und herunter und lässt das Waldstück viel größer wirken, als es ist. Wenn ich den See nicht von oben aus dem Auto gesehen hätte, würde ich nicht glauben, dass es hier einen gibt.

»Sollen wir zuerst den Cache suchen?«, fragt Noah. »Er liegt auf dem Weg zum Steinsee.« Er sieht auf sein Handy. »Außerdem ist es erst fünf Uhr, möglich, dass noch ein paar Leute an der Badestelle sind. Wenn wir noch etwas warten, sind die hoffentlich weg.«

»Klingt gut.« Noah hat von einer mehr oder weniger geheimen Badestelle weit weg vom Strandbad erzählt. Ich hoffe, dass sie nachher leer ist. Noahs T-Shirt klebt an meinem Rücken, und ich sehne mich nach einer Abkühlung.

»Dann ruf die App auf.« Wir bleiben stehen.

Noah zeigt mir, wie man mit der App im Internet Caches abrufen kann, die sich in der Nähe befinden. Sie werden einem sogar auf einer kleinen Umgebungskarte angezeigt.

»Und jetzt? Welcher ist der richtige?«

Noah lehnt sich zu mir und schaut auf mein Handy. Ein paar seiner Haare kitzeln mich an der Nase. Sein Gesicht ist nah an meinem, während er auf dem Display herumtippt. Es wäre nicht weiter schwer, ihn zu berühren. Rein zufällig natürlich. Trotzdem tue ich es nicht. Aber ich kann nicht widerstehen, so leise wie möglich tief einzuatmen, um noch mal seinen Geruch zu riechen. Diesen Geruch nach Seife, mit dieser herben Note, der meinen Bauch zum Kribbeln bringt.

»Da, jetzt wird er angezeigt.« Noah sieht auf.

»Wie finde ich dahin?«, frage ich, ohne den Blick von seinem Gesicht abzuwenden, das jetzt so nah an meinem ist, dass sich unsere Nasen fast berühren. In meiner Brust schlägt das Herz schneller, fast wie mein eigenes früher mit Alex. Noah räuspert sich und geht einen Schritt von mir weg. Endlich kann ich mich losreißen und auf mein Handy schauen, auf dem ein Kompass zu sehen ist.

»Der rote Pfeil zeigt uns die Richtung. Da oben im Eck steht die Entfernung. 250 Meter.«

Wir setzen uns in Bewegung, immer dem Pfeil nach, der uns launisch schwankend die Richtung weist. Laut Noahs Erklärung liegt das am schlechten GPS-Empfang im Wald. Ich überprüfe noch einmal den kleinen Kompass. 50 Meter noch. Immer dem Waldweg nach.

»Wir sind gleich da.«

Tatsächlich neigt sich der Zeiger zur Seite, und als wir auf 25 Meter Entfernung stehen, deutet er rechtwinklig von unserer bisherigen Route weg.

»Das ist aber ziemlich nah am Weg.« Noah sieht sich um. Außer uns ist niemand hier. Vorhin ist uns ein Pärchen mit einer großen

Tasche und Handtüchern entgegengekommen. Danach niemand mehr.

Von Leni weiß ich, dass man nicht beobachtet werden darf, wenn man einen Cache hebt. Die »Muggles«, wie Nichteingeweihte genannt werden, könnten sonst den Cache finden. Das wäre nicht weiter schlimm, wenn es nicht meistens dazu führen würde, dass Caches zerstört werden. »Meinst du wegen der Muggles?« Sicherheitshalber schaue ich mich noch mal um. »Sieht so aus, als wäre das kein Problem. Niemand da.«

Wir folgen dem Pfeil in die Büsche abseits des Weges. Wenn man genau hinsieht, kann man einen Trampelpfad erkennen. Entweder laufen hier immer wieder Tiere lang, oder das ist noch von den Cachern, die vor uns da waren. An einem riesigen umgestürzten Baumstamm hält Noah an. Der Baum ist der Länge nach umgekippt und hat Wurzel und Erdboden mit sich gerissen. Ein tiefes Loch klafft dort, wo er vorher stand. Auf diese Stelle deutet Noah. »Da unten drin, garantiert.«

»Aber die App sagt, es sind noch acht Meter.«

»Macht nichts. Das GPS ist nicht genau genug, um dich bis auf null heranzuführen. Ab einer Entfernung von ungefähr zehn Metern ist es besser, wenn man einfach sucht. Normalerweise kann man noch ein bisschen hin und her gehen und die Stelle etwas genauer bestimmen, aber ich glaube, das brauchen wir nicht.« Er springt in das Loch und streckt mir die Hand entgegen. »Komm runter. Das hier ist so auffällig unauffällig, es kann gar nicht woanders sein.«

Ich nehme seine Hand, leichtes Kribbeln inklusive, und lasse mir von Noah hinunter helfen. Das Loch reicht mir fast bis zur Hüfte, und ein Teil der Wurzeln hängt ein Stück über mir in der Luft. »Und jetzt suchen wir?«

»Genau. Der Cache ist als mittelgroß beschrieben. Eine normale Tupperdose, schätze ich.« Er sucht bereits den riesigen Wurzelballen vor uns ab. Mein Blick bleibt an ihm hängen. Plötzlich umspielt ein

Lächeln seine Mundwinkel. »Ich habe ihn. Du auch?« Er sieht mich erwartungsvoll an.

»Nein.« Ich habe ja noch nicht mal gesucht. Ich war zu beschäftigt damit, seine dunkelbraunen Haare schön zu finden. Ich mag dunkelbraune Haare. Vor allem, wenn sie ein kleines bisschen zu lang sind, so wie seine, die ihm fast in die Augen fallen.

Aus seinem Lächeln wird ein Grinsen. »Es würde helfen, wenn du die Wurzeln anschaust.«

Nicht rot werden. »Okay.« Natürlich werde ich doch rot. Schnell wende ich mich ab und untersuche den Wurzelballen. Leni hat mir erklärt, dass die Dosen meist in einer Vertiefung stecken, vor der Steine, Blätter, Äste oder Moos so angeordnet sind, dass man es als unnatürlich erkennt, wenn man weiß, wonach man sucht. Ich ziehe vorsichtig ein paar Steine aus dem Wurzelballen, die so locker sitzen, dass dahinter etwas versteckt sein könnte. Nichts. Wahrscheinlich sind sie nur locker, weil andere Cacher vor mir das auch schon versucht haben.

Nach einer Weile fällt mir eine Wurzel auf, die merkwürdig abgeknickt ist. Als ich genauer hinsehe, entdecke ich dahinter eine Vertiefung und etwas, das wie ein kleines Stück durchsichtiges Plastik aussieht. Ich ziehe die Wurzel vorsichtig zur Seite, und dahinter liegt tatsächlich eine Tupperdose. Ich hole sie heraus und streiche mit den Fingern über den Deckel, wie über einen kostbaren Schatz. »Mein erster Cache.«

»Normalerweise geht man ein paar Meter vom Versteck weg, bevor man den Cache öffnet, aber der Wurzelballen schützt uns vor Blicken. Mach ihn ruhig hier auf.«

Ich klappe die Halterungen der Dose an allen vier Seiten auf. Darin liegt, was ich schon von Lenis Bildern kenne: ein Gefrierbeutel mit einem Heft, einem Stift und einer Postkarte. Fest verschlossen gegen die Feuchtigkeit und den Regen. Außerdem ein Spielzeugauto und ein paar Würfel. Vorsichtig öffne ich den Beutel, hole Heft und Stift heraus und reiche den Beutel Noah.

Ich habe keine Unterlage, also hängt das Heft halb in der Luft, während ich schreibe. In krakeligen Buchstaben trage ich Datum, Uhrzeit und meinen Nicknamen Gwerlin als Beweis ein, dass ich hier war. Mein erster Logeintrag. Davon muss ich ein Bild machen, das wird Leni bestimmt toll finden. Mit dem Handy schieße ich ein Foto vom Logbuch, von der Dose und dann vom Wald, der uns umgibt. Genau wie Claire es immer macht.

»Hey, schau mal.« Noah zeigt mir die Postkarte, die auch in der Tüte war. Zwei Frauen in Hochzeitskleidern sind darauf abgebildet. Das eine reinweiß und ganz schlicht, das andere etwas ausladender und champagnerfarben. *Hochzeitscache für Susanne und Katharina* steht in verschnörkelten Buchstaben darüber. »Ist das so ein Hochzeitsspiel?«, frage ich.

Noah liest einen Zettel, der auf der Karte klebt. »Genau. Sie haben zwölf solcher Postkarten bekommen, eine für jedes Jahr, das sie zusammen sind. Die müssen sie in zwölf verschiedene Caches legen. Wer sie findet, soll sie in den nächsten Briefkasten werfen. Wenn mindestens zehn zurückkommen, legen ihre Freunde für sie einen neuen Cache als Erinnerung an die Hochzeit.«

»Das ist ja eine tolle Idee.« Ich stelle mir vor, wie Susanne und Katharina den Cache jedes Jahr besuchen. Vielleicht legen sie immer ein aktuelles Foto zu den alten, und wer den Cache findet, kann sehen, wie sie sich verändern und dass sie sich immer noch lieben. Auch nach fünfzehn Jahren noch. Hoffentlich. »Wir müssen die Karte mitnehmen und einwerfen.«

»Okay.« Noah nimmt die Postkarte und steckt sie vorsichtig in die kleine Sporttasche mit den Handtüchern, die er mitgenommen hat. »Aber du musst mich daran erinnern. Sonst finde ich die Karte irgendwann nächstes Jahr in der Tasche wieder.«

Meine Mundwinkel zucken. »Mach ich.«

Nachdem Noah sich ins Logbuch eingetragen hat, schließen wir die Dose sorgfältig und legen sie wieder hinter die Wurzel. Wir versichern uns, dass man den Cache nicht sofort sieht, dann zieht Noah mich aus dem Loch. Ich wünschte, er würde meine Hand ein bisschen länger halten, aber er lässt los, sobald ich sicheren Boden unter den Füßen habe.

Wir gehen auf dem Waldweg weiter in Richtung See. Hoffentlich sind wir bald da, denn ich brauche wirklich ein Bad. Meine Haut ist feucht vor Schweiß, und überall klebt Erde aus dem Loch. Ich komme mir vor wie ein paniertes Schnitzel. Mein Handy meldet eine weitere SMS. Sie ist von Alex. Ich stecke das Handy weg, ohne die SMS auch nur zu lesen.

»Da vorne ist es«, sagt Noah.

Wir sind ein kleines Stück an einer Straße entlang gegangen, die so schmal ist, dass ich mich frage, ob überhaupt ein Auto darauf passt. Auf unserer rechten Seite haben sich die Bäume gelichtet und geben den Blick auf den See frei. Er ist ziemlich klein, ebenso wie das Stück freies Ufer, das nicht von Bäumen oder Unterholz bewachsen ist. Erleichtert bemerke ich, dass wir alleine sind. Eine kleine Badeplattform aus Holz schwimmt in der Nähe der winzigen Badestelle. Auch dort ist niemand mehr.

Noah geht voraus, zieht seine Kleider aus und hängt sie über einen Ast. Ich hätte gedacht, dass ich schon alles an ihm kenne. Ein paar Mal habe ich ihn ja schon in Boxershorts gesehen. Aber er hat jetzt keine Boxershorts an, sondern trägt eine eng sitzende, schwarze Badehose, die ein Stück auf seine Oberschenkel herunterreicht. Und sie verhüllt nichts. Nicht wirklich.

Shit, ich starre ihn schon wieder an. Aber was kann ich dafür, dass er so sexy aussieht? Hastig wende ich mich ab und schlüpfe aus meinen Chucks. Die Erde unter meinen nackten Füßen ist feucht, wohl noch von den letzten Badegästen, und überall liegen kleine Steine und Äste. Ich reiße mir die Klamotten herunter und hänge sie ebenfalls über einen Ast. Mich vor Noah auszuziehen, macht mir viel weniger aus, als ich befürchtet habe. Was daran liegen könnte, dass er beim letzten Mal sowieso schon alles gesehen hat, was es zu sehen gibt. Und heute trage ich immerhin einen Bikini. Mehr Stoff als bei dem Vorfall im Bad, auch wenn der Bikini ziemlich eng ist und etwas knapp sitzt.

Langsam drehe ich mich zu Noah um. Ich bemerke, wie er meinen Ausschnitt betrachtet, dann wendet er sich ab. »Gehen wir rein.« Er geht auf das Wasser zu. Als ich nicht nachkomme, streckt er die Hand nach mir aus. »Was ist?«

Er erinnert mich an Tom, als wir das letzte Mal zusammen baden waren. Das ist bestimmt zwei Jahre her. Er hat mir auch die Hand hingestreckt, hat mich einfach ins kalte Wasser gezogen, damit ich keinen Rückzieher mache. Die Kälte hat meinen Körper ergriffen. Überall. So überraschend, dass es mir den Atem verschlug.

Und mein Herz, das alte, mein eigenes, hat einen Schlag ausgesetzt.

Ich weiche ein Stück zurück und verschränke die Arme.

Noah runzelt die Stirn. »Alles in Ordnung?«

Es ist dämlich, Angst zu haben. Trotzdem, ich bringe es nicht über mich. »Ich bleibe doch besser draußen.« Auf keinen Fall will ich, dass das neue Herz aus dem Rhythmus kommt. Lieber ertrage ich es, dreckig und verschwitzt zu sein.

»Warum?« Noah kommt wieder ein paar Schritte aus dem Wasser heraus. In seiner Miene lese ich nichts als Neugier, und ich weiß, er wird mich nicht überreden, wenn ich nicht reingehen will.

»Wenn es zu kalt ist, dann … dann …« Ich deute auf meine Brust, auf die Narbe, unter der das neue Herz schlägt.

»Verstehe.« Ich bin mir sicher, das tut er wirklich. Noahs Augen weiten sich, als ob ihm gerade etwas klargeworden ist. »Gehst du deshalb auch nicht gerne laufen? Weil es das Herz aus dem Rhythmus bringen könnte?«

»Findest du das lächerlich?« Auf keinen Fall will ich, dass er mich für hysterisch hält.

»Nein.« Er lächelt. »Es ist nur ein weiterer Grund, warum du unbedingt mit mir Fahrrad fahren solltest. Das würde dir gefallen. Keine harten Tritte auf dem Asphalt, kein kaltes Wasser. Hier übrigens auch nicht. Das Wasser ist ziemlich warm. Der Steinsee ist ein Moorsee.« Er geht wieder weiter hinein. »Probier es doch einfach mit den Füßen aus. Du musst ja nicht ganz ins Wasser.«

Natürlich, er hat recht. Langsam gehe ich auf ihn zu. Ein spitzer Stein bohrt sich in meine Fußsohle, und ich knicke um. Sofort nimmt Noah meine Hand, und ich schließe meine Finger fest um seine. Er soll bloß nicht wieder loslassen. Vorsichtig gehe ich ins flache Wasser. Es hat Badewannentemperatur. Ich lächele Noah zaghaft an. »Das ist ja wirklich total warm.« Natürlich kann das im tiefen Wasser anders sein. Ich wage mich weiter vor, immer fest an Noahs Hand geklammert. Es gibt mir Sicherheit. Und es kribbelt ein wenig. Ich glaube, ich werde langsam süchtig nach diesem Kribbeln.

Die Steine weichen bald morastigem Grund, der zwischen meine Zehen dringt. »Ein Moorsee, ja?«

Noah lacht, er muss gesehen haben, wie ich das Gesicht verziehe. »Ich mag den Boden auch nicht. Wer weiß, was da unten alles rumkriecht.«

»Vielen Dank auch. Daran hatte ich noch gar nicht gedacht.«

»Da hilft nur schwimmen. Meinst du, es ist warm genug?«

Eigentlich müsste ich ja sagen. Nur müsste ich zum Schwimmen seine Hand loslassen. »Ein Stück vielleicht noch«, antworte ich. »Bis über die Brust. Dann merke ich, ob das Herz …« Ich verstumme.

»Okay.« Geduldig lässt er mich die Geschwindigkeit unserer Schritte bestimmen. Ich würde am liebsten noch viel langsamer gehen. Um das Herz geht es mir dabei nicht mehr, sondern nur darum, noch länger Noahs Haut auf meiner zu spüren. Unwillkürlich zucken meine Finger, weil ich so gerne über seinen Handrücken streicheln will. Aber wenn er es bemerkt und meine Gedanken errät, versinke ich vor Scham im Morast. Bevor ich in Versuchung geraten kann, mache ich schnell einen letzten beherzten Schritt ins tiefere Wasser. Ich keuche auf, als es über meine Brust schwappt, viel kälter als in Ufernähe, aber immer noch ziemlich warm für einen See.

»Geht's?«

»Ja.«

Noah lässt meine Hand los und schwimmt. Ich tue es ihm gleich. Es geht leicht, obwohl ich schon ewig nicht mehr geschwommen bin. Das tägliche Walken ist ein viel besseres Training, als ich gedacht hätte.

»Zur Boje?« Noah paddelt vor mir auf der Stelle. Seine Haarspitzen fallen feucht in seinen Nacken. Er deutet auf eine rote Kugel, ein ganzes Stück vor uns im Wasser. »Oder ist das zu weit?«

»Glaub nicht.«

»Schwimm einfach langsam. Wenn du merkst, dass es anstrengend wird, drehen wir um.«

Es ist nicht anstrengend. Nicht sehr jedenfalls, obwohl ich die Bewegung bald in meinen Armen spüre. Unangenehm ist nur die Anspannung im Nacken, weil ich mich nicht traue unterzutauchen. Wenn ich es richtig in Erinnerung habe, stand in einer der Broschüren aus der Reha, dass man in den ersten Monaten nicht mit dem Kopf unter Wasser gehen soll, wenn man in einem See schwimmt. Ganz sicher bin ich mir nicht, aber ich will kein Risiko eingehen.

Ein wenig habe ich erwartet, dass Noah vorausschwimmen würde. Sicher ist er wesentlich schneller als ich. Aber er bleibt in meiner Nähe. Als ob er auf mich aufpasst. Das warme Kribbeln erfasst mich von Kopf bis Fuß.

Ich werde tatsächlich etwas süchtig danach.

Kapitel 12

www.herzforum.de/Freunde-und-Familie/topicreveal3649
Re: Warum merken die nicht, wie es mir wirklich geht?
Antwort von Noah (vor drei Jahren)
»Gedanken lesen ist nicht so einfach, wie es klingt. ;) Ich weiß, es ist nicht leicht, aber versuch doch mal, ob du ihnen sagen kannst, was los ist.«

Noah

Warum habe ich bloß gedacht, dass es eine gute Idee ist, mit ihr baden zu gehen? Hätte ich mir nicht etwas anderes ausdenken können, um sie abzulenken? Ein Besuch im Deutschen Museum, wo es auch im Sommer so kalt ist, dass sie ihre Strickjacke hätte anlassen können. Oder eine Tour durch die Katakomben in der Theatinerkirche, wo man mit einer langen Jeans gut beraten ist. Irgendetwas, ganz egal. Nur nichts im Bikini. Einem Bikini, der ihr etwas zu klein ist und deshalb ziemlich eng sitzt. Überall.

Ich wende mich nach ihr um. Sie schwimmt hinter mir, die Boje fest im Blick. Ihre Haare sind im Nacken feucht, darüber trocken. Sie hält den Kopf etwas verkrampft, als ob sie auf keinen Fall Wasser ins Gesicht bekommen will.

»Alles in Ordnung?«, frage ich. Auch in einem so kleinen See wie diesem kann man ertrinken, wenn man einen Krampf kriegt oder sich überschätzt.

»Ja.« Sie lächelt mich an. Ich wünschte, sie würde das öfter tun. Es wirkt, als ob sie für einen Augenblick alles vergisst.

Ich erreiche die Boje vor ihr. Es ist eine relativ kleine Boje in der

Mitte des Sees. An ihr sind Griffe für den Notfall angebracht, und ich halte mich an einem davon fest. Gwen kommt angepaddelt. Sie atmet etwas schneller und greift mit beiden Händen nach der Boje. Ihre Hand legt sich auf meine. Sofort zieht sie sie wieder weg. Auf ihren Wangen liegt ein rosa Schimmer, während sie zwei andere Griffe nimmt. Die Boje schwankt gefährlich, bestimmt hält sie uns nicht beide aus. Wir müssen beide heftiger mit den Beinen paddeln, um an der Oberfläche zu bleiben. Etwas berührt mein Bein.

Gwens Wangen werden noch röter. »Entschuldigung. Ich habe dich getroffen.«

»Macht nichts. Ich fürchte, zwei Leute sind einfach zu viel.« Ich lasse los. »Du kannst sie haben.«

Erleichtert greift sie fester zu, und ihre Bewegungen werden langsamer. »Danke. Nur kurz, dann schwimmen wir zurück.« Sie schaut zum Ufer. »War doch etwas weiter, als ich dachte.«

»Schaffst du es zurück?«

»Bestimmt. Irgendwie geht es schon.«

»Schlimmstenfalls machen wir unterwegs eine Pause. Dann kannst du dich an mir festhalten.« O Gott. Warum sage ich so was? Ich wollte doch nicht mehr flirten. Und jetzt habe ich sie auch noch angezwinkert.

Ein Grinsen breitet sich zögerlich auf ihrem Gesicht aus, als wäre sie es nicht mehr gewohnt. »Das hättest du wohl gerne.«

Ich muss lachen. Das hätte ich wirklich gerne. Ich stelle mir vor, wie ihr Körper sich unter Wasser an meinen drückt. Wie sie ein Bein um mich schlingt, damit sie sich besser oben halten kann. Wie sie mich ein wenig verschüchtert ansieht, weil es ihr insgeheim gefällt und sie sich wünscht, dass ich sie küsse. Die ganze Zeit frage ich mich schon, ob sie sich auch zu mir hingezogen fühlt. Manchmal bin ich sicher, dass es so ist. Dann denke ich, dass es nur so wirkt, weil sie so verwirrt und verletzlich ist. Verwirrt und verletzlich. Ich sollte sie in Ruhe lassen, selbst wenn sie es will. Sie wohnt in Berlin, es könnte nie mehr daraus werden als eine kurze Affäre. Und das kann sie im Moment ganz bestimmt nicht brauchen.

»Geht's wieder?«, frage ich.

»Ja.« Sie lässt die Boje los und schwimmt langsam voraus. Immer noch mit dem Kopf verkrampft über Wasser.

»Oh, nein!« Gwen hat angehalten und paddelt auf der Stelle, den Blick auf das Ufer gerichtet. Zwei Jungs ungefähr in meinem Alter ziehen sich gerade aus.

»Mist.« Immer noch sieht sie zum Ufer, überlegt zu warten, bis die beiden ins Wasser gegangen sind.

Ich schwimme zu ihr. Sie paddelt wie wild, obwohl sie so erschöpft ist. Probeweise versuche ich, den Boden mit den Füßen zu erreichen. Es geht. Nur ein kleines Stück weiter noch, dann müsste es auch für sie reichen. »Ich glaube, da vorne kannst du stehen.«

»Was?« Sie dreht sich zu mir. Immer noch paddelt sie heftig mit den Armen.

Ich deute auf eine Stelle näher am Ufer und schwimme dorthin. »Versuch mal, ob du hier stehen kannst. Dann können wir eine Pause machen.«

Vorsichtig lässt sie sich nach unten sinken. Das Wasser geht ihr fast bis zum Kinn, aber sie steht. Und sie steht ziemlich nah bei mir. Ich bräuchte nicht mal einen Schritt auf sie zuzumachen, wenn ich sie berühren wollte. Sie weicht auch nicht zurück, sondern bleibt, wo sie ist. Wenn ich nur wüsste, ob sie mir damit etwas sagen will oder ob es nur Zufall ist.

»Ich glaube nicht, dass die sich für deine Narbe interessieren.«

»Nicht?« Ihre Augen schimmern hoffnungsvoll.

»Sicher nicht. Ihr Interesse geht sicher eher in die gleiche Richtung wie meines.« Ich versuche krampfhaft, nicht nach unten zu sehen. Im grünen Wasser könnte ich sowieso nicht viel erkennen.

»Verstehe.« Ein winziges Lächeln schleicht sich auf ihre Lippen, zittrig, als wäre sie atemlos. Was sie sicher auch ist. Vom Schwimmen. Oder?

»Und selbst wenn: Ist es wichtig, was sie denken?«, frage ich.

Ihr Blick hält meinen fest. Ich habe mich geirrt. Ihre Augen sind nicht grün. Sie sind grau, mit vielen winzigen grünen Sprenkeln.

»Nein, vielleicht nicht«, flüstert sie mit leicht geöffneten Lippen. Ich kann den Blick nicht davon abwenden. Ist es möglich, dass sie nicht weiß, welches Signal sie mir sendet? Ich möchte mit dem Daumen über ihre Unterlippe fahren, testen, ob sie weich ist. Ich möchte Gwen an mich ziehen und ihren Körper an meinem fühlen. Langsam beuge ich mich zu ihr. Ich möchte sie küssen, um sie zu spüren und zu schmecken. Sie weicht nicht zurück, sie hebt mir sogar ein bisschen das Gesicht entgegen. Das bedeutet wohl, sie will es auch. Ihr Atem geht schneller, ich spüre ihn warm auf meinen Lippen. Sie kommt mir etwas entgegen und schließt die Augen. So unschuldig. So vertrauensvoll.

Shit. Ich kann das nicht tun. Nicht, solange ich sie nach Strich und Faden belüge. Hastig drehe ich den Kopf zur Seite. Sie öffnet die Augen. Verwirrung steht darin, und eine Verletzlichkeit, die mich beinahe dazu bringt, sie doch noch zu küssen. Schnell bewege ich mich weg.

Sie runzelt die Stirn. Erwartet sie, dass ich etwas sage? Will sie eine Erklärung? *Ich will dich küssen, aber es kommt mir mies vor, weil ich dich belüge, weil du so weit weg wohnst, weil daraus nichts werden kann, weil du dich umbringen willst.* So viele Gründe, die dagegen sprechen.

Sie atmet tief durch und heftet den Blick aufs Ufer. »Du hast recht.« Ihre Stimme zittert leicht. »Es ist nicht wichtig, was sie denken.«

Ohne mich anzusehen, schwimmt sie wieder los.

»Gwen, warte …«

Sie reagiert nicht. Mit schnellen Zügen schwimme ich ihr hinterher. Sie geht ein paar Sekunden vor mir aus dem Wasser, ohne die beiden Typen zu beachten, die mit ihren Smartphones rumhantieren. Diesmal habe ich wirklich Mist gebaut. Warum konnte ich mich nicht von ihr fernhalten, wie ich es wollte? Wenn ich nur wüsste, was sie jetzt denkt.

Sie holt sich eines der Handtücher aus der Sporttasche und trocknet sich ab. Ist sie wütend? Ist sie verletzt? Oder nichts davon? Wenn ich ihr Gesicht sehen könnte, wäre es leichter zu sagen.

»Gwen?«

Sie sieht auf. Toll, ihr ins Gesicht zu sehen, hilft mir auch nicht weiter. Es führt nur dazu, dass ich mich frage, warum um alles in der Welt ich sie nicht einfach geküsst habe. »Ähm …« Ja. Genau. Sag einfach ähm. Das geht immer. Passend für jede Gelegenheit.

Ich merke, dass sie lächeln will und wie hart sie daran arbeitet, es sich zu verkneifen. »Ach. Na dann.«

Ich muss grinsen. »Genau.« In diesem Moment hätte ich alles gesagt. Egal was. Ich bin nur froh, dass sie offensichtlich nicht sauer ist.

Mein Handy klingelt. Immer noch grinsend gehe ich ran.

»Hallo, Noah.«

»Hey, Mom.«

Gwen sieht zu mir herüber, bevor sie das Handtuch auf einem halbwegs trockenen Stück Erde ausbreitet und sich draufsetzt. Die Knie hat sie vor die Brust gezogen, so dass man die Narbe nicht sofort bemerkt.

»Morgen früh ist etwas frei geworden. Ich erwarte dich um zehn zum Brunch, ist dir das recht?«

»Ähm.« Wie gesagt, das passt ja immer.

Gwen kichert. Mein Magen macht einen Satz. Am liebsten würde ich wieder ähm sagen, nur um ihr Kichern noch mal zu hören.

»Noah? Du kannst doch?«

»Ich weiß nicht.« Was soll ich mit Gwen machen? Sie mitzunehmen ist wohl kaum eine gute Idee, sie könnte mit meiner Mutter über meine Krankheit reden. Die ich nicht habe.

Seufzen am anderen Ende. »Gut, dann komme ich zu dir. Wenn es morgen nichts wird, dauert es vielleicht Wochen, ach was, Monate, bevor wir uns das nächste Mal sehen.«

Sie will zu mir kommen? Wo sie sehen wird, dass Gwen in meiner

Wohnung wohnt? »Nein. Das geht nicht.« Sonst bekommt sie noch einen völlig falschen Eindruck. So wie Sevi.

»Dann kommst du?«

»Morgen ist Montag. Ich habe Vorlesung.« Glaube ich zumindest.

»Dann lässt du die eben mal ausfallen. Einmal tut nicht weh.« Stimmt, einmal tut wirklich nicht weh. Vor allem, wenn man sowieso nie hingeht.

Mist, was sage ich ihr jetzt? Weil mir auf die Schnelle nichts anderes einfällt, entscheide ich mich für die halbe Wahrheit. »Ich habe einen Gast, okay?«

»Bring deine Freundin ruhig mit, das stört mich nicht.«

Beinahe wäre mir das Handy aus der Hand gerutscht. »Meine … Freundin?«, hake ich vorsichtig nach.

Gwen, die gerade dabei ist, sich das T-Shirt über den Kopf zu ziehen, hält inne.

»Oliver hat mir erzählt, dass du ein Mädchen kennengelernt hast.«

Verdammte Krankenhausgerüchteküche. Neuigkeiten verbreiten sich schneller, als man ein Fertiggericht aufwärmen kann. Und noch schneller, wenn sie nicht der Wahrheit entsprechen. »Sie ist nicht meine Freundin.«

»Dann eben nicht. Bring sie trotzdem mit, ich will dich sehen. Wenigstens dreimal im Jahr. Das ist selten genug, dafür dass wir in derselben Stadt wohnen.« Sie hat jetzt diesen Tonfall drauf, der mir sagt, dass ich es nur noch schlimmer mache, wenn ich mich weiter widersetze. Sie wird ihre Drohung wahr machen und morgen früh bei mir auf der Matte stehen.

»Gut, morgen um zehn. Aber nur, wenn Gwen nichts dagegen hat.«

»Schön, bis dann.«

»Bis dann«, sage ich noch, aber sie hat schon aufgelegt.

Ich schiebe mein Handy wieder in die Hosentasche, breite mein Handtuch neben Gwens aus und setze mich darauf. Wir haben keine

Unterwäsche zum Wechseln mitgebracht, weil es so heiß ist, dass die Badesachen schnell trocknen.

Gwen sieht mich fragend an. »Deine Mutter?«

»Sie will mich morgen früh zum Brunch sehen. Und sie will, dass du mitkommst.«

»Woher weiß sie denn, dass es mich gibt?«

Ich verziehe das Gesicht. »Krankenhausgeschwätz. Oliver ist schuld.«

»Und jetzt glaubt sie, dass ich deine Freundin bin?«

Ich zucke mit den Schultern. »Wahrscheinlich schon. Sie denkt sicher, dass ich es noch nicht offiziell machen will, weil es noch so frisch ist.«

»Hm.« Sie klopft sich mit dem Zeigefinger an die Oberlippe.

»Wenn du nicht willst, gehen wir nicht hin. Ich kann verstehen, wenn du dich unwohl fühlen würdest.« Vor allem würde ich mich unwohl fühlen, weil ich ständig befürchten müsste, dass sie meine nicht vorhandene Krankheit erwähnt.

»Das ist es nicht. Ich habe nur überlegt, dass es nicht dumm ist, wenn sie das denkt, verstehst du? Dass ich hergekommen bin, weil wir uns im Internet kennengelernt haben und jetzt sehen wollen, ob sich daraus etwas ergibt. So kann sie nicht darüber nachdenken, ob es einen anderen Grund gibt, aus dem ich hier bin.«

Noch mehr Lügen. Oder nicht? Sie streicht sich ein paar Haare hinter das Ohr. Am liebsten würde ich das für sie machen. Ihre Ohrmuschel freilegen, damit ich sie mit den Lippen streifen kann. Ganz sanft, bis sie unter der Berührung erschauert. Dann ihren Hals und ihren Nacken küssen. Und sehen, ob sich daraus etwas ergibt.

Wenn es nach mir ginge, wäre es keine Lüge. »Ja, kann sein.«

»Dann machen wir es so. Ich komme mit.«

»Bist du sicher?«

»Ich könnte auch in deiner Wohnung bleiben. Obwohl mich die Vorstellung nicht wirklich reizt, mit Flecki allein zu sein.« Sie grinst schief. »Sie könnte versuchen, mich zu fressen. Oder auf meinen Schoß hüpfen und mich dabei zerquetschen.«

Das bringt mich zum Lachen. Es ist schön, sie so zu zu erleben. Ganz anders als gestern Nacht und heute früh. Ob ich mich getäuscht habe? Vielleicht ist sie doch nicht in so großer Gefahr, wie ich angenommen habe, und sie recherchiert nur, wie sie sich umbringen kann, weil das die einzige Möglichkeit ist, diese Gedanken loszuwerden. Davon habe ich schon gehört. Dass man solche Gedanken bis zum Ende durchspielen soll, um ihnen den Schrecken und die Macht zu nehmen. Auch wenn es paradox klingt für jemanden, der nicht in dieser Situation ist, halte ich es für möglich. Vielleicht ist ihr nicht einmal bewusst, dass sie es deswegen tut. Ich nehme mir vor, später Michael anzurufen und ihn danach zu fragen. Zur Sicherheit.

Aber wenn ich sie so ansehe, glaube ich, hoffe ich, dass es nicht nötig ist.

Kapitel 13

www.jungundherzkrank.de/Forum/Intern/showtopic9754
Re: Was wollt ihr nach der Transplantation mit eurem Leben anfangen?
Antwort von Gwen (vor sechs Monaten)
»Wir müssen alles tun, um diesem Geschenk gerecht zu werden, das wir erhalten haben. Egal, was es bedeutet.«

Gwen

Sobald Noah aufgesperrt hat, stürze ich zum Bad. Zum ersten Mal seit der Operation habe ich vergessen, dass ich die Tabletten nehmen muss. Immer zur gleichen Zeit, zwischen halb acht und halb neun abends. Normalerweise habe ich immer von jeder Tablette eine dabei für den Fall, dass ich es nicht rechtzeitig schaffe. Aber meine Tasche ist zu Hause, und den Rucksack wollte ich nicht zum Baden mitschleppen. Da wusste ich noch nicht, dass es bis zu dem kleinen See fast eine Stunde dauert und wir erst so spät wieder zurück sein würden.

Um Punkt halb neun spüle ich die letzte Tablette runter. Gerade noch. Vermutlich würde die Welt nicht untergehen, wenn es fünf Minuten später wäre, aber ich bin kein Arzt und halte mich lieber so genau wie möglich an die Vorgaben. Ich richte die Tabletten für den nächste Morgen her. Dabei fallen mir das durchgeschwitzte Kleid und die Unterwäsche von gestern ins Auge. Meine abgeschnittene Jeans ist inzwischen auch nicht mehr wirklich frisch. Es wäre gut, die Sachen zu waschen. Ich raffe sie zusammen und gehe damit zu Noah, der mir einen kleinen Raum neben der Küche zeigt. Dort stehen eine Waschmaschine, ein Wäschetrockner und ein Trockengestell. Ein eigener

Wäscheraum. Meine Mutter würde für diese Wohnung sofort alles stehen- und liegenlassen und nach München ziehen.

Während die Waschmaschine leise vor sich hin rotiert, laden wir die Bilder, die ich vom Cache gemacht habe, auf mein neues Geocachingprofil. Danach rufe ich meine E-Mails auf und fahre mit der Maus über die Mail von Leni. Mach sie auf. Antworte ihr. Schick ihr den Link zu deinen Fotos.

Ich kann nicht.

Als mein Handy klingelt, atme ich erleichtert auf. Bis ich sehe, wer es ist. Alex. Ich drücke ihn weg. Er hat schon mehrmals angerufen, als wir beim Schwimmen waren. Auch von Tom sind mehrere unbeantwortete Anrufe da. Noch einmal klingelt das Handy. Wieder Alex. Ich würde so gerne rangehen. Seine Stimme hören. So oft hat sie mir Trost gespendet. Oft genug. Ich schalte das Handy aus.

»Was möchtest du essen?« Noah hat in seinem Forum nach dem Rechten gesehen. Jetzt fährt er den Computer herunter.

»Ich habe keinen Hunger.«

»Wie kannst du keinen Hunger haben?«, fragt er ungläubig. »Wir waren den halben Tag unterwegs.«

Ich zucke mit den Schultern. Dass mir seit Alex' Anruf ein Klumpen im Magen liegt, verschweige ich lieber.

»Ich bestelle was. Wenn der Hunger noch kommt, kannst du mitessen. Chinesisch?«

»Ja. Warum nicht? Egal.«

Er sieht mich mit einem Gesichtsausdruck an, der mich an Tom erinnert, wenn er sich um mich sorgt. »Okay. Ich bestelle mal.«

»Noah?«

Halb im Flur dreht er sich noch mal um. »Ja?«

»Oliver meinte doch, die Werte wären abends fertig. Kannst du ihn anrufen?«

Noah zieht die Augenbrauen zusammen. »Jetzt noch? Es ist nach neun.«

»Bitte. Ich muss wissen, ob die Werte zu deinen passen.« Muss wissen, dass ein Ende in Sicht ist.

Eine Weile steht er im Türrahmen und starrt durch mich hindurch. Schließlich nickt er.

»Danke.«

Ich wünschte, er hätte den Computer nicht ausgemacht. Dann könnte ich noch einmal nachsehen, wie ich es machen muss, um dem Herzen nicht zu schaden. Heute Mittag war ich nicht besonders erfolgreich.

Noah kommt zurück. »Essen ist bestellt. Sollen wir uns einen Film anschauen, oder so?«

»Und die Werte?«, frage ich.

Sofort wird sein Gesicht wieder düster. »Ach ja. Oliver sagt, die passen.«

Erleichtert atme ich auf. Ich kann Noah das Herz geben. Es wird nicht mit mir sterben. »Ein Glück.« Ich lächele ihn an. Sein Gesicht wird noch finsterer.

»Noah …« Ich gehe zu ihm. Irgendwie muss ich ihm helfen, seine Angst zu überwinden. Uns beiden zuliebe. Bevor ich etwas sagen kann, schüttelt er den Kopf.

»Bitte, ich möchte das Ganze einfach vergessen, nur für heute Abend, okay?«

Nur für heute Abend. Ihm zuliebe. »Okay.«

»Also …« Er lächelt mich an. Es wirkt gezwungen. »Ein Film?«

***

Wir sitzen im Wohnzimmer auf einer riesigen grauen Couch. Obwohl man es kaum sitzen nennen kann. Die Sitzfläche ist so breit, dass ich die Knie nicht mehr abknicken kann, wenn ich mich anlehne. Auf einem niedrigen Glastisch zu unseren Füßen, unter dem sich noch mehr Manager-Magazine stapeln, stehen ein paar Schüsseln mit gebratenen Nudeln, Ente mit Gemüse und Reis. Zu Hause essen wir immer aus den Styropor-Behältern, aber als ich das Noah vorgeschlagen habe, hat er mich angesehen, als hätte ich ihm einen Zahnarztbesuch mit Wurzelbehandlung empfohlen. Noah hat eine von Sofies DVDs eingelegt, eine Komödie, in der eine Frau nachts vergisst, dass sie mit dem Mann ausgegangen ist und sich in ihn verliebt hat. Der Mann versucht jeden Tag aufs Neue, sie zu einem Date zu bewegen. Noah denkt wohl, dass mir so etwas gefällt. Und damit hätte er sogar recht, wenn es mir nicht so schwerfallen würde, die Augen offen zu halten. Immer wieder dämmere ich weg, vom Film bekomme ich kaum etwas mit.

Ein Knarzen des Dielenbodens im Flur lässt mich aufschrecken. Noah sitzt immer noch neben mir, er kann es nicht gewesen sein. Ich ziehe mich etwas weiter hoch und schaue über ihn hinweg zur Tür. Die Katze sitzt im Lichtschein, der aus dem Wohnzimmer in den Flur fällt. Zum ersten Mal kann ich sie in Ruhe betrachten. Sie ist wirklich eine Schönheit, mit ihrem rotbraunen, langen Fell, dem Körper, der trotz ihrer Größe schlank und grazil wirkt, und einem Gesicht, das jede Gefühlsregung zeigt. Sie sitzt hoch aufgerichtet da und mustert mich hoheitsvoll aus strahlend blauen Augen, aber das ist nur Show. Ihre Pfoten hat sie eng an ihren Körper gezogen und ihren buschigen Schwanz fest darum gewickelt, als ob sie sich schützen will.

»Sie sieht so verloren aus.«

Noah hebt den Kopf. »Hm?«

Ich deute zur Tür. »Flecki.«

»Kein Wunder.« Ärger schwingt in seiner Stimme. »Sofie hat sie einfach abgeschoben.«

»Denkst du, das ist ihr leichtgefallen?« Ich kenne seine Ex ja nicht, ich habe keine Ahnung, ob sie der Typ ist, der sich bei den geringsten Schwierigkeiten den einfachsten Ausweg sucht.

Er öffnet den Mund, schließt ihn dann aber wieder. Schließlich zuckt er mit den Schultern. »Keine Ahnung.«

»Es ist sicher schwer, so eine Entscheidung zu treffen. Wenn man sich ein Tier holt, muss man natürlich die Verantwortung tragen. Aber wenn man jemanden liebt, würde man vielleicht sogar die Familie für ihn aufgeben.«

»Trotzdem«, brummt er. »Es ist nicht richtig, sie irgendwem vor die Tür zu stellen.«

»Sie hat sie ja nicht irgendwem vor die Tür gestellt. Sondern dir.«

Erst, als es heraus ist, wird mir klar, wie das klingt. Wie ein ziemlich plumper Flirtversuch. Hitze steigt mir in die Wangen. »Ich meine, bestimmt weiß sie, dass du sie gut versorgst.«

»Klar.« Ein Hauch von Spott liegt in Noahs Stimme, der nicht ganz zu dem warmen Schimmer in seinen Augen passt. Seinen unglaublich blauen Augen. Er schaut auf meine Lippen, wie vorhin am See, als er mich fast geküsst hätte. Immer noch bin ich mir nicht sicher, warum er es nicht getan hat. Ich halte den Atem an. Will er es jetzt?

Er lehnt sich in die Sofakissen zurück. Offensichtlich will er nicht. Ich atme aus, leise, damit er es nicht hört.

»Wir müssen ihr Zeit geben«, sagt er heiser. »Irgendwann kommt sie von allein. Sie gewöhnt sich schon noch an uns.«

Uns. Ich mag es, wenn er »uns« sagt. Noch einmal sehe ich zu Flecki. Dafür muss ich mich ein wenig über Noah lehnen. Sie hat sich ein paar Zentimeter vorgewagt und liegt jetzt in der Wohnzimmertür. Kauert, trifft es besser. Ihre Pfoten hat sie unter den Körper gezogen, so dass man sie nicht sieht. Und so, dass sie sofort aufspringen kann, wenn einer von uns sich zu stark bewegt.

»Ach verdammt«, murmelt Noah. Er lehnt sich zu mir, zögert, streicht mir ein paar Haare hinters Ohr. »Das wollte ich schon die ganze Zeit«, flüstert er.

Sein warmer Atem streift meine Ohrmuschel und lässt mich erschauern. Er berührt mein Ohr mit den Lippen, und ich wage nicht, mich zu bewegen aus Angst, er könnte aufhören. Aber er hört nicht auf. Seine Hand gleitet in meinen Nacken, streift die winzigen Härchen. Er küsst mich, einmal und noch einmal. Hält inne, wartet, ob ich etwas sage, ob ich ihn aufhalten will. Ich will nicht. Wieder küsst er mich. Das Herz rast, und in meinem Bauch kribbelt es. Überall, wo er mich berührt, scheint meine Haut überempfindlich zu sein. Mehr, ich will mehr. Ich lege ihm die Arme um den Hals und fahre durch seine Haare. Sie sind unfassbar weich.

Sanft drückt er mich in die Sofakissen, bis er halb auf mir liegt. Als er meine Lippen mit seiner Zunge teilt, zucke ich nur kurz zurück. Dann öffne ich mich für ihn, wie ich es schon die ganze Zeit wollte. Er dringt mit seiner Zunge in meinen Mund, und aus dem Kribbeln wird etwas anderes. Heißes Verlangen, das sich in meinem Unterleib sammelt. Unwillkürlich dränge ich mich enger an ihn. Er stöhnt leise, und ich spüre seine Hand auf meiner Taille. Seine Finger streicheln den winzigen freiliegenden Streifen Haut zwischen Hose und T-Shirt, bis ich nur noch daraufhin fiebere, dass sie unter den Stoff wandern.

Er erfüllt mir den Wunsch. Langsam zieht er eine zärtliche Spur meine Taille entlang, über meinen Bauch und weiter nach oben. Mit Leichtigkeit vertreibt er meine Scheu, weil wir uns kaum kennen, und unter dem leisen Zuspruch seiner Liebkosung geht auch der Rest meiner Scham in dem Sehnen auf, dass er seine Hand noch weiter nach oben bewegt. Am liebsten würde ich sie nehmen und dorthin legen.

Mit den Fingerspitzen streichelt er über die Wölbung meiner Brust. Mir stockt der Atem, als er in die Nähe der Brustwarze kommt. Sie ist schon längst hart, so hart, dass es beinahe schmerzt. Nicht so wie bei Alex.

Ich erstarre. Alex. Wie konnte ich ihn vergessen? Er ist immer noch mein Freund. Irgendwie.

Hastig drehe ich den Kopf zur Seite. »Hör auf«, flüstere ich.

»Was?« Noah sieht mich mit glasigen Augen an.

»Hör auf!« Ich schiebe seine Hand weg und rutsche ein wenig nach oben. Noah liegt immer noch halb auf mir, und ich will, dass er weggeht. Nein. Ich will es nicht. Nicht wirklich. Ich will, dass er weitermacht. Meine Lippen sind noch feucht von seinem Kuss, und ich will, dass er mich wieder küsst. Dass er mich wieder streichelt. Warum? Warum will ich es bei ihm? Bei jemandem, den ich kaum kenne. Jemandem, der nicht mein Freund ist? Alex ist mein Freund. Er ist derjenige, der immer zu mir gehalten hat. Und ich danke es ihm, indem ich mit einem anderen rummache.

»Runter«, fauche ich.

Noah runzelt die Stirn. Langsam richtet er sich auf. »Gwen, was ist los?«

»Bitte.« Meine Stimme schwankt. »Bitte, lass mich einfach aufstehen.«

Endlich rückt er so weit ab, dass ich aufstehen kann. Er fährt sich mit einer Hand durch die Haare. Es nutzt nichts, sie sind vollkommen zerzaust.

»Ich … ich bin müde. Ich lege mich hin.« Meine Stimme zittert so heftig, dass er meine Worte sicher kaum versteht.

»Warte, ich …« Er steht auf.

Ich weiche zurück. »Bitte. Lass mich in Ruhe.« Ohne seine Antwort abzuwarten, stürze ich in den Flur. Flecki ist verschwunden, ich muss sie erschreckt haben. Ich laufe, als hätte ich Angst, dass Noah mich verfolgt. Dabei sind es meine Gedanken, die Gedanken an Alex, die mich verfolgen und die ich nicht loswerden kann, egal wie schnell ich renne.

Im Gästezimmer schließe ich die Tür und drehe den Schlüssel herum. Dann stehe ich einfach nur da. Meine Beine haben nicht mehr genug Kraft, um mich zum Bett zu tragen. Ich spüre sie nicht mehr, das gemeine Stechen in der Magengegend überlagert alles. Nur der Wunsch, Alex mein Herz auszuschütten, wie ich es immer getan habe, ist noch da.

Ich sehe Alex vor mir, sein Lächeln, spüre seine Hand auf meiner. Höre ihn sagen, dass alles gut wird. Wie oft hat er mir das versichert. Er hat für mich daran geglaubt, als ich es längst nicht mehr konnte.

Ich schnaube, aber es hallt fremd durch das Zimmer. Bin ich vollkommen verrückt? Wie kann ich auch nur darüber nachdenken, mit Alex über Noah reden zu wollen? Das ist krank. Es ist widerlich.

Ich schließe die Augen, presse sie fest zusammen. Es hat nichts genutzt. Die Zuversicht meiner Familie, der Rückhalt, den sie mir gegeben haben. Nichts hat etwas genutzt. Sie haben an den falschen Menschen geglaubt. Meine Mutter, Tom. Ihre Gesichter erscheinen vor meinem inneren Auge. Sie sagen etwas, aber ich verstehe es nicht. Sie reden, alle auf einmal. *Alles wird gut. Alles ist bestens. Du musst laufen, Gwen. Du sollst studieren. Eine eigene Wohnung. Alles ist bestens. Du und Alex.* Ich will einatmen, aber es geht nicht. Ich kriege keine Luft. Sie reden weiter, immer weiter, bis das Zimmer sich um mich dreht und ich beinahe den Halt verliere.

»Hört auf!«, keuche ich. »Hört auf.«

Ich presse mir die Hände auf die Ohren, aber natürlich hilft das nicht. Sie reden weiter. Ihre Stimmen durchdringen mich. Überall. Es gibt kein Entkommen.

»Bitte«, schluchze ich. »Bitte hört auf.«

Alles wird gut, Gwen, du wirst sehen.

»Nein«, schreie ich. »Nein, nichts wird gut.« Ich kann das nicht mehr. Es muss endlich aufhören. Ich wanke zu meinem Rucksack und hole mein Notizbuch heraus. Wir haben es nicht geschafft, nachzusehen, wie die Ausnahmeregelung genau lautet, die Noah erwähnt hat, deswegen gehe ich lieber auf Nummer sicher. Für den Fall, dass eine Art Testament nötig ist. Ich reiße eine Seite heraus. Mit dem Kuli schreibe ich das Datum, den Ort und einen Satz: »Noah Willinger soll mein Herz bekommen.« Darunter setze ich meine Unterschrift.

Mit dem Zettel in der Hand gehe ich zur Tür. Nichts hindert mich daran, es jetzt gleich zu tun. Die Werte passen, ich muss nicht länger warten. *Alles wird gut, Gwen.* Ja. Jetzt, endlich, wird alles gut. Ich lausche an der Tür, aber kein Geräusch dringt durch den Flur. Auf den Zehenspitzen schleiche ich zur Küche und hole ein Messer. Mit dem

Daumen teste ich die Klinge. Ich muss kaum drücken, damit ein winziger Schnitt in meiner Haut erscheint. Blut quillt hervor. Nur ein winziger Tropfen. Noch.

Im Bad steige ich in die Wanne. Den Zettel halte ich fest in der Hand, damit er sofort gefunden wird. Abgesperrt habe ich nicht. Ich werde schreien, kurz bevor ich das Bewusstsein verliere. Damit Noah mich rechtzeitig findet. Nicht rechtzeitig für mich. Für das Herz. Solange noch genug Blut in meinem Körper ist, damit es keinen Schaden nimmt.

Ich setze das Messer an meinen Arm. Wenn ich das jetzt tue, gibt es kein Zurück. Was, wenn er mich nicht hört? Was, wenn er mich findet, aber der Blutverlust zu groß ist? Dann war alles umsonst. Nicht nur mein Tod war dann sinnlos, sondern auch der des Spenders, wer auch immer er war. Meine Haut brennt, wo das Messer sie berührt. Die oberste Schicht hat es schon angeritzt, ohne dass ich etwas tun musste, so scharf ist es.

Alles wird gut.

Wenn ich nur wüsste, dass alles klappt. Meine Hand zittert. Das Messer beißt in meine Haut. Ist es zu unsicher? Habe ich all das getan, habe ich so viele Stunden länger ausgehalten, nur um am Ende doch zu riskieren, dass das Herz mit mir stirbt und Noah es nicht bekommt? Wenn ich es jetzt tue, setze ich sein Leben aufs Spiel. Das kann ich nicht. Das darf ich nicht. Egal, wie sehr ich mir wünsche, dass es ein Ende hat. Noah muss leben.

Langsam lasse ich das Messer sinken. Es rutscht mir aus der Hand und schlägt mit einem lauten Klonk auf dem Boden der Wanne auf. Ich lege den Kopf auf meine Knie und umschlinge sie mit den Armen. Die Stimmen sind wieder da. Lauter als vorher. Ich presse mein Gesicht gegen meine Beine, als könnte ich sie damit verstummen lassen.

Alles wird gut … alles ist bestens … laufen … Studium … Alex.

»Hört auf.« Meine Stimme ist nur noch ein heiseres Wimmern. »Hört auf. Bitte hört auf.« Wie soll ich das aushalten? Die dumpfe

Leere in mir, die angefüllt ist mit ihren Stimmen. »Hört auf!« Diesmal schreie ich. Es hallt von den Wänden wider und kann sie doch nicht übertönen. Ich halte mir die Ohren zu, bis es weh tut.

»Gwen!« Eine neue Stimme. Sie mischt sich mit den anderen. Jemand saugt scharf die Luft ein. Finger berühren mich.

»Nein! Lasst mich in Ruhe.« Ich zittere am ganzen Körper. So stark, dass meine Zähne klappern.

»Gwen, ganz ruhig. Ich bin's, Noah.«

Noah. Gott sei Dank. Ich strecke ihm die Hand entgegen und öffne die Faust. »Nimm es. Bitte. Nimm es endlich.«

Er nimmt den Zettel. Mein Zittern lässt nach.

Noah stöhnt leise. Dann höre ich, wie er den Zettel zerknüllt.

»Nimm ihn.«

»Gwen …«

»Bitte, nimm den Zettel. Nimm den Zettel.« Das Zittern wird wieder stärker. »Nimm … den … Zettel«, stammele ich kaum verständlich.

»Okay. Okay, ich nehme ihn ja. Ich habe ihn eingesteckt, siehst du?«

Nein. Ich sehe nichts. Und ich will auch nichts sehen. Vor allem will ich nichts mehr hören.

»Ich hebe dich jetzt hoch, ja?«

Seine Hände berühren mich, und ich zucke zusammen.

»Keine Angst. Ich will dich nur aus der Wanne holen.«

Ich lasse zu, dass er seinen Arm unter meine Knie schiebt. Dass er meinen Arm um seinen Hals legt. »Halt dich fest.« Ich versuche es, aber meine Hände zittern immer noch so stark, dass ich sie kaum steuern kann. Noah hebt mich hoch und drückt mich an sich. Ich vergrabe das Gesicht an seiner Brust. Sein Herz schlägt gleichmäßig und kräftig. Beruhigend. Ich halte mich an diesem Geräusch fest, das langsam die Stimmen aus meinem Kopf verdrängt.

»Ich bringe dich ins Bett.« Noahs Schritte knarzen auf dem Fußboden im Gang, dann schluckt sie der Teppich im Gästezimmer. Er legt mich vorsichtig auf das Bett und deckt mich zu. Die Matratze bewegt sich, er setzt sich zu mir. Seine Fingerspitzen streifen meine Stirn, als könnte er damit alle Gedanken auslöschen. Er streichelt meine Schläfe, meine Arme, meinen Rücken, bis das Zittern endlich nachlässt. Dann steht er auf.

»Lass mich nicht allein, bitte«, flüstere ich.

Langsam setzt er sich wieder neben mich. »Werde ich nicht.« Er sitzt etwas abgewandt, aber ich sehe trotzdem, dass er in seine Hosentasche greift. Will er etwa sein Handy rausholen?

»Was machst du da?«

Er zuckt zusammen. »Ich … nichts.« Seine Hand ist immer noch in der Tasche. »Nur … Meinst du nicht, es wäre besser, wenn jemand kommt und …«

»Nein!« Hastig setze ich mich auf, bis ich auf der Matratze knie, bereit aufzuspringen. Die Bewegung steigt mir zu Kopf, und mir wird fast schwarz vor Augen. »Niemand. Niemand darf davon wissen.« Sie werden mich einsperren. Sie werden nicht zulassen, dass ich ihm das Herz gebe. Er wird sterben. »Versprich es mir«, krächze ich. »Versprich mir, dass du niemandem davon erzählst.« Immer noch dreht sich alles um mich. Die Dunkelheit im Zimmer macht es noch schlimmer. Ich strecke einen Arm aus, will mich festhalten. Noahs Hand schließt sich um meinen Unterarm. Sein Griff ist fest und tröstlich, gibt mir Halt im Raum. Mit seiner Hilfe sinke ich langsam wieder auf meine Fersen.

»Ich verspreche es, ich verspreche es ja.« Er zeigt mir seine leere Hand. »Kein Handy, siehst du?«

Immer noch hält er meinen Arm, streichelt mit dem Daumen meine Haut. Mit der anderen Hand nimmt er meine zitternden Finger, wärmt sie, bis sie sich beruhigen.

»Mir ist so kalt.« Meine Stimme ist entsetzlich dünn und ich frage mich, ob er es gehört hat. »Warum ist mir kalt? Draußen ist es heiß …«

Ich reibe mir über die Stirn. Dahinter sind immer noch die Stimmen. Leiser jetzt, als ob Noahs Gegenwart sie in Schach hält.

»Leg dich hin, ich decke dich zu. Dann wird dir warm.«

Ich lasse zu, dass er mich aufs Bett drückt und die Decke über mich zieht. Er bleibt neben mir sitzen. Nur meine Hand hält er in seiner.

»Warum hört es nicht auf?«

»Was hört nicht auf?«, fragt er.

»Die Gedanken. Sie sind immer da. Immer. An meine Eltern. Und die Stimmen, die verlangen, dass ich glücklich bin.« Meine Augen brennen. »Warum kann ich nicht aufhören, so zu denken?«, würge ich.

Er schweigt lange und hält nur meine Hand. »Ich glaube, so funktioniert das eben nicht«, sagt er schließlich. »Man kann das nicht einfach an- und ausschalten und beschließen, sich gut zu fühlen. Auch wenn viele Leute das denken.«

»Ausschalten, ja. Die Träume ausschalten. Jede Nacht, die Träume von Toten und Blut …« Mir versagt die Stimme. Mein Atem geht unregelmäßig, stoßweise.

Noah streichelt mir mit langen, langsamen Bewegungen über den Rücken. Ich wünschte, er würde sich zu mir legen und mich halten. Vielleicht würde das Zittern dann endlich ganz aufhören. Vielleicht würden die Stimmen in meinem Kopf dann noch leiser. Vielleicht kommen dann die Träume nicht zurück.

»Mir ist immer noch kalt«, sage ich. »Kannst du …« Wie kann ich ihn bitten, mich festzuhalten, wo ich ihn vorhin erst zurückgewiesen habe? Aber ich muss es nicht fragen. Er legt sich neben mich unter die Decke und zieht mich an seine Brust. Wärme strahlt von ihm ab und dringt durch das dünne T-Shirt in meine Haut. Ich schmiege mich enger an ihn, um alles davon aufzunehmen. Ganz langsam sinke ich in seine Wärme und lasse mich davon einhüllen, bis das Zittern aufhört. Auch die Stimmen sind verstummt. Es gibt nur noch das langsame Heben und Senken seiner Brust an meiner Wange. Sein Herzschlag an meinem Ohr. Gnädige Dunkelheit.

Kapitel 14

www.herzforum.de/Dankesboard/topicreveal111297
Re: Danke, dass ihr da seid und ich hier alles loswerden kann
Antwort von Noah (vor einem Jahr)
»Es freut mich sehr, dass es dir hilft, hier zu schreiben.«

Noah

Als Gwen sich in meinen Armen rührt, schrecke ich auf. Verdammt, fast wäre ich eingeschlafen. Ich reibe mir mit der freien Hand durch das Gesicht, kneife die Augen zusammen und reiße sie dann so weit wie möglich wieder auf. Wach bleiben. Ich muss wach bleiben.

Wieder bewegt Gwen sich, windet sich, stöhnt leise. Ich frage mich, ob sie wieder die Träume von Toten und Blut träumt. Ein Schauer läuft mir über den Rücken. Warum träumt sie so was? Und wie muss es sein, jede Nacht so schreckliche Bilder zu sehen? Ich streiche ihr über die Haare, widerstehe der Versuchung, sie auf die Schläfe zu küssen, um sie zu beruhigen. Sie zu küssen ist keine gute Idee. Nach dem letzten Mal hat sie sich fast umgebracht.

Ihr Stöhnen wird lauter, als hätte sie Schmerzen. Ich bin kurz davor, sie aufzuwecken, doch dann dreht sie mir das Gesicht zu und vergräbt es an meiner Brust. Aus dem Stöhnen wird ein Seufzen und schließlich ruhiges Atmen. Erleichtert schließe ich die Augen. Ich will nicht, dass Gwen aufwacht. Vor allem nicht, während ich schlafe.

Wach bleiben.

Wie auf Kommando muss ich so heftig gähnen, dass es mir die Tränen in die Augen treibt. Während ihr Körper immer entspannter wird und ihre Atemzüge wieder tiefer werden, breitet sich ihre Wärme in meinem Körper aus, umfängt uns beide und zieht mich hinab in die traumlose Dunkelheit. Ein farbloser Strudel aus Bildern, Gwen im Bikini am See, Flecki knurrend, Sevi in seinem neuen BMW. Ich zucke zusammen, reiße mich wieder aus dem Schlaf. So halte ich das niemals durch. Ob ich es riskieren kann, aufzustehen und mir wenigstens einen Kaffee zu machen? Sie wird doch nicht in den paar Minuten an mir vorbei ins Bad schleichen, oder doch? Ich wäre in der Küche, nur wenige Meter von ihr entfernt.

Genau wie vorhin.

Ich bleibe liegen, bewege mich kein Stück von ihr weg. Es muss eben ohne Kaffee gehen. Ich gucke aus dem Fenster. Wird der Himmel schon grau oder ist das nur Wunschdenken? Wohl eher Letzteres. Ich fluche leise. Es ist Sommer, eine Nacht kann gar nicht so endlos sein wie diese. Und doch ist sie es. Endlos. Quälend. Die Hölle. Nicht nur, weil ich ständig vor mir sehe, dass sie aufsteht, wenn ich einschlafe. Dass sie zurück ins Bad schleicht und es zu Ende bringt. In der Badewanne, wegen all des Blutes.

Ich schmecke Galle, will gar nicht daran denken, wie knapp es war. Dass ich zu spät gekommen wäre, weil ich es nicht bemerkt habe. Wie konnte ich sie gehen lassen, ohne nach ihr zu sehen? Wenn sie nicht geschrien hätte, wenn sie das Messer nicht fallen gelassen hätte …

Unwillkürlich ziehe ich sie noch fester an mich. Es ist unvorstellbar, dass sie sterben will. Auf alles verzichten, das Leben weitergehen lassen ohne sie. Ich denke an ihre Worte. Die Stimmen, die schrecklichen Gedanken, die Träume. Wenn ich alldem hilflos ausgeliefert wäre, wer weiß, vielleicht würde ich es auch wollen.

Wieder rührt Gwen sich, bewegt ihre Beine an meinen, drängt sich gegen mich. Der andere Grund, warum diese Nacht die verdammte Hölle auf Erden ist, macht sich bemerkbar. Ich beiße mir auf die Lippen und rücke so behutsam wie möglich ein wenig von ihr ab. Sie muss nicht merken, dass mir gerade das Blut aus dem Kopf sackt und mit ihm alle Vernunft. Wenn sie sich so an mir bewegt, geht mein

Gehirn in den Shutdown, und nichts ist mehr wichtig außer der Tatsache, dass ihr T-Shirt hochgerutscht ist. Nur wenige Zentimeter trennen meine Finger von dem schmalen Streifen nackter Haut an ihrer Taille. Am liebsten würde ich meine Hand darauflegen und sie daran entlangwandern lassen. Erst über ihren Bauch und dann etwas höher. Oder tiefer. Gottverdammt. Ich rücke weiter von ihr ab, bevor mein Gehirn vollkommen abschaltet und den niederen Trieben das Feld überlässt. Bevor ich über sie herfalle, sie küsse, bis ihre Lippen rot sind und sie alles andere vergisst. Zur Sicherheit habe ich sogar meine Klamotten angelassen, auch wenn es viel zu heiß ist und ich am liebsten nackt und ohne Decke hier liegen würde. Jede Stoffschicht zwischen uns hilft. Ich atme ein paar Mal tief durch. Langsam fangen meine Gehirnwindungen wieder an zu arbeiten.

Ich sollte Michael anrufen. Seit Stunden will ich es schon. Wenn ich nur auf den Flur gehe und die Tür offen lasse, kann ich telefonieren und sie trotzdem im Auge behalten.

Vorsichtig bringe ich noch etwas mehr Matratzenplatz zwischen uns. Gwen protestiert leise, als ob sie Verrat erahnt, und rutscht auf mich zu. Mist. Jetzt liegt sie noch näher bei mir als vorher. Sie reibt sich an mir und schmiegt ihre Wange an meine Brust. Die Dämmerung hat endlich eingesetzt, aber gerade jetzt wünsche ich mir, es wäre noch dunkel. Dann würde ich nicht auch noch sehen, dass ihre Wangen leicht gerötet sind und ihre Lippen halb geöffnet. So nah. So leicht erreichbar. Ich müsste mich nur wenige Zentimeter nach unten beugen, um sie zu schmecken. Als ihr Atem meine Lippen streift und unsere Nasenspitzen sich kaum merklich berühren, schrillen alle Alarmglocken in mir. Der Shutdown ist in vollem Gange, die niederen Triebe stehen in den Startlöchern, meine Hand hat sich schon auf Erkundungstour gemacht. Meine Fingerspitzen weiden sich an der weichen Haut um Gwens Bauchnabel. Hastig reiße ich meine Hand weg, ziehe meinen Arm unter Gwen hervor und springe auf.

Michael anrufen. Jetzt.

Gwen stöhnt leise im Schlaf, rückt mir nach, kommt gefährlich nah an die Bettkante. Ich greife nach der Decke, drücke sie ihr in die Arme und hoffe, dass das eine Weile reicht. Dann atme ich tief durch und warte ein paar Sekunden in der Hoffnung, dass ich keine kalte Dusche brauche, bevor ich mit Michael reden kann.

Ich kann Gwen nicht alleine lassen, um zu duschen.

Allein der Gedanke, sie auch nur eine Sekunde aus den Augen zu lassen, lässt mein Herz stolpern. Das Messer auf ihrem Arm. Der schmale Schnitt in ihrer Haut. Der winzige Tropfen Blut auf ihrem Arm. Ich will nicht daran denken. Die niederen Triebe wohl auch nicht, denn sie geben Ruhe, und mein Gehirn sieht endlich ein, dass es heute alles tun darf, nur nicht in den Shutdown gehen.

Auf Zehenspitzen schleiche ich zur Tür, um die Diele herum, die immer so laut knarzt. Im Flur ziehe ich mein Handy aus der Hosentasche. Der Akku ist fast leer, aber für ein Gespräch muss es reichen. Solange Gwen im Gästezimmer liegt, kann ich das Festnetztelefon nicht holen. Es ist im Wohnzimmer. Viel zu weit weg. Ich tippe auf dem Display herum.

»Noah?«

Ich zucke zusammen, erstarre in der Bewegung, fluche in Gedanken und schiebe das Handy zurück in die Tasche. Wenn sie merkt, dass ich ihretwegen telefonieren will, rastet sie aus. Schließlich habe ich ihr versprochen, dass ich niemandem etwas sage.

»Ja?«

Ich höre sie erleichtert aufatmen. Das Bett quietscht. Ich wende mich um. Gwen sitzt auf der Bettkante, ihr T-Shirt ist hochgerutscht, die Taille immer noch nackt. Ihre Haut immer noch so verführerisch.

»Ich dachte, du wärst weg.« Es klingt leise und verloren. Was ziemlich gut gegen die niederen Triebe hilft. Am liebsten würde ich ihr sagen, dass ich immer da sein werde. Wie bescheuert. Ich kenne sie kaum und sie mich auch nicht. Sobald ich sie dazu gebracht habe, sich Hilfe zu suchen, sobald ich sie davon überzeugen konnte, mit

Michael zu sprechen, sobald sie nach Hause fährt, ist es vorbei. Es gibt kein »immer« für uns. Aber ich kann trotzdem für sie da sein.

»Ich gehe nicht weg. Ich bin da. Und du kannst mir alles sagen, egal wann, mich anrufen, was auch immer, okay?« Der Satz steht zwischen uns wie etwas, das da nicht hingehört. Gwen sieht mich nur an, dann nickt sie kaum merklich, in ihrem Gesicht zeichnet sich Dankbarkeit ab.

»Wie spät ist es?«, fragt sie.

Mein Mund ist trocken, ich finde keine Worte. So eine lächerlich alltägliche Frage nach einer Nacht wie dieser.

»Noah?«

»Warte.« Ich hole mein Handy wieder hervor. »Zehn nach sechs.« Sowieso zu früh, um Michael anzurufen. Obwohl er gesagt hat, dass ich ihn jederzeit rausklingeln darf.

»Gwen, wegen gestern …«

»Gut, dann haben wir ja noch genug Zeit«, unterbricht sie mich, ohne mit der Wimper zu zucken.

Ich runzele die Stirn. »Zeit?«

»Der Brunch bei deiner Mutter. War der nicht um zehn?«

Ich blinzele sie an. Ist sie verrückt geworden? Ich will doch nicht zum Brunch. Ich kann nicht mal an Essen denken, ohne dass mir flau im Magen wird. »Der Brunch, ja. Ich weiß nicht …« Was soll ich sagen? Ich weiß nicht, ob ich dich lange genug am Leben halten kann? »Meinst du wirklich, dass wir hingehen sollten?« Sollten wir nicht lieber darüber reden, was gestern passiert ist?

»Ja.« Sie lächelt zaghaft. »Aber wenn du nicht willst, dass ich mitkomme, bleibe ich hier. Das macht mir nichts aus.«

Aber mir, würde ich am liebsten schreien. Glaubt sie ernsthaft, dass ich sie auch nur eine Minute alleine lasse, damit sie es doch noch hinter sich bringen kann? »Wir könnten auch absagen. Ich bin krank, oder du.«

»Warum denn absagen?« Sie tut überrascht, aber die Anspannung in ihrem Gesicht, ihren Schultern, jeder ihrer Bewegungen verrät sie.

Ich nehme ihre Hand. »Gwen. Meinst du nicht, wir sollten darüber reden? Letzte Nacht …«

»Nein.« Sie entzieht mir ihre Hand. »Sollten wir nicht.«

»Gwen.« Ich versuche, sanft zu klingen, lockend, vertrauenerweckend. Erstaunlicherweise gelingt es mir. Leider prallen meine Bemühungen an ihr ab.

»Deine Mutter erwartet uns. Und ich will auf keinen Fall, dass sie Verdacht schöpft.«

»Blödsinn. Warum sollte sie Verdacht schöpfen, nur weil wir uns nicht blicken lassen? Sie wird höchstens glauben, dass wir nicht aus dem Bett kommen.«

Eine sanfte Röte steigt Gwen in die Wangen. Sie hat also auch daran gedacht. Na toll. Das trägt nicht gerade dazu bei, mein Vorhaben einzuhalten. Nicht küssen, nicht berühren. Ich lasse ihre Hand los und mache einen Schritt nach hinten.

»Bitte. Ich möchte hingehen.« Sie steht auf, das T-Shirt rutscht runter. Die niederen Triebe vermelden Bedauern.

»Aber vorher will ich duschen.« Mit einem zaghaften Lächeln drückt sie sich an mir vorbei, so nah, dass ich ihre Wärme spüre. Ich bin wohl nicht der Einzige, der niedere Triebe hat. Dann tapst sie den Flur entlang. Ein leises Knurren begleitet uns auf dem Weg zum Bad, und mir fällt ein, dass Flecki noch Futter braucht. Trotzdem folge ich Gwen und bin wenige Schritte hinter ihr, als sie die Badezimmertür öffnet. Sie bleibt wie angewurzelt stehen. Ich folge ihrem Blick. Etwas blitzt mir aus der Badewanne entgegen.

Das Messer. Es ist immer noch da.

Gwen ist wie gelähmt. Ich auch. Sollte ich zu ihr gehen, sie trösten, in den Arm nehmen? Vielleicht will sie jetzt darüber reden. Stattdessen wendet sie sich kommentarlos ab, als würde nicht ein riesiges, scharfes Messer in der Badewanne liegen, an dem noch etwas von ihrem Blut klebt. Als hätte die Aussicht, es zu benutzen, ihr nicht für ein paar Augenblicke Frieden geschenkt.

»Warum hast du es nicht getan?«, frage ich, bevor ich mich zurückhalten kann.

Sie fährt herum, die Überraschung, dass ich immer noch da bin, steht ihr ins Gesicht geschrieben. Tolle Idee. Frag sie, warum sie es nicht getan hat, anstatt ihr zu sagen, dass du froh darüber bist. Zwing sie dazu, darüber zu reden, obwohl sie es nicht will. Setz sie noch mehr unter Druck, das bringt bestimmt was. »Tut mir leid. Du musst darauf nicht antworten.«

Ihr Blick hält meinen fest, offen und verletzlich. Sie öffnet den Mund, schließt ihn wieder. Dann holt sie tief Luft und antwortet doch. Ihre Stimme ist kaum mehr als ein Flüstern. »Ich hatte Angst, dass es schiefgeht und du mich nicht rechtzeitig findest.«

Wie bitte? Sie wollte, dass ich sie finde? Wilde Hoffnung macht sich in mir breit, steigt mir zu Kopf und lässt mich glauben, dass ich mich geirrt habe und dass sie es nicht wirklich wollte.

»Zu spät für das Herz.«

Die Hoffnung stirbt einen schnellen, unrühmlichen Tod.

»Das Herz?« Mehr bringe ich einfach nicht raus. Ich kann nicht fassen, dass sie so denkt, obwohl ich es mittlerweile besser wissen sollte.

Sie senkt den Blick und fingert am Saum des T-Shirts herum. »Ich will, dass du lebst«, flüstert sie.

Bewegungslos sehe ich sie an. *Und ich will, dass du lebst. Noch mehr will ich, dass du aufhörst, darüber nachzudenken, wie du am besten sterben kannst. Selbst wenn ich wirklich herzkrank wäre, würde ich das wollen.* Ich weiß nicht mehr, was richtig und was falsch ist. Soll ich Michael anrufen? Sicher würde er dafür sorgen, dass man sie abholt und irgendwohin bringt, wo sie sich nichts antun kann. Einen Moment lang will ich alles unbedingt auf jemand anders abladen. Nicht mehr dafür verantwortlich sein. Aber wäre das wirklich besser?

Ich reibe mir über die Stirn, als könnte das helfen, meine Gedanken zu ordnen. Leider hilft es nicht, in meinem Kopf herrscht Kriegszustand. Logik und Vernunft gegen Bauchgefühl.

Wenn man sie jetzt in die Psychiatrie brächte, würde sie das vollkommen aus der Bahn werfen. Allein der Vorschlag hat sie gestern fast zum Durchdrehen gebracht. Ich kann nicht glauben, dass das richtig ist. Es muss einen anderen Weg geben. Vielleicht braucht sie einfach nur ein bisschen Zeit, um diesen Weg zu entdecken.

»Noah?« Gwen steht vor mir, die Schultern hochgezogen, die Augen riesengroß. »Würdest du … also ich …« Sie verstummt. Ihr Blick zuckt zur Toilette, und sie wird rot um die Nase.

»Oh, ja, klar. Sorry.« Als ich mich umdrehe, fällt mein Blick wieder auf das Messer.

Wenn ich es aufhebe, wird sie denken, dass ich ihr nicht vertraue. Aber ich kann es nicht dalassen. Am liebsten würde ich das ganze Bad nach spitzen Gegenständen absuchen, bevor ich sie alleine lasse. Ich balle die Fäuste. So wird es sein. Genauso. Wenn ich mich dafür entscheide, niemandem Bescheid zu sagen, werde ich die ganze Zeit darauf achten müssen, dass ihr nichts passiert. Ich werde sie nicht alleine in die Küche lassen können, ich werde ihr auf Schritt und Tritt folgen. Klasse. Ich bin nicht nur ein Fake, ich bin auch noch ein Stalker. Sevi wäre stolz auf mich.

Ich sehe wieder zu ihr hinüber. Sie wippt auf den Zehenspitzen auf und ab, das Gesicht leicht verzogen. Ich muss mich entscheiden. Jetzt. Ich atme tief durch, gehe mit festen Schritten zur Badewanne und hebe das Messer auf.

Vielleicht ist es ein Fehler, es niemandem zu sagen. Vielleicht werde ich es bereuen. Aber ich werde sicher keinen noch größeren Fehler machen, indem ich ihr vertraue, nur um sie nicht in Verlegenheit zu bringen.

»Ich warte draußen.« Sobald die Worte meinen Mund verlassen haben, verfluche ich mich dafür. Ich höre mich an wie ihr Gefängniswärter. Das kann nicht gut sein. Alle erwarten etwas von ihr. Ihr Bruder, ihre Eltern. Sicher hilft es nicht, wenn ich sie auch noch unter Druck setze.

Gwen beißt sich auf die Lippen. »Noah …«

»Ich weiß, sorry«, unterbreche ich sie, damit sie es nicht aussprechen muss. »Ich weiß nur nicht so genau, wie ich damit umgehen soll.«

Sie schaut auf ihre Hände. »Tut mir leid. Es ist nicht fair von mir, das von dir zu verlangen«, flüstert sie. »Es kann nicht einfach für dich sein, zu wissen, dass ich …« Ihre Finger krampfen sich in ihr T-Shirt. »Damit du …« Sie atmet zittrig ein.

Sie will wirklich nicht, dass ich sterbe. Das ist meine Chance. Wenn ich es geschickt anstelle, kann ich ihr die Zeit verschaffen, die sie braucht, um zu merken, dass sie leben will. Ich hoffe jedenfalls, dass sie es will, irgendwo tief drin, unter all der Angst. Ich hoffe, dass das der wahre Grund ist, warum sie das Messer fallen gelassen hat.

»Es ist nicht einfach.« Das ist nicht mal gelogen. Auch wenn ich nicht herzkrank bin, ich war noch nie in so einer schwierigen Situation. »Ich brauche mehr Zeit, Gwen. Ich muss mich erst an alles gewöhnen. Meinst du, du kannst …« *Dich eine Weile nicht umbringen, bis ich weiß, wie ich alles geregelt kriege?* Am liebsten würde ich sie schütteln, bis sie mir verspricht, dass sie sich nichts antut. »Noch etwas länger aushalten?«, frage ich stattdessen und hoffe, dass das nicht schon zu viel Druck ist. Wenn ich das Einzige bin, was sie am Leben hält, kann ich noch weniger als bisher riskieren, dass sie mir davonläuft. Aber genauso wenig kann ich sie vor allem schützen. Nicht, wenn sie nicht wenigstens ein bisschen leben will.

»Wie lange?«

Ich runzele die Stirn. Meint sie das ernst? Will sie darüber verhandeln, wie lange sie sich nicht umbringen darf? Für immer, würde ich am liebsten antworten. »Äh … ich weiß nicht. Vier Wochen?«

Sie wird blass und sieht aus, als hätte ich von ihr verlangt, vier Wochen die Hölle auf Erden zu ertragen. Mein Vorhaben kommt mir plötzlich furchtbar sinnlos vor. Wie soll ich gegen so viel Verzweiflung ankommen?

Ich bin kurz davor, Michael anzurufen. Sofort. Damit er sich darum kümmert, dass ihr nichts passieren kann. Ich weiß genau, dass das nicht das Richtige für sie ist, aber ihr Leben aufs Spiel zu setzen ist es noch weniger.

»Zwei Wochen.« Ihre Stimme ist leise, kaum hörbar. »Irgendwie stehe ich das schon durch.«

Meine Finger lassen das Handy wieder los. »Wirklich?«

Sie nickt.

Die Erleichterung macht mich fast schwindelig. Nie hätte ich gedacht, dass sie so einfach zustimmt. »Und du meinst das ernst?« Was, wenn sie es nur sagt, um mich loszuwerden? »Du schaffst das? Zwei Wochen?«

Sie beißt sich auf die Lippen, ihr Blick zuckt zu dem Messer in meiner Hand. »Zwei Wochen. Wenn du mir hilfst.« Ihre Stimme verebbt.

Ich werde alles daransetzen, ihr zu helfen. Ich könnte sie dazu bringen, wieder ins Forum zu schauen, bestimmt hilft es, wenn sie merkt, dass es anderen genauso geht wie ihr.

»Mist, ich hätte drei Wochen fordern sollen«, sage ich nur halb im Scherz.

Ein schwaches Lächeln breitet sich auf ihrem Gesicht aus. Es wirkt, als hätte sie Zahnschmerzen. »Zu spät. Und wenn du mich nicht bald allein lässt, ist es noch für etwas ganz anderes zu spät.«

»Bin schon weg.« Hastig stürze ich nach draußen, mache die Tür zu und lehne mich von außen dagegen.

Sie sperrt nicht ab. Das sollte mich freuen. Ich sollte es als Zeichen betrachten, dass sie mir vertraut. Stattdessen verursacht es eine Gänsehaut in meinem Nacken. Vielleicht sperrt sie nicht ab, weil sie Angst vor sich selbst hat.

Kapitel 15

www.jungundherzkrank.de/Forum/Intern/showtopic9754
Re: Wie geht eure Familie damit um?
Antwort von Gwen (vor acht Monaten)
»Manchmal wünsche ich mir, dass sie nichts von meiner Krankheit wüssten.«

Gwen

Noahs schwarzer Mini-Cooper saust eine endlose Straße entlang. Wir sind schon eine Weile unterwegs. Zuerst sind wir durch die Innenstadt gefahren, dann durch eine Gegend mit winzigen Reihenhäusern, die kaum merklich auseinandergerückt sind und jetzt hochherrschaftlichen Villen Platz gemacht haben. Das nehme ich zumindest an. Die meisten Häuser sieht man gar nicht, weil sie sich hinter imposanten, mannshohen Mauern verstecken.

Noah hat den Blick fest auf die Straße gerichtet. Seit wir losgefahren sind, hat er kaum ein Wort gesagt. Stattdessen beäugt er mich immer wieder. Auch jetzt mustert er mich aus dem Augenwinkel, als hätte er Angst, dass ich mir mit der Nagelfeile aus dem Handschuhfach den Arm aufschlitze. Ich sehe demonstrativ aus dem Fenster. Der Himmel ist grau, es ist etwas kühler als gestern, so dass ich meine lange Jeans anziehen konnte. In den Sportsachen von Noahs Ex habe ich auch noch ein schlichtes weißes T-Shirt gefunden, das gut unter meine Strickjacke passt. Wenn ich mir die Häuser hier so ansehe, wäre wohl eines von Sofies Abendkleidern passender gewesen, aber so fühle ich mich wenigstens wohl. Außerdem trägt Noah auch Jeans und T-Shirt. Verstohlen betrachte ich ihn. Das Shirt steht ihm gut. Dunkelgrün mit einem Aufdruck, spannt es leicht über seiner Brust, so dass sich seine Muskeln darunter abzeichnen. Dieselben Muskeln, an die ich gestern Nacht meine Wange geschmiegt habe. In seinen Armen war die Nacht erträglich, zum ersten Mal seit langem. In seiner Gegenwart geben die Stimmen Ruhe. Deswegen wollte ich auf keinen Fall alleine bleiben, sondern unbedingt mit ihm kommen.

»Gwen?« Noahs Hände sind fest um das Lenkrad geschlossen, sein Blick starr geradeaus gerichtet.

»Ja?«, frage ich vorsichtig. Ich weiß, dass er über gestern reden will. Sicher glaubt er, dass es hilft. Aber es hilft nicht. Jedes Mal, wenn ich daran denke, werden die Stimmen lauter. Darüber reden würde es nur schlimmer machen. Es wegschieben, es vergessen ist das Einzige, was ich will.

»Wenn wir bei meiner Mutter sind, rede bitte nicht über … meine Krankheit, okay? Sie kann damit nicht gut umgehen. Sie tut am liebsten so, als wäre ich nicht krank. Das macht es einfacher für sie.«

Erleichtert atme ich aus. Darum geht es also. »Kann ich gut verstehen. Für meine Eltern ist es auch ziemlich schlimm. Am Anfang war es für sie schlimmer als für mich«, plappere ich los.

»Wirklich?«

»Irgendwie schon. Ich habe viel länger gebraucht, um zu verstehen, was das alles bedeutet.« Ich stocke. Es ist doch nicht so einfach, darüber zu reden. Ein riesiger Kloß hat sich in meinem Hals gebildet, als die Erinnerung hochgekommen ist. »Als es hieß, dass mein Herz nach und nach versagen wird und ich eine Transplantation brauche«, fahre ich leise fort, »war das wie ein schlechter Scherz. Wie etwas, das mich nicht betrifft.« Es kommt mir so vor, als wäre das Gespräch mit dem Arzt ein halbes Leben her, nicht nur wenige Jahre. Ich sehe Dr. Erdem vor mir. Das Mitleid in seinem Gesicht, so stark, so verräterisch, dass ich wusste, was er sagen wird, bevor er überhaupt den Mund aufgemacht hat. Trotzdem war ich zuerst davon überzeugt, dass er nicht mich meinen kann. Man glaubt doch immer, dass es nur die anderen trifft. »Ich dachte, dass es ein Fehler sein muss«, flüstere ich. »Dass er sich in den Akten vertan hat oder dass sie die Ergebnisse vertauscht haben.«

»Das stelle ich mir schrecklich vor.« Noahs Stimme ist leise, voller Mitleid, genau wie die von Dr. Erdem.

»War es denn bei dir nicht so?«

»Bei mir?« Er wird weiß wie ein Bettlaken und leckt sich nervös über die Lippen. Ich weiß, wie er sich fühlt. Es ist nicht leicht, über den Moment zu sprechen, in dem man erfahren hat, dass nur noch ein neues Herz helfen kann. Ich habe bis jetzt noch nie jemandem davon erzählt. Nicht mal Leni. Auch sie hat mir nie gesagt, wie es bei ihr war, als hätte es eine stillschweigende Abmachung zwischen uns gegeben. Damals war es zu schwer, sich an diese Hoffnung zu erinnern. Die Hoffnung, dass das Krankenhaus anruft und einem mitteilt, dass sie einen schrecklichen Fehler gemacht haben und man vollkommen gesund ist. Selbst bei der zweiten und dritten Kontrolle, bei jedem Ultraschall, jeder Biopsie habe ich gehofft, dass Dr. Erdem verwirrt die Stirn runzelt, sich meine Akte noch mal vornimmt und mir dann sagt, dass das alles nicht zusammenpasst.

Stattdessen wurde das Mitleid in seinem Blick jedes Mal stärker, bis es irgendwann in Distanz umschlug. Freundliche, schreckliche Distanz, die es für den Arzt erträglicher macht. Erst da habe ich verstanden, dass es kein Irrtum ist. Dass ich sterben könnte.

Plötzlich hoffe ich, dass Noah mir nicht von seinem Moment erzählen will. Mit meinem klarzukommen ist schwer genug. »Willst du darüber reden?«, frage ich trotzdem, weil es nicht fair ist, ihm mein Herz auszuschütten, wenn ich ihm im Gegenzug nicht auch zuhören will.

Er öffnet den Mund, aber er wird von einem lauten Pling aus seiner Hosentasche unterbrochen. Die Erleichterung auf seinem Gesicht spricht Bände. Er will nicht reden. Scham überwältigt mich, weil ich froh darüber bin.

Noah windet sich im Fahrersitz und zieht sein Handy aus der Tasche. Er drückt es mir in die Hand, ohne den Blick von der Straße zu nehmen. »Es ist das Forum. Bitte schau nach, was los ist.«

Sein Handy liegt warm in meiner Hand, ich kann mich nicht überwinden, den Bildschirm einzuschalten. Es kommt mir ziemlich persönlich vor, daran herumzumachen. »Sind wir nicht bald da?«

»Doch. Aber wenn es eine Neuanmeldung ist, kann es nicht warten.«

»Okay.« Das Handy ist ungewohnt. Ich suche den Knopf an der Seite, drücke versuchsweise den Menüknopf in der Mitte. Das Display leuchtet auf. Eine Benachrichtigung. »Ja, eine Neuanmeldung«, berichte ich.

»Dann klick auf den Link in der Nachricht und lies mir vor, was im Vorstellungsboard steht.«

Kurz schwebt mein Finger über dem Display, während ich überlege, ob ich wirklich den verzweifelten Beitrag eines anderen Herzkranken lesen will. Aber dann tippe ich doch darauf. Noah hat recht. Vielleicht kann es nicht warten. Ich konnte auch nicht warten. Jede Minute kam mir wie eine Ewigkeit vor. Die Seite baut sich auf, und ein kurzer Beitrag erscheint auf dem Bildschirm.

»Sehr geehrte Damen und Herren, ich bin Lehrerin, 55 Jahre alt und habe gerade erfahren, dass ich ein neues Herz brauche. Meine Tochter hat das Forum für mich gefunden und mir bei der Anmeldung geholfen. Ich hoffe, wir haben es richtig gemacht. Ich würde mich freuen, wenn Sie mich zulassen würden. Mit freundlichen Grüßen, Eva B.«, lese ich vor.

»Klingt echt. Oder?«, fragt er.

»Meinst du, ob sie ein Fake ist?«

»Kommt öfter vor, als man denkt«, erwidert er grimmig.

Ich zucke mit den Schultern. »Ich halte es für echt, auch wenn ich mich damit nicht auskenne. Aber sicher sein kann man wohl nie.«

»Nein.« Er wirft mir einen schnellen Blick zu, bevor er sich wieder auf die Straße konzentriert. »Das kann man wohl nie.«

»Was soll ich machen?«

»Schalte sie frei.« Er erklärt mir, wohin ich mich durchklicken muss und auf was ich tippen soll. Ich folge seiner Anleitung. »Erledigt.«

»Danke.«

»Soll ich sie noch begrüßen oder so?«

»Nein, das passiert automatisch. Sie bekommt eine Begrüßungsnachricht und eine Empfehlung, in welchen Threads sie posten kann.«

Ich versuche, mich daran zu erinnern, ob es bei mir genauso war. Ich dachte, dass er mir eine persönliche Nachricht geschickt hat, keine automatische. Aber in meiner Erinnerung ist alles total verworren, ich weiß kaum noch etwas von jener Nacht. Ich schaue zu Noah hinüber. Unfassbar, dass ich ihn noch nicht mal ein Wochenende kenne. Mir kommt es so vor, als wäre er immer da gewesen.

Wenig später lenkt Noah den Mini-Cooper von der Endlos-Straße in eine etwas kleinere Straße, wo er schließlich in eine Einfahrt biegt. Während das riesige Tor langsam zur Seite gleitet, stelle ich erleichtert fest, dass das Haus seiner Mutter keine der hochherrschaftlichen Villen mit Parkgrundstück ist. Auch wenn man sofort sieht, dass hier nicht gerade arme Schlucker wohnen. Es ist ein freistehendes Einfamilienhaus, ziemlich modern, viel Glas, viel Stahl, davor ein riesiger Teich mit halb darüber schwebender Terrasse.

Noah parkt seinen Mini vor der Doppelgarage und steigt aus. Aus der Nähe ist das Haus ziemlich beeindruckend. Es ragt vor mir auf wie ein Palast aus Glas und Stahl, kühl und abweisend, und ich frage mich, ob Noahs Mutter wohl genauso ist. Ich kann mir bildlich vorstellen, wie sie mich ansehen wird. Prüfend, fragend. War es richtig mitzukommen? Was, wenn sie unsere Lüge sofort durchschaut? Das Herz schlägt mir bis zum Hals. Als sich die Autotür öffnet, zucke ich zusammen.

»Alles in Ordnung?«

»Ja«, krächze ich und reiße mich vom Anblick des Hauses los. Noah hält mir die Hand hin, und ich lasse mir aus dem Auto helfen. Während er absperrt und mich zum Haus führt, lasse ich seine Hand nicht los. Es beruhigt das Herz, wenn Noahs Finger sich so warm und fest um meine schließen. An der Tür will er meine Hand schließlich doch loslassen, aber ich lasse es nicht zu, sondern packe seine noch fester. »Dann ist es glaubwürdiger.«

Noah mustert mich prüfend. Seine Berührung kribbelt überall auf meiner Haut, und ich winde mich verlegen unter seinem Blick. Er weiß genau, dass es nur ein Vorwand ist. Ich will seine Hand halten. Nicht wegen seiner Mutter oder für das Herz. Für mich. Ganz für mich allein.

Die Tür öffnet sich, und Noahs Mutter steht vor uns, es gibt keinen Zweifel, dass sie es ist. Sie hat das gleiche dunkelbraune Haar, die gleichen blauen Augen wie er. Nur das Lächeln, das meinen Kopf so herrlich leicht macht, fehlt.

»Noah, schön, dass du da bist.« Sie umarmt ihn. Dann sieht sie mich an. Prüfend, fragend. Genau, wie ich es mir ausgemalt habe. Ich fasse Noahs Finger fester.

»Das ist Gwen. Gwen, meine Mutter Kathrin Willinger.« Seine Stimme ist warm und gibt mir Sicherheit.

Kathrin Willinger lächelt gequält. »Schön, dich kennenzulernen.«

»Gleichfalls«, quietsche ich und verfluche mich dafür. Ist es so wichtig, was sie von mir denkt? Solange sie nicht daraufkommt, warum ich hier bin, spielt es keine Rolle, ob sie mich mag.

Wir folgen Frau Willinger ins Haus. Sie führt uns in ein riesiges Wohnzimmer mit einem Esstisch, an dem sie die halbe Krankenhausbelegschaft unterbringen könnte, wenn er nicht zur Hälfte mit Ordnern, Büchern und Magazinen belegt wäre. Die andere Hälfte ist für den Brunch gedeckt, der Duft von frischen Brötchen steigt mir in die Nase.

»Bitte, setzt euch.« Sie deutet auf zwei Stühle, die sich gegenüberstehen. Der Platz am Kopfende gehört offensichtlich ihr. Am liebsten würde ich neben Noah sitzen. Während sie mir Tee einschenkt, frage ich mich, ob sie sich absichtlich zwischen uns gesetzt hat. Vorsichtig mustere ich sie. Ihre Lippen sind zusammengepresst, und auf ihrer Stirn steht eine ungnädige Falte. Ich bilde es mir also nicht nur ein. Es gefällt ihr nicht, dass ich hier bin. Aber warum? Sie wollte doch, dass Noah mich mitbringt.

»Bitte, fangt an«, sagt sie, ohne sich wirklich an mich zu wenden.

Nur aus Höflichkeit lade ich mir ein wenig Rührei auf den Teller und nehme ein Brötchen. So richtig macht mich das Essen nicht an. Als Noah mich besorgt ansieht, schiebe ich mir schuldbewusst ein wenig Ei in den Mund.

»Also gut.« Ich zucke zusammen, als Frau Willingers kühle Stimme sich in meine Gedanken schiebt. Es klingt wie der Auftakt zu einer hochnotpeinlichen Befragung. Ich sollte sie ansehen, aber ich kann nicht. Am liebsten wäre mir, sie würde mich nicht beachten. Auf keinen Fall will ich, dass sie mich ausfragt. Sonst verplappere ich mich noch.

Aber sie wendet sich nicht an mich, sondern an Noah. Sie stellt ihm eine Frage nach der anderen, als ob sie einen vierteljährlichen Bericht erwartet. Er tut mir leid, aber als ich ihn verstohlen ansehe, macht er eher einen genervten Eindruck. Und sein Blick zuckt immer wieder zu mir. Vielleicht macht er sich ebenfalls Sorgen und hat Angst, dass er zu viel verrät, wenn sie ihn weiter ausquetscht.

Ich konzentriere mich darauf, das Ei auf dem Teller hin und her zu schieben. Nichts, was ich tun könnte, würde ihm helfen. Es würde nur verdächtig wirken, wenn ich das Gespräch abkürze. Ich muss darauf vertrauen, dass Noah weiß, was er sagt. Aber je länger ich zuhöre, desto kälter werden meine Finger, und mir wird bewusst, warum Frau Willinger mich links liegen lässt. Weil sie etwas ahnt. Ich sauge scharf die Luft ein. Nein. Das kann nicht sein, darf nicht sein.

Wenn seine Mutter herausfindet, was wir vorhaben, ist alles vorbei.

Kapitel 16

www.herzforum.de/medizinische-fragen/topicreveal5682
Re: Die Zahlen machen mir Angst
Antwort von Noah (vor einem Jahr)
»Ich bin froh, dass deine Ärztin dich beruhigen konnte. Sie hat recht, es muss dich nicht betreffen.«

Noah

Gwen sitzt mir mit gesenktem Kopf gegenüber. Das Rührei auf ihrem Teller schiebt sie hin und her, anstatt es zu essen. Wundert mich nicht. Nach allem, was gestern passiert ist, fällt es sogar mir schwer, die angemessene Begeisterung für mein Lieblingsfrühstück Rührei mit Käse und Bacon aufzubringen. Dazu kommt, dass Mom nicht gerade eine zuvorkommende Gastgeberin ist. Sie redet nur mit mir. Fragt mich, wie es mit dem Studium läuft – schlecht – und wie es Sevi geht. Für Gwen hat sie nur gelegentlich ein kühles Lächeln übrig. Dafür wirft Gwen mir immer wieder unsichere Blicke zu.

Ich lächele ihr zu und versuche, ihr das Gefühl zu geben, dass es nicht an ihr liegt. Sicher ist Mom nur mit den Gedanken woanders. So war sie schon immer. Körperlich zu Hause, aber geistig noch im OP. Ich frage mich, warum sie mich unbedingt treffen wollte. Als ihre Fragen gestellt sind und sich eine unangenehme Stille am Tisch ausbreitet, legt sie klappernd ihr Besteck auf den Teller und steht auf. »Ich mache noch einen Kaffee. Gwen, noch Tee?«

Gwen schüttelt den Kopf, den Blick starr auf den Teller gerichtet. »Nein, danke.« Ihre Stimme ist leise, eingeschüchtert.

Wut regt sich in mir. Ich weiß, dass es nur Gedankenlosigkeit ist, trotzdem ist es nicht in Ordnung, wie Mom sie behandelt. Besonders nach letzter Nacht ist es gar nicht gut. Während Gwen sich angezogen hat, habe ich mich im Internet schlaugemacht, wie ich ihr am besten helfen kann. Das ist das Mindeste, wenn ich schon niemandem sagen kann, was passiert ist. All die Infos, die ich in der kurzen Zeit in meinen Kopf gestopft habe, purzeln wie wild durcheinander, bis ich nicht mehr weiß, was genau auf der Seite stand. Nur dass man zuhören soll. Zuhören und sie auf keinen Fall ignorieren, wie Mom es tut. Aber natürlich kann Mom das nicht wissen. Ob ich sie um Rat fragen soll? Aber so, wie sie sich gerade verhält, möchte ich ihr meine Probleme nicht anvertrauen. Sie würde mir ohnehin nur den Kopf tätscheln und mir ein Buch empfehlen. Weil das ja immer hilft.

Als Mom in die Küche geht, stehe ich auf und will ihr folgen. Gwen greift ebenfalls nach ihrem Teller und erhebt sich, aber ich schüttele den Kopf. »Bleib sitzen. Wir machen das schon.«

Sie sinkt wieder auf ihren Stuhl, während ich ihr Geschirr nehme und in die Küche gehe. Mom steht am anderen Ende der riesigen Wohnküche und hantiert an der Kaffeemaschine. Ich stelle das Geschirr auf die Spülmaschine.

»Warum wolltest du eigentlich, dass ich sie mitbringe, wenn du sie die ganze Zeit ignorierst?« Ich kann mir die Anklage in meiner Stimme nicht verkneifen. Mom presst die Lippen noch fester zusammen und rupft noch vehementer am Filter der Kaffeemaschine.

»Mom?« Ich lasse sie nicht aus den Augen, werde nicht lockerlassen, bis ich eine Antwort habe.

Noch einmal rupft sie an dem Filter, bis er ihr entgegenkommt. Sie legt ihn auf der Arbeitsfläche ab und starrt darauf, als könnte sie im Kaffeesatz die Antwort auf meine Frage lesen. Dann seufzt sie und wendet sich mir zu.

»Liebst du sie?«

»Was?« Ich blinzele sie an. So was hat sie mich noch nie gefragt. Nicht mal bei Sofie.

»Ich weiß, was du vorhast.«

»Wie meinst du das: Was ich vorhabe?«

Sie antwortet mit einem spöttischen Lächeln. Sofort ballt sich Wut in meinem Magen zusammen, wie immer, wenn sie mich so anschaut.

»So etwas funktioniert bei mir nicht, das weißt du«, erwidert sie sanft, als wäre ich immer noch der dumme Junge, der sich an der Supermarktkasse auf den Boden wirft, weil er Schokolade will.

Ich beiße die Zähne zusammen. Ruhig bleiben. »Ich habe keine Ahnung, was du meinst.«

»Ach nein?« Wieder dieses Lächeln.

Ein wütendes Grummeln liegt mir auf der Zunge, ich dränge es zurück.

»Oliver hat mir heute früh erzählt, dass ihr euch aus dem Forum kennt.«

Langsam weiß ich überhaupt nicht mehr, was sie von mir will. »Ja, und?« Will sie mir etwa vorhalten, dass man im Internet nicht seine große Liebe kennenlernen kann? Nicht, dass ich wüsste, ob Gwen das für mich ist. Dafür kenne ich sie viel zu wenig. »Ich mag sie. Sehr sogar«, erwidere ich trotzdem, als müsste ich mich verteidigen.

»Komm schon, Noah. Zwing mich nicht, es auszusprechen.«

Wenn sie nicht bald mit der Sprache rausrückt, platze ich. Sie hingegen ist natürlich vollkommen ruhig. Sie hat diesen distanziert zuvorkommenden Gesichtsausdruck, den Papa früher immer ihr scheißfreundliches Chirurgengesicht genannt hat.

»Sag mir eins: Wie ernst ist es?«

So langsam wird mir diese Unterhaltung zu blöd. Was geht sie das überhaupt an? »Keine Ahnung. Sie ist hier, um zu testen, ob etwas daraus werden könnte. Sie wohnt bei mir.« Es klingt wie eine Herausforderung. Ist es wohl auch. Mit voller Absicht lasse ich sie glauben, dass zwischen Gwen und mir mehr ist als nur ein Kuss und ein paar Blicke, von denen ich nicht weiß, wie Gwen sie meint. »Sagst du mir jetzt endlich, was los ist?«

Mom seufzt. »Du weißt, dass ich mich aus Prinzip nicht in dein Leben einmische.«

Ich schnaube. »Natürlich nicht. Deswegen hast du Gwen auch so zuvorkommend behandelt.«

»Spar dir den Sarkasmus. Du weißt genau, warum ich das für einen großen Fehler halte.«

Gottverdammt, sie macht mich wahnsinnig. »Du siehst Gwen als Fehler? Weil ich sie zu mir einlade, obwohl ich sie nur aus dem Internet kenne? Glaubst du etwa, dass sie mir im Schlaf die Kehle aufschlitzen will? Gwen würde niemals …« Die Worte bleiben mir im Hals stecken, als ich an das Messer denke und wie es in ihrer Hand gelegen hat. Die Klinge an ihrem Arm. Das Blut. Ich schlucke schwer. »Du glaubst doch nicht, dass sie zu so was in der Lage ist.«

Meine Mutter schüttelt den Kopf, dann sieht sie mich an mit einem Glimmen in den Augen, das fast wie Mitleid wirkt. »Noah, sie wird sterben.«

Ich hole tief Luft, um meinen Ärger weiter rauszulassen, bis ihre Worte zu mir durchdringen. »Was?« Entsetzen breitet sich eisig in mir aus. Sie hat heute früh mit Oliver gesprochen. Weiß sie etwas, was wir noch nicht wissen? »Was hat Oliver gesagt? Sind ihre Werte nicht in Ordnung?« Mein Blick zuckt zur Tür, und ich senke die Stimme. Auf keinen Fall will ich, dass Gwen uns reden hört. »Was weißt du?«

»Nichts. Ihre Werte sind in Ordnung.«

Die Erleichterung reißt mich fast von den Füßen. »Was soll das dann? Warum sagst du so was? Es geht ihr gut, sie …«

»Jetzt tu doch nicht so. Du kennst die Statistiken genauso gut wie ich. Du weißt, dass knapp die Hälfte von ihnen die ersten zehn Jahre nicht überlebt.«

Stille explodiert zwischen uns, und ich kann nichts anderes tun, als Mom ungläubig anzustarren. Die Hälfte von ihnen. Sie. Die Transplantationspatienten. Ja, ich kenne die Zahlen. Aber ich habe noch nie darüber nachgedacht, seit Gwen zu mir gekommen ist. Ich habe genug damit zu tun, dass sie die nächsten zehn Stunden überlebt, die nächsten zehn Tage kommen mir wie eine Ewigkeit vor. An zehn Jahre wage ich gar nicht zu denken. »Hör auf.«

»Tu doch nicht so. Du wusstest genau, dass ich dazu etwas sagen muss für den unwahrscheinlichen Fall, dass du es ernst mit ihr meinst.«

»Zu was etwas sagen, verdammt?«, schreie ich.

Sie lacht bitter. »Du willst, dass ich es ausspreche? Also gut. Selbst wenn ihr Herz länger durchhält, werden die Medikamente ihre Nieren schädigen. Sie hat vielleicht fünfzehn Jahre, wenn sie Glück hat. Du solltest es beenden, bevor du dich an sie gewöhnst.«

Ich kann nicht fassen, dass sie so daherredet. Gerade sie. »An sie gewöhnen … Es beenden …«, wiederhole ich. »Hörst du eigentlich, was du da sagst? Redest du mit deinen Patienten auch so, wenn du sie auf die Operation vorbereitest? Verbreitest du da genauso viel Optimismus?« Meine Stimme zittert vor unterdrückter Wut. Ich drehe mich um und haste ohne ein Wort ins Wohnzimmer, nehme Gwens Hand und ziehe sie vom Stuhl.

»Was …?«, macht sie, folgt mir aber zur Eingangstür. Immer wieder sieht sie sich nach meiner Mutter um, die uns langsam folgt. Sie ist wieder vollkommen ruhig.

»Ich weiß genau, was los ist«, ruft Mom mir nach. Ich ignoriere es. »Noah, bleib gefälligst stehen! Ich war noch nicht fertig.«

Ich bleibe so plötzlich stehen, dass Gwen in mich hineinläuft. Sofort lege ich den Arm um sie, als müsste ich sie vor meiner Mutter schützen. »Aber ich bin fertig.« Meine Stimme ist merkwürdig ruhig, eiskalt. Ich kann nicht fassen, dass sie so denkt. Gerade sie sollte es besser wissen. Dass das nur Zahlen sind. Leere Zahlen, die eine Wahrscheinlichkeit andeuten, aber rein gar nichts über den einzelnen Fall aussagen. Nichts über einen ganz bestimmten Patienten. Nichts über Gwen.

Ich ziehe Gwen aus dem Haus zu meinem Auto und schiebe sie auf den Beifahrersitz. Verwirrt sieht sie zu mir auf. Fragend, bestürzt. Wortlos schlage ich die Tür hinter ihr zu, steige selbst ein und lasse das Auto an. Kies spritzt zur Seite, als ich zum Tor fahre, ohne mich noch einmal umzusehen. Auf der Straße biege ich nicht zurück nach München ab, sondern in die Gegenrichtung, raus, immer nur raus. Die Wut, die in mir tobt, hat zwischen den Häusern der Stadt keinen Platz.

Wut, weil meine Mutter sich immer so verhält, wenn sie glaubt, dass ich einen Fehler mache. Sie tut so, als würde sie sich nicht einmischen. Als würde sie mir die freie Wahl überlassen, damit ich selbst einsehe, dass ich mich falsch entschieden habe. Aber noch wütender bin ich, weil sie fast immer recht hat. Mit meinem Studium, das ich hasse, und auch mit den meisten anderen Dingen.

Ich sehe zu Gwen hinüber. Sie hat den Blick auf ihre Hände gerichtet. Nach allem, was ich vorhin im Internet gelesen habe, sollte es ihr helfen, wenn ich sie zum Reden bringe. Vorsichtig natürlich, über etwas, über das sie auch sprechen will. Ich will ihr endlich Gelegenheit dazu geben, aber die Worte meiner Mutter haben alles andere aus meinem Kopf vertrieben.

Sie wird sterben.

Ich beiße die Zähne zusammen, um nicht zu schreien. Es sind nur Zahlen. Nur Wahrscheinlichkeiten, die nichts mit Gwen zu tun haben. Es gibt Menschen, die nach einer Transplantation zwanzig Jahre leben. Fünfundzwanzig sogar. Alles ist möglich. Ich konzentriere mich wieder auf die Straße.

Meine Mutter darf nicht recht haben. Nicht dieses Mal. Nicht bei Gwen.

Kapitel 17

www.jungundherzkrank.de/Forum/Intern/showtopic9754
Re: Fehlalarm
Antwort von Gwen (vor sechs Monaten)
»Wie soll man das ertragen? Wie wahrscheinlich ist es, dass noch mal ein passendes Herz für mich gefunden wird und dass dann alles gutgeht? Was, wenn das meine einzige Chance war?«

Gwen

Seit Noah losgefahren ist, hat er kein Wort gesagt. Er starrt nur auf die Landstraße, die mittlerweile durch grüne Wiesen und Felder führt, und lenkt das Auto immer weiter aus München raus. Ich wünschte, ich wüsste, was vorgefallen ist.

Ich weiß genau, was los ist.

Das hat sie ihm nachgerufen. Meine Nackenhaare stellen sich auf, wenn ich daran denke, dass seine Mutter etwas ahnt. Sie wird niemals erlauben, dass ich Noah mein Herz gebe, sie wird mich einsperren lassen, und Noah wird kein Herz bekommen. Er wird sterben. Ich halte es nicht mehr aus, muss einfach wissen, was Sache ist. »Tut mir leid, wegen dem Streit. Ich … ich hoffe, es war nicht meine Schuld.«

Noahs Hände krampfen sich fester um das Lenkrad. »Warum glaubst du das?«

»Ich dachte, sie ahnt vielleicht, was wir vorhaben.«

Er presst die Lippen noch fester zusammen, seine Stirn ist vor Ärger umwölkt. »Das ist es nicht, keine Sorge.«

Ich sollte wohl erleichtert sein, aber die Wut, die aus jeder von

Noahs Fasern spricht, verhindert es. »Was war es dann?«, frage ich, obwohl es mich nichts angeht. Es kommt mir nur merkwürdig vor, dass Noah so reagiert. Diese Wut passt nicht zu ihm, auch wenn ich das natürlich nicht einschätzen kann. So gut kenne ich ihn ja noch nicht.

»Nichts«, brummt er. Er schweigt eine Weile, dann seufzt er. »Tut mir leid, ich wollte dich nicht so aus dem Haus zerren.«

Ich zucke mit den Schultern. »Nicht schlimm.«

»Ich hoffe, ich habe dich nicht erschreckt«, fügt er noch hinzu.

»Nein.«

»Es … es hat nichts mit dir zu tun.« So wie er mich dabei ansieht, glaube ich ihm das nicht. Ahnt seine Mutter doch etwas, und er will mir nur keine Angst machen? Ich würde gerne noch einmal nachfragen, aber Noah ist immer noch verstört, und ich habe ihm versprochen, ihm Zeit zu geben, um sich an alles zu gewöhnen. Also schweige ich, während Noah immer weiter aus München rausfährt, auf die Berge zu, deren schroffe Spitzen sich in einiger Entfernung vor uns dunkel vor dem hellblauen Himmel abzeichnen. Die Straße wird immer schmaler und führt schließlich an einen See, den Noah mir als den Tegernsee vorstellt. Noah hält immer noch nicht an, fährt um den See herum und biegt schließlich auf den Parkplatz einer Seilbahn ein. Er steigt aus und starrt den Berg an, der vor uns in die Höhe ragt. Will er da etwa rauf? »Ähm … Noah?«

Er dreht sich zu mir um. Die Wut auf seine Mutter funkelt immer noch in seinen Augen, aber das Lächeln auf seinen Lippen ist echt und für mich bestimmt. »Hast du Lust, da hochzugehen? Das mache ich immer, wenn ich genervt bin. Raufgehen und alle Sorgen unten lassen.«

Ich versuche mich an einem Lächeln. »Dann sollte ich wohl froh sein, dass du mich mit hoch nehmen willst.«

Er lacht, und es klingt, als ob sein Lachen ein wenig von seiner Wut aus ihm herausträgt.

Ich beiße mir auf die Lippen. »Aber ich war noch nie auf einem Berg.«

»Macht nichts. Ich erkläre dir alles, es ist ganz einfach. Ein Schritt nach dem anderen.«

Zweifelnd sehe ich nach oben. Sieht ganz schön weit aus. Da will er hochlaufen? »Ich weiß nicht, das kommt mir ziemlich riskant vor …«

»Gottverdammt, Gwen«, unterbricht er mich. »Musst du denn immer an das Herz denken?«

»Ja, muss ich.« Für dich. »Außerdem habe ich das gar nicht gemeint.« Es geht nicht um mich. Das Herz ist gesund, die Werte sind in Ordnung. Gut möglich, dass ich es dürfte. Aber Noah? Er steht kurz vor der Transplantation, er darf sich nicht anstrengen, das hat er selbst gesagt. Nur leichte Bewegung, ein wenig Rad fahren, Schwimmen wie mit mir am See, mehr nicht. Bestimmt keinen Gewaltmarsch den Berg hinauf. »Bist du sicher, dass du das darfst? Du hast doch gesagt, du darfst es nicht übertreiben. So eine Mördertour auf den Berg kommt mir schon ein wenig krass vor.«

Bewegungslos sieht er mich an. Auch wenn es kaum möglich ist, sieht es so aus, als ob er noch weißer ist als vorher. »Natürlich. Du hast recht. Daran habe ich nicht mehr gedacht«, flüstert er, als hätte er wirklich vergessen, dass er herzkrank ist.

Ich zögere, nehme dann aber doch seine Hand und drücke sie beruhigend. Ich weiß genau, wie er sich fühlt. Erst im Alltag wird einem bewusst, auf wie viel man verzichten muss, während man auf die Transplantation wartet. Wenn einem nach und nach alles genommen wird, was das Leben ausgemacht hat, weil der Körper nicht mehr mitspielt.

»Danach wird es wieder besser.« Behaupte ich einfach mal. Immerhin weiß ich nicht, ob man hinterher wieder bergsteigen darf. Ich habe nie gefragt.

Er weicht meinem Blick aus. »Du hast recht, es ist zu riskant.

Komm.« Er geht zum Auto zurück und öffnet mir die Tür. »Ich habe eine andere Idee.«

***

Wenig später fahren wir auf einen anderen Parkplatz ohne Seilbahn, und die Berge sind auch weiter entfernt. Noah steigt nicht sofort aus, sondern zieht sein Handy aus der Hosentasche und tippt darauf herum. Sicher schaut er in sein Forum. Schließlich nickt er. »Dann mal los.«

Wir steigen aus, und er deutet auf eine Holzbrücke, die vom Parkplatz aus über einen kleinen Bach führt. »Da lang.«

»Wo gehen wir hin?«

»Keine Sorge, es geht nur leicht bergauf. Aber ich glaube, es wird dir gefallen. Und …« Er hebt sein Handy. »Es gibt auch einen Cache. Sicher wird das ein besonders schönes Foto für deine Freundin.«

Das hat er also gemacht? Für mich einen Cache ausgesucht? Wärme durchdringt mich von Kopf bis Fuß, weil er es nicht vergessen hat. »Danke«, flüstere ich. »Das ist nett von dir.«

Er nickt nur. Der Weg führt uns durch den Wald, an einem kleinen Bach entlang, der langsam immer breiter wird und schließlich zu einem reißenden Fluss anschwillt. Wie das Wasser wild und ursprünglich über die Steine rauscht, ist ein wunderbarer Anblick. Auf merkwürdige Art befriedigend. Ich mache mit meinem Handy ein erstes Foto. Leni wird es lieben.

Ich reiße mich von dem Anblick los und laufe zu Noah, der etwas weiter vorne auf mich wartet und auch dann nicht weitergeht, als ich bei ihm angekommen bin. »Gwen? Ich wollte dich vorhin nicht so anfahren.«

»Was?«

»Wegen dem Herz.«

»Macht nichts. Schon vergessen«, murmele ich und will weitergehen. Aber dann bleibe ich doch stehen. »Du hast recht, ich mache mir zu viele Gedanken. Aber wenn es bei dir so weit ist, wirst du verstehen, warum ich nicht anders kann.« Ich lächele zaghaft.

»Erklär es mir. Bitte.«

Erstarrt sehe ich ihn an. Noch nie habe ich das jemandem erzählt. »Ich weiß nicht …«

»Ich stelle mir das sehr belastend vor. Ständig darüber nachzudenken, ob etwas dem neuen Herz schaden könnte.« Er schaut mich unsicher aus den Augenwinkeln an, seine Hände in die Hosentaschen vergraben. »Das ist doch fast wie vorher, oder nicht?«

Natürlich, er macht sich Sorgen, dass es danach genauso weitergeht. Dass sein Leben immer noch eingeschränkt ist und es ihm nicht wirklich bessergehen wird. Ratlos winde ich mich unter seiner Frage. Wie soll gerade ich ihm die Angst davor nehmen? Auf keinen Fall kann ich ihm antworten, dass sich für mich fast nichts geändert hat, außer dass ich wieder besser Luft kriege. Diese quälende Ungewissheit ist immer noch da. Nur aus einem anderen Grund. Vorher weiß man nicht, ob es ein Spenderherz geben wird. Hinterher weiß man nicht, wie lange es gutgeht. Ich senke den Blick, kann die Bitte in seinen Augen nicht mehr ertragen. Ich kann ihm die Angst nicht nehmen. Ob es ihm helfen würde, zu wissen, wie es mir damit geht? Wenn er sich darauf einstellen kann, fällt es ihm vielleicht leichter, damit umzugehen.

»Dieses Herz«, beginne ich rauh und muss mich zusammennehmen, bevor ich weitersprechen kann. »Es gehört mir nicht. Jemand hat es mir anvertraut, und ich muss darauf achten, so gut ich kann.«

»Aber jetzt ist es doch deins.«

Ich schüttele den Kopf. »Es wird nie so zu mir gehören wie mein altes Herz.«

»Vielleicht … wird es auf andere Art zu dir gehören. Dann ist es deins, auf eine neue Art.« Die Hoffnung, dass es so sein könnte, schwingt in seiner Stimme mit.

Ich schließe die Augen. »Es wird nie meins sein. Niemals. Weil es nicht freiwillig gegeben wurde.«

»Gwen …«

»Aber du musst dir keine Sorgen machen«, unterbreche ich ihn. »Die Ärzte sagen, dass man nach einer gewissen Zeit wieder alles machen kann.«

»Ich weiß, was die Ärzte sagen«, flüstert er. »Aber ich möchte gern verstehen, was du denkst und warum …« Warum du sterben willst, wollte er sagen. Der Satz hängt wie eine unausgesprochene Frage zwischen uns.

Hilflos suche ich nach einer Antwort. Will ich wirklich, dass das Leben ohne mich weitergeht? Ich denke an den Moment in der Badewanne. An die Erleichterung, die ich gespürt habe, weil ich dachte, dass ich es endlich überstanden habe. »Ich will nur, dass es aufhört.« Die Träume, die furchtbaren Bilder, die Stimmen in meinem Kopf. Ich will sie loswerden, egal wie. Ich sehe Noah an. Wenn er bei mir ist, sind sie leiser.

Er mustert mich, als ob er in meinen Augen nach etwas sucht. »Und wenn es aufhören würde, was dann?«

Ich kann den Blick nicht von ihm abwenden. »Ich weiß es nicht.«

»Würdest du dann immer noch sterben wollen?« Es kostet ihn sichtlich große Überwindung, die Worte auszusprechen.

Ich versuche, mir ein Leben ohne die blutigen Träume vorzustellen, die mir jede Nacht einflüstern, dass ich diese Chance nicht verdient habe. Ohne die Stimmen, die mir vorschreiben, was ich tun und wie ich mich fühlen soll. Die Sehnsucht, von alldem frei zu sein, treibt mir die Tränen in die Augen. Weil das nie passieren wird. Sie werden immer da sein, solange ich das Herz habe. »Es wird nie aufhören«, flüstere ich. »Alle wollen etwas von mir. Meine Eltern, mein Bruder. Sie erwarten, dass es mir gutgeht.«

»Kannst du nicht mit ihnen darüber reden?«

Ich schüttele den Kopf. Niemals könnte ich ihnen sagen, wie es wirklich in mir aussieht. Hastig gehe ich weiter.

Noah folgt mir. »Warum?«

»Weil ich Angst davor habe, wie sie mich ansehen könnten. Sie haben mir so viel geholfen, so viel gegeben, sie mussten so viel mit mir durchmachen.«

»Und deshalb sagst du nichts? Weil du sie schützen willst? Deshalb trägst du lieber alles alleine?«

»Ich will nicht, dass sie denken …« Ich gerate ins Stocken und atme tief ein, um wieder die Kontrolle über meine Stimme zu bekommen. »Ich will nicht, dass sie denken, dass alles umsonst war.«

»Ich bin sicher, das tun sie nicht«, murmelt Noah. Sein Blick ruht auf mir, wärmend, wohltuend und ein bisschen aufregend. »Niemand könnte das denken.«

Mit heftig klopfendem Herzen konzentriere ich mich auf den Weg. Nicht, dass das nötig wäre. Es ist ein breiter Forstweg, der nur leicht ansteigt.

»Ich finde nur … Ich sollte glücklicher sein, verstehst du?«

Er nickt gedankenverloren. Doch dann schüttelt er den Kopf. »Nein, eigentlich verstehe ich das nicht.«

»Ich hatte großes Glück. Ich habe ein neues Herz, und es geht mir gut. Ich sollte mich nicht schlecht fühlen.«

»Meine Güte, Gwen, denk doch mal darüber nach, was dir passiert ist. Du wärst beinahe gestorben. Du warst unglaublich lange krank. Jahrelang zu Hause, monatelang im Krankenhaus und dann wochenlang auf der Intensivstation. Was dir passiert ist, ist schrecklich, auch wenn du das große Glück hattest, dass es gut ausgegangen ist. Ich finde, du hast jedes Recht, dich mies zu fühlen.« Er schüttelt hilflos den Kopf. »Das klingt bescheuert. Ich will natürlich nicht, dass es dir schlechtgeht.«

Nie zuvor hat jemand so etwas zu mir gesagt. Alle betonen immer nur, wie viel Glück ich hatte. Sie halten mir vor, wie viel schlechter es vielen anderen geht, und verlangen, dass ich dankbar bin. Ich bin dankbar. Unfassbar dankbar sogar. So dankbar, dass es mich beinahe erdrückt. Aber Noah hat recht. Was davor passiert ist, war schrecklich. Die Nachricht, dass ich krank bin. Das lange Warten auf ein Herz. Die falsche Hoffnung und der Fehlalarm. Mit anzusehen, wie andere sterben. Immer wieder. »Es waren lange, schreckliche Jahre«, murmele ich. Es hilft, es laut zu sagen. Warum habe ich geglaubt, dass ich das alles einfach so wegwischen kann, nur weil mein Körper jetzt funktioniert?

Noah nimmt meine Hand und drückt sie.

»Niemand hat mir je erlaubt, das auszusprechen.« Niemand. Vor allem nicht ich. »Glaubst du, es wird jemals aufhören?« Meine Stimme ist leise, verzweifelt, hilflos.

Noah zögert lange, bevor er spricht. »Ich glaube, dass die Zeit, in der es dir schlechtging, noch zu nah ist. Sie ist noch zu real.« Tröstlich drückt er meine Hand. »Du musst erst mal einiges von der neuen guten Zeit hinter dich bringen, damit sie überwiegt, verstehst du? Dann wird es besser. Da bin ich mir sicher.«

Ich wünschte, ich könnte es auch glauben, vor allem in Momenten wie diesen, in denen ich fast an meiner Angst ersticke. Trotzdem bin ich dankbar, dass er ehrlich ist und mich nicht mit einer leeren Floskel abspeist. Das macht es leichter, denn es bedeutet, dass ich nicht allein dafür verantwortlich bin, dass es mir bessergeht. Ich kann nicht einfach einen Schalter umlegen. Es braucht Zeit, und die kann ich nicht einfach weiterdrehen. Ich muss sie durchleben. Vielleicht bedeutet es auch, dass ich mich manchmal schlecht fühlen werde und dass das in Ordnung ist.

Noah räuspert sich. »Wenn es dir bessergeht, was hast du dann vor?«

Ich will ihm nicht antworten, dass es keine Rolle spielt, weil ich immer noch plane, ihm das Herz zu geben. Stattdessen tue ich ihm den Gefallen und spiele mit. Nur fällt mir nichts ein. »Keine Ahnung. Ich habe nie darüber nachgedacht.«

»Wirklich nicht?«

»Denkst du denn darüber nach? Was du danach tun möchtest?«

»Klar. Alles, was ich vorher gemacht habe. Und noch mehr.«

Ich muss lächeln, als mir Andrea wieder einfällt. »Bergsteigen im Himalaja.«

Er lacht. »Genau.«

Ich zucke mit den Schultern. »Bei mir stand das nicht mehr zur Debatte, seit ich es erfahren habe. Ich dachte wohl immer, dass es sich nicht lohnt, darüber nachzudenken.«

Noah bleibt stehen und sieht mich entsetzt an.

Ich wende das Gesicht ab. Ich will sein Mitleid nicht. »So schlimm war es nicht. Als ich mich damit abgefunden hatte, habe ich es auf nach der Transplantation verschoben.« Es war zu schlimm, immer an die Dinge zu denken, die ich nie haben würde. Studieren, einen Job, der mir Spaß macht, reisen, eine Familie.

»Und jetzt? Die Transplantation ist vorbei, warum hast du trotzdem keine Pläne gemacht?«, fragt Noah.

»Das hat doch meine Familie ganz prima für mich übernommen.« Es soll sich wie ein Scherz anhören, aber ich kann nicht verhindern, dass sich Bitterkeit in meine Stimme schleicht. »Sie meinen es nur gut«, füge ich hastig hinzu. »Es ist nur … wenn dir ständig jemand sagt, was du tun solltest, kommst du nicht dazu, selbst darüber nachzudenken.« Ist das die Wahrheit? Habe ich mir deshalb nie eine Zukunft ausgemalt, weil Papa und Mama es für mich gemacht haben? »Vielleicht habe ich auch immer noch zu viel Angst davor, dass das alles niemals eintreten wird.« Ich senke den Kopf. »Es kann immer noch so viel schiefgehen.«

Noah überlegt lange, bevor er etwas erwidert. »Es kann immer etwas schiefgehen. Jedes Mal, wenn du in ein Auto steigst, riskierst du dein Leben. Willst du deshalb nichts für die Zukunft planen? Nicht studieren, keinen Freund haben?«

Ich hebe den Kopf. Er steht nah vor mir und sieht auf mich herunter. Beinahe so wie gestern Abend, bevor er mich geküsst hat.

»Ich habe nie behauptet, dass ich keinen Freund will«, hauche ich.

Noahs Gesicht nähert sich meinem, Schmetterlinge tanzen in meinem Bauch. Das Herz rast in meiner Brust. Ich schließe die Augen. Noahs Atem streift warm meine Lippen. Dann ist da nur noch Kälte.

»Wir sollten weitergehen, es ist nicht mehr weit bis zum Cache.«

Ich blinzele ihn an.

»Der Cache für deine Freundin. Leni?«, fragt er beiläufig, als wäre nichts gewesen. Als hätte er mich nicht fast geküsst.

»Leni«, wiederhole ich betäubt. Warum hat er es nicht getan? Er weiß doch nicht, dass ich streng genommen noch mit Alex zusammen bin.

Wie auf Kommando klingelt mein Handy. Alex. Kann er Gedanken lesen? Ich sollte rangehen, sollte ihm endlich sagen, dass es vorbei ist. Außerdem will ich seine Stimme hören. Kann man jemanden lieben, ohne ihn wirklich zu lieben?

»Alex«, hauche ich und habe das merkwürdige Bedürfnis, sein Foto auf dem Display zu streicheln.

»Dein Ex?«, fragt Noah, der wohl denkt, dass ich mit ihm geredet habe.

»Mein Ex.« Dann schüttele ich den Kopf. Ich will nicht mehr lügen. »Nein, eigentlich nicht.« Ich atme tief durch und sehe Noah an. »Wir haben noch nicht offiziell Schluss gemacht.«

Wieder klingelt das Handy. Ich verfluche die Tatsache, dass das Netz sogar hier am Fuß der Berge so hervorragend ist.

»Es fühlt sich nur schon lange so an, als wäre es vorbei.« Ich wende mich ab, damit Noah nicht sieht, wie meine Augen feucht werden. »Ich muss mit ihm reden. Es ist nicht fair …« Ich bin unfähig weiterzusprechen und erst recht unfähig, ans Handy zu gehen. Nicht jetzt. Nicht hier. Nicht am Telefon. Alex hat verdient, dass ich es ihm persönlich sage.

Das Handy verstummt, Alex hat aufgegeben. Genau wie Tom, der sich heute noch gar nicht gemeldet hat. Dafür hat Papa es versucht, hat sogar auf die Mobilbox gesprochen. Sie machen sich Sorgen, es ist falsch, sie so in der Luft hängen zu lassen. Bevor ich darüber nachdenken kann, habe ich an Alex eine Nachricht getippt.

12.07 Es geht mir gut, ich melde mich bei dir, sobald ich kann. Sorry.

Als ich auf Senden drücke, möchte ich die Nachricht schon zurückholen. Aber sie ist unterwegs zu ihm, unaufhaltsam. Er wird es wissen. Er wird wissen, was diese Nachricht bedeutet. Das »Sorry« wird es ihm verraten. Eine Träne läuft über meine Wange und tropft auf das Display. So wollte ich es nicht. Das ist noch grausamer als per Telefon.

Noah legt mir eine Hand auf den Arm.

Hilflos schaue ich ihn an. »Ich weiß nicht, was ich tun soll.« Soll ich Alex doch anrufen? Oder hoffen, dass er vielleicht nicht versteht, was ich meine? Vorsichtig wische ich den Tropfen von Alex' Foto. »Er war immer für mich da. Und das bekommt er jetzt dafür.«

Noah wischt sanft meine Träne fort und zieht mich an sich. Dankbar vergrabe ich mein Gesicht an seiner Brust, atme seinen Geruch tief ein, lasse mich von seinem gleichmäßigen Herzschlag beruhigen.

Es ist alles so verrückt. Noah tröstet mich, weil ich nicht Schluss machen kann. Und von Alex wünsche ich mir, dass er mir zuhört, wenn ich ihm von meinem Gefühlschaos wegen Noah erzähle. Ich glaube langsam, ich bin nicht mehr ganz dicht.

Kapitel 18

www.herzforum.de/Angehörige/topicreveal37714
Re: Mein Vater braucht ein neues Herz, und ich weiß nicht, wie ich damit umgehen soll.
Antwort von Noah (vor einem Jahr)
»Vergiss vor allem auch nicht, auf dich selbst zu achten. Such dir Hilfe, wenn du glaubst, es alleine nicht mehr zu schaffen.«

Noah

Gwen sitzt vor meinem Laptop. Sie hat die Maus in der Hand und klickt gerade auf »Log speichern«. Das Foto von dem Wildbach in der Nähe des Caches erscheint in den Kommentaren, zusammen mit einem Foto von der Dose, die wir gehoben haben. Gwen lächelt, als sie es sieht. Mein Herz macht einen Satz. Es ist wunderbar, sie lächeln zu sehen, versonnen, wenn sie sich daran erinnert, wie schön der Nachmittag trotz allem war.

Sie speichert den Link und öffnet ihr E-Mail-Konto. Aber statt sich einzuloggen, starrt sie den Bildschirm an. Ihr Lächeln verblasst, und sie nimmt die Hand von der Maus.

»Stimmt etwas nicht?«, frage ich.

Gwen beißt sich auf die Lippen und sieht mich an. »Es ist so lange her. Ich weiß, sie würde sich darüber freuen, aber was soll ich ihr schreiben? Sorry, es war mies, dass ich mich monatelang nicht gemeldet habe, aber dafür habe ich dir ein paar Caches fotografiert? Das kommt mir so schäbig vor.« Sie senkt den Kopf. »Ich hätte nicht so lange warten dürfen.«

Ihr Anblick zerreißt mir das Herz. Heute Nachmittag hat sie mich so gut von meiner Wut abgelenkt. Es hat Spaß gemacht, den Cache mit ihr zu suchen und ihre Freude zu beobachten, als sie die Dose ohne meine Hilfe heben konnte. Sie hat ihren ersten Logeintrag gemacht und sich darauf gefreut, die Fotos für ihre Freundin hochzuladen. Ich hatte den Eindruck, es ginge ihr endlich etwas besser.

»Du könntest die Fotos auch an die Mail anhängen, anstatt ihr nur die Links zu den Posts auf der Geocachingseite zu schicken.«

Sie legt eine Hand auf die Tastatur, schmal und blass, bewegungslos. »Wie meldet man sich, wenn man die beste Freundin so lange vernachlässigt hat? Nichts, was ich schreiben könnte, passt.«

Sie sieht so niedergeschlagen aus, dass ich sie am liebsten in den Arm nehmen würde. Stattdessen kommt mir eine Idee. »Wie wäre es, wenn du eine Website für sie anlegst? Wie ihre Schwester. Du könntest die Caches hochladen, ein bisschen beschreiben, wie es war, damit sie was zur Unterhaltung hat. Dann musst du sie nicht direkt anschreiben.«

Gwens Augen leuchten auf. »Das wäre toll. Aber ...« Die verdammte Niedergeschlagenheit macht sich wieder auf ihrem Gesicht breit und löst ein dumpfes Ziehen in meiner Brust aus.

»Wie soll Leni die Seite finden? Da muss ich ihr ja doch eine Mail mit einem Link schicken, oder nicht?«

Ich zucke mit den Schultern. »Ich kann Schlagwörter einbauen, so dass Leni die Seite vielleicht findet, wenn sie eine Suchmaschine benutzt.«

Zweifelnd sieht sie mich an. »Meinst du, das funktioniert?«

»Leute suchen allen möglichen Kram, wenn ihnen langweilig ist, also warum nicht? Es kann natürlich sein, dass sie es nicht findet oder dass es eine Weile dauert, bis sie darauf stößt. Aber die Seite wird sich füllen, und irgendwann findest du es vielleicht nicht mehr schäbig, ihr den Link per Mail zu schicken.«

Sie legt den Kopf schief. »Kann sein«, flüstert sie. Ein Lächeln schleicht sich auf ihre Lippen. »Das ist eine tolle Idee, danke. Aber ... Ist das nicht sehr aufwendig?«

»Gar nicht. Wir können dir einen Blog anlegen, das ist schnell gemacht, und die sehen mittlerweile ziemlich gut aus, auch wenn es ein Baukastensystem ist. Wenn du willst, machen wir es gleich.«

»Das wäre schön.«

Ich ziehe Sofies Schreibtischstuhl neben Gwen, und sie überlässt mir die Maus. Eine Weile sieht sie mir schweigend zu, bis wir ein Design für den Blog aussuchen müssen. Sie entscheidet sich für etwas Modernes, Schlichtes in verschiedenen Grüntönen. Ich pflege Schlagwörter für die Suchmaschinen ein, helfe ihr, die Fotos hochzuladen, und zeige ihr, wie man Texte einstellt.

Dann schiebe ich ihr die Maus hin. »Jetzt musst du nur noch was dazu schreiben.«

Sie betrachtet nachdenklich ihren neuen Blog. »Noch mehr Schätze für Leni«. So hat sie ihn genannt, weil sie hofft, dass ihre Freundin dann eher darüber stolpert.

Sie lächelt zaghaft. »Ich hoffe wirklich, sie findet es und merkt, dass ich immer an sie denke.«

Sofort kommen mir ein paar Fragen in den Sinn, die ich ihr stellen könnte. Es wäre der perfekte Zeitpunkt, um sie dazu zu bringen, mir mehr über ihre Freundin zu erzählen. Aber ich fühle mich sowieso schon mies, weil ich sie in den Bergen ausgetrickst habe und sie dazu gebracht habe, mir zu erzählen, wie es ihr mit dem Leben nach der Transplantation geht. Auch wenn im Internet stand, dass es gut ist, wenn sie redet, komme ich mir gemein und hinterhältig vor. Ich habe sie dazu gebracht, ins Forum zu schauen, weil ich wissen wollte, wie sie darauf reagiert und ob sie vielleicht selbst wieder etwas schreiben will. Ich habe sie angelogen, damit sie mir ihr Herz ausschüttet. Es mag wichtig für sie sein, über alles zu reden, aber sie derart manipulieren zu müssen ist ätzend.

Nein. Für heute reicht es. Sie wirkt ohnehin schon wesentlich gelassener und lächelt häufiger. Ich beobachte sie, während sie die Fotos mit Texten versieht. Sie ist vollkommen vertieft in ihre Aufgabe, merkt anscheinend nicht, dass ich immer noch da bin. Zum ersten Mal trieft nicht mehr diese ohnmächtige Verzweiflung aus jeder ihrer Poren.

Vermutlich sollte ich sie in Ruhe lassen, aber ich kann mich von dem Anblick einfach nicht losreißen. Endlich zeigt sie mir eine Seite, die unverdeckt ist von den ganzen Ängsten, die sie mit sich rumschleppt. Ein Stück von Gwen, wie sie wirklich ist. Ich will mehr davon.

Irgendwann lehnt sie sich im Stuhl zurück, betrachtet ihr Werk und seufzt zufrieden. Ich schaue auf den Bildschirm. Sie hat zu jedem Foto mehrere Absätze geschrieben, wo wir waren, wie wir den Cache gefunden haben und was in der Dose war.

»Gar nicht so einfach, ohne alles zu verraten. Aber Leni würde bestimmt alle Details wissen wollen. Sie fände es ziemlich lustig, dass du mich das eine Mal halb den Baum hochschieben musstest, damit ich an die Dose komme. Meinst du, ich könnte es für sie ganz genau beschreiben und hinter einer Spoilerwarnung verstecken? Am besten so, dass man es mit der Suchmaschine nicht findet?«

»Klar, kein Problem.« Ich beuge mich über sie und nehme die Maus. »Am besten binden wir den Text als Bild ein, das Bild verstecken wir hinter einem Link.« Ich rutsche etwas näher heran, um ein Bildverarbeitungsprogramm zu öffnen. Ihr Geruch steigt mir in die Nase. Ihr eigener, nicht der von Sofies Shampoo, der ist inzwischen zum Glück verflogen. Gwens Geruch ist ein frischer, süßlicher Duft, der aus ihren Haaren steigt. Ich muss mich beherrschen, um nicht meine Nase darin zu vergraben. Trotzdem schließe ich die Augen und stelle mir vor, wie ich sie auf den Nacken küsse, hinter ihr Ohr, und diesen unglaublichen Geruch noch tiefer einsauge.

»Noah?« Gwens Stimme zittert leicht.

Sofort öffne ich die Augen. Sie hat mir das Gesicht zugewandt, ihre Haare kitzeln mich an der Wange, ihr Atem mischt sich mit meinem. Es wäre so leicht. Ich mustere sie, bin mir sicher, dass sie es auch möchte. Aber gestern habe ich das auch geglaubt und lag offensichtlich falsch. Mühsam ziehe ich mich etwas zurück und widerstehe dem Drang, sie in meine Arme zu ziehen. Ich will nicht, dass sie danach wieder mit einem Messer im Bad verschwindet.

Sie runzelt die Stirn, verwirrt, dass ich es schon wieder nicht tue. Also will sie es doch?

»Du ahnst nicht, wie gerne ich …«, beginne ich und ärgere mich, weil ich den Mund nicht halten kann.

»Warum tust du es dann nicht?« Ist es ihre Stimme oder sind es ihre Gedanken, die ich höre? Immerhin weiß ich jetzt Bescheid. Sie will es auch. Aber was soll ich antworten? *Ich will nicht, dass du wieder ausrastest, dass es dir schlechtgeht, so wie gestern.* Ich bin nicht so bescheuert zu glauben, dass es an meinem Kuss liegt. Jedenfalls wollte sich bisher noch keine nach einem Kuss mit mir von der nächsten Klippe stürzen. Aber irgendwas hat er in Gwen ausgelöst. Und das will ich auf keinen Fall noch mal wecken.

»Äh …«, gebe ich äußerst wortgewandt und ziemlich unsexy von mir. Mit etwas Glück reicht das, um ihre Lust im Keim zu ersticken.

»Ist es wegen Alex?«

Alex? Welcher Alex? Ach so. Ihr Freund. Ex-Freund. Noch-Freund, was auch immer. »Ja.« Ich ergreife die Gelegenheit, bevor es zu spät ist.

Sie seufzt und schaut auf ihre Hände. Immerhin hat das den Kuss auch verhindert. Nur wollte ich das ja gar nicht. Ich wollte verhindern, dass sie sich schlecht fühlt. Sie ist blass, ihre Augen wirken viel zu groß, und ihre Hände sind fest ineinander geschlungen. Dass sie sich nicht schlecht fühlt, habe ich ja prima hinbekommen.

»Ich weiß nicht, was ich machen soll«, flüstert sie.

Das hat sie in den Bergen auch gesagt, und ich wusste da schon nicht, was ich darauf antworten soll. Wie soll ich ihr etwas raten? Alles in mir schreit, dass sie den Kerl endlich zum Teufel jagen soll, aber das hat nichts damit zu tun, dass ich ihr helfen will.

Langsam hebt sie wieder den Kopf und sieht mich an. Dann steht sie wortlos auf und geht aus dem Zimmer.

»Gwen?«

Im Türrahmen bleibt sie stehen, dreht sich halb um, überlegt es sich dann anders und flüchtet den Gang entlang.

Klasse. Jetzt muss ich sie schon nicht mal mehr küssen, damit sie vor mir davonläuft. Ich folge ihr und sehe gerade noch, wie sie im Gästezimmer verschwindet. Ich will klopfen, komme mir aber albern vor. Stattdessen lege ich ein Ohr an das Holz der Tür. Sie zu belauschen ist auch viel weniger albern. Schon weil ich es ganz bestimmt hören könnte, wenn sie sich die Pulsadern aufschlitzt.

»Alles in Ordnung?«, rufe ich, obwohl es sich dämlich anfühlt. Aber lieber fühle ich mich dämlich, als dass es mir hinterher leidtut. Als ich das Knarzen der Dielen höre, atme ich erleichtert auf. Die Tür öffnet sich einen Spalt. »Sorry, ich muss allein sein, okay?«

Ich zögere. *Nicht okay,* will ich sagen. *Ich will dich jederzeit sehen, will sicher sein, dass du nichts Dummes tust.* Auf der Website stand allerdings auch, dass ich sie nicht die ganze Zeit überwachen soll. Aber wie kann ich jetzt einfach gehen?

»Ich habe es versprochen.«

Einen Moment lang weiß ich nicht, was sie meint. Dann fällt es mir wieder ein. Zwei Wochen. Ja, sie hat mir zwei Wochen versprochen, aber woher weiß ich, dass sie sich daran hält?

»Wenn du mir nicht glaubst, werden das zwei ziemlich krasse Wochen.«

Ich seufze. Sie hat recht. »Na gut. Aber wenn du was brauchst, sag Bescheid, ja?«

Stille breitet sich zwischen uns aus, dann höre ich leise Zustimmung, bevor die Tür ins Schloss fällt. Sie sperrt nicht ab, und diesmal bin ich erleichtert. Trotzdem liegt mir die Angst wie ein Stein im Magen. Was, wenn ich mich übernommen habe und mit ihrem Leben spiele? Entschlossen ziehe ich mein Handy raus und suche nach Michaels Nummer. Es ist Zeit für einen Anruf. So kann es nicht weitergehen.

Kapitel 19

www.jungundherzkrank.de/Forum/Intern/showtopic9754
Re: Leben auf der Intensivstation
Antwort von Gwen (vor fünf Monaten)
»Nur wenn mein Freund mich besucht, wenn er mich fest umarmt, spüre ich, dass ich noch lebe.«

Gwen

Das Display meines Handys verschwimmt vor meinen Augen. Alex' Nummer kann ich kaum erkennen, sein Foto ist nur eine Ansammlung farbiger Flecken. Ich weiß, was ich tun muss, aber es ist schwer, wenn man so lange mit jemandem zusammen war. Alex ist ein so wichtiger Teil meines Lebens, dass ich keine Ahnung habe, wie es ohne ihn funktionieren soll. Er durchdringt jeden Aspekt meines Seins wie eine riesige Wurzel, die einen Ballen Erde zusammenhält. Ich fühle mich, als würde ich aus lauter Einzelteilen bestehen, die auseinanderfallen, wenn Alex fehlt.

Trotzdem muss es sein. Noahs Kuss hat mir einen Schrecken eingejagt, es kam mir wie Verrat an Alex vor. Aber das ist nicht der Grund. Was ich für Noah empfinde, hat mir nur klargemacht, dass ich Alex schon die ganze Zeit betrüge. Ich habe damit angefangen, lange bevor ich Noah kannte. Die Schuld hat mich dazu getrieben und der Wunsch, ihm nicht weh zu tun, wenn ich ihm schon nichts zurückgeben kann. Zärtlich fahre ich Alex' Gesicht auf dem Display nach. Ich konnte ihm die Wahrheit nicht sagen. Aber das war falsch. Ihn in dem Glauben zu lassen, dass zwischen uns alles wieder gut werden wird, ist der schlimmste Betrug, den ich ihm antun kann.

Ich rufe die Nachrichten auf. Längst hat Alex gesehen, was ich ihm geschrieben habe, aber geantwortet hat er nicht. Meine Augen werden feucht. Ich will nicht, dass er sich weiter fragen muss, was es bedeutet.

Wieder sehe ich sein Foto an, sein verhaltenes Lächeln, seine zerwuschelten Haare. Ich will ihn nicht loslassen. Ich will, dass er mich weiterhin hält. Aber die Wahrheit ist, dass ich irgendwann zwischen der Transplantation und heute aufgehört habe, ihn als den Mittelpunkt meiner Welt zu betrachten. Er ist nur noch eine Stütze für mich, und es ist nicht fair, dass ich ihn dafür missbrauche.

Ich atme tief durch, und mein Finger schwebt über dem Display, eine winzige Sekunde Aufschub, die ich mir gönne. Dann tippe ich die Zahlen an und halte mir das Handy ans Ohr. Alex nimmt in Rekordzeit ab.

»Gwen?« Er klingt überrascht und ziemlich leise, im Hintergrund höre ich laute Geräusche. Das Hacken von Fingern auf Tastaturen, das Klingeln von Gläsern, das Rücken von Stühlen. Er ist in seinem Computerclub.

Es ist so weit. Jetzt. Und doch bringe ich keinen Ton heraus. Auch Alex schweigt, die Hintergrundgeräusche werden leiser. Er muss aus dem Zimmer gegangen sein. »Sag es.« Seine Stimme ist fest, freundlich, gibt mir Zuversicht. Ich könnte heulen. Wie sehr ich mir wünsche, dass er mich im Arm hält. Es ist alles so furchtbar absurd. Ich nehme all meinen Mut zusammen, mache mir klar, dass er mich lange genug gehalten hat. Ich komme mir vor, als würde ich vom Zehn-Meter-Brett springen. »Ich kann nicht mehr mit dir zusammen sein.« Ich schließe die Augen, hänge für einen Moment in der Luft, bevor ich in freiem Fall nach unten stürze. Weil ich es ausgesprochen habe, weil ich zerfalle, weil er jetzt fehlt.

Ich höre ihn schlucken. »Das dachte ich mir schon.«

»Es tut mir so leid wegen heute Nachmittag. Ich wollte es nicht mit einer Nachricht machen, ich wollte es nicht mal am Telefon …«

»Ich wusste es schon vorher.«

Ich sinke auf die Bettkante. Natürlich wusste er es. Er kennt mich so gut wie kein anderer. Wahrscheinlich wusste er es, lange bevor ich es selbst wusste.

»Ich wollte … ich dachte … ich habe gehofft, dass es sich ändert, wenn es dir bessergeht.« Keine Anklage liegt in seinen Worten, nur Resignation, die mir das Herz zerreißt.

»Es tut mir so leid«, wiederhole ich. »Ich wollte das nicht. Wirklich. Ich wollte dich nicht festhalten. Aber du gehörst so sehr zu mir, dass ich nicht kapiert habe, dass es falsch ist, was wir tun. Was ich tue.«

»Ich weiß.« Seine Stimme ist tonlos. »Aber du musst kein schlechtes Gewissen haben. Es war schön, solange es gedauert hat, und jetzt ist es eben vorbei.« Er will wohl beiläufig klingen, so als ob es ihm nicht den Boden unter den Füßen wegreißt. Aber das leichte Zittern in seiner Stimme verrät ihn.

»Bitte, Alex, ich will, dass du weißt, dass du immer noch wichtig für mich bist. Es ist nur … ich … ich empfinde nicht mehr für dich, was man für seinen Freund empfinden sollte, verstehst du?«

Er antwortet nicht, und ich rede weiter, weil sein Schweigen noch mehr schmerzt als sein Versuch, stark zu sein. »Ich will nicht, dass wir uns komplett trennen. Wir gehören doch zusammen.«

Immer noch schweigt er, aber ich höre ihn abgehackt atmen. Schließlich holt er tief Luft. »Ich war immer ehrlich zu dir, und das bin ich auch jetzt. Ich bereue die letzten Jahre nicht. Ich war gerne für dich da.« Wieder räuspert er sich, als ob er seine Stimme dazu zwingen muss, seine Worte zu tragen. »Ich will nicht, dass es aufhört zwischen uns, aber ich kann nicht nur der Freund an deiner Seite sein. Das ertrage ich nicht.« Er atmet hörbar ein und wieder aus. »Ich würde gerne so großzügig sein, würde dir gerne eine Schulter anbieten, an der du dich ausheulen kannst, wenn es mit deinem neuen Freund nicht klappt. Aber ich kann das nicht. Bitte verlang das nicht von mir.«

Ich rutsche von der Bettkante auf den Boden, lehne mich an die Seite des Bettes. Ich will Alex anflehen, das nicht zu tun, will ihm in

Erinnerung rufen, wie lange wir uns kennen und dass ich nicht weiß, wie ich ohne ihn leben soll. Ich kann nicht. Ich darf nicht. Auch jetzt macht er mir keine Vorwürfe, und wieder frage ich mich, warum ich ihn nicht lieben kann. Nicht so. Nicht genug. Alex ist perfekt, in jeder Hinsicht außer einer: Mein Herz gehört ihm schon lange nicht mehr. Vielleicht sind meine Gefühle für ihn mit meinem alten Herz verschwunden. Ich wünschte, es wäre so, weil es dann nicht meine Schuld wäre. Aber das ist Blödsinn. Er war schon in den Monaten vor der OP nur noch ein guter Freund für mich. Ich wollte es nur nicht wahrhaben.

»Ich liebe dich, Alex. Ich werde dich immer lieben. Du wirst immer ein Teil von mir sein.« Tränen laufen mir über das Gesicht, meine Stimme ist erstickt. »Ich werde dich nicht darum bitten, dass wir befreundet bleiben. Auch nicht, dass du dich bei mir meldest. Aber ich werde immer darauf warten.«

Es ist still am anderen Ende der Leitung. Alex erwidert meine Worte nicht, vielleicht weil »Ich liebe dich« für ihn immer noch die Bedeutung hat, die ich schon lange nicht mehr darin sehe. Irgendwann höre ich ihn rasselnd einatmen. »Leb wohl, Gwen.« Dann legt er auf.

Ich lege die Stirn an die Knie und lasse den Tränen freien Lauf. Ich will mich schrecklich fühlen, weil das, was ich gerade getan habe, einfach schrecklich ist. Zum ersten Mal in meinem Leben lasse ich es zu. Niemand wird auf der Matte stehen und erwarten, dass ich lächele, obwohl es mir dreckig geht. Noah erwartet nichts von mir, er wird mich nicht drängen. Meine Familie ist nicht hier, mein Handy schalte ich aus. Ich kann hier im Zimmer bleiben und mich schrecklich fühlen, solange ich will.

Kapitel 20

www.herzforum.de/Seelsorge/topicreveal99031
Re: Was ist jetzt richtig?
Antwort von Noah (vor zwei Jahren)
»Das frage ich mich manchmal auch. Ich wünschte, es gäbe immer eine einfache Antwort.«

Noah

Seit Gwen im Gästezimmer verschwunden ist, starre ich auf Michaels Nummer. Es ist besser, ihn anzurufen. Besser für mich, für meinen Seelenfrieden und die Angst, dass ich doch etwas falsch machen könnte und es schreckliche Folgen hat. Aber ist es auch besser für Gwen? Hintergehe ich sie damit nicht noch mehr, als ich es ohnehin schon tue? Ich habe ihr versprochen, mit niemandem zu sprechen. Wieder lege ich das Ohr an die Gästezimmertür. Ich lausche, höre nichts.

Ich habe es versprochen. Daran halte ich mich.

Ich schließe die Augen. Natürlich will ich ihr glauben, aber kann ich das? Darf ich das? Mein Finger nähert sich der Nummer, tippt sie schließlich an. Es klingelt ein paar Mal, doch dann breche ich den Anruf ab.

Ich komme mir schrecklich mies vor. Reicht es nicht, dass ich sie anlüge und ständig beobachte? Muss ich auch noch mein Versprechen brechen? Als mein Handy klingelt, zucke ich zusammen. Hastig nehme ich ab.

»Noah?« Es ist Michael. »Deine Nummer wurde mir angezeigt, hast du gerade angerufen?«

»Ja«, seufze ich. Schuldig im Sinne der Anklage, leugnen ist zwecklos.

»Was ist los? Brauchst du Hilfe?«

»Ich weiß nicht.«

»Wie läuft es?«

Ich schnaube. Prima. Gestern hat sie sich beinahe umgebracht, und ich kann trotzdem nur daran denken, wie ich sie in mein Bett kriege. »Keine Ahnung«, grummele ich.

Michael lacht. Es ist seltsam beruhigend. Hört sich nicht so nach Weltuntergang an, wie ich befürchtet habe. »Ein bisschen mehr Info brauche ich schon, Noah.«

Ich zermartere mir das Hirn. Am liebsten würde ich ihm alles erzählen, aber dann könnte ich wohl auch gleich die Männer mit den weißen Jacken holen.

»Noah?« Michaels Stimme ist jetzt ernst, beinahe tröstlich. »Ist etwas passiert? Hat sie versucht, sich etwas anzutun?«

Verdammt. Muss er so einen guten Durchblick haben? Natürlich muss er. Immerhin ist es sein Job, und ich habe ihm erzählt, warum Gwen zu mir gekommen ist. Er weiß, dass sie sterben will. Ich sage nichts, muss es auch nicht.

»Noah, tu dir das nicht an. Wenn es schiefgeht … Du kannst sie nicht heilen. Nicht einfach so.«

»Ich weiß«, fahre ich dazwischen. Langsam werde ich wütend. Glaubt er wirklich, dass ich so dumm bin zu denken, dass ich sie heilen könnte? Dass ich nicht wüsste, wie gefährlich die Situation ist? »Mir ist schon klar, dass ein paar Tage weg von allem ihr nicht helfen werden.«

»Das habe ich nicht gesagt. Natürlich kann ihr das helfen, sehr gut sogar. Aber es ist möglicherweise nicht genug und … Es bleibt ein Risiko. Vielleicht wäre es besser, sie einweisen zu lassen.« Seine Stimme ist sanft.

»Besser für wen? Für mich? Für dein Gewissen?« Das ist zwar ungerecht, aber ich kann nicht anders. »Ich kann mir nicht vorstellen, dass das gut für sie wäre. Du hättest ihr Gesicht sehen sollen.«

»Die psychiatrischen Kliniken sind nicht mehr die grauenhaften Folterinstitutionen, die man aus Filmen kennt. Viele Menschen begeben sich freiwillig in Behandlung. Es ist ja auch nicht für immer, es muss nicht mal für lange sein. Ein paar Tage reichen oft schon. Dann kann man ihr helfen, herauszufinden, wie es weitergehen soll. Niemand hat vor, sie monatelang einzusperren.«

»Aber sie will nicht.« Ich würde am liebsten laut brüllen, aber Gwen könnte mich hören, also beherrsche ich mich. »Verstehst du das nicht? Allein der Gedanke hat sie vorhin fast durchdrehen lassen.«

»Ich habe dich schon verstanden«, erwidert er immer noch ruhig. »Du brauchst dir keine Sorgen zu machen, dass ich gleich mit meinen Leuten bei dir auflaufe und sie weghole. Also beruhige dich erst mal. Atme ein paar Mal tief durch.«

Toll, jetzt kommt er mit seinem Psychologenscheiß. Bin ich plötzlich der Patient? Trotzdem nehme ich ein paar tiefe Atemzüge. Merkwürdigerweise hilft es. »Es wäre falsch, sie zu zwingen. Außerdem geht es ihr schon etwas besser als gestern.« Das ist nicht gelogen, trotzdem weiß ich, dass es nicht bedeutet, dass sie es überwunden hat. Michael wird das sicher nicht überzeugen.

»Das ist gut. Jede Besserung, egal wie klein, ist gut. Aber du darfst nicht glauben, dass …«

»Kannst du mir garantieren, dass es besser wäre, sie sofort einweisen zu lassen?«, unterbreche ich ihn herausfordernd. Ich weiß genau, dass es nicht so ist. Im Internet stand sogar, dass viele Patienten nach einer Zwangseinweisung einen neuen Selbstmordversuch begehen.

Michael lässt sich nicht reizen. »Niemand kann das garantieren«, antwortet er. »Natürlich ist es besser, wenn sie es von sich aus will. Das ist immer besser.«

Ich stöhne leise. »Ich weiß nicht, was ich tun soll. Es geht ihr doch besser. Ich will sie nicht ausliefern und daran schuld sein, dass sie vollkommen ausrastet, verstehst du? Wenn wir ihr noch ein paar Tage Zeit geben, könnte es sein, dass sie es dann freiwillig macht?«

»Natürlich ist das möglich. Aber genauso gut kann sich ihr Zustand verschlechtern.«

Na toll. Das wollte ich wirklich nicht hören.

»Es wäre gut, wenn du sie dazu bringen könntest, mit mir zu sprechen, dann könnte ich versuchen, die Lage einzuschätzen.«

»Keine Chance, das macht sie nicht.«

»Was ist mit ihrer Familie? Kannst du sie überreden, nach Hause zu fahren und mit ihren Eltern zu reden? Das wäre sicher gut. Es ist wichtig, die Familie mit einzubeziehen.«

Ich muss an heute Nachmittag denken. »Nein.«

»Dann erzähl mir wenigstens, was genau passiert ist. Ich kann keine Ferndiagnose machen, aber vielleicht kann ich dir bei der Entscheidung helfen.«

Wieder steigt die Wut in mir auf. Entscheidung. Es ist nicht richtig, dass Michael und ich über Gwen entscheiden. Wir kennen sie nicht mal, er noch weniger als ich. »Ich will ihr nur helfen, irgendwie.« Es ist keine Antwort auf Michaels Frage, aber ich hoffe, er versteht mich trotzdem. Ich betrüge Gwen, indem ich ihn anrufe, ich werde sie nicht noch mehr betrügen, indem ich ihm gegen ihren Willen alles erzähle.

»Noah«, beginnt Michael. Als er weiterredet, ist seine Stimme leise und eindringlich. »Es ist falsch verstandene Loyalität, es mir zu verheimlichen.«

Ja, er hat wohl recht. Es ist dumm, so wie alles, was ich tue, wenn es Gwen betrifft. Ich kenne sie nicht, ich sollte sie einfach einliefern lassen und mir das Problem vom Hals schaffen. Aber sie ist schon so viel mehr für mich als ein Problem, das mich nichts angeht. Ich fühle mich verantwortlich, und ich will sie nie wieder so sehen wie in dem Moment, als sie das Messer in der Hand hatte. So entsetzt und verzweifelt. Auf keinen Fall will ich, dass sie mich so ansieht, wenn sie herausfindet, dass ich sie verraten habe. Ich könnte die Verzweiflung in ihren Augen nicht ertragen. Vielleicht ist es falsch, aber ich kann sie nicht ausliefern.

Michael seufzt. »Dann sag mir nur eins: Glaubst du, dass sie eine akute Gefahr für sich selbst oder für andere ist? Wie weit ist sie gegangen?«

»Ich glaube nicht, dass sie sich wirklich etwas antun würde.« Immerhin hat sie noch rechtzeitig aufgehört. Sie hat das Messer losgelassen, ich musste es ihr nicht mal wegnehmen. Oder belüge ich mich nur selbst, weil ich sie nicht verlieren will?

»Hör zu. Ich verstehe dich, wirklich. Es ist keine einfache Situation, selbst für mich ist es verdammt schwer einzuschätzen, wer in akuter Gefahr schwebt und wer nicht. Ich will sie zu nichts zwingen und dich auch nicht, aber ich fühle mich nicht wohl damit, dich mit so einer Verantwortung allein zu lassen. Würdest du mir etwas versprechen? Ruf mich an, wenn noch mal was ist, auch wenn es dir nur wie eine Kleinigkeit vorkommt. Ich schicke dir eine Mail mit Anzeichen, auf die du achten kannst. Und lass mich immer mal wieder wissen, wie es ihr geht. Vielleicht ein- oder zweimal am Tag. Schreib mir meinetwegen eine SMS, wenn du nicht anrufen willst, in Ordnung?«

»Gut.« Er hat recht, es ist eine riesengroße Verantwortung. Auch wenn es mir nicht gefällt, Gwen zu hintergehen, indem ich Michael über sie Bericht erstatte, es tut gut, damit nicht mehr alleine zu sein. Sie wird mich hassen, wenn sie es jemals herausfindet, aber das ist mir immer noch lieber, als mich zu verschätzen und ihr Leben aufs Spiel zu setzen.

»Behalte sie im Auge und ruf mich Tag und Nacht an, wenn etwas ist. Warte nicht.«

Mein Gott, hält er Gwen für eine tickende Zeitbombe? »Mache ich. Danke.«

»Keine Ursache. Ich bin froh, dass du damit zu mir gekommen bist. Du hast das Richtige gemacht.«

»Ja«, antworte ich, um irgendetwas zu sagen. »Bis dann.« Ich lege auf und schiebe das Handy in meine Tasche.

Mir schwirrt der Kopf, und ein paar Sekunden lang weiß ich nicht, was ich tun soll. Sie im Auge behalten, klar, aber sollte ich in ihr Zimmer gehen und jede freie Minute auf sie achten? Das kann auch nicht richtig sein und würde dem widersprechen, was auf der Internetseite stand. Unschlüssig stehe ich vor ihrer Tür, lausche immer wieder. Hebe die Hand und lasse sie wieder sinken.

Ein leises Knurren, vermischt mit einem Maunzen, lässt mich herumfahren. Flecki steht im Flur. Halb in der Tür zum Arbeitszimmer, bereit, jederzeit wieder dorthin zu verschwinden. Sie hat sicher Hunger. Unschlüssig sehe ich von ihr zur Tür. Na gut. Wenn das hier funktionieren soll, muss es möglich sein, Gwen alleine zu lassen und der Katze ihr Futter zu geben. Trotzdem bleibt eine nervöse Unruhe, während ich in die Küche gehe und eine Dose Katzenfutter in eine Schüssel kippe. Immer wieder horche ich in den Gang. Flecki folgt mir auf dem Fuß, immer mit einem leisen Knurren auf den Lippen.

Ich beuge mich runter. »Achtung, das da gehört nicht zu deinem Futter, das ist meine Hand, also beiß sie nicht ab.« Damit stelle ich die Schüssel auf den Boden. Ihr Fell streift meine Haut, als sie sich ausgehungert über das Futter hermacht. Das ist neu. Letztes Mal hat sie gewartet, bis ich weg war, und immer geknurrt, wenn ich sie nur angesehen habe. Vielleicht geht Liebe doch durch den Magen. Oder Futter hilft zumindest gegen den größten Hass. Langsam ziehe ich mich zurück. Sobald ich im Flur bin, stürze ich wieder aufs Gästezimmer zu und lege das Ohr an die Tür. Nichts. Nur das Schmatzen der Katze dringt leise aus der Küche.

Ich will Gwen nicht drängen, sicher braucht sie Zeit. Aber ich kann auch nicht weggehen und etwas anderes machen. Langsam lasse ich mich an der Wand neben der Tür nach unten sinken. Den Kopf an die Wand gelehnt, warte ich.

Kapitel 21

www.jungundherzkrank.de/Forum/Intern/showtopic9754
Re: Kein Appetit mehr
Antwort von Gwen (vor fünf Monaten)
»Ich auch nicht. Manchmal fühle ich mich, als wäre ich gar nicht mehr da.«

Gwen

Als ich Stunden später vorsichtig die Tür öffne, um ins Bad zu gehen, ist es dunkel. Auf Zehenspitzen schleiche ich in den Flur, damit die Dielen nicht knarzen und Noah stören. Sicher schläft er längst. Im schwachen Lichtschein, der aus meiner Zimmertür fällt, wende ich mich nach rechts und erstarre.

Noah schläft. Aber er liegt nicht in seinem Bett, sondern sitzt im Schneidersitz an der Wand vor meiner Tür. Seine braunen Haare sind verwuschelt, seine Augen fest geschlossen, sein Kopf hängt zur Seite. Wie kann er so schlafen? Ob ich ihn wecken soll? Vorsichtig gehe ich neben ihm in die Knie. Er ist vollkommen weggetreten.

Ein leises Knurren lässt mich zusammenfahren. Mir fallen fast die Augen aus dem Kopf, als ich bemerke, woher es kommt. Flecki liegt neben Noahs Oberschenkel, aber so, dass sie ihn nicht berührt. Obwohl »liegen« das falsche Wort ist. Sie kauert eher, alle Muskeln angespannt, und fixiert mich.

»Du alte Heuchlerin«, raune ich. »Du magst ihn also doch.«

Als Antwort faucht sie leise, rührt sich aber nicht von der Stelle. Behutsam, um sie nicht zu vertreiben, setze ich mich neben Noah. Ich will ihn nicht wecken, jedenfalls nicht sofort. Er sieht so erschöpft aus. Ob er letzte Nacht überhaupt ein Auge zugemacht hat?

Vorsichtig rutsche ich zu ihm, bis mein Oberschenkel seinen berührt. Gerade so, dass er davon nicht aufwacht. Flecki beobachtet argwöhnisch jede meiner Bewegungen. Als ich den Kopf an Noahs Schulter lege, zuckt sie zusammen. Erst als sie merkt, dass ich ganz still sitze und genau wie sie nur Noahs Gegenwart genießen will, entspannt sie sich wieder. Sie knurrt vorsorglich, um mir klarzumachen, dass sie sich auf keinen Fall mit der Situation abfindet. Dann verengt sie die Augen zu winzigen Schlitzen.

Ziemlich bescheuert, wie wir hier so sitzen. Noah schlafend zwischen der Monsterkatze, die jeder Außenstehende für einen Puma halten würde, und mir. Bescheuert und doch wunderbar. Es ist schön, seinem Atem zu lauschen und das leichte Heben und Senken seiner Schultern an meiner Wange zu spüren. In mir toben immer noch Selbstvorwürfe und Trauer wegen Alex, aber Noahs tröstliche Nähe legt sich um mich und hält sie in Schach. Ich schließe die Augen und vergesse, dass ich eigentlich ins Bad wollte.

Es ist zu angenehm, mich in Noahs Gegenwart zu verlieren. Ohne Erwartungen, ohne Schuldgefühle. In dem Wissen, dass ich ihm alles sagen kann, ohne dass er mich für komplett durchgeknallt hält. Ich kenne ihn erst so kurz, und doch kommt es mir vollkommen natürlich vor, bei ihm zu sein.

Irgendwann werde ich vielleicht nicht mehr das Gefühl haben auseinanderzufallen, weil Alex nicht mehr da ist. Eigentlich habe ich es jetzt schon nicht mehr. Weil es Noah gibt. Vielleicht, nur vielleicht, hält er mich jetzt.

Kapitel 22

www.herzforum.de/Das-Leben-danach/topicreveal11390
Re: Meine Eltern lassen sich scheiden
Antwort von Noah (vor zwei Jahren)
»Klar ist so eine Krankheit eine Riesen-Belastung für die Familie, aber das muss nicht der Grund für die Scheidung sein. Du solltest dir nicht die Schuld geben, das bringt nichts. Glaub mir, ich hab's versucht.«

Noah

Helligkeit sticht durch meine geschlossenen Lider in meine Augen, bis ich nachgebe und sie öffne. Mein Nacken tut höllisch weh, und meine Beine sind steif. Kein Wunder. Anscheinend habe ich die Nacht auf dem Boden vor Gwens Zimmer verbracht. Nicht an der Wand, nein, auf dem Boden. Meine Wange liegt auf den Dielen, kein besonders tolles Kopfkissen. Bestimmt habe ich vom Holz einen schicken roten Abdruck auf der Haut. Ich setze mich auf und reibe mir den Hals. Wie kann ich mich trotz einer Nacht voller Schlaf so gerädert fühlen? Während ich aufstehe, mustere ich den blauen Himmel vor dem Fenster. Es ist Sommer, schwer zu sagen, wie spät es ist, aber die Dämmerung ist lange vorbei. Wie kann man auf einem so unbequemen Holzboden so lange pennen? Ich strecke mich ausgiebig, bis mein Rücken knackt, dann wende ich mich Gwens Zimmertür zu.

Sie steht offen. Ihr Bett ist leer. Ich kann sie nirgends entdecken.

»Shit«, fluche ich. Wo ist sie? Ohne lange nachzudenken, stürze ich zum Bad, aber auch hier steht die Tür offen, und Gwen ist nicht da.

Das Arbeitszimmer ist ebenfalls leer. Ich werfe einen Blick in die Küche, aber da ist nur die Katze und starrt mich unbewegt an.

Gwen ist mir entwischt, wer weiß, wohin. Ich hätte gestern doch nach ihr sehen sollen, hätte sichergehen müssen, dass es ihr gutgeht. Das Blut dröhnt in meinen Ohren, während vor meinem inneren Auge Bilder ablaufen, die ich nicht sehen will. Alles, was sie recherchiert hat, fällt mir ein.

Ich weiß nicht, ob ich es schaffe, mich irgendwo runterzustürzen.

Wie hoch ist das Haus? Das Dach? Sie würde doch nicht. Oder? »Verdammt, Gwen«, knurre ich in die Stille. Dann haste ich zur Haustür. Wenn sie gerade erst weg ist, kann ich sie noch erwischen. Es noch verhindern. Angst und Schuld schnüren mir die Kehle zu. Ich wollte sie nie wieder so sehen, so voller Verzweiflung, so leblos, obwohl sie noch atmet. Und jetzt? Ich schmecke Galle, als ich mir vorstelle, wie sie vor dem Haus liegt. Blass, mit leerem Blick. Ich reiße die Tür auf, verschwende wertvolle Sekunden mit dem Gedanken, mir Schuhe anzuziehen. Da sehe ich Gwens Chucks. Ich bleibe stehen, verschwende einen weiteren Augenblick. Es bedeutet nichts, dass sie ihre Schuhe nicht angezogen hat. Wenn sie es ernst meint und nur die paar Stufen zum Dach hinauf wollte, warum sollte sie dann nicht barfuß gehen? Ich will mich wieder zum Treppenhaus wenden, als ich es aus der Küche fauchen höre. Dann ein Klappern.

Mir stockt der Atem.

»Gwen?«, rufe ich, während ich zur Küchentür stürze. Ich habe doch nachgesehen.

Flecki faucht, rast mir entgegen, zwischen meinen Beinen hindurch, bringt mich fast zu Fall, aber ich habe nur Augen für Gwen. Mein Kopf wird leicht, mir wird schwindelig, und meine Knie geben fast nach, als ich sie dort stehen sehe.

»Gwen.« Meine Erleichterung sprudelt förmlich aus diesem einen Wort, ihrem Namen.

Sie sieht auf und lächelt. Sie lächelt. Einfach so. Mein Gehirn verknotet sich fast bei dem Versuch zu verstehen, dass sie wirklich hier ist und nicht unten auf der Straße liegt. Ihre Wangen, nicht blass, sondern leicht gerötet. Ihre Augen, nicht blicklos und leer, sondern lebhaft und mit einem winzigen Funkeln darin.

»Wo warst du? Ich habe gerade hier reingeschaut …«

Sie deutet auf die Speisekammer. »Ich habe Futter geholt und nach Toastbrot gesucht.«

Ich gehe zu ihr, packe sie an den Schultern, muss unbedingt spüren, dass sie die echte Gwen ist. Nicht die aus meiner Horrorvision, sondern die reale, die in meiner Küche steht, unfassbar fröhlich und wunderbar lebendig. Ohne lange nachzudenken, küsse ich sie auf die Lippen, die herrlich weich sind. Und warm. Voller Leben. Sie zuckt zusammen, dann legt sie mir die Arme um den Hals und drängt sich an mich. Meine Zunge gleitet in ihren Mund, weil ich sie noch mehr spüren muss. Ihre Feuchtigkeit, ihre Hitze, ihren Körper an meinem. Meine Hand streichelt über ihr Schlüsselbein zu ihrem Hals, meine Fingerspitzen prüfen ihren Puls. Heftig und wild, genau wie ihr Kuss.

Rauh ziehe ich sie noch fester an mich. Ich falle über sie her, bis auch der geringste Zweifel verschwunden ist, dass mit ihr alles in Ordnung ist. Bis mir einfällt, dass Küssen eine verdammt schlechte Idee ist. Langsam löse ich mich von ihr, was ziemlich schwer ist, weil ich sie viel lieber packen und in mein Schlafzimmer schleppen würde.

Gwen sieht zu mir auf. Auch ihr muss klar sein, was ich jetzt am liebsten mit ihr machen würde, so eng, wie sie sich an mich presst. Ob sie es auch will? Ich suche in ihren Augen nach Bestätigung. Warte darauf, dass sie etwas sagt, nur ein Wort, das ja bedeutet und mich vergessen lässt, dass Sex eine ganz blöde Idee ist, wenn Küssen sie schon so verwirrt. Sie schweigt. Ich fluche in Gedanken. Warum können Mädchen nicht einfach sagen, was sie wollen?

»Frühstück?«

»Wie bitte?« Ich blinzele sie an und überlege, ob man Frühstück mit viel gutem Willen als ja deuten könnte. Wenn Kaffee Sex bedeutet, warum dann nicht auch Frühstück?

Sie deutet auf den Herd. Ich drehe mich nicht danach um. Was interessiert mich die Pfanne, die dort steht, solange Gwen sich an mich drückt? Ihre Arme liegen um meinen Hals und ihre Brüste pressen sich verführerisch in meine Brust. Ich kann ihre harten Brustwarzen sogar durch unsere T-Shirts spüren. Gottverdammt. Sie trägt keinen BH. Ich schließe die Augen.

Schlechte Idee. So fühle ich es nur noch besser. Unwillkürlich stelle ich mir vor, wie ich ihr das T-Shirt runterreiße, nein, hochziehe, was auch immer. Sie ins Schlafzimmer zu schleppen ist keine Option mehr. Wozu gibt es den Küchentisch?

»Ob du Frühstück willst, meine ich«, haucht sie. Ihr Gesicht ist ganz nah an meinem, ihre Lippen streifen sachte mein Kinn. Herr, schmeiß Selbstbeherrschung vom Himmel. Oder lass es regnen, jetzt und hier in meiner Küche. Wasser, Frösche, Katzen, ganz egal. Hauptsache eiskalt.

Ich küsse sie wieder, sanfter diesmal, versuche auf ihren Lippen zu schmecken, was sie wirklich will. »Bitte sag mir, dass Frühstück das bedeutet, was ich denke«, stöhne ich an ihrem Mundwinkel.

Sie zögert. »Ich weiß nicht«, flüstert sie. Die Hilflosigkeit in ihrer Stimme bewirkt, was Vernunft und Logik nicht geschafft haben. Der Knoten in meinem Gehirn löst sich, und ich kapiere, dass es Gwen genauso geht wie mir. Sie will, aber sie fragt sich, ob es eine gute Idee ist.

Langsam schiebe ich sie weg. »Also Frühstück.«

Sie presst die Lippen zusammen, Enttäuschung schimmert in ihren Augen. Hastig wende ich den Blick ab und rufe mir die Hilflosigkeit in Erinnerung. Sie weiß nicht, was sie will. Sie weiß nicht mal, ob sie leben will. Selbst in meinem jetzigen Zustand habe ich genug Blut im Kopf, um das nicht ausnutzen zu wollen. Ich fixiere die Pfanne und die Schüssel mit aufgeschlagenen Eiern, die daneben steht.

»Sind das die Eier aus dem Kühlschrank?«

»Ja. Sorry, ich hatte riesigen Hunger. Ich hoffe, du hast die nicht für was anderes eingeplant.«

Ich schnaube. Eingeplant? Für was denn eingeplant? »Nein, total okay, du darfst hier alles nehmen, worauf du gerade Lust hast.«

»Wie nett«, antwortet sie belustigt.

Erst jetzt wird mir klar, wie meine Worte geklungen haben. Ich verkneife mir den blöden Witz, der mir auf der Zunge liegt. »Es könnte nur sein, dass die noch von Sofie sind.« Vorsichtig rieche ich an der Schüssel, bevor ich den Inhalt in die Pfanne kippe.

»Umso besser. Du wolltest doch ihre alten Sachen loswerden, oder nicht?«

Ich drehe mich halb zu ihr und sehe, dass sie grinst. Es ist so ungewohnt, sie ist so anders als in den letzten beiden Tagen. So anders, als ich es nach dem Schreck vorhin erwartet habe. Ob sie mir nur etwas vorspielt, um mich in Sicherheit zu wiegen? Ich verenge die Augen, mustere sie. Sie lehnt am Esstisch, was sofort unerwünschtes Kopfkino in mir auslöst. Wie ich sie auf die Tischplatte hebe, ihre Oberschenkel leicht auseinander schiebe und … Ich räuspere mich. Ihre Hände liegen entspannt auf der Tischkante, ihr Blick ist offen, und ihr fröhliches Grinsen kommt tief aus ihrer Seele.

»Wenn du willst, kannst du mit Sofies Cornflakes weitermachen. Du würdest mir echt einen Gefallen tun. Ich wollte sie wegschmeißen, aber sie haben nicht in den Mülleimer gepasst.«

Sie lacht. »Danke, aber derzeit bin ich noch vollauf mit ihrem Obstsalat beschäftigt. Du weißt schon, das Shampoo.«

»Du musst aber noch eine Weile bleiben, wenn du das aufbrauchen willst«, erwidere ich, während ich den Pfannenwender aus der Schublade hole.

»Habe nichts dagegen.« Die Unbeschwertheit von gerade eben hallt noch in ihren Worten nach, aber ein leichtes Zittern in ihrer Stimme verrät, dass sie es ernst meint.

»Ich auch nicht«, antworte ich leise.

Sie windet sich unter meinem Blick, senkt den Kopf. Ob sie an die zwei Wochen denkt, die wir ausgemacht haben, und daran, was danach passieren soll? Verdammt, ich will nicht, dass sie daran denkt. Sie soll wieder lachen. Aber der Moment ist wohl vorbei, also suche ich in Small Talk Zuflucht. »Hast du gut geschlafen?«

»Geht so.«

Mist. Auch kein gutes Thema. Dabei wirkt sie so gelöst, viel entspannter als gestern früh. »Tut mir leid. Hast du … hast du wieder diese Träume gehabt?«, unternehme ich einen Versuch, sie zum Reden zu bringen in der Hoffnung, dass ihr das hilft.

»Ja. Aber es war nicht so schlimm«, erwidert sie zögerlich und beinahe überrascht, als könnte sie es selbst nicht fassen. »Es war eher der harte Boden, der gestört hat.«

»Der Boden?«

»Um genau zu sein, der neben meiner Tür.«

Nur langsam sickert zu mir durch, was sie damit meint. »Du hast mit mir auf dem Boden geschlafen?«

»Das hättest du wohl gerne.« Der Schalk blitzt aus ihren Augen. »Ich habe *neben* dir auf dem Boden geschlafen.«

Ich grinse. »Warum?« Warum würde sie freiwillig die harten Dielen vorziehen, wenn sie ein weiches Bett haben kann?

Sie zupft verlegen an ihrem T-Shirt herum. »Ich wollte ins Bad, und da habe ich dich da sitzen sehen. Du warst total weggetreten, und ich wollte dich nicht wecken.« Sie stockt. Mein Herz schlägt schneller. Sie hat sich zu mir gesetzt. Vielleicht hat sie sich sogar an mich gelehnt, und ich habe es nicht gemerkt. Ein Glück, sonst hätte ich wohl wieder nicht schlafen können. Auch wenn ich mich immer noch nicht ordentlich ausgeschlafen fühle, eine Nacht, die ich nicht durchmache, habe ich dringend gebraucht. Ich will sie fragen, warum sie geblieben ist, aber ich will sie nicht noch mehr in Verlegenheit bringen.

»Verstehe. Und da hast du dich dazugesetzt, aus Gruppenzwang sozusagen.«

Sie lächelt dankbar. »Genau. Gruppenzwang. Immerhin war Flecki auch da. Ich wollte nicht die Einzige sein, die die Nacht im Bett verbringt.«

»Flecki war da?« Ich reiße übertrieben die Augen auf. »Du hättest mich liegen lassen und dich in Sicherheit bringen müssen.«

Sie zwinkert mir zu. »Ich lasse doch keinen Mann einfach so liegen.«

Ich hebe eine Augenbraue.

Sie bricht in Gelächter aus, das meinen Magen zum Flattern bringt. »So war das nicht gemeint.«

Grinsend wende ich mich wieder der Pfanne zu. Die Eier sind immer noch glibberig. Kein Wunder, wenn die Herdplatte aus ist. Ich schalte sie ein. Gwen lehnt hinter mir am Tisch und beobachtet mich.

»Flecki war übrigens ganz friedlich, vorhin ist sie mir sogar um die Beine gestrichen. Fühlt sich ein bisschen an wie eine Welle, die einen von den Füßen reißen will, aber dafür ist ihr Fell sehr schön weich.«

Während ich langsam in den Eiern rühre, deckt Gwen den Tisch. Als die Eier fertig sind, kippe ich sie auf unsere Teller und setze mich hin.

»Sorry, Toastbrot ist alle«, sage ich. »Und so ziemlich alles andere auch. Ich fürchte, wir müssen nachher einkaufen gehen. Du kommst doch mit?« Auf keinen Fall lasse ich sie alleine hier.

Gwen zuckt mit den Schultern. »Warum nicht.«

»Echt?«, rutscht es mir heraus. Immerhin sind dort viele Leute.

»Ich nehme einfach den Mundschutz mit, den ich aus dem Krankenhaus habe.« Sie lächelt und sticht die Gabel in das Rührei. »Vielleicht kriege ich bei der Gelegenheit auch noch irgendwo ein paar T-Shirts her.«

Ich sollte sie nicht anstarren. Aber es ist unglaublich, was für eine Verwandlung sie durchgemacht hat. Es ist unheimlich, geradezu beängstigend. Macht sie mir doch nur was vor, und in Wirklichkeit geht es ihr total dreckig?

»Gwen?« Ich zögere. Wie soll ich sie danach fragen, ohne den Augenblick zu zerstören?

»Hm?« Sie schiebt sich eine Gabel mit Ei in den Mund und sieht dann auf.

»Was … was hast du … Ich meine, gestern Abend, da bist du einfach verschwunden.«

Sie lässt die Gabel sinken. Ihr Blick ist jetzt wachsam. »Wegen Alex.«

»Oh.« Noch schlechteres Thema, schätze ich. Hastig schiebe ich mir den letzten Bissen in den Mund, stehe auf und stelle den Teller ins Spülbecken. Ich hasse den Gedanken, dass sie noch immer offiziell mit diesem Alex zusammen ist, aber ich weiß auch, dass es nicht hilfreich ist, wenn ich sie dränge. Auch wenn sie offensichtlich an mir interessiert ist, sie hat genug andere Probleme. Also heißt es, anständig zu sein, auch wenn ich ihr am liebsten das Handy reichen würde, damit sie mit diesem Alex Schluss macht.

»Ich habe ihn gestern noch angerufen und …«

»Hör zu, Gwen«, unterbreche ich sie. »Ich finde es gut, dass du ihn nicht einfach abservierst. Ich will nicht zwischen euch stehen, also …« Verdammt, wie sage ich es nur, ohne dass es vollkommen eingebildet klingt? »Du solltest nicht wegen mir …«

»Es ist nicht wegen dir«, flüstert sie. »Das mit uns war schon lange nicht mehr richtig. Ich habe es nur nicht gemerkt. Oder wollte es nicht bemerken, weil ich Angst hatte, dass er geht. Gott, ich war so egoistisch.«

»Trotzdem sollst du nicht … Also, du solltest in Ruhe darüber nachdenken und dir Zeit nehmen.«

»Ich habe Schluss gemacht.«

»Was?«

Sie legt bedächtig die Gabel neben den Teller, als wäre es das Wichtigste auf der Welt. Sie starrt eine Weile darauf, bevor sie den Kopf hebt. Ihre Augen schimmern verräterisch. »Ich habe Schluss gemacht. Gestern Abend.«

Ich bekämpfe das Bedürfnis, einen Freudentanz aufzuführen, und verziehe stattdessen mitleidig das Gesicht. »Und wie fühlst du dich jetzt?« Herrgott, ich höre mich schon so an wie Michael.

»Schrecklich.« Sie lächelt. Gleichzeitig läuft ihr eine Träne über die Wange. Das Gefühlschaos in ihr muss sie beinahe zum Explodieren bringen. »Und ziemlich gut.« Sie lacht zittrig. »Das hört sich total bescheuert an. Aber es ist wirklich so. Schrecklich, weil …« Sie schluckt, ihre Lippen zittern. »Weil ich mir ein Leben ohne Alex nicht vorstellen kann. Und gut, weil es richtig war. Für uns beide.«

»Dann … schrecklichen Glückwunsch?«

Sie lacht. Noch eine Träne. Am liebsten würde ich sie ihr wegküssen. Es kommt mir nur so verdreht vor, dass ich sie trösten will und gleichzeitig am liebsten Luftsprünge machen würde, weil sie frei ist. Heuchlerisch. Zum Glück nimmt sie mir die Entscheidung ab und wischt sich über die Augen, bevor sie noch mehr überlaufen können, und stellt ihren Teller in die Spüle. »Okay, dann … einkaufen?«

Ich werde sie nicht fragen, ob sie darüber reden will. Wenn sie es wollte, hätte sie gerade Gelegenheit dazu gehabt. »Klar. Einkaufen. Komm.« Lieber ermutige ich sie nachher, es noch mal mit dem Forum zu versuche. Das Forum, von dem ich sie ausgeschlossen habe, weil ich sie für einen Fake hielt. Ich verdränge das schlechte Gewissen. Man kann eben nicht immer richtig liegen. Trotzdem hätte ich nie gedacht, dass ich einen Menschen so extrem falsch einschätzen könnte.

Ich lächele sie an. Wenn sie eines nicht ist, dann ein Fake. Sie ist so ehrlich wie kaum jemand, den ich kenne. Ihr diese ironische Mail zu schreiben war ein Fehler, und ich hasse es, sie dauernd anzulügen. Trotzdem kann ich nicht anders, als froh zu sein, dass all das passiert ist und dass sie jetzt hier ist. Weil ich zum ersten Mal seit langem nicht einfach nur darauf warte, dass irgendwas passiert. Weil es endlich wieder mehr gibt, als nur das Forum, den Sport und die Partys mit Sevi. Weil sich mein Leben nicht mehr anfühlt wie eine einzige, riesige Zeitverschwendung.

Zeit mit ihr ist keine verschwendete Zeit.

Kapitel 23

www.jungundherzkrank.de/Forum/Intern/showtopic9013
Re: Feiern und Partys
Antwort von Gwen (vor sieben Monaten)
»Mir fehlt das nicht, ich konnte damit noch nie viel anfangen.«

Gwen

Als Noah vom Einkaufen geredet hat, dachte ich nicht, dass wir es mit dem Fahrrad tun. Aber er hat mir Sofies Rad aus dem Keller geholt und den Sattel etwas niedriger gemacht. Jetzt fährt er durch Straßen mit hohen, wunderschönen Altbauten voraus und hinein in eine Grünanlage.

»Der Englische Garten«, erklärt er.

»Wo man so ewig lange fahren kann?«, nuschele ich durch den Mundschutz, den ich noch in Noahs Wohnung aufgezogen habe, weil ich dachte, dass es bis zum Supermarkt nicht weit ist.

»Genau. Hier links geht es nach München und da«, er deutet auf eine riesige Grünfläche, durch die sich mehrere Bäche schlängeln, »kommt man irgendwann wieder an die Isar und kann ewig weit fahren.«

»Klingt schön.« Ich bin noch nie mit Mundschutz Fahrrad gefahren und hätte es wohl auch besser gelassen. Durch das Ding kann man kaum atmen, wenn man sich anstrengen muss. Mit so viel Plastik vor der Nase geht das einfach nicht. Ich schnaufe wie eine Dampflok, und auf meiner Oberlippe bildet sich Schweiß. Atmungsaktiv ist anders. »Noah, warte«, rufe ich ihm nach, bremse, reiße mir den Mundschutz runter und atme tief durch. Auf meiner überhitzten Haut ist selbst die warme Sommerluft eine angenehme Abkühlung. »Es reicht, wenn ich den später in der Stadt anziehe.«

Noah hält an, dreht um und grinst mich an. »Ich wollte ja nichts sagen, aber ich dachte die ganze Zeit, Darth Vader fährt hinter mir.«

»Haha, sehr witzig«, antworte ich, muss aber doch lachen.

»Wie ist das Fahrradfahren?«, fragt Noah, während ich den Mundschutz in meinen Rucksack auf dem Gepäckträger stopfe.

»Gut. Viel besser als Laufen, und es ist definitiv schöner als das dämliche Walken. Man kommt schneller vom Fleck.«

»Dann ist das Tempo gut so?« Besorgt sieht er mich an.

Ich nicke. Wärme breitet sich in mir aus, so wie vorhin, als er mich geküsst hat. Meine Hand wandert zu meinen Lippen, meine Fingerspitzen ahmen Noahs Berührung nach, bis ich seinen Blick bemerke.

Was ich tue, muss wie eine Einladung auf ihn wirken. Hastig lasse ich die Hand sinken. Gleichzeitig verfluche ich die Tatsache, dass die Fahrräder zwischen uns stehen. Auch Noah mustert ungnädig die Fahrräder. Er ist kurz davor, seines einfach fallen zu lassen, um mich zu küssen.

Ich deute ein Stück den Weg entlang. »Da vorne ist eine Bank.« An die man prima die Fahrräder lehnen kann, damit man die Hände frei hat. Ich versuche, so zu wirken, als hätte ich keine zweifelhaften Absichten, aber Noahs Lächeln verrät, dass er mich durchschaut.

»Gute Idee.«

In diesem Moment macht Noahs Handy pling. Nur widerwillig löst er seinen Blick von mir, zieht es aus der Tasche und tippt auf das Display.

»Das Forum?«, frage ich, während ich die Enttäuschung niederkämpfe. Hier mitten im Park ist sowieso nicht der richtige Ort für so einen Kuss wie vorhin. Einen Kuss, der mich bis in die Grundfesten meiner Seele erschüttert.

»Eine Neuanmeldung. Sorry, ich muss mich schnell darum kümmern.« Der Widerwille ist ihm deutlich anzuhören.

Während er auf dem Display herumtippt, ebbt die Enttäuschung langsam ab und mein Magen meldet sich. Das Rührei war nicht gerade ein ausgiebiges Frühstück.

Noah steckt das Handy weg und schiebt sein Fahrrad weiter auf die Bank zu. »Ich habe dich übrigens wieder freigeschaltet. Du kannst jederzeit lesen und auch etwas schreiben, wenn du willst.«

Als wir fast bei der Bank sind, klingelt Noahs Handy. So langsam wünsche ich mir, dass sein Akku bald leer ist.

Er lehnt das Fahrrad an die Bank. »Hey, Sevi.«

Ich lehne mein Fahrrad an die Bank und lasse mich auf sie fallen. Noah setzt sich neben mich, das Telefon am Ohr. »Ich weiß nicht«, erwidert er gerade. »Ich kann mir einfach nicht vorstellen, dass Restalkohol den Montag so viel besser macht.« Er verdreht die Augen.

Ich muss kichern.

»Du weißt genau, dass ich nichts gegen Bier habe und auch nicht gegen …« Sein Blick zuckt zu mir. »Aber Fabians Partys sind mir einfach eine Ecke zu krass. Ich kann mich auch ohne Eimersaufen und Blaulicht gut amüsieren.« Wieder lauscht er. »Gut, frag mich am Samstag noch mal. Aber da müsste schon einiges passieren, damit ich es mir anders überlege. Servus.« Mit einem Schnauben lässt er das Handy sinken.

»Dann war die Party am Sonntag wohl ein voller Erfolg?«, frage ich, obwohl ich lieber zu ihm hinrücken und ihn küssen würde.

»Scheint so.« Er grinst verlegen. »Ich hasse diese Partys. Sevi hat mich vor ein paar Wochen auf eine mitgeschleppt. Ich weiß echt nicht, was er daran findet. Alle saufen bis zur Besinnungslosigkeit, und hinterher wird irgendwer im Krankenwagen weggefahren.«

»Besäuft er sich auch bis zur Besinnungslosigkeit?«

»Nicht ganz. Irgendwie schafft er es immer aufzuhören, bevor es richtig übel wird. Ich verstehe nur nicht, was er davon hat. Ist ja nicht so, als wäre ich noch nie rotzbesoffen gewesen, aber ich kann mir echt besseres vorstellen, als halb betäubt irgendwo rumzuliegen, ohne zu wissen, wo oben und unten ist.«

»Ich war noch nie rotzbesoffen«, gebe ich zu. Als ich noch Gelegenheit dazu gehabt hätte, war ich zu jung, und danach war es zu gefährlich. Trotzdem kann ich nachvollziehen, dass es Situationen gibt, in denen man betäubt sein will. Nichts mehr denken, nichts mehr fühlen. »Ob er damit irgendwelche Sorgen loswerden will?«, frage ich leise.

Noah seufzt. »Daran habe ich auch schon gedacht, aber wenn ich ihn darauf anspreche, überspielt er es. So war es schon immer.«

»Und was für einen Grund hattest du, dich so zu besaufen?«

Er zögert. »Die Trennung von meiner Ex.«

»Oh.« Ich hätte wohl doch besser meinen Mut zusammennehmen und ihn küssen sollen. Aber jetzt ist es zu spät. »Was ist passiert?«, frage ich stattdessen. Vielleicht will er ja darüber reden.

»Sie hat Enrico kennengelernt, das ist passiert.«

Um Noahs Mund liegt ein bitterer Zug. Bisher hatte ich das Gefühl, dass er seine Ex nicht mehr liebt, aber ich könnte mich auch getäuscht haben. Der Gedanke liegt mir wie ein Stein im Magen. »Tut mir leid.«

»Mir auch. Aber ihr wohl nicht. Sonst wäre sie nicht ohne ein Wort gegangen.«

»Habt ihr denn nicht geredet oder gestritten? Hast du nicht versucht, sie aufzuhalten?«

»Nein. Ich habe gedacht, dass es ein Zeichen war. Von ihr, dass sie einfach so gegangen ist, ohne darüber zu reden. Und von mir, dass ich nicht mal wirklich versuchen wollte, sie aufzuhalten. Da war einfach schon länger der Wurm drin.«

Ich kann nicht fassen, dass er die Trennung einfach so hinnimmt. Seine Freundin hat ihn betrogen und verlässt ihn, und er tut nichts? »Warst du denn nicht wütend?«, frage ich vorsichtig.

»Natürlich war ich wütend. Verdammt wütend. Aber es ist vorbei, und damit hat sich's. Was hätte es gebracht, ihr irgendwas an den Kopf zu werfen?« Ein Funkeln in seinen Augen verrät mir, dass das nicht stimmt und es für ihn doch noch nicht erledigt ist.

»Manchmal ist es befreiend, zu sagen, wie wütend man ist. Vielleicht würde es dir auch guttun.«

»Ich bin nicht mehr wütend.«

»Klar. Deshalb hast du auch ihre Sachen aufgehoben.«

»Was hätte ich denn sonst damit machen sollen? Ein Feuer auf dem Dach?«

Ich muss lachen, als ich mir vorstelle, wie Noah auf dem Hausdach um ein Feuer springt. »Warum nicht? Oder spenden? So viel Zeug, wie du zu verschenken hast, wird manchmal sogar von Organisationen abgeholt. Kostet nur einen Anruf, mehr nicht.«

Er öffnet den Mund, schließt ihn wieder, steht auf und schaut auf sein Handy. »Wir sollten weiterfahren. Nach dem Einkaufen können wir noch ein paar Caches suchen, für deine neue Website.«

Etwas verdattert stehe ich ebenfalls auf. Wenn ich noch einen Beweis gebraucht hätte, dass er immer noch sauer ist, habe ich ihn jetzt. Ich versuche, das dumpfe Ziehen in meinem Magen zu ignorieren. Dass er noch wütend auf seine Ex ist und ihre Sachen noch hat, muss nicht heißen, dass er noch etwas für sie empfindet, oder? Fast bringe ich sogar den Mut auf, ihn zu fragen, aber er schwingt sich schon auf sein Fahrrad und fährt los. So bleibt mir nur, ihm zu folgen.

Wir fahren an einem der Bäche entlang, vorbei an einem japanischen Garten mit Kirschbäumen. Im Frühling, wenn sie ihre wunderbaren rosa Blüten tragen, muss es hier traumhaft sein. Immer mehr Menschen begegnen uns, obwohl es nicht wirklich überlaufen ist. Auch in der Stadt merkt man, dass Dienstagvormittag ist. Es sind so wenige Menschen unterwegs, dass ich mich sogar traue, das Fahrrad ohne Mundschutz durch die Fußgängerzone zu schieben.

»Willst du zuerst nach T-Shirts suchen?«, fragt Noah.

»Ehrlich gesagt, bin ich am Verhungern.«

»Also essen wir erst etwas?«

»Im Restaurant?« Zweifelnd sehe ich ihn an.

»Stimmt ja. Ist bestimmt schwierig, mit Mundschutz zu essen.« Er grinst. »Na gut, dann nehmen wir uns einfach was mit und setzen uns draußen irgendwohin, wo nicht so viel los ist.«

»Das fände ich schön.«

Beim Supermarkt schließen wir die Fahrräder an, und ich setze den Mundschutz auf. Sofort habe ich das Gefühl, dass alle Augen auf mir ruhen. Als wäre ich aussätzig, oder noch schlimmer paranoid und hätte Angst, mich mit SARS anzustecken, nur weil gestern irgendwer auf seinem Blog darüber berichtet hat. Dabei braucht es gar keine Seuche, es sind schon die ganz normalen Keime, die gefährlich für mich sind. Ich beiße mir auf die Lippen und senke den Kopf, während wir die Rolltreppe nach unten in den Keller nehmen, wo der Supermarkt liegt.

»Wir sollten dir nachher ein T-Shirt mit der Aufschrift ›Ja, die Seuche kommt, wartet es nur ab‹ kaufen.«

Ich muss kichern. Es tut gut, dass der Mundschutz für ihn keine große Sache ist. Ich hebe das Kinn. Mir ist plötzlich egal, was die anderen von mir denken. Wir schnappen uns ein paar Getränke und ein bisschen Obst.

»Was Richtiges können wir uns oben bei der Bäckerei mitnehmen, oder?«

»Gern.«

Auf dem Weg zur Kasse bleibt Noah bei den Zeitschriften stehen und sucht das Regal ab. »Mist. Muss ich wohl doch wieder zum Bahnhof.«

»Was suchst du denn?«, frage ich.

»Das neue *Zeugs* ist draußen. Aber ich hätte mir denken können, dass es das hier nicht gibt.«

»*Zeugs?* Heißt das wirklich so?«

»Ja. Das ist eine Zeitung mit allem möglichen … Zeugs eben.« Er grinst und zuckt mit den Achseln. »Technikkram, Möbel, Fahrzeuge, Hauptsache durchgeknallt. Ich schaue mir gerne an, was es für verrückte Sachen gibt.«

»Wenn es dir nur um bescheuert geht, nimm doch so was.« Ich deute auf eine der billigen Frauenzeitschriften, die sich zu Hunderten im Regal stapeln. »Da ist alles drin, was man so zum Leben braucht. Die neueste Wunderdiät, der wichtigste Klatsch und natürlich die Tests, die dir alles über deine Psyche verraten.« Ich beuge mich vor. »Guck mal hier: Welchen Typ Mann ziehst du magisch an? Klasse. Die Art mag Leni am liebsten.« Ein Lächeln schleicht sich auf meine Lippen.

»Ernsthaft?«

»Die bringen sie immer zum Lachen. Sie funktionieren alle nach dem gleichen vorhersehbaren Schema, und am Ende kommt ein völlig absurdes Ergebnis raus.« Ich lächele Noah an. Er lächelt erwartungsvoll zurück. Aber das ist eine Sache zwischen Leni und mir. Nichts, was man mal eben an der Supermarktkasse erzählt. Vielleicht etwas, was man gar nicht erzählt. Kurz zögere ich, den Blick auf die Zeitung gerichtet, dann bücke ich mich danach.

***

Noah hat mich zu einer großen Wiese hinter dem Münchner Rathaus geführt, nur wenige Gehminuten von dem Supermarkt entfernt, weil mein Magen ständig knurrt und ich es nicht mehr länger ausgehalten habe. Die Sonne scheint schon warm auf uns herunter, und die Innenstadt füllt sich langsam. Trotzdem ist es hier ruhig, wie in einer Oase, in der man sich aufhalten und beobachten kann, was draußen passiert, ohne sich dem Trubel aussetzen zu müssen. Nach der Hitze der letzten Tage ist die Wiese so trocken, dass man gut darauf sitzen kann.

Noah sieht auf die Uhr. »Oh, nein, so ein Mist.«

»Was ist?«, frage ich.

Eine Melodie von mehreren Glocken ertönt, ganz zart und leise. Fragend sehe ich Noah an.

»Das Glockenspiel«, erklärt er.

»Was für ein Glockenspiel?«

»Auf der anderen Seite, im Rathausturm. Es gibt Figuren, die sich zu der Melodie bewegen. Ist eine große Touristenattraktion.« Er seufzt theatralisch. »Und jetzt hat es mich auch erwischt.« Er gibt sich so übertrieben geknickt, dass es mich zum Lachen bringt.

»Was meinst du damit?«

»Na ja. Als Münchner ist man stolz darauf, aber man hört es sich nicht an, verstehst du? Wir jedenfalls nicht. Das ist nur für die Touristen. Immer, wenn es läuft, machen wir, dass wir so schnell wie möglich wegkommen. Ich habe es noch nie komplett gehört.«

Ich muss grinsen. Vollkommen bescheuert. Liebenswert. »Wenn es dich tröstet, man hört es ja kaum. Bestimmt nicht die ganze Melodie. Außerdem kannst du behaupten, dass du es dir nur mir zuliebe angehört hast.«

Während ich rede, schnappe ich mir den Fahrradkorb mit unseren Einkäufen und hole die Papiertüte vom Bäcker und nach kurzem Überlegen auch die Zeitschrift heraus.

Noah macht sich über sein belegtes Brötchen her, während ich die Zeitschrift aufschlage und an meiner Nussschnecke kaue. Wie erwartet, ist der Test vollkommen absurd. So absurd, dass ich kaum essen kann, weil ich immer wieder kichern muss. »Das ist eine Goldgrube. Leni würde es lieben. Schon allein die Typen.«

»Was für Typen gibt es denn?«, fragt Noah.

Ich lasse die Nussschnecke sinken. Es ist merkwürdig, mit Noah darüber zu reden, was für eine Sorte Mann zu mir passt, auch wenn es nur ein blöder Test ist, der nichts mit mir zu tun hat. »Der Rebell, der Bodenständige, der Romantiker, der Loser, der Workaholic.«

»Autsch.« Seine Augen funkeln amüsiert.

»Warte erst mal ab, bis du die Fragen hörst. Hier: ›Welche Musik magst du am liebsten? Klassik, Pop, Heavy Metal, Querbeet, Jazz.‹ Als ob man ein Rebell ist, nur weil man auf Heavy Metal steht. Und ich wette, der Bodenständige mag Klassik. Aber die nächste Frage ist noch besser: ›Hast du Piercings? Nein, ja, eins, mehr als eins, ich habe sogar Intimpiercings.‹« Ich verdrehe die Augen.

Noah lacht. »Und? Was für ein Ergebnis hast du?«

»Warte.« Ich lese die Fragen, merke mir die Ergebnisse im Kopf, rechne am Ende zusammen und lese die Antwort. »Den Rebell. Totaler Quatsch.«

Noah seufzt übertrieben erleichtert. »Ein Glück.«

»Warum?«

»Stell dir vor, du würdest den Bodenständigen anziehen. Immer nur Klassik hören und ja kein Piercing haben.« Er zwinkert mir zu. »Sonst fliegst du aus der Schublade, in die du gerade so bequem eingeordnet wurdest.«

»Eben. Totaler Blödsinn.«

»Weil du den Rebell abbekommen hast?«

»Nein, das passt schon.« Ich zwinkere ihm zu. »Immerhin habe ich zwei Piercings angekreuzt.«

»Ach was. Wo?«

Ich deute auf meine Ohren.

»Das zählt nicht.«

»Natürlich zählt das. Ich habe das gegen den Willen meiner Eltern gemacht. Hast du eine Ahnung, wie verwegen ich mir vorkam? Aber das habe ich nicht gemeint.«

»Was dann?«

»Na ja, du wirkst nicht sehr rebellisch auf mich.« Sofort würde ich mich am liebsten ohrfeigen. Geht's noch unauffälliger?

Noah macht ein gespielt entrüstetes Gesicht. »Na klar bin ich rebellisch. Und wie.«

Ich pruste los. »Sorry, aber das glaube ich dir nicht.«

»Aber sicher. Ich tarne mich nur gut. Irgendwo habe ich sogar eine Metallica-CD.«

»Die hast du doch ausgeliehen.«

Er lacht. »Nein, wirklich nicht.«

»Dann beweis es.«

»Okay.« Er runzelt die Stirn, als ob er angestrengt überlegt oder sich etwas ausdenkt. »Meine Mutter war immer beschäftigt, immer im OP. Ich habe sie so gut wie nie gesehen. Ich war damals ziemlich wütend und habe alles Mögliche gemacht, um ihre Aufmerksamkeit zu bekommen. Mit fünfzehn habe ich mir die Haare rechts und links abrasiert.«

Ein Lachen regt sich in mir. »Bitte sag mir, dass du davon ein Foto hast.«

»Glaubst du mir etwa nicht?«

»Oh, doch, ich glaube dir. Und ich will das unbedingt sehen.« Die Vorstellung von Noah mit Irokesenschnitt kriege ich bestimmt nie wieder aus dem Kopf. »Hat's was gebracht?«

»Nicht so richtig.« Er grinst schief. »Jedes Mal, wenn ich etwas Verrücktes versucht habe, hat sie mich zur Seite genommen und mir erklärt, dass sie mich liebt und versteht, dass ich sauer bin. Und dass sie mir nicht vorwirft, wenn ich meine Wut ausleben will.« Er schüttelt den Kopf, als könnte er selbst jetzt noch nicht glauben, dass seine Mutter so reagiert hat. »Aber sie hat auch gesagt, dass sie mir nicht versprechen wird, mehr Zeit für mich zu haben. Sie meinte, die Patienten brauchen sie mehr als ich, und ich soll mir woanders Gesellschaft suchen.«

»Wow, das ist hart.« Und es passt irgendwie zu ihr.

»Immerhin war sie ehrlich. Sie hält nichts davon, falsche Hoffnungen zu machen.« Das hört sich bitter an. »Dafür hat sie mir versprochen, dass ich immer zu ihr kommen kann, wenn ich etwas brauche oder reden muss. Und das Versprechen hat sie gehalten.«

»Und dein Vater?«

Er zuckt mit den Schultern. »Sie sind geschieden, ich sehe ihn nur ab und zu. Als ich jünger war, noch öfter, und da hat er sich zu meinen verrückten Einfällen nie geäußert. Er wollte die wenige Zeit, die wir hatten, wohl nicht mit Streit verbringen. Oder er hat sich insgeheim über mein Verhalten amüsiert und gedacht, dass so eine rebellische Phase einfach dazugehört.«

»Also ist die Rebellion gründlich gescheitert.«

Er lacht. »Kann man so sagen.«

»Dann hast du aufgegeben?«

»So halb.«

»Wieso halb?«

»Rate mal, warum ich mir BWL ausgesucht habe.« Er zwinkert.

So richtig glaube ich ihm nicht, dass seine Rebellion gegen seine Mutter der Grund für seine Studienwahl war, aber ich spiele mit. »Und? Was hat sie gesagt?«

»Sie hat mir ein Abo für das Manager-Magazin geschenkt, und meinte, ich soll tun, was mich glücklich macht, und dass es egal ist, was sie davon hält.«

Das ist ja schon fast sympathisch. Vielleicht habe ich ihr unrecht getan, und sie hatte nur einen schlechten Tag, als wir bei ihr waren. Oder sie mochte Noahs Exfreundin so gern, dass jede andere es schwer bei ihr hat.

»Deswegen stapeln sich überall die ungelesenen Manager-Zeitschriften.«

»Genau. In die allererste habe ich mal reingeschaut. Nicht so mein Ding. Seitdem versuche ich, sie anderweitig sinnvoll einzusetzen.«

So kann man es auch nennen. Als Stabilisator für den Tisch im Arbeitszimmer oder als Deko unter dem Couchtisch. Und natürlich als Schutz gegen Luftzug vor dem Fenster. Ich muss grinsen. »Und tust du es?«, frage ich.

»Was?«

»Was dich glücklich macht?«

»Ich weiß nicht«, antwortet er langsam. »Ich glaube, ich hasse BWL.« Überraschung zeichnet sich auf seinen Zügen ab, als wäre ihm das selbst gerade erst bewusst geworden. »Aber ich wusste nicht, was ich sonst machen soll.«

»Willst du mit dem Studium trotzdem weitermachen, wenn du gesund bist?«

»Weitermachen ist gut. Ich habe nie damit aufgehört.«

»Ich dachte, du gehst wegen der Krankheit nicht in die Uni.«

»Oh, nein. Deswegen nicht.«

»Dann willst du aufhören?«

»Weiß nicht. Oder ich mache es doch fertig. Jetzt habe ich schon mal angefangen, und viel ist es ja nicht mehr.« Er seufzt. »Ich sollte Sevi wohl mal wieder nach den Mitschriften fragen.«

Besonders motiviert wirkt das nicht. »Meinst du, das ist sinnvoll? Würdest du den Job später nicht genauso hassen?«

»Ach was, mit BWL kann man so ziemlich alles machen«, erwidert er bitter. »So viele Chancen, so viele Möglichkeiten …«

»Aber vielleicht die falschen.«

Überrascht sieht er mich an, und mir fällt auf, wie unhöflich mein Verhalten ist. Ich kann doch nicht einfach sein Leben in Frage stellen. »Tut mir leid, ich wollte nicht aufdringlich sein.«

Er seufzt. »Bist du nicht. Ich fürchte eher, du hast recht.« Er lächelt schief. »Aber ich kann jetzt nicht einfach aufhören, was würde meine Mutter dazu sagen?« Sein Lächeln wirkt plötzlich gezwungen. Er meint es nicht nur als Scherz.

»Mein Vater hat versucht, mir ein Studium anzudrehen, kaum dass ich aus der Reha draußen war. Als ob es eine Schande ist, dass ich tatenlos rumsitze«, erzähle ich in der Hoffnung, dass er mir dann mehr verrät.

Nachdenklich mustert er mich. »Oder er wollte nur verhindern, dass du ins Grübeln kommst.«

»Er meint es nur gut«, flüstere ich. »Aber das ändert nichts daran, dass es für mich falsch ist.« Ich stocke, unsicher, wie ich es formulieren soll. »Als ob er denkt, dass mit mir etwas nicht stimmt und er es geradebiegen muss, indem er mein Leben auf die richtige Spur bringt. Oder das, was er für die richtige Spur hält.« Ich starre auf die Zeitschrift, die offen vor mir liegt. »Er hat mich nicht ein einziges Mal gefragt, was ich mir wünsche oder ob ich überhaupt studieren will.«

»Vielleicht hatte er zu viel Angst vor der Antwort.« Noahs Stimme ist leise und verständnisvoll.

Ich sehe auf, direkt in seine wunderschönen blauen Augen. »Kann sein.«

»Wie lautet die Antwort denn? Willst du studieren?«

»Keine Ahnung.« Immer noch kann ich den Blick nicht von ihm wenden.

»Dann haben wir immerhin etwas gemeinsam.«

Immer noch sehe ich ihn an, öffne leicht den Mund, würde ihn so gerne bitten, mich zu küssen. Merkt er nicht, dass ich es will? In diesem Moment beugt er sich zu mir, nimmt mein Gesicht in beide Hände und küsst mich. Mein Magen macht einen Satz, und ich schließe die Augen. Er zieht mich an sich, lässt seine Lippen zärtlich über meine streifen, ganz anders als heute Morgen. Ich seufze leise, als er sanft meinen Mundwinkel küsst. Seine Hand löst sich von meiner Wange und streicht an meiner Seite entlang nach unten über meine Hüfte. Während er mich langsam auf die Wiese drückt, schiebt er die Finger unter den Bund der Jeans, liebkost die zarte Haut am Ansatz meines Pos und jagt winzige Schauer über meinen Körper.

»Hey, Mann, habt ihr kein Zuhause? Also ehrlich.«

Ich zucke zusammen. Noah fährt leise fluchend auf. Als der Typ, der uns angequatscht hat, zwinkernd an uns vorbeigeht, fängt Noah an zu lachen. Trotzdem sehe ich ihm an, dass er am liebsten weitermachen würde. Genau wie ich.

»Wie wäre es, wenn wir einen Cache suchen?«, schlage ich zaghaft vor. Die sind immer an so schön versteckten Orten. »Einen, der etwas abgelegen ist?«

Noah schnalzt mit der Zunge. »Also ehrlich, hast du denn kein Zuhause?«

Ich lache, und jede Scham verfliegt. »Doch, aber das ist viel zu weit weg, so lange kann ich nicht warten. Guck doch mal nach, ob es eine Cache-Serie ›Lauschige Plätzchen für Leute ohne Zuhause‹ gibt.«

Grinsend holt er sein Handy aus der Hosentasche. »Wenn nicht, sollten wir sofort nach einem passenden Ort Ausschau halten und selbst so einen Cache legen.«

»Und dann muss man auf der Geocaching-Seite Selfies davon posten, wie man sich küsst. Das wäre toll! Das würde Leni sicher auch gefallen. Wir hatten sowieso vor, irgendwann zusammen einen neuen Cache zu legen. Wenn sie auch entlassen würde.« Ich verdränge das miese Gefühl in der Magengegend. Ich will nicht daran denken, dass das wohl nie passiert.

Noahs Handy vermeldet eine SMS. »Sorry.« Als er die Nachricht prüft, huscht ein Schatten über sein Gesicht.

»Alles okay?«, frage ich.

»Meine Mutter. Ich soll nachher ins Krankenhaus kommen, sie will unter vier Augen mit mir reden.«

»Oje.«

»Genau«, brummt er, als sein Handy eine weitere SMS ankündigt. »Sie möchte dich auch noch mal sehen.«

»Was wirst du ihr antworten?« Die Vorstellung, seiner Mutter noch mal zu begegnen, gefällt mir nicht sonderlich, auch wenn sie nicht direkt unfreundlich zu mir war. Eher distanziert und uninteressiert. Trotzdem, die Erinnerung an den Brunch liegt mir wie ein Stein im Magen.

Seine Miene ist undurchdringlich. »Ich werde ablehnen, was sonst? Mir reicht's noch vom letzten Mal.« Er tippt noch einmal auf das Display und steckt das Handy wieder weg.

»Was ist denn bei dem Frühstück eigentlich passiert?«, versuche ich es noch mal. In der Hoffnung, dass er mir jetzt erzählt, was los war.

»Ich will nicht darüber reden.«

»Noah, bitte, wenn es um mich ging, wenn sie weiß …«

»Ich habe dir doch schon gesagt, dass es etwas anderes war.«

Unbewegt sehe ich ihn an, suche in seinem Gesicht nach einem Hinweis, dass es die Wahrheit ist und er mich nicht anlügt, damit ich mir keine Sorgen mache. »Ich habe einfach Angst, dass sie etwas ahnt. Ich will nicht, dass sie jemandem Bescheid sagt, ich will nicht …« Ich schlucke schwer. »Ich will nicht, dass sie mich wegholen.«

Die Verärgerung auf seinem Gesicht weicht Hilflosigkeit. »Gwen …«

»Du musst mich nicht schonen. Wenn es mit mir zu tun hat, dann sag es mir. Wir könnten etwas tun, um ihren Verdacht zu zerstreuen …«

Er weicht meinem Blick aus. »Sie will nicht, dass wir zusammen sind.«

Ich starre ihn an. »Was? Warum?«

»Weil sie genauso denkt wie du.«

»Wie ich? Das verstehe ich nicht.«

»Sie denkt, dass viel zu viel schiefgehen kann.« Obwohl er leise spricht, höre ich ihm die unterdrückte Wut deutlich an. »Dass es ein zu großes Risiko ist, mit dir zusammen zu sein.«

Für einen winzigen Moment dreht sich alles um mich. »Sie hat recht«, bringe ich hervor.

»Verdammt, ich weiß, dass sie recht hat. Aber es interessiert mich nicht, okay? Statistiken interessieren mich nicht. Jeder von uns kann jeden Tag draufgehen. Ich werde mich davon nicht abhalten lassen …« Er nimmt meine Hand. »Ich werde mich davon nicht abhalten lassen, und ich hoffe, du auch nicht.« Sanft küsst er meine Fingerspitzen, bis meine Haut unter seinen Lippen prickelt.

Plötzlich will ich auch nicht mehr daran denken, was alles schiefgehen kann. Wenn er es nicht tut, muss ich es auch nicht. Ich will nur noch, dass er weitermacht. Er küsst wieder meine Finger, dann meinen Handrücken. Das Herz schlägt etwas schneller.

Nein, ich will nicht, dass es aufhört.

Kapitel 24

www.herzforum.de/Liebe-und-Partnerschaft/topicreveal45672
Re: Reaktion auf die Narbe
Antwort von Noah (vor einem Jahr)
»Ich finde, es ist normal zu erschrecken, wenn man die Narbe sieht. Das bedeutet nicht, dass man sich abgestoßen fühlt. Sondern eher, dass man sich unwillkürlich vorstellt, was jemand mit so einer Narbe durchgemacht haben muss.«

Noah

Als wir nach Hause kommen, steht Flecki im Flur. Sie dreht uns den Rücken zu, als wollte sie deutlich machen, dass sie bestimmt nicht auf uns gewartet hat. Nur die Art, wie sie uns über ihre Schulter hinweg ansieht, verrät sie. Gwen lächelt wissend. Während ich die Einkäufe einräume, macht sie Fleckis Futter zurecht.

»Vielleicht kommt sie dann zu uns in die Küche«, meint sie.

Das zwar nicht, aber immerhin sitzt sie im Flur und beobachtet uns, ohne zu knurren. Als wir die Küche verlassen, schlüpft sie an uns vorbei und macht sich über das Futter her.

»Sie wird langsam zutraulich. Behältst du sie?«

Ich zucke mit den Schultern. »Was bleibt mir schon anderes übrig?«

Gwen grinst. Sie glaubt, dass ich mich immer mehr an das Biest gewöhne. Als ob es mir gefallen würde, wenn die Katze ständig aus einer Ecke knurrt und ich Wagenladungen an Futter für sie ranschleppen muss. Na gut, es hat was, nicht allein in der großen Wohnung zu sein. Und ihr Fell ist wirklich schön weich. »Ich kann sie ja schließlich nicht im Tierheim abgeben.«

Gwens Mundwinkel zucken. »Ich verstehe.«

Ich glaube, das tut sie wirklich. Sie kennt mich noch nicht lange, aber trotzdem durschaut sie mich. So wie vorhin mit Sofie. Ich wusste nicht, dass ich immer noch so wütend bin, aber Gwen hat es sofort gemerkt. Zum Glück durchschaut sie nicht, dass ich sie angelogen habe. Und sie merkt auch nicht, dass ich immer wieder eine SMS an Michael schreibe. Heute Nachmittag, als sie ein T-Shirt anprobiert hat, habe ich ihm schnell geschrieben, dass es ihr etwas bessergeht.

»Ich muss mal ins Forum gucken, willst du mitkommen?« Mir ist immer noch nicht ganz wohl dabei, sie aus den Augen zu lassen, auch wenn sie mir viel entspannter vorkommt.

»Warum nicht?« Sie folgt mir ins Arbeitszimmer. »Ich muss ja auch noch die Fotos von den neuen Caches hochladen.«

Am Laptop lasse ich ihr den Vortritt, sie lädt die Fotos hoch und schreibt etwas dazu. Dann rufe ich das Forum auf. Während ich ein wenig darin herumlese, beobachte ich, ob Gwen auch reinschaut. Tatsächlich scheint sie Interesse zu haben. »Dein Username und dein Passwort sind immer noch gleich«, erwähne ich so beiläufig wie möglich. »Falls du auch schreiben willst.«

»Weiß nicht.«

Ich rufe einen Thread auf, der interessant für sie sein könnte und wo ohnehin noch eine Antwort nötig ist. »Was meinst du dazu?« Ich schiebe ihr den Computer hin und hoffe, dass das Manöver nicht zu offensichtlich ist. Gwen beugt sich etwas vor und liest. Erleichtert warte ich darauf, dass sie fertig ist. In diesem Moment klingelt mein Handy. Perfektes Timing. »Da muss ich rangehen. Kannst du bitte für mich antworten?«

Überrascht sieht sie mich an, aber ich deute auf mein Handy und lasse sie allein. Hoffentlich klappt es. Es ist nur ein erster Schritt, aber ein Austausch wie der im Forum würde ihr sicher guttun. Ich halte das Handy ans Ohr.

»Noah? Wo warst du heute?«

Ich seufze. »Mom. Ich war mit Gwen unterwegs.«

»Das meine ich nicht, und das weißt du genau.«

»Und du weißt genau, warum ich nicht gekommen bin.«

»Ich wollte mit dir reden. Persönlich.«

»Du hast schon genug gesagt.« Auf sie bin ich wohl auch noch wütend. »Bis bald.« Ich lege auf und schalte mein Handy aus. Für heute reicht's mir. Ich hätte es gleich ausgeschaltet lassen sollen, aber den ganzen Tag nicht ins Forum zu schauen macht mich nervös.

Ich gehe zu Gwen ins Arbeitszimmer zurück. Erleichtert sehe ich, dass sie tatsächlich in den Thread gepostet hat. Ich lächele ihr zu. »Danke.«

Sie lächelt zurück. »Kein Problem. Soll ich weitermachen?«

Mein Magen krampft sich zusammen. Muss ich sie wirklich so manipulieren? »Das wäre super.« Ich zwinge mich zu einem fröhlichen Tonfall. »Dann könnte ich mal duschen gehen.« Es schadet nicht, sich den ganzen Staub und Schweiß vom Fahrradfahren runterzuwaschen.

»Klar, mach nur.« Sie wendet sich wieder dem Computer zu. Ein Bild huscht vor meinem inneren Augen vorbei. Die Seite mit den Todesarten von Organspendern. Ich überlege, Fleckis Futter in die Tür vom Arbeitszimmer zu stellen, damit Gwen nicht an ihr vorbeikann, falls sie auf dumme Gedanken kommt. Aber sie sieht vollkommen gelöst aus, klickt im Forum herum und macht nicht den Eindruck, als ob sie die nächste Gelegenheit ergreifen würde, wenn ich sie aus den Augen lasse.

Nicht duschen ist leider auch keine Lösung, also lasse ich sie allein und gehe ins Bad. Erst als ich schon unter der Dusche bin, klatschnass, merke ich, dass ich aus lauter Gewohnheit in das große Bad gegangen bin. Das, das jetzt Gwen gehört. Hastig schrubbe ich mich ab, schalte immer wieder das Wasser ab, lausche mit einem Ohr darauf, was Gwen macht, und danke meiner Faulheit dafür, dass ich es noch nicht geschafft habe, mir eine leisere Tastatur anzuschaffen. So höre ich, wenn sie etwas tippt. Ich verbrauche den Rest Duschgel, springe aus der Dusche und will die leere Flasche in den Mülleimer neben dem Waschbecken werfen. Er ist leer bis auf eine Sache. Eine Tube liegt darin, eine ziemlich volle Tube. Sie muss von Gwen sein. Ich versichere mich, dass sie nicht hinter mir steht, lausche, höre immer noch das Tippen aus dem Arbeitszimmer. Dann nehme ich die Tube und lasse gleichzeitig das Duschgel in den Eimer fallen.

Es ist eine Salbe, mit der man Narben pflegt. Unschlüssig halte ich sie in der Hand. Warum würde Gwen die wegschmeißen? Sie ist doch noch fast voll. Sicher wäre es gut, wenn sie sie weiter benutzte. Ich starre auf die Salbe, bis mir klarwird, was es bedeutet. Sie denkt, es spielt keine Rolle, wenn sie sich nicht eincremt. Weil sie ohnehin nicht mehr lange lebt.

Ich muss mich beherrschen, um die Tube nicht zu zerquetschen. Was soll das? Ich dachte, es gehe ihr besser. Ich dachte wirklich, dass sie langsam vergisst, warum sie hergekommen ist. Aber warum schmeißt sie dann ihre Salbe weg? Am liebsten würde ich ins Arbeitszimmer gehen und sie zur Rede stellen. Aber dazu habe ich kein Recht. Egal, wie wütend es mich macht. Egal, wie schwer mir das Schlucken plötzlich fällt. Ich stürze aus dem Bad. Gwen kommt mir aus dem Arbeitszimmer entgegen. Hastig verstecke ich die Tube hinter meinem Rücken.

Gwen steht da, als hätte ich sie bei etwas Verbotenem ertappt. Sie starrt mich an, mustert mich von oben bis unten, bis mir einfällt, dass ich nur ein Handtuch trage.

»Du bist fertig«, murmelt sie schließlich. »Ich wollte auch noch …« Sie verstummt, den Blick immer noch auf meinen nackten Oberkörper gerichtet. Dass sie mich so unverhohlen mustert, verfehlt seine Wirkung nicht. Wenn ich nicht hier im Flur über sie herfallen will, sollte ich mich lieber davonmachen.

Ich drücke mich an ihr vorbei, versuche, ihren wunderbaren Geruch zu ignorieren, und hindere mich daran, sie zu fragen, warum sie duschen will, wenn sie doch so gut riecht. In meinem Zimmer werfe ich die Salbe aufs Bett. Während ich mir T-Shirt und Boxershorts überwerfe, versuche ich, die Salbe zu ignorieren, aber es gelingt mir nicht. Und meine Wut wird immer größer. Wut, die in Wirklichkeit Verzweiflung ist. Wenn sie trotz allem noch sterben will, wie soll ich ihr überhaupt helfen? Ich will die Tube wegwerfen, kann es aber nicht.

Ich kann einfach nicht aufgeben. Und ich kann nicht hinnehmen, dass Gwen immer noch diesen dämlichen Plan verfolgt. Wahrscheinlich tue ich ihr unrecht, und sie braucht einfach viel mehr Zeit. Aber der Gedanke, dass sie immer noch sterben will, obwohl so ein wunderbarer Tag hinter uns liegt, macht mich wahnsinnig. Barfuß gehe ich in den Gang und tigere vor der Badezimmertür auf und ab, bis Gwen herauskommt. Sie hat wie ich vorhin ein Handtuch um sich gewickelt. Ihre Schultern sind nackt, vereinzelte Tropfen glitzern auf ihrer Haut. Das Bedürfnis, sie ihr wegzuküssen, kitzelt in meinen Lippen und vertreibt langsam, aber sicher meine Wut. Sprachlos starre ich sie an, während ihr langsam die Röte in die Wangen steigt.

Sie zieht das Handtuch höher, als ob sie auch das winzige Stück ihrer Narbe verbergen will, das darüber hinausschaut. Ich habe ohnehin nur Augen für ihre leicht geöffneten Lippen. Es macht mich verrückt, dass ich nicht weiß, ob das, was ich in ihren Augen lese, eine Einladung ist oder nicht.

Sie beißt sich auf die Lippen, die davon dunkelrot werden. Am liebsten würde ich sie an die Wand drücken, sie küssen, schmecken, endlich alles an ihr erkunden. Sie senkt den Kopf und will sich an mir vorbeidrängen. Also doch keine Einladung?

»Warte«, rufe ich ihr nach.

Ein paar Schritte von mir entfernt dreht sie sich um.

Ich halte die Tube mit der Salbe hoch. »Brauchst du die nicht nach dem Duschen?«

Ihre Augen werden groß.

»Ich habe sie im Mülleimer gefunden«, füge ich hinzu, damit es nicht ganz so wie eine Anklage klingt. Leider ist das Gegenteil der Fall.

Gwen wird bleich. Ihr Blick zuckt von der Tube in meiner Hand zu meinem Gesicht und wieder zurück. Das trägt nicht gerade dazu bei, meinen Verdacht zu zerstreuen.

»Die … die habe ich schon seit Tagen gesucht«, erwidert sie schließlich. Ihre Stimme wird fester, während sie redet, und sie hält meinen Blick mit ihrem fest. »Sie muss mir aus Versehen da reingefallen sein.«

Langsam lasse ich die Hand sinken. Wir wissen beide, dass das gelogen ist. Will sie mir etwa zu verstehen geben, dass sie es sich anders überlegt hat? Dass sie nicht mehr sterben will?

Auffordernd halte ich ihr die Salbe hin. »Willst du sie dann nicht benutzen?«

»Später. Leg sie mir ins Bad, okay?«

Nein, nicht okay. Gar nicht okay. Ich muss jetzt wissen, was in ihr vorgeht. Ob irgendwas, das ich tue, ihr hilft, oder ob ich mir das nur vorlüge, weil ich es glauben will. »Jetzt. Mach es jetzt«, sage ich. »Sonst mache ich es.«

Sie starrt mich an, mein Gesicht, meine Hand. Dann lässt sie langsam die Hand sinken, die das Handtuch hält. Nur ein winziges Stück. »Okay.«

»Was?« Ich blinzele sie verständnislos an.

»Wenn du … wenn du es tun willst, dann okay.« Ihre Wangen sind jetzt knallrot, und ihr Atem geht viel zu schnell. Ist das doch eine Einladung? Ich hoffe es, denn wenn ich das mache, weiß ich nicht, wie lange ich mich zurückhalten kann. Sie lässt das Handtuch noch weiter sinken, bis es in der Mitte leicht auseinander klafft und ihre Narbe freigibt. Und die sanften Rundungen ihrer Brüste. Das Blut sackt mir aus dem Kopf.

»Gwen, ich weiß nicht, ob …«

»Ich habe das noch nie jemandem erlaubt«, flüstert sie.

Ich beschließe, dass man das als ja auslegen kann. Auf jeden Fall eher als Frühstück oder Kaffee. Trotzdem will ich nicht einfach so über sie herfallen. Ich weiß zu gut, dass es so viel mehr ist als nur ein

Ja, das sie einfach nicht aussprechen kann. Sie vertraut mir etwas an, das sie noch nie zuvor jemandem anvertraut hat.

Ich halte ihr die Hand hin, und sie legt ihre hinein. Ich führe sie in mein Schlafzimmer, schalte die Nachttischlampe ein und deute auf das Bett. Sie zögert, dann setzt sie sich vorne auf die Kante. Ich atme tief durch, versuche, gedanklich abzukühlen, damit ich das Vertrauen, das aus jeder ihrer Fasern spricht, nicht enttäusche. *Du kannst das, Junge, ganz ruhig. Du bist kein wildes Tier.* Nicht immer jedenfalls.

Ich nehme mich zusammen, setze mich ihr gegenüber und öffne die Tube.

»Von oben nach unten, in kleinen Kreisen.«

Ich nicke, drücke mir etwas von der Salbe auf den Finger, atme noch mal tief durch und berühre die Narbe. Gwen fährt zusammen, ihr Körper verspannt sich, ihre Hände zucken, als ob sie mich wegschieben will. Nur dass sie noch das Handtuch halten muss. Sofort ziehe ich meine Hand weg.

»Nein«, flüstert sie. »Hör nicht auf. Es ist nur … so ungewohnt.«

Wieder berühre ich ihre Haut. Wieder fährt sie leicht zusammen, aber dann schließt sie die Augen und ihre Schultern sinken nach unten.

Sachte beginne ich mit winzigen kreisenden Bewegungen, die Salbe in die Narbe einzumassieren. Die Haut ist leicht gespannt, aufgeworfen, aber das ist nicht alles. Darunter spüre ich eine Verdickung im Knochen. Eine Gänsehaut kriecht meine Arme hinauf, als mir klarwird, dass das die Stelle ist, an der ihr Brustbein aufgeschnitten wurde. Natürlich wusste ich, dass das nötig ist, aber noch nie habe ich darüber nachgedacht, wie es sein muss, so offen dazuliegen. Beängstigend, schutzlos, hilflos. Vollkommen ausgeliefert. Hoffentlich beschwört es keine belastende Erinnerung herauf, wenn ich sie dort berühre. In diesem Moment wird mir erst bewusst, was sie mir wirklich gibt, indem sie mir das hier erlaubt.

»Tut das weh?« Meine Stimme schwankt leicht.

Sie schüttelt den Kopf. »Es ist angenehm.«

Während ihr Atem sich beruhigt, fallen ihre Arme nach unten und das Handtuch öffnet sich bis zu ihrem Bauchnabel. Hastig sehe ich weg, versuche, nicht den dunklen Schatten anzustarren, der verheißungsvoll unter dem Stoff lauert, sondern mich ganz auf meine Aufgabe zu konzentrieren, auf die kreisförmigen Bewegungen meiner Fingerspitzen. So nah an ihren Brüsten. Ich beiße die Zähne zusammen, sehe in ihr Gesicht. Sie wirkt entspannt und ruhig. Als ob sie mir vollkommen vertraut. Sie vertraut mir, und dabei habe ich noch nie einen Menschen so gründlich belogen und hintergangen wie sie.

Kapitel 25

www.jungundherzkrank.de/Forum/Intern/showtopic8134
Re: Glücksmomente
Antwort von Gwen (vor fünf Monaten)
»Einfach alles vergessen. Nicht träumen, nicht grübeln, nicht hoffen. Das stelle ich mir wunderbar vor.«

Gwen

Ich hätte nie gedacht, dass es so schön sein könnte. Die ganze Zeit wollte ich die Narbe verstecken, sogar vor ihm, obwohl er sie schon längst gesehen hat. Ich weiß nicht genau, warum ich vorgeschlagen habe, dass er das macht. Ich weiß nur, dass es richtig war. Seine Berührung ist so wunderbar, gar nicht, als ob er es ekelhaft findet, die Narbe zu berühren. Seine Fingerspitzen gleiten sanft und zärtlich über meine Haut. Das Kribbeln ist wieder da, war schon da, als er mich angesehen hat. Jetzt breitet es sich mit jeder von Noahs Berührungen weiter aus, bis in meine Brustwarzen, lässt sie hart werden, bis sie vor Sehnsucht schmerzen. Noah sitzt leicht vorgebeugt da. Wo mein Handtuch zur Seite gerutscht ist, streift sein Atem meine Haut. Ich wünsche mir, dass er mich küsst, genau dort, am Ansatz meiner Brust. Die Vorstellung, seine Lippen dort zu spüren, reicht schon, um ein sanftes Ziehen zwischen meinen Beinen zu wecken.

Aber er tut es nicht. Er tut nichts, außer die Salbe einzumassieren, stiehlt sich nicht die kleinste Berührung, obwohl ich weiß, dass er es will. Seine Hand ist angespannt, sein Blick starr auf die Narbe gerichtet. Nur ab und zu zucken seine Augen zu meinem Gesicht.

Er muss doch wissen, was ich damit sagen wollte. Muss wissen, dass ich so viel mehr will als bloß, dass er meine Narbe versorgt. Wenn es nur nicht so schwer wäre, es einfach auszusprechen. Wie sagt man, dass man Sex haben will, ohne naiv oder aufdringlich zu klingen? Ich dachte, wenn ich ihm anbiete, meine Narbe einzucremen, wenn ich ihm zeige, dass ich ihm sogar das anvertraue, wüsste er Bescheid. Ich dachte auch, dass er es niemals lange aushalten würde. Ich habe seine Blicke bemerkt. Und heute früh bei unserem Kuss hat seine offensichtliche Erregung mich komplett in Aufruhr versetzt.

Ob ich das Handtuch einfach fallen lassen soll? Es kommt mir zu verwegen vor, ich bin nicht gut in so was. Und was, wenn ich ihm deutlich signalisiere, dass ich es will, und er ablehnt? Das könnte ich nicht ertragen. Allein der Gedanke schmerzt in meiner Brust.

Ich öffne das Handtuch so weit, dass nicht nur mein Bauch sichtbar ist, sondern auch ein Teil meiner Oberschenkel. Das ist das Einzige, was ich fertigbringe. Weil ich so tun kann, als ob es keine Absicht war.

Noah erstarrt in der Bewegung. Dann springt er auf und sieht mich entsetzt an. Wie betäubt sitze ich da, halte einfach nur still, unfähig, etwas zu tun, unfähig, das Handtuch wieder fester um mich zu ziehen oder aufzustehen. Ich bin viel zu sehr damit beschäftigt, nicht zu zeigen, wie weh es tut. Nicht das Gesicht abzuwenden, nicht noch schneller zu atmen. Die Umgebung verschwimmt vor meinen Augen, während ich mich frage, warum er mich nicht will.

»Gwen«, flüstert er heiser. Sonst nichts, nur meinen Namen.

Verstohlen fahre ich mir über die Augen, damit ich ihn ansehen kann.

Er ist unsicher, angespannt, als würde er am liebsten gehen, obwohl er bleiben will. »Du solltest besser gehen.« Seine Stimme ist rauh.

Aber ich will nicht gehen. Ich will, dass er mich wieder berührt, so wie er es offensichtlich auch möchte. »Willst du das wirklich?«, bringe ich mühsam hervor.

Er stöhnt leise. »Nein, verdammt. Natürlich will ich das nicht. Ich will …«

»Was willst du?«, frage ich, zittrig und mit rasendem Herzen. Wenn er mich noch mal wegschickt, werde ich gehen.

»Ich will …« Er steht vor mir, macht einen Schritt auf mich zu, bleibt stehen. Pures Verlangen im Blick. Mir stockt der Atem. Jeder klare Gedanke verschwindet aus meinem Kopf, übrig bleibt nur der Wunsch, dass er mich endlich berührt, dass er mich endlich küsst, so wie heute Vormittag.

»Ich will, dass du mir sagst, ob du das wirklich möchtest.«

»Ist das denn nicht offensichtlich?«

»Du glaubst gar nicht, wie sehr ich schon die ganze Zeit versuche, das herauszufinden. Leider kann ich keine Gedanken lesen. Und ich will nicht falsch liegen. Ich will dich nicht erschrecken.«

»Ich will es.« Es tut gut, es laut auszusprechen. »Ich … ich wusste nur nicht, ob du es willst.«

Noah erwidert nichts. Langsam setzt er sich neben mich und fährt mit den Fingerspitzen über meine Schulter, wo immer wieder ein paar Wassertropfen aus meinen Haaren landen. Ich halte den Atem an, als er einen Tropfen von meiner Haut küsst. »Vielleicht sollten wir uns einfach sagen, was wir wollen. Das macht es einfacher«, murmelt er, während er sich langsam auf meinen Hals zuküsst.

Ich schließe die Augen.

»Sag mir, was du willst, Gwen.«

»Ich … ich weiß nicht, ob ich das kann.« Meine Stimme zittert vor Aufregung.

»Warum?« Als Noah mit seinen Lippen mein Ohr streift, rast ein Stromstoß durch meinen Körper.

»Wenn man jemanden wirklich mag, wenn … wenn man jemanden liebt«, hauche ich. »Sollte man dann nicht von alleine wissen, was dem anderen gefällt?«

Noah hält inne und fixiert mich. Seine Augen sind dunkel vor Leidenschaft. Und sie gilt mir. Nur mir. »Ich finde, wenn man jemanden liebt«, antwortet er heiser, »sollte man ihm immer sagen können, was man sich wünscht und was man braucht. Man sollte nicht darauf warten müssen, dass der andere es von selbst errät.«

Das Herz pocht wild in meiner Brust. Hat er recht? Habe ich das schon jemals gemacht?

»Ich will dich kennenlernen, Gwen, ich will wissen, was dir gefällt. Du tust mir einen Gefallen, wenn du es mir sagst.«

Mein Mund wird trocken. »Was, wenn ich es nicht weiß?« Ich habe nie großartig darüber nachgedacht. Einfach nur gemacht, was Alex vorgegeben hat. Und ich habe ihn nie gefragt, ob es auch das ist, was er mag.

»Dann finden wir es zusammen heraus. Wenn du es willst.« Noahs Blick ruht immer noch auf mir, und trotz der wilden Lust, die sich darin widerspiegelt, wird er sich alle Zeit der Welt für mich nehmen. Wenn es das ist, was ich will, und ich es ihn wissen lasse.

Ich mustere ihn und überlege, was ich mir wirklich wünsche. Dass er mich küsst, ja. Aber vor allem eines. »Ich will dich spüren«, flüstere ich. Ich drücke das Handtuch ein letztes Mal an mich, bevor ich es sinken lasse. Voll und ganz.

Noah schluckt, als er mich von oben bis unten mustert. Die Erregung brennt in seinen Augen, sein Blick versengt meine Haut. Ich widerstehe dem Drang, das Handtuch wieder hochzuziehen. Er hat mich schon einmal so gesehen. Ich muss mich nicht vor ihm verstecken. Er weiß so viel von mir wie kein anderer und will mich trotzdem. Meine Narbe stört ihn nicht, und wenn er mich so ansieht, halb bewundernd, halb verrückt vor Leidenschaft, dann weiß ich, dass nichts, was ich tun könnte, nichts, was ich bin, ihn jemals abschrecken wird.

Mein Atem geht schneller, als ich nach dem Saum seines T-Shirts greife. »Ich will dich … nackt.« Meine Stimme versagt. Ich hätte nie gedacht, dass ich so etwas mal aussprechen würde. Ich ziehe ihm das T-Shirt über den Kopf, aber als er nur noch in der Boxershorts vor mir sitzt, verlässt mich der Mut. Soll ich wirklich den Wunsch äußern, dass er sich neben mich legt und mich küsst? Warum ist es so schwer, in Worte zu fassen, dass ich es mag, wenn er mich mit seinem Gewicht in die Matratze drückt, während er mich küsst, weil ich mich dann sicherer fühle? Aber vielleicht kann ich ihm meine Wünsche auch auf andere Art klarmachen. Ohne den Blick von ihm abzuwenden, lasse ich mich nach hinten in die Kissen sinken und ziehe ihn mit mir, bis er halb auf mir liegt. Seine nackte Haut gleitet an meiner entlang, sein Körper drückt sich heiß an meinen, angespannt vor Lust.

Sein Gesicht ist meinem ganz nah. Wie soll ich weitermachen? »Was möchtest du?«, flüstere ich atemlos.

Statt einer Antwort senkt er langsam den Kopf und streift meine Lippen mit seinen. Es ist eine zärtliche Berührung, so vorsichtig, so wunderbar behutsam, dass ich die Augen schließe, um sie noch intensiver wahrzunehmen.

»Ich will dich schmecken«, erwidert er rauh. »Überall.«

Ein Schauer läuft über meinen Rücken. Erwartungsvoll. Verheißungsvoll. Überall? Bevor ich darüber nachdenken kann, senkt er seinen Mund auf meinen. Immer noch zärtlich, immer noch behutsam, tastet er mit seinen Lippen über meine, lässt seine Zunge sanft darübergleiten, als ob er meinen Geschmack kosten will. Ich ziehe ihn enger an mich, wünsche mir, dass er endlich fordernder wird. Aber ich sage nichts, tue nichts, um ihn dazu zu bringen. Ich will diesen Moment auskosten. Es ist aufregend, nicht zu wissen, was er als Nächstes vorhat.

Als er sich von mir löst, unterdrücke ich den leisen Protest, der mir auf den Lippen liegt. Wir haben Zeit. Viel Zeit. Und ich bin viel zu neugierig auf das, was er will. Er küsst mein Kinn, dann meinen Hals, mein Schlüsselbein. Jede seiner Berührungen steigert das Ziehen zwischen meinen Beinen, so einfach, so vollkommen natürlich.

Noahs Lippen wandern über meine Haut, immer weiter nach unten, über den Ansatz meiner Brüste, vorbei an meinen Brustwarzen, die sich schmerzhaft nach seinem Mund sehnen. Immer wieder kostet er, lässt seine Zungenspitze über meinen Bauch gleiten und weiter nach unten. Jedes Mal, wenn sein Atem warm meine Haut streift, wenn ich die Feuchtigkeit seines Mundes spüre, wächst die heiße Lust in meinem Unterleib.

Ich sauge scharf die Luft ein, als er sich meiner Leistenbeuge nähert. Seine Zunge kommt in die Nähe der kleinen Biopsienarben, die ich noch vom Krankenhaus habe. Das Bedürfnis, mich wegzudrehen, durchzuckt mich. Noah hält inne. Beruhigend streicht seine Hand über meinen Oberschenkel. »Soll ich aufhören? Woanders weitermachen?« Seine Stimme ist ruhig, warm und vertraut.

Ich schüttele den Kopf. Noch nie war ich so erregt und gleichzeitig so geborgen. Nichts an dem, was er tut, ist fremd oder falsch. Ich bin bereit für ihn, seit er mir den Tropfen von der Schulter geküsst hat. Einfach so.

»Mach weiter.« Ich halte den Atem an, als er vorsichtig die winzige Narbe küsst. Nie hätte ich gedacht, dass ich das jemandem erlaube. Mit dem Zeigefinger streicht er sanft darüber. Es ist wie eine Anerkennung dessen, was ich durchgemacht habe. Er akzeptiert, dass es zu mir gehört, und es spielt keine Rolle für ihn, genau wie er es gesagt hat. Seine Hand, die immer noch auf meinem Bein liegt, wandert über die empfindliche Haut an den Innenseiten meiner Oberschenkel. Unwillkürlich öffne ich sie, winde mich Noahs Berührung entgegen, aber als ich seinen warmen Atem zwischen den Beinen spüre, ist überall plötzlich doch zu viel.

»Nicht«, bringe ich heraus. »Noch nicht.« Ich ziehe an seinem Arm, damit er wieder zu mir nach oben rutscht. Kurz fixiert er mich, bevor er mich wieder küsst, diesmal nicht zärtlich und sanft, sondern hart und unnachgiebig, seine Zunge dringt in meinen Mund, bevor ich weiß, wie mir geschieht. Ich seufze, schließe die Augen, lasse zu, dass er meine Handgelenke nimmt und mich aufs Bett drückt. Sein Kuss ist fordernd, fast verzweifelt, nimmt mir den Atem. Die Art, wie seine Finger sich mit meinen verschränken, wie er mich aufs Bett drückt, mit seinem ganzen Gewicht, unfähig, sich zurückzuhalten, rast durch meinen Körper, durch das Herz, steigt mir zu Kopf. Ich reibe mich an ihm, kann es kaum noch erwarten, komme mir unvollkommen vor, fehlerhaft, als bräuchte ich ihn in mir, um ganz zu sein.

Ich befreie meine Arme und greife nach seinen Boxershorts. Meine Finger zittern, und ich halte den Atem an, während ich sie nach unten ziehe. Ich kann den Blick nicht von ihm wenden, nicht von seiner Haut, die warm im Licht der Nachttischlampe schimmert, nicht von seinen Muskeln, die hart und angespannt sind, nicht von seiner offensichtlichen Erregung. Alles an ihm ist anders, neu und fremd. Verlockend. Ich will ihn berühren, aber plötzlich kommt es mir merkwürdig vor, ihn anzufassen. Die wenigen Tage, die wir uns erst kennen, stehen mit einem Mal zwischen uns wie eine unüberwindliche Barriere.

Hilflos sehe ich zu ihm auf. Immer noch ist da diese wilde Lust in seinen Augen, die mich unter Strom setzt. Und noch mehr. Wärme, Zärtlichkeit und Zuneigung. Sie hüllen mich ein und vertreiben das Zittern aus meinem Körper. Noah küsst sanft meine Fingerspitzen. Als er meine Hand auf seine Brust legt und ich die Kontur seiner Muskeln nachfahre, seine wunderbare Haut streichle, ist es das Natürlichste, das Selbstverständlichste, was ich je getan habe.

Ich atme aus, erleichtert, dass es doch so einfach ist. Meine Hände wandern über seinen Oberkörper, erkunden jede Erhebung, fahren die Linie seiner Schlüsselbeine nach. Schließlich beuge ich mich vor und hauche einen Kuss auf seine Schulter. Ich werde mutiger, küsse immer mehr von ihm, berühre sogar seine Haut mit meiner Zunge und koste seinen salzigen Geschmack. Meine Hände wandern an Noahs Bauch entlang nach unten, und als ich in die Nähe seiner Erektion komme und ihn sanft mit den Fingerspitzen berühre, stöhnt er auf. Er nimmt meine Hände in seine, hat offensichtlich seine Selbstbeherrschung aufgebraucht.

Mein Magen macht einen Satz, als er eine Hand zwischen meine Beine schiebt, meine Oberschenkel auseinanderdrängt und mit einem Finger in meine Feuchtigkeit eintaucht. Ich zucke zurück, aber er lässt mir keine Zeit, darüber nachzudenken, zeigt mir einfach nur, dass auch das zwischen uns vollkommen normal ist. So als hätten wir es schon tausend Mal gemacht, als hätte ich ihm schon unzählige Male erlaubt, mich dort zu berühren. Und doch ist es neu und anders, jede seiner Berührungen ist aufregend fremd, seine Lippen auf meinen, seine Finger in mir, dieses Kribbeln überall in meinem Körper. Ich halte es nicht mehr aus, stöhne protestierend, als er mich wegschiebt und sich kurz von mir wegdreht. Kälte umfängt mich, ich höre etwas zerreißen. Das Herz setzt einen Schlag aus. Aber es macht mir keine Angst, diesmal nicht. Als Noah sich mir wieder zuwendet, sich zwischen meine Beine legt und mich zärtlich küsst, rast es, treibt das Blut so schnell durch meine Adern, dass mir fast schwindelig wird.

So sollte es sein, genau so, wenn das Herz aus dem Rhythmus gerät. Wunderbar aufregend, hungrig nach ihm und berauscht von dem Wissen, dass ich endlich bekomme, was ich mir wünsche. Nicht nur ihn, der sich langsam auf mich senkt. Nicht nur die erregende Erlösung, während er in mich eindringt. Nicht nur die Lust, die er in mir weckt. Sondern das Wissen, dass all das richtig ist. Dass ich richtig bin. Und Stille in meinem Kopf. Es gibt nur noch Noahs Berührungen, seine vorsichtigen Bewegungen in mir, die zärtlichen Küsse auf meine Schläfe.

Ich schließe meine Arme fester um ihn, will mehr von dieser fremdvertrauten Zweisamkeit. Es ist wie ein Schmerz in meiner Brust, ein schöner Schmerz, der unter Noahs Bewegungen Stück für Stück zu besinnungsloser Lust zerfällt, bis wir uns erschöpft und zufrieden aneinanderklammern. Für einen wunderbaren Augenblick weiß ich nicht mehr, wie es ist, ein einzelner Mensch zu sein, sondern gehöre zu ihm mit allem, was ich habe und bin. Er lässt mich nicht los, hält mich fest in seinen Armen, durchdringt mich, bis ich wegdämmere. Tief hinein in Träume, die mir zum ersten Mal seit langem ganz allein gehören.

Kapitel 26

www.herzforum.de/Beziehungskram/topicreveal69182
Re: Habe Schluss gemacht
Antwort von Noah (vor sechs Monaten)
»Ich weiß nicht, ob ich jemandem vertrauen könnte, der mich so hintergangen hat.«

Noah

Ich lausche Gwens Atemzügen. Sie sind regelmäßig und ruhig, nicht von leisem Stöhnen durchdrungen wie in den letzten Nächten. Zum ersten Mal habe ich keine Angst, aufzustehen und sie alleine zu lassen. Sie schläft tief und fest, fühlt sich sicher und vertraut mir. Mit der freien Hand fahre ich mir über die Augen. Wie konnte ich das nur tun? Wie konnte ich die Situation so ausnutzen? Dabei hat es sich nicht angefühlt, als würde ich es ausnutzen. Sie wollte es, genau wie ich, sie wollte es so unbedingt, dass alles andere unwichtig war. Aber jetzt, nachdem sie mir vorbehaltlos alles von sich gegeben hat, kommt es mir trotzdem falsch vor.

Ich hätte ihr gestehen müssen, wie sehr ich sie belogen habe und dass ich sie ständig hintergehe, wenn ich Michael Bericht erstatte. Ob ich ihm das auch schreiben sollte? Hey, alles prima. Anstatt dafür zu sorgen, dass sie sich Hilfe sucht, habe ich mit ihr geschlafen. Weil das ja immer gut ist, wenn jemand so verletzlich und instabil ist wie sie.

»Ach verdammt.« Langsam ziehe ich meinen Arm unter Gwen hervor und setze mich auf die Bettkante. Was jetzt? Sie wecken? Ihr alles beichten und riskieren, dass sie mir mitten in der Nacht davonläuft? Riskieren, dass sie mich hasst und ich sie für immer verliere?

Ein leises Brummen reißt mich aus meinen Gedanken. Flecki steht in der Tür, ihre strahlend blauen Augen glitzern im Halbdunkel. Schnurrt sie etwa? Mein Blick zuckt zu Gwen. Sie soll auf keinen Fall davon aufwachen. Ich stehe auf und gehe langsam auf Flecki zu, um sie nicht zu erschrecken. Das Brummen verebbt, als ich mich ihr nähere, und sie weicht in den Flur zurück. Ich folge ihr, beobachte, wie sie sich hinsetzt und mich beinahe auffordernd ansieht. Ich ziehe die Zimmertür ein Stück hinter mir zu und lasse mich neben der Katze auf den Boden sinken. Sie beäugt jede meiner Bewegungen, bleibt aber, wo sie ist. Als ich die Hand nach ihr ausstrecke, zuckt sie zusammen, dann schnuppert sie daran. Sie erinnert mich ein wenig an Gwen, als ich ihre Narbe berührt habe. Ich lasse den Kopf in die Hände sinken. Verdammt. Was mache ich nur?

Nach allem, was gerade passiert ist, kann ich sie nicht weiter anlügen. Aber wenn ich ihr die Wahrheit sage, läuft sie mir davon. Egal, was ich mache, es kann nur in einem Desaster enden. Ob ich Michael anrufen soll? Aber was würde der wohl von mir denken? Nein, es gibt nur einen Menschen, der mich für das, was gerade passiert ist, nicht für ein mieses Schwein halten würde.

Ich ziehe mein Handy raus und tippe eine Nachricht.

4:03 Sevi? Bist du wach?
4:09 Klar, sind noch wach. Was geht?

Dann ist er also nicht allein.

4:10 Stör ich?
4:12 Passt schon. Sind noch angezogen.

Ich schnaube. Als ob das was zu sagen hätte. Aber darüber will ich nicht diskutieren. Ich will über Gwen reden. Nur wie soll ich es ausdrücken? Wie schreibe ich es so, dass Sevi es versteht?

4:14 Ich hab einen riesen Fehler gemacht. Ich hab's vermasselt. Mit Gwen.

Ich lese die Nachricht mehrmals, schicke sie ab, lese sie noch mal. Es kommt mir merkwürdig vor, mit Sevi über so was zu schreiben.

4:15 Alter,

füge ich hinzu, als ob es dann akzeptabler ist. Weniger gefühlsduselig.

4:16 Alter? Muss ja echt übel sein. Willst du vorbeikommen?

Das »Alter« war wohl doch zu viel. Jetzt glaubt Sevi, ich wäre vollkommen übergeschnappt.

4:17 Kann nicht weg, Gwen ist noch da.
4:18 Wow. Ist ja schon ne Langzeitbeziehung
4:19 Haha, sehr witzig.
4:20 Wasn los?

Raus mit der Sprache, sonst kann ich es auch lassen.

4:22 Ich hab mit ihr geschlafen.
4:23 Glückwunsch!
4:24 Nein, Mann, ich fühl mich wie ein Riesenarschloch. Ich belüge sie die ganze Zeit.

Natürlich weiß Sevi nicht, warum. Aber offensichtlich ist das für ihn so normal, dass er nicht nachfragt.

4:25 Na und? Dafür hattest du Sex.

Toll, jetzt fühle ich mich noch mieser. Wenn ich nur wüsste, ob das ironisch gemeint ist.

4:27 Was machst du in so einer Situation?
4:30 Frühstück. Sage ihr, dass ich ein schlechtes Gewissen habe, weil ich mit ihr geschlafen habe, obwohl ich keine Beziehung will. Bringt Extra-Punkte und erhöht die Wahrscheinlichkeit auf einen zweiten Mitleids-ONS.
4:32 Gott, du kannst so ein Arsch sein.
4:33 Immer gerne.

Ich seufze. Keine Ahnung, warum ich es weiter versuche.

4:35 Und was, wenn du dich in sie verliebt hast?

Keine Antwort.

4:45 Sevi? Bist du eingepennt?
4:48 Nein. Bin nur vor Schreck aus dem Bett gefallen. :-P
4:50 Also? Was hast du das letzte Mal gemacht, als du dich verliebt hast?

Wieder keine Antwort.

4:52 Ich muss jetzt mal wieder an die Arbeit, okay? Von allein wird sie die Klamotten nicht los.
4:54 Komm schon, ich weiß echt nicht, was ich machen soll.

Eigentlich weiß ich es sogar.

4:55 Sei einfach ehrlich.

Wenn ich einen Kaffee hätte, hätte ich mich dran verschluckt.

4:56 Wer bist du, und was hast du mit Sevi gemacht?
4:58 Du hast gefragt. Mein Rat: Sei ehrlich. Mach keinen dummen Fehler, der sich nicht wiedergutmachen lässt.

Mir fällt die Sache mit Kiel ein und wie er drauf ist, seit er zurück ist. Irgendetwas ist da vorgefallen. Irgendetwas, über das er immer noch nicht reden will.

Eine weitere Nachricht von Sevi erscheint auf dem Display.

4:59 Alter.

Lächelnd schüttele ich den Kopf. Er will wirklich nicht reden.

5:01 Kiel?, tippe ich trotzdem.

5:03 ;-)

Na gut. Dann eben nicht.

5:05 Schlaf gut.
5:06 Alter.

Ich muss grinsen.

5:06 Ja, Mann. Danke, Mann.

Wir müssen echt aufpassen, dass sich das nicht einschleift. Ich gehe zum Bett zurück und sehe auf Gwen hinunter. Sie schläft immer noch ruhig. So vertrauensvoll. Sevi hat recht. Sie muss die Wahrheit erfahren. Alles. Dass ich nicht krank bin und dass ich die ganze Zeit hinter ihrem Rücken mit Michael Kontakt hatte, obwohl sie mich gebeten hatte, mit niemandem zu sprechen. Ich setze mich vorsichtig neben sie auf das Bett. Sie seufzt und öffnet kurz die Augen. Verschlafen. Sexy. Ich will sie küssen, sie noch einmal im Arm halten. Stattdessen öffne ich den Mund, um ihr endlich zu gestehen, wie sehr ich sie belogen habe.

Sie lächelt mich im Halbschlaf an, greift nach meiner Hand, streift mit den Lippen meinen Handrücken und schmiegt mit geschlossenen Augen ihre Wange daran. Zum ersten Mal, seit sie hier ist, wirkt sie zufrieden. Fast glücklich. Wie kann ich das zerstören? Ich halte still, bis sie wieder eingeschlafen ist. Dann nehme ich mein Handy.

5:15 Ich bin am Arsch.
5:18 Ich leider nicht. Hab's nur bis unters T-Shirt geschafft.

Das bringt mich trotz allem zum Lachen.

5:20 Ehrlichkeit ist scheiße, tippe ich.
5:22 Jap. Petition gegen Ehrlichkeit läuft.
5:23 Und jetzt?
5:25 Weiter lügen?
5:27 Ist auch keine Lösung.
5:28 Bier?
5:30 Ich brauch nen klaren Kopf.
5:31 Stimmt. Betrunken lügt es sich so schlecht.

Ich seufze. Es lügt sich immer schlecht. Für mich jedenfalls. Ich werde es ihr sagen, morgen. Es führt kein Weg daran vorbei. Alles andere sind nur Ausflüchte, die ihr nicht helfen. Nur Ausreden, die verhindern, dass ich sie sofort wieder verliere, nachdem ich gerade erst gemerkt habe, wie sehr ich mir wünsche, dass sie bleibt. Ich lege mich wieder neben sie. Sofort kuschelt sie sich an mich. Morgen. Sie wird mich hassen, mich anschreien, wütend nach Hause fahren. Vielleicht ist das sogar gut, vielleicht sollte sie mit ihrer Familie reden. Ich ziehe sie fester an mich. Wenn sie ausrastet und weglaufen will, kann ich immer noch Michael anrufen. Allein bei dem Gedanken, dass man sie einsperrt, wird mir übel. Wenn ich nur wüsste, was richtig ist.

Kapitel 27

www.jungundherzkrank.de/Forum/Intern/showtopic9754
Re: Haustiere
Antwort von Gwen (vor acht Monaten)
»Ich bin froh, dass ich keines habe. Ich weiß, dass man sie nach der Tx nicht unbedingt alle weggeben muss, aber ich hätte immer ein bisschen Angst, wenn ich es nicht täte.«

Gwen

Als ich am nächsten Morgen aufwache, liegt Noah neben mir. Seine Brust hebt und senkt sich regelmäßig. Er schläft noch. Vorsichtig setze ich mich auf, um ihn nicht zu stören, aber in der Sekunde, in der ich von ihm abrücke, schreckt er hoch.

»Gwen?« Er blinzelt heftig, als bräuchte er ein paar Sekunden, um in der Wirklichkeit anzukommen.

»Guten Morgen.« Ich lächele zaghaft.

Er erwidert es nicht, kein Wunder, er kriegt ja kaum die Augen auf. Ein dunkler Schatten liegt auf seinen Wangen und seinem Kinn. Sieht ziemlich sexy aus. Ich rücke näher an ihn und küsse ihn, verhalten zuerst, verlegen, weil es eben doch noch fremder ist als vertraut. Noah erwidert meinen Kuss, wird etwas fordernder, und sofort erwacht das Ziehen zwischen meinen Beinen. Ich lege eine Hand auf seine Brust, streichele seine nackte Haut, lasse dann meine Finger vorsichtig nach unten wandern. Sauge scharf die Luft ein, als ich seine Erektion berühre, erschrocken über meinen Mut.

Noah zuckt zusammen, aber statt mich aufs Bett zu drücken, schiebt er mich weg und springt auf. Er sieht mich nicht an, als er sich seine Boxershorts überzieht. Erst in der Zimmertür dreht er sich noch mal zu mir um, öffnet den Mund, schüttelt dann nur den Kopf und verschwindet. Ratlos sehe ich ihm nach. Will er sich erst waschen oder Zähne putzen?

Ich warte im Bett auf ihn, aber nach einer Weile höre ich Geräusche aus der Küche. Anscheinend kommt er nicht zurück. Ich atme gegen den winzigen Schmerz in meiner Brust an. Das hat nichts zu bedeuten, gar nichts. Bestimmt ist er nur verwirrt, genau wie ich.

Langsam stehe ich auf, sammele meine Sachen zusammen und schleiche ins Gästezimmer. Die Hitze ist schon jetzt so groß, dass ich mich für das Kleid entscheide, auch wenn es immer noch Widerwillen in mir weckt. Als ich wenig später in die Küche komme, steht Noah an der Kaffeemaschine, halb nackt, wie immer. Zögerlich mustere ich ihn, versuche in seinem Gesicht zu lesen, warum er gerade gegangen ist. Ich finde nichts. Er lächelt mich so zärtlich an, dass die Schmetterlinge in meinem Bauch verrücktspielen, und ich lächele zurück.

»Sorry, aber in der Früh bin ich zu nichts zu gebrauchen, bevor ich keinen Kaffee hatte.« Er hält die Tasse hoch, an der er genippt hat.

»Den Eindruck hatte ich nicht«, rutscht es mir heraus, als ich daran denke, wie offensichtlich seine Erregung war.

Noah lacht. »Nur weil die Hardware einsatzbereit ist, heißt das nicht, dass die Software auch zufriedenstellend läuft.« Er zwinkert mir zu.

Seine gute Laune ist ansteckend. »Verstehe.«

»Magst du auch was? Ein Glas Wasser?«

»Ja, danke.«

Er holt ein Glas aus dem Schrank, gießt mir ein und drückt es mir in die Hand. »Wie wäre es mit dem Isar-Radweg?«

Verwirrt blinzle ich ihn an. »Wie bitte?«

»Ich hatte den Eindruck, du würdest ihn gerne mal sehen.«

»Ach so. Klar, warum nicht. Dann kann ich meine tägliche Stunde Sport abhaken.«

Er weicht meinem Blick aus, senkt den Kopf, mustert seinen Kaffee. »Da wir den ganzen Tag Zeit haben, könnten wir eine ordentliche Tour machen. Was hältst du davon?«

»Oh.« Irgendwie hatte ich gehofft, den Tag hauptsächlich in Noahs Bett zu verbringen.

Meine Enttäuschung spiegelt sich in seinem Gesicht. »Ich dachte, das könnte dir Spaß machen. Caches suchen, wir könnten was zu essen mitnehmen, aber wenn du nicht willst …«

»Doch, doch«, werfe ich hastig ein. Noah meint es gut, sicher hat er die Route schon ausgesucht und die Caches auf seinem Handy gespeichert. Ich kann nicht ablehnen. Auch wenn er mich darum gebeten hat, ihm zu sagen, was ich möchte, aber so was gehört sicher nicht dazu, oder? Nicht, wenn es bedeutet, dass ich ihn enttäuschen muss, weil ich lieber im Bett bleiben will. Ich bemühe mich um ein Lächeln. »Ich freue mich drauf.« Das tue ich sogar. Wirklich. Solange ich mit Noah zusammen sein kann, ist mir alles recht. Nur wirkt es, als ob er sich von mir fernhält. Ich verenge die Augen. Ob er das absichtlich macht? Hat er Angst, dass ich ihn für einen Kerl halte, der nur an Sex denkt? Dabei bin ich es, die an nichts anderes denken kann. Immer wieder zucken Erinnerungen an gestern Nacht durch meinen Kopf. Bilder, Berührungen, Worte. Ich will mehr davon, und ich weiß nicht, wie ich einen ganzen Tag darauf warten soll.

»Schön. Vergiss nicht, deine Tabletten einzupacken, es könnte länger dauern. Und vielleicht auch eine Strickjacke.«

»Okay.« Ich verkneife mir ein Stöhnen. Wie lange will er denn unterwegs sein? Stille breitet sich zwischen uns aus, während Noah seinen Kaffee austrinkt, ich an meinem Wasser nippe und immer wieder an letzte Nacht denke. Meine Gedanken driften ab, und ich fange an, mir vorzustellen, wie es heute Abend sein wird, wenn wir nach Hause kommen. Ich sehe vor mir, wie er noch auf der Türschwelle über mich herfällt, vollkommen ausgehungert, froh, dass er nicht mehr anständig sein muss.

»Gab es schon Kommentare?«, fragt Noah und stellt die Tasse in die Spüle.

»Hm?« Was für Kommentare denn?

»Auf deinem Blog.«

»Ach so. Keine Ahnung.«

»Willst du nachschauen, während ich mich fertig mache?«

Ich zucke mit den Schultern. »Klar.« Es ist ziemlich unwahrscheinlich, dass es einen Kommentar gab, es ist sogar unwahrscheinlich, dass die Seite überhaupt schon einen Besucher hatte. Das muss er genauso wissen wie ich. Trotzdem rührt es mich, dass er daran denkt. Während er im Bad verschwindet, fahre ich seinen Computer hoch und sehe nach. Natürlich nichts. Weder Kommentare noch Besucher.

Plötzlich finde ich es albern, darauf zu hoffen, dass Leni oder Claire durch Zufall auf meinen Blog stoßen. Selbst mit Noahs Schlagwörtern ist das total unwahrscheinlich.

Ich betrachte die Seite, die vielen Fotos von Caches, die Noah und ich in den wenigen Tagen zusammengetragen haben. Wie Lenis Augen leuchten würden, wenn sie es sehen könnte. Ich atme tief durch. Ich werde es tun, jetzt sofort. Aber ich kann nicht. Wieder sehe ich ihre E-Mail, die, die ich so lange nicht beantwortet habe. Ich kann nicht darauf antworten, wenn ich quasi auf dem Sprung bin, nicht mit zwei hingeworfenen Zeilen. Wenn ich ihr schreibe, will ich ausführlich und lang schreiben. Eine E-Mail, die das wochenlange Warten wert war. Ich schließe das Programm wieder, als mir eine Idee kommt.

Ich rufe Claires Blog auf. *Lenis Schätze.* Unter ihren letzten Eintrag setze ich einen Kommentar mit dem Link zu meinem Blog. Claire wird es sehen. Sie wird es Leni erzählen. Und wenn ich weiß, dass sie es gesehen hat, wenn Leni weiß, dass ich sie nicht vergessen habe und wie sehr ich täglich an sie denke, kann ich ihr vielleicht auch schreiben.

Ein leises Knarzen auf dem Boden lässt mich herumfahren.

Ich lächele, bevor mir klarwird, dass es nicht Noah ist, sondern Flecki. Sie kommt langsam auf mich zu, ihr Schwanz zuckt. Sie sieht prüfend zu mir auf, mustert mich genau, als könnte sie an meinem Gesicht ablesen, ob ich sie packen und in den nächstbesten Katzenkorb stecken will. Ich sitze ganz still, rühre mich nicht, wende den Blick ab, damit sie mich nicht niederstarren muss. Ein paar Sekunden später spüre ich ihr seidiges Fell an meinen Beinen. Freude steigt in mir auf, weil sie mir endlich genug vertraut, um mir so nahe zu kommen. Dann ist es vorbei, und Flecki hat sich wieder in ihre Ecke zurückgezogen. Mit einem Lächeln auf den Lippen fahre ich den Computer runter.

Kapitel 28

www.herzforum.de/Angehörige/topicreveal25704
Re: Ich vermisse ihn so
Antwort von Noah (vor zwei Jahren)
»Es tut mir wahnsinnig leid, ich mochte ihn auch sehr. Du musst dir Zeit lassen, mit allem umzugehen. Irgendwann wird es leichter.«

Noah

Ich muss vollkommen verrückt sein. Sogar jetzt, auf dem Fahrrad, muss ich ständig daran denken, wie sie mich geküsst und mich berührt hat. Und an ihre offensichtliche Enttäuschung, als ich den Tagesausflug vorgeschlagen habe. Natürlich ist das mit der Software Quatsch. Es ist die reine Feigheit, die mich dazu gebracht hat, Gwen aus dem Haus zu locken, anstatt den Tag mit ihr im Bett zu verbringen.

Genauso wie es Feigheit ist, dass ich ihr nicht bei mir zu Hause alles beichten will, sondern mittags, bei einer Pause, irgendwo unterwegs, wo sie mir nicht so leicht davonlaufen kann, weil sie den Weg nicht kennt. Feigheit. Pure Feigheit. Ich trete stärker in die Pedale, verausgabe mich völlig, fahre Gwen manchmal so weit voraus, dass sie mich kaum noch sehen kann. Wenn sie von selbst draufkommt, muss ich es nicht laut aussprechen.

Ich bin nicht krank. Es war alles eine einzige große Lüge.

»Noah?«

Der Wind trägt ihre Stimme zu mir, und ich werde langsamer.

»Noah, warte.«

Ich bremse und sehe mich nach ihr um, halte schließlich an. Keuchend und mit hochrotem Gesicht kommt sie neben mir zum Stehen. »Ich brauche eine Pause.«

Sofort ballt sich das schlechte Gewissen in mir zusammen. Ich sollte sie nicht so antreiben. Natürlich habe ich ihr gesagt, dass sie nicht mithalten muss. Ich habe ihr versichert, dass ich immer rechtzeitig anhalte und auf sie warte und dass sie in ihrem Tempo fahren soll. Aber sie hat offensichtlich nicht auf mich gehört.

»Kein Thema.« Ich schiebe das Fahrrad vom Weg auf eine kleine Lichtung in den Auen. Ein Baumstamm liegt quer, ein Glück, denn der Boden ist zu feucht, um sich darauf zu setzen. Ich lehne mein Fahrrad an den Stamm. Gwen bemerkt es nicht. Sie steht am Rand der Lichtung, hält ihr Fahrrad mit der einen Hand und mit der anderen das Handy. Ich runzele die Stirn. Ich habe kein Klingeln gehört.

»Ich will nur schnell was nachschauen, ich habe vorhin auf Claires Blog gepostet«, erklärt sie, ohne den Kopf zu heben.

»Und das kann nicht warten, bis du das Fahrrad an den Baum gelehnt hast?« Ich lächele. Ich kenne das so gut. Manchmal, wenn man auf Antwort wartet, hält man es keine Sekunde länger aus, auch wenn es bedeutet, dass man nicht beide Hände benutzen kann. So wie Gwen, die etwas umständlich mit dem Daumen über das Display wischt.

Ich gehe auf Gwen zu, um ihr das Fahrrad abzunehmen, aber ich bin noch einige Meter entfernt, als sie laut aufkeucht. Das Fahrrad entgleitet ihr und fällt klappernd zur Seite.

»Gwen?« Ich schließe die Distanz zwischen uns mit ein paar großen Schritten. »Gwen?« Sie sieht nicht auf, aber ich bemerke auch so, dass alle Farbe aus ihrem Gesicht gewichen ist. Sie starrt auf das Handy, als hätte sie einen Geist gesehen.

»Nein.« Ihre Stimme versagt. Zitternd bewegen sich ihre Finger über das Display, verharren, während sie wartet, dass sich eine Seite lädt. Wieder tippt sie herum und erstarrt.

Das Handy rutscht ihr aus der Hand, landet mit einem dumpfen Geräusch auf dem Boden. Gwen schwankt, die Knie sacken ihr weg. Sofort lege ich die Arme um sie und ziehe sie an meine Brust.

»Was ist passiert?«

Es schüttelt sie so stark, dass mir der Atem stockt. Genauso wie in der Badewanne.

»Gwen? Bitte, sag doch was.«

Sie atmet tief ein, abgehackt, als ob ihr schon das Luftholen schwerfällt. »Claire …« Sie deutet auf das Handy.

Aber ich muss es nicht nehmen. Ich muss nicht nachsehen. Ich schließe die Augen, drücke Gwen so fest an mich, wie ich kann, als könnte ich es damit aufhalten. Als könnte ich ihr damit einen letzten Moment Ruhe verschaffen, bevor es zu ihr durchdringt.

»Leni …« Das Zittern wird immer stärker, ihre Worte kaum verständlich. Behutsam helfe ich Gwen auf die Beine, führe sie zu dem Baumstamm und setze mich mit ihr darauf.

»Die letzte E-Mail … kurz danach …«, murmelt Gwen zusammenhanglos. Aber ich weiß auch so, was passiert ist. Ihre Freundin, die Freundin, für die sie die Website angelegt hat, lebt nicht mehr.

»Und ich habe nichts gewusst. Claire hat es sogar auf ihrem Blog geschrieben und ich … Ich habe es nicht gelesen … ich hab ja nur die neueren Beiträge angeschaut …« Die Worte purzeln ungeordnet aus ihrem Mund, ihre Stimme gehorcht ihr nicht mehr. Ihre Finger graben sich in mein T-Shirt. Ihre Verzweiflung dringt mir direkt ins Herz. Hilflos halte ich sie, während der rasselnde Atem sich in verzweifeltes Schluchzen verwandelt.

Noch nie habe ich diesen Moment in Wirklichkeit erlebt. So oft im Forum, verpackt in Buchstaben, gemildert durch die Zeit, die bis zum Forenpost verstrichen ist. Aber noch nie so direkt, noch nie so entsetzlich roh. Alle schlauen Worte, die ich jemals geantwortet habe, kommen mir unzulänglich vor, sogar lächerlich. Keines davon würde Gwen helfen. Keines davon würde auch nur zu ihr durchdringen.

Also halte ich sie nur, warte angespannt auf den Augenblick, in dem sie erwartet, dass ich sie tröste. Weil ich nicht die geringste Ahnung habe, wie ich das anstellen soll. Ihre Freundin ist tot. Die Freundin, an die sie ständig denken musste, jeden Tag, gibt es nicht mehr.

Hilflosigkeit lähmt mich. Und noch etwas. Angst. Der Gedanke, ihrer Freundin eine Freude zu machen, war in den letzten Tagen das Einzige, womit ich sie ablenken konnte. Was wird sie tun, wenn der erste Schreck vorüber ist? Was wird sie tun, wenn sie darüber nachdenkt, dass ihre Freundin sterben musste, weil es keinen Spender gab?

Ich drücke sie fester an mich, als könnte ich ihr damit nicht nur äußerlich, sondern auch innerlich Halt geben. Es ging ihr gerade etwas besser. Jetzt kommt es mir vor, als ob wir gemeinsam an einem düsteren Abgrund stehen, schwankend und unsicher. Nur ein falscher Schritt, ein leichter Windhauch kann sie mir entreißen.

»Wochen«, stammelt sie. »Es ist mehrere Wochen her. Wochen.«

Ich schließe die Augen, weiß nicht, wie ich ihren Schmerz lindern soll.

Sie hört nicht auf zu reden, unverständlich murmelt sie vor sich hin, immer schneller, immer atemloser. Dann hebt sie die Hände und presst sie sich auf die Ohren, ihr Gesicht immer noch fest an meine Brust gedrückt. »Nein«, schluchzt sie. »Nein. Hört auf.«

Ich streiche über ihren Rücken, murmele ein paar beruhigende Worte, aber nichts davon kommt bei ihr an. Also halte ich sie einfach, bis sie so stark zittert, dass die Angst sich kalt in meinen Magen krallt. Ich will nicht riskieren, dass sie mir hier draußen umkippt. »Gwen?«

Sie hebt den Kopf. Ihre Augen sind rot und geschwollen, ihr Blick gehetzt, voller Entsetzen. »Bitte, mach irgendwas. Es soll aufhören.«

»Was?«, frage ich sanft.

»Die Gedanken. Die Stimmen. Ich will das nicht mehr. Bitte.«

Fieberhaft überlege ich, was ich tun soll. Ich sehne mich danach, Michael anzurufen. »Ich habe dir doch von meinem Bekannten erzählt …«

»Nein«, stößt sie hervor und schlingt die Arme um sich. »Nein, auf keinen Fall. Das macht es nur schlimmer. Bitte … du bist der Einzige, der es beenden kann.« Die Verzweiflung in ihren Augen bringt mich beinahe um den Verstand. »Mach, dass es aufhört«, wiederholt sie so leise, dass ich es kaum verstehe. »Mach irgendwas, damit ich nicht mehr denken kann.«

Ich schlucke schwer. Etwas, damit sie nicht mehr denken kann? Während ich weiter ihren Rücken streichle, kommt mir eine Idee. Ich hole mein Handy aus der Hosentasche. Gwen beäugt mich misstrauisch, und ich zeige ihr das Display, damit sie sieht, dass ich Sevi anrufe. Ich weiß nicht, ob meine Idee gut ist, aber irgendwas muss ich tun, damit sie dem Teufelskreis in ihrem Kopf entkommt.

»Sevi? Ich brauche deine Karte.«

»Was denn, jetzt? Ich bin in der Vorlesung.«

»Ja, jetzt sofort«, dränge ich. »Bitte.«

Fragend sieht Gwen mich an, aber ich erkläre es ihr lieber nicht. Es ist die einzige Idee, die ich habe, und ich will nicht, dass sie ablehnt.

»Okay, wann und wo?«

Ich wende mich an Gwen. »Kannst du mit dem Fahrrad zurückfahren?«

»Ich weiß nicht«, flüstert sie. Ihre Augen wirken riesig und voller Panik. Panik vor den Gedanken, die die ruhige Bewegung beim Fahrradfahren in ihr heraufbeschwören wird.

»Und dein Auto auch, Sevi. Eins davon. Ich tausche gegen mein Fahrrad. Du musst uns abholen, es ist nicht weit.«

Kapitel 29

www.jungundherzkrank.de/Forum/Intern/showtopic9754
Re: Angst
Antwort von Gwen (vor sechs Monaten)
»Ich glaube nicht, dass das jemals aufhört.«

Gwen

Während Noah den nagelneuen BMW über die Autobahn jagt, sitze ich auf dem Beifahrersitz und klammere mich an den Sicherheitsgurt. Nicht, weil ich Angst vor der Geschwindigkeit habe, sondern weil ich nicht weiß, wie ich mich sonst daran hindern soll zu zerfallen. Ich muss mich festhalten, so fest, dass der Gurt in meine Haut schneidet und ich am Schmerz merke, dass ich noch da bin.

Leni ist gestorben, vor Wochen schon. Ein paar Tage nachdem du entlassen wurdest. Ich dachte, du wüsstest es.

Das waren Claires Worte. Ich beiße mir auf die Lippen, bis es weh tut, damit ich nicht wieder weine, und blicke starr nach draußen auf die Bäume, die an uns vorbeifliegen. Die ganze Zeit habe ich an sie gedacht, immer wieder, ständig, jeden Tag. Aber das wusste sie nicht. Ich habe sie alleingelassen, habe nicht mal auf ihre Mail geantwortet, habe sie nicht besucht, obwohl ich es versprochen hatte. Immer wieder sehe ich vor mir, dass sie allein war, als es passiert ist. Wer hätte bei ihr sein sollen? Claire war weit weg in Heidelberg, ihre Eltern auf der Arbeit. Es gab nur mich. Eine Träne läuft mir über das Gesicht, und eine weitere. Ich wische sie weg, aber es hilft nichts. Der Gedanke, dass sie

Angst hatte, dass sie nicht mehr atmen konnte und niemanden hatte, der sie gehalten hat, bringt mich beinahe um.

»Wir sind bald da.«

Noahs Stimme lässt mich zusammenzucken. Ich nicke, ohne ihn anzusehen. Ich will nicht reden, ich will nicht, dass er mich sieht, aber ich bin froh, dass er da ist. Ich bin froh, dass er einen Plan hat, um die Gedanken zur Ruhe zu bringen. Ich will nicht alleine sein.

Alleine. Alleine. Alleine.

Ich klammere mich fester an den Gurt, presse auch mein Gesicht dagegen und krümme mich zusammen, als könnte ich mich so vor dem düsteren schwarzen Nebel aus Schuld schützen, der mich einholt. Vor den Stimmen, die auf mich einstürzen. Am lautesten meine eigene. Vorwurfsvoll, entsetzt, vernichtend.

Ich lege mir die Hände auf die Ohren, höre gerade noch, wie Noah mich besorgt anspricht. Wie durch Wasser, das gegen meine Ohren drückt und mich nach unten zieht, immer tiefer, bis ich nichts mehr höre außer der Schuld, die überall in mir widerhallt.

Eine Hand schließt sich um meine, Finger packen zu, so fest, dass es weh tut. Ich hole mühsam Luft, fühle mich, als ob ich die Wasseroberfläche durchstoße, getrieben von dem Schmerz in meiner Hand.

»Tut mir leid, ich wusste nicht … Ich kann hier nicht anhalten.« Seine Stimme ist heiser.

Er will seine Hand wegziehen, aber ich halte sie fest, halte mich daran fest, ziehe mich daran hoch. Eine Weile funktioniert es, dann kommen die Stimmen wieder. Der schwarze Nebel aus Schuld. Mühsam konzentriere ich mich auf Noahs Hand. Benutze sie als Anker, bis er sie mir entzieht. Ich protestiere leise.

»Wir sind da.« Noah steigt aus, wenig später öffnet sich meine Tür, und er nimmt meinen Unterarm. Er zieht sanft daran, bis ich die Kraft aufbringe auszusteigen. Ich lehne mich an ihn, während er das Auto abschließt.

»Vielleicht ist es doch keine so gute Idee«, flüstert er an meinem Ohr. »Vielleicht wäre es doch besser …«

»Nein. Bitte. Ich will wissen, was du vorhast.« Muss es wissen. Die Aussicht, dass sein Plan die Stimmen zum Schweigen bringt und den Nebel vertreibt, ist das Einzige, was mich aufrecht hält.

»Dann komm.« Er führt mich zu einem Haus, zieht eine Karte durch ein Lesegerät und schiebt mich durch die Tür. Durch eine Eingangshalle, hinaus auf eine Wiese. Dann bleibt er stehen. »Schau.«

Mühsam hebe ich den Kopf. Meine Augen sind verquollen, und ich muss sie mehrmals reiben, bis ich scharf sehe. Die Wiese fällt leicht ab, direkt in einen riesigen See, dessen Wasser vor mir in der Sonne glitzert. Unzählige Segelboote schaukeln vor uns an einem Anlegesteg. Aber was für ein paar gnädige Sekunden jeden Gedanken aus meinem Kopf vertreibt, sind die Berge. Sie ragen auf der anderen Seite des Sees in der Ferne auf, dunkelblau und majestätisch, beinahe verheißungsvoll. »Unglaublich.«

»Haut mich auch jedes Mal wieder um.« Noah lässt meinen Arm los und nimmt stattdessen meine Hand. Ich folge ihm über die Wiese und dann den Steg entlang bis ans Ende. Er deutet auf eines der Boote. »Das ist Sevis, er leiht es uns.«

Ungläubig bleibe ich stehen. Meint er das ernst? »Ich weiß nicht …«

»Was ist? Hast du Angst? Kannst du nicht schwimmen?«

»Das ist es nicht, aber ich … Ich glaube nicht, dass ich jetzt auf einem Boot sitzen will. Da habe ich doch noch mehr Zeit zum Grübeln, oder nicht?«

»Wirst du nicht, glaub mir.« In seinen Augen steht die Bitte, ihm zu vertrauen, und ich vertraue ihm voll und ganz. Wenn er glaubt, dass Segeln das Richtige ist, dann ist es das auch. Er zieht sich die Schuhe aus und bedeutet mir, das Gleiche zu tun.

»Straßenschuhe sind auf dem Boot unerwünscht, und heute ist es warm genug für barfuß.« Er nimmt meine Chucks und seine Schuhe, hüpft auf das Boot und verschwindet unter Deck. Wenig später kommt er mit einer Schwimmweste zurück. Misstrauisch beäuge ich sie. »Muss das sein?«

»Vielleicht nicht, aber da du das erste Mal auf dem Boot bist, wäre es mir lieber. Bis ich einschätzen kann, ob du klarkommst.«

»Na gut.« Immerhin ist es eine relativ dünne Weste, die sich erst aufbläst, wenn man in Not gerät. Noah hilft mir beim Anziehen. Seine Finger streifen die winzigen Härchen in meinem Nacken, und ein Schauer jagt über meinen Rücken. Als ob er es merkt, haucht er mir einen Kuss auf den Hals. Ich lehne mich an ihn, würde gern länger hier so stehen, aber er schiebt mich sanft weg. »Wir sollten los, solange die Sturmvorwarnung noch blinkt.«

Ich blinzele ihn an. »Du meinst wohl, solange sie noch nicht blinkt?«

Er lacht. »Ich hab's schon so gemeint. Der Starnberger See ist ein Schwachwindrevier. Wenn die Vorwarnung leuchtet, aber offensichtlich kein Sturm in der Nähe ist, geht es hier erst richtig los. Dann hat man nämlich endlich mal ordentlich Wind. Sollte wirklich etwas aufziehen, können wir immer noch irgendwo anlegen.« Er steigt auf das Boot und reicht mir die Hand. Ich ziehe mich daran an Bord. Vom Steg aus kam mir das Boot ziemlich groß vor, es hat sogar eine Kajüte, aber wenn ich so darauf entlanggehe, schaukelt es ziemlich, wie eine Nussschale, die jede Sekunde kentern kann. Unwillkürlich packe ich Noahs Hand fester. Er führt mich über das Boot ans Heck, wo er mich auf eine schmale Bank drückt. »Warte hier. Das Ablegen mache ich am besten alleine. Dauert nicht lange. Wenn wir draußen sind, zeige ich dir, welche Aufgaben du übernehmen kannst.«

Während Noah irgendwas an den Segeln macht, gelingt es mir, die Gedanken halbwegs in Schach zu halten. Trotzdem bin ich mehr als erleichtert, als er zu mir kommt und sich auf die gegenüberliegende Bank setzt. Er greift nach einem langen Hebel, der zwischen die Bänke hineinragt. »Die Pinne«, erklärt er. »Damit steuert man das Ruder.«

Ohne große Begeisterung mustere ich sie. Mich haben Schiffe nie besonders interessiert.

Wie Noah das Ablegen genau bewerkstelligt, bekomme ich nicht mit. Ich bin zu sehr damit beschäftigt, die Berge zu betrachten, weil ich hoffe, dass sie mit ihrer Schönheit die Gedanken fernhalten. Aber es hilft nicht. Nicht auf Dauer. Das Boot treibt aus dem Hafen auf den offenen See, aber ich habe keine Augen mehr dafür. Die Berge verschwimmen, versinken in dem düsteren Nebel, der die Gedanken mit sich bringt. Sie war allein. Ich hätte bei ihr sein müssen. Es ist Wochen her, und ich habe es nicht mitbekommen.

»Nimm das Ruder. Ich muss mich um die Segel kümmern.« Noah drückt mir den Hebel in die Hand. Er ist aus Metall und hat obendrauf einen Griff. »Es ist ganz einfach. Ich sage dir, wohin du steuern musst, und du bewegst die Pinne immer in die entgegengesetzte Richtung.« Er redet weiter, erklärt mir, warum das so ist, aber ich höre nur mit halbem Ohr hin. Lenis Gesicht taucht vor meinem inneren Auge auf. Sie lächelt mich an. Ein Lächeln, das in meiner Brust schmerzt und mir den Atem verschlägt.

»Gwen?«

Ich keuche auf. »Ja, ja. Okay. Wohin?«, frage ich.

Noah setzt sich neben mich und deutet auf einen Jachthafen auf der anderen Seite des Sees. »Dahin wollen wir. Das sollte heute gut zu schaffen sein, falls der Wind nicht vorher abflaut.«

»Und was machen wir, wenn der Wind doch nachlässt?«, frage ich mehr aus Höflichkeit.

»Schwimmen? Auf dem Boot übernachten?« Er zuckt mit den Schultern. »Zu Fuß nach Hause laufen?«

Ich packe den Hebel fester.

Noah legt seine Hand auf meine. »Es ist nicht so einfach, wie du denkst. Das Boot ist ziemlich wendig.«

Ich erwidere nichts. Ich kann mir kaum vorstellen, dass es mich wirklich beschäftigt, den Hebel ein bisschen hin- und herzubewegen.

»Los geht's.« Noah springt wieder auf und zieht an den Segeln herum.

Ich merke, wie das Boot Fahrt aufnimmt, während Noah mit den Leinen beschäftigt ist. Ich beobachte ihn dabei, wie er irgendetwas festzurrt. Keine Ahnung, wie er den ganzen Kram auseinanderhalten kann. Aber ich schaue ihm gerne zu. Er ist hoch konzentriert, seine Finger bewegen sich flink, lösen hier einen Knoten und machen dort einen neuen. Schließlich hält er inne und sieht nach vorne. Ich folge seinem Blick. Wir fahren kein bisschen in die Richtung, die er vorgegeben hat. Hastig ziehe ich an dem Hebel – an der Pinne – erinnere ich mich. Zu stark. Das Boot dreht sich viel zu viel und unser Ziel liegt jetzt links von uns. Ich beiße die Zähne zusammen und versuche es erneut. Wieder zu viel. Irgendwann habe ich es raus, aber Noah hat recht, das Boot ist wendig, aufmüpfig geradezu, und es zu steuern ist so anstrengend, dass ich kaum zum Nachdenken komme. Vor allem, weil ich unterbewusst doch immer in die Richtung steuern will, in die wir fahren müssen, und nicht entgegengesetzt.

»So langsam habe ich den Dreh raus«, sage ich.

Noahs stolzes Lächeln vertreibt für einen Moment alles andere aus meinem Kopf. Ich mag es, wenn er mich so ansieht. »Dann wird es Zeit für einen Kurswechsel. Damit dir nicht langweilig wird.« Er deutet auf das Ende vom See. »Siehst du die Kirche da?«

Ich kneife die Augen zusammen. Winzig klein leuchtet etwas in Weiß und Rot, das man mit gutem Willen als Kirche interpretieren könnte. Ich nicke.

»Dann dorthin.«

Ich ziehe an der Pinne. Diesmal habe ich es schneller heraus. Noah lässt mich noch ein paar Mal den Kurs wechseln, dann murmelt er irgendwas von wegen Wind und zupft an den Leinen herum. Ich halte sicher auf die Kirche und die Berge zu, die dahinter aufragen. Die Sonne glitzert auf dem Wasser, und ich könnte fast vergessen, warum wir hergekommen sind.

Fast. Denn der Wunsch, all das hier mit Leni zu teilen, wird immer größer. So viele Sachen haben wir uns ausgemalt, so vieles wollten wir machen, wenn auch sie wieder gesund ist. Dass ich immer geahnt habe, dass es nie dazu kommen wird, macht es nicht leichter. Ich kann sie vor mir sehen, wie sie auf dem Boot sitzt und das Gesicht in die Sonne hält.

Genieß den Sommer für mich mit.

Es hätte ihr gefallen. Vielleicht hätte sogar eine Erzählung gereicht, um sie glücklich zu machen. Ich denke an ihre Mail, in der sie mich gefragt hat, wie es mir geht und was ich schon alles erlebt habe. Die Mail, die ich nie beantwortet habe. Nicht mal mit einer Zeile. Damals dachte ich, dass ich nichts zu sagen habe. Nichts, was sie glücklich machen könnte. Jetzt merke ich, wie dumm ich war. Ich hätte alles Mögliche schreiben können. Hätte mir etwas ausdenken sollen, nur, damit sie es lesen kann. Selbst dazu war ich nicht in der Lage.

Meine Hand zittert leicht, und ich schließe sie fester um den Hebel, halte mich daran fest, damit ich nicht wieder in dem schwarzen Nebel versinke, der mich einhüllt und gegen den nicht mal die Sonne ankommt. Die Gedanken werden immer mehr, immer düsterer. Sie drehen sich im Kreis.

Sie war alleine, sie hatte Angst, du hättest sie besuchen müssen. Du hättest für sie da sein sollen, so wie sie immer für dich da war.

Ich hole tief Luft, rasselnd, angestrengt. Panisch versuche ich, aus dem Nebel aufzutauchen. Ein lauter Schrei lässt mich zusammenfahren. Wie betäubt sehe ich auf, erkenne nur am Rande, dass Noah auf mich zustürzt. Das Segel schlägt wild über dem Schiff hin und her, und es schwankt so stark unter mir, dass ich mich mit aller Macht an den Hebel klammere.

»Nicht, du machst es nur schlimmer. Hier.« Seine Hand legt sich um meine, und er zieht den Hebel wieder in die richtige Richtung. Wie betäubt lasse ich es zu. »Du musst dich konzentrieren, okay? Sonst kriege ich nächstes Mal das Segel an den Kopf und lande im Wasser.«

Ich kann nicht.

»Achte immer auf die Kirche da vorne.«

Wie soll ich die Kirche sehen, wenn um mich herum nur Nebel ist? Trotzdem nicke ich.

»Gwen? Du musst wirklich aufpassen, das hätte gerade ganz schön ins Auge gehen können.«

»Ich kann nicht«, flüstere ich. Meine Finger sind eiskalt, meine Hände zittern.

»Natürlich kannst du das, du hast es doch bisher auch gut gemacht.«

»Nein, du verstehst nicht, ich … kann … nicht«, bringe ich hervor.

»Du musst nur etwas besser aufpassen«, dringt seine Stimme ermunternd durch den schwarzen Nebel. Ich halte mir die Ohren zu, aber es nutzt nichts. Aufpassen. Besser aufpassen. Du musst dich konzentrieren. Du hättest bei ihr sein sollen, ihr schreiben, sie besuchen. Sie war allein.

»Nicht«, schreie ich. »Aufhören. Ich kann nicht.«

»Gwen?« Seine Stimme ist leise, mischt sich mit den anderen.

»Ich kann nicht. Kann nicht. Nichts. Gar nichts.« Meine Stimme überschlägt sich. »Ich kann gar nichts«, keuche ich und versuche, den unfassbaren Schmerz in mir irgendwie wegzuatmen. Aber er hat mich im Griff, von Kopf bis Fuß, alles an mir.

Nur undeutlich spüre ich, wie Noah mich fest an sich zieht. Er drückt mich, als wüsste er, dass er mich daran hindern muss, mich in dem schwarzen Nebel aufzulösen.

»Ganz ruhig. Es tut mir leid. Du musst gar nichts. Ich schaffe das auch so. Nicht schlimm«, murmelt er beruhigend. Seine tröstende Stimme dringt direkt in meinen Körper. Sie löst etwas in mir, löst den Schmerz, der mich überflutet und jeden klaren Gedanken vertreibt.

»Ich konnte ihr nicht helfen«, flüstere ich. »Ich konnte sie nicht besuchen. Ich konnte nicht bei ihr sein. Ich konnte gar nichts. Gar nichts. Ich konnte ihr nicht mal eine E-Mail schreiben. Nicht eine … Zeile, einen … einzigen … Satz.« Meine Stimme zittert so stark, dass ich meine Worte kaum verstehe. »Ich konnte nicht.« Leise und verloren kommen die Worte heraus. Hilflos. Ich weiß nicht mehr weiter. Noahs Arme, die mich halten, sind das Einzige, was ich noch wahrnehme. Und seine Stimme, die sich sicher durch die anderen bahnt. »Es ist nicht deine Schuld. Nichts davon.«

»Ich hätte für sie da sein müssen. Aber ich konnte nichts tun. Nicht mal das Einzige, worum sie mich gebeten hat.« *Genieß den Sommer für mich mit.* »Ich konnte es einfach nicht.«

»Eben«, flüstert Noah. »Du konntest nicht. Gwen, sieh dich doch an. Du kannst dich kaum um dich selbst kümmern. Wie sollst du dich noch um jemand anderen kümmern?«

»Aber ich hätte es tun müssen.«

»Du hast immer an sie gedacht. Hast so viel für sie gemacht, auch wenn sie es nicht wusste. Du hast getan, was du konntest.«

Ich schüttele den Kopf. »Bestimmt hat sie darauf gewartet, dass ich sie anrufe. Oder dass ich sie besuche.« Meine Stimme versagt. »Ich hatte es ihr versprochen, verstehst du? Versprochen.«

»Aber du hast es eben nicht geschafft. Du hattest genug damit zu tun, den nächsten Tag durchzustehen, oder nicht?« Er streichelt beruhigend über meinen Rücken, und unter seinen Worten ebbt der Schmerz endlich ein wenig ab. »Vielleicht hättest du für sie da sein müssen, ja, vielleicht wäre das richtig gewesen. Aber manchmal kann man es eben einfach nicht.«

Langsam löse ich mich von ihm. Ich konnte es eben nicht. Ist es wirklich so einfach? Irgendwie hört es sich wie eine dumme Ausrede an. Eine Ausrede, die mir das Recht gibt, mich nicht schuldig zu fühlen, weil ich nicht bei Leni war. Ich springe auf und drehe mich im Heck des Bootes hin und her, als könnte ich damit das miese Nagen in meiner Brust loswerden. Nichts rechtfertigt, was ich getan habe. Egal, wie schlecht es mir ging, egal, wie kurz davor ich war, alles aufzugeben, ich hätte ihr wenigstens schreiben müssen.

»Nur ein Wort, Noah. Nur einen Satz? Warum konnte ich ihr nicht wenigstens das geben? Ich wollte doch, dass sie weiß …« Meine Stimme versagt den Dienst.

Sofort ist Noah wieder bei mir, hält mich, aber ich kann seine Berührung jetzt nicht ertragen. Ich verdiene keinen Trost. Er bleibt neben mir stehen, akzeptiert, dass ich mich für einen Moment so fühlen will. Schuldig, und verdammt mies. Weil ich lebe und sie tot ist.

»Sie hat das nicht verdient«, flüstere ich.

Noah nimmt meine Hand. Ich lasse es zu. »Nein, Gwen. Sie hat das nicht verdient. Aber du auch nicht«, antwortet er sanft. »Niemand verdient, solche Angst auszustehen. Niemand verdient es, die beste Freundin zu verlieren.«

Mein Verstand gibt ihm recht, aber meine Seele quillt über vor Schuld. »Ich halte das nicht mehr aus, Noah, diese … Schuldgefühle. Nicht nur gegenüber Leni, auch gegenüber …« Noch nie habe ich jemandem davon erzählt. Es kommt mir albern vor. Dämlich geradezu. Er wird das nicht verstehen. Andererseits habe ich Noah schon so viel von mir preisgegeben, und nichts davon hat ihn abgeschreckt. Das Bedürfnis, meine quälenden Gedanken endlich laut auszusprechen und damit nicht mehr alleine zu sein, ist so groß, dass ich es wage. »Gegenüber dem Spender. Seiner Familie. Es kommt mir vor, als hätte ich ihnen etwas weggenommen, das sie behalten wollten. Das Leben eines geliebten Menschen. Das Herz, das mir nicht gehört. Sicher haben sie es nicht freiwillig getan.«

Noah schweigt, und das Herz rast in meiner Brust. Findet er es doch lächerlich? Schrecklich sogar?

»Ich kenne das«, sagt er stattdessen. »Viele denken so was.« Seine Stimme ist voller Mitgefühl. »Es ist sicher schrecklich, aber es ist normal.« Seine Stimme ist immer leiser geworden. »Leider.«

Ich lasse die Information sacken. *Ich bin nicht allein. Anderen geht es auch so. Es ist normal.* Das Herz beruhigt sich, mein Atem geht langsamer. Wie kann allein das Wissen, dass ich nicht verrückt bin, schon helfen?

»Hier, ich will dir was zeigen.« Er kramt in seiner Tasche nach seinem Handy und tippt auf dem Bildschirm herum, so gut es mit einer Hand geht. Mit der anderen hält er mich fest und zieht mich behutsam wieder auf die Bank. Schließlich zeigt er mir das Handy. Ich betrachte es mit zusammengekniffenen Augen. Er hat eine Internetseite aufgerufen.

»Dank dem Spender?«

Er nickt. »Lies.«

Ich schaue mir die Seite an. Es ist immer nur ein Beitrag zu sehen, aber über Navigationspfeile kann man einen neuen aufrufen. Sie richtet sich vorrangig an Menschen, die ein Organ bekommen haben. Aber der Beitrag, den Noah aufgerufen hat, ist nicht von einem Patienten. Er ist von einem Angehörigen eines Spenders. Erstarrt lese ich, was dort steht. Immer und immer wieder.

Was wir gegeben haben, war ein Geschenk. Du darfst es annehmen ohne schlechtes Gewissen, ohne Erwartungen, ohne Reue. Es wurde in trauernder Liebe gegeben, und dass du es bekommen hast, macht den Todestag unseres Sohnes unendlich leichter für uns.

Ich kann nicht fassen, was da steht. Als wäre es für mich geschrieben.

»Hast du gewusst, dass sie die Angehörigen informieren, wie die Transplantation verlaufen ist, wenn die das wollen?«, sagt Noah leise. »Nichts von dir, keinen Namen, keine Daten, nicht mal das Geschlecht. Aber dass es dir gutgeht. Das wissen sie.«

Meine Finger zittern, ich schließe sie fester um Noahs Hand. Irgendwo da draußen ist jemand. Vielleicht der Ehemann aus meinen Träumen. Er weiß, dass es mir gutgeht. Er denkt an mich. Er wünscht sich, dass ich glücklich bin.

»Wie soll ich solche Erwartungen erfüllen?«, frage ich heiser. »Wie soll ich dem jemals gerecht werden?«

Noah schüttelt den Kopf. »Lies sie noch mal Gwen. Lies mehr davon.«

Ich gehorche. Während Noah sich wieder um das Boot kümmert, lese ich eine Nachricht nach der anderen. Dank an die Spender ist dabei und auch Nachrichten von Menschen, die durch Zufall auf die Seite gestoßen sind und einfach nur Anteil nehmen. Aber ich lese nur die Nachrichten der Familien. Ich dachte, die eine Nachricht wäre etwas Besonderes. Aber sie sind alle so. »In trauernder Liebe gegeben.« Das schreiben sie. Nichts von Erwartungen, nichts von Schuld. Nur von Freude und Trost. Ich lese, bis die Worte mich einhüllen, warm und geborgen zwischen den vielen Menschen, die ein Teil dieses wunderbaren Gebens und Nehmens sind. Es ist, als ob ich dazu gehörte, als hätte ich eine zweite Familie, die sich freut, dass ich lebe. Ohne Erwartungen. Meine Schuldgefühle sind wie weggeblasen. Genau wie meine Angst, dass ich nicht gut genug bin. Da ist nur noch Dankbarkeit für dieses Geschenk, das mir so vorbehaltlos gegeben wurde.

Wer immer du auch bist, wir sind froh, dass du das Herz bekommen hast. Die Ärzte haben dich ausgesucht, weil du am besten passt. Weil du die beste Chance für das Herz meiner Schwester bist.

Noch nie habe ich es so gesehen.

Ich lese weiter, bis Noah zurückkommt und sich neben mich setzt. Ich hebe den Kopf, aber ich kann nicht sprechen. Ich nicke nur. Er versteht auch so. Er versteht so vieles, versteht mich. Es zeigt mir, dass ich recht hatte. Noah kann mich halten. Er kann es wie niemand sonst.

»Ich würde gerne den Sommer genießen, wie sie es wollte, weißt du. Aber wie? Wie kann ich das jetzt? Es kommt mir so vor, als wäre ihr Tod nichts wert, wenn ich glücklich bin.«

»Kein Tod ist etwas wert. Er ist immer schrecklich, immer sinnlos.«

»Vielleicht hast du recht. Ich sollte mich gut fühlen, das hätte sie sicher gewollt.«

Er schüttelt den Kopf. »Ich denke, du solltest dich so fühlen, wie du willst, und nicht, wie du denkst, dass andere es von dir erwarten.«

»Willst du damit sagen, dass ich mir aussuchen kann, wie es mir geht?«, flüstere ich. »Ich wünschte, ich könnte es.« Dann würde ich alles wegschieben. Die Hoffnung von Papa, die Angst von Mama, die Schuld wegen Leni. Alles außer der Sehnsucht, Leni noch ein letztes Mal zu sehen. Sie einen letzten Tag für mich zu haben. So wie früher, bevor ich das neue Herz hatte. »Dann wäre ich nicht mehr so traurig, weil sie nicht mehr da ist und wir all die Dinge nicht mehr machen können, die wir zusammen tun wollten.« Meine Stimme bricht. Ich schlucke die Tränen hinunter, kämpfe gegen das Schluchzen an, weil ich weiterreden will. Weiterreden muss. »Und ich müsste auch die Wut nicht mehr ertragen. Ich … ich bin so verdammt wütend. Weil es so ungerecht ist.« Es stimmt, ich bin wütend. So wütend, dass ich kaum atmen kann. Wieso hat sie kein Herz bekommen? Wieso? Ich schlage mit der flachen Hand auf die Bank ein. Es reicht nicht. Wut kocht in mir hoch, so heftig, dass sie mich blendet, sie überschwemmt meinen Körper, bis ich aufspringe und schreie, bis ich heiser bin. Dann verstumme ich, entsetzt, überrascht, dass ich zu so was fähig bin. Nie hätte ich gedacht, dass ein solcher Zorn in mir steckt, tief vergraben unter all den anderen Gefühlen. Aber es tut gut, so unglaublich gut. Die Wut rast durch meinen Körper, durch meine Adern, mein Herz. Heftig atmend stehe ich auf dem Boot mitten auf dem See und lege mir die Hand auf die Brust.

Mein Herz.

Es pocht wild, heftig, wie wenn ich zu schnell gelaufen bin. Aber es ist nicht dieses Wumm, Wumm, Wumm, das mich innehalten lässt, mich lähmt und panisch macht. Das Pochen ist nicht fremd. Das Herz rast, im Einklang mit der Wut in meinen Adern. Zum ersten

Mal passt es zu mir, nicht nur zu meinen Werten. Vielleicht ist es doch nicht so falsch, dass ich es bekommen habe.

Jemand hat das Herz für mich ausgesucht, weil es gut zu mir passt. Irgendjemand hat daran geglaubt, dass es die beste Chance ist, wenn man mir das Herz gibt. Nicht nur die beste Chance für mich. Sondern auch die beste Chance für das Herz. Damit sich die Hoffnungen erfüllen, die die Familie des Spenders hatte.

»Es ist trotzdem ungerecht«, flüstere ich. Ich kann kaum noch klar denken, weil es so weh tut.

Nichts ist gerecht, es gibt keine ausgleichende Macht. Sonst wäre Leni nicht tot. Es ist nicht gerecht, dass das Herz gerade zu mir gepasst hat und nicht zu ihr. Aber ich bin nicht daran schuld. Ich habe ihr nichts weggenommen. Der Schmerz in mir breitet sich aus wie Gift, das durch meinen Körper fließt und ihn nach und nach verlässt.

Meine Knie werden weich, und ich sinke auf den Boden des Segelboots. Feuchtigkeit dringt durch meine Hose, während die Wut abflaut und der Schmerz sich mit Erleichterung mischt. Ich hätte alles dafür getan, um ihr zu helfen. Alles, aber es lag nicht in meiner Macht.

»Ich bin nicht schuld«, flüstere ich. »Ich bin nicht schuld.« Endlich, endlich lässt der Schmerz nach. Als ob ein Knoten aus meiner Brust verschwindet, ein düsterer, schwarzer Knoten, der alles in mir vergiftet hat. Ich atme ein, ganz tief, und wieder aus. Atme alles weg, die ganzen Gefühle, die nicht wirklich meine sind.

Alles außer der Trauer, die in jeder Faser meines Körpers sitzt. Ich weiß, dass es nicht vorbei ist. Ich weiß, dass die Gefühle zurückkommen werden. Aber ich weiß jetzt, wie es ist, frei davon zu sein, und dass ich sie loswerden kann. Mein Blick fällt auf meine Arme, auf den winzigen Schnitt, der kaum noch sichtbar ist.

Vielleicht muss ich mir nicht die Pulsadern aufschneiden, um die Gedanken abzustellen. Vielleicht, nur vielleicht, gibt es auch einen anderen Weg. Ich hebe den Kopf. Noah ist aufgestanden und sieht auf mich herunter. Er ist weiß wie ein Bettlaken und hat seine Finger so fest um sein Handy geschlossen, dass ich Angst habe, er könnte es zerquetschen. Seine Hilflosigkeit steht ihm ins Gesicht geschrieben. Sicher fragt er sich, ob er mich in den Arm nehmen soll oder nicht. Ob er etwas sagen soll oder nicht.

Langsam komme ich auf die Füße, sehe ihn an. Ringe mir ein zuversichtliches Lächeln ab. Ja, vielleicht gibt es auch einen anderen Weg.

Kapitel 30

www.jungundherzkrank.de/Forum/Intern/showtopic9754
Re: Im Krankenhaus
Antwort von Gwen (vor sechs Monaten)
»Ich weiß genau, was du meinst. Nur weil viel Zeit vergeht, bedeutet das nicht, dass man auch viel Zeit gehabt hat.«

Gwen

Lange hält Noah mich nur. Unendlich lange. Die Gedanken kreisen immer noch in meinem Kopf, aber sie werden langsamer, weniger und leiser. Der Wind ist abgeflaut, und Noah hat das Boot so gedreht, dass wir mitten auf dem See treiben, ohne uns von der Stelle zu bewegen. Die Dämmerung geht langsam in Dunkelheit über, man kann sogar schon ein paar Sterne funkeln sehen. Trotzdem ist es immer noch unheimlich warm, vor allem jetzt, da kein Wind mehr geht.

Zwischendurch schaue ich mir an, was auf der Internetseite steht. Inzwischen habe ich auch die Beiträge von Menschen gelesen, die ein Organ erhalten haben, genau wie ich. Immer wieder lese ich ihre Worte voller Dank, Unternehmungslust und Vorfreude auf die Zukunft.

»Ich wünschte, ich könnte auch so was schreiben.«

Noah küsst mich auf die Schläfe. »Irgendwann kannst du es. Ganz sicher.«

Ich hoffe, er hat recht. Noch lange lese ich weitere Einträge. Dann rufe ich wie von selbst Claires Blog auf. Sie macht weiter. Trotz allem. Obwohl Leni es nicht mehr sieht.

»Erzählst du mir von ihr?«, fragt Noah leise.

Mit einem Kloß im Hals überlege ich, ob ich mich an etwas erinnern will, das ich nie wiederhaben werde.

»Nur wenn du willst«, fügt er hinzu. »Wir können auch weiter hier sitzen, bis morgen früh. Erfahrungsgemäß müsste dann auch ein Südwind aufkommen, mit dem wir zurückkommen. Außer du willst doch lieber zu Fuß zurück.«

Ich muss lächeln, weil ich mir ziemlich sicher bin, dass das Boot einen Motor hat. Für Notfälle. Aber es gefällt mir auf dem Boot. Der See ist so ruhig, dass es nur im Wasser schaukelt, wenn eines der großen Fährschiffe vorbeifährt und ein paar Wellen verursacht. Um uns herum ist nur Wasser, und der Himmel über uns. Wir sind allein, fern von allem. Erst hatte ich Angst davor, jetzt gefällt es mir. Solange er bei mir ist. »Ich würde gerne hier bleiben.« Ich kuschele mich enger an seine Schulter. Ja, ich will hier bleiben, von mir aus die ganze Nacht. Und ich will ihm auch von Leni erzählen.

»Man denkt, dass man viel Zeit zur Verfügung hat, wenn man im Krankenhaus liegt. Es stimmt ja auch. Aber es ist Zeit, die man nicht nutzen kann. Ständig kommt jemand rein, um die Werte zu überprüfen. Immer wieder werden neue Leute ins Zimmer gelegt. Richtig konzentrieren konnte ich mich nie. Ich hatte mir Bücher mitgenommen, die ich lesen wollte. Dicke, fette Schinken.« Ich lächele, als ich den Stapel vor mir sehe, der sich in meinem winzigen Schrankabteil nach und nach gebildet hat. »Ich habe in den ganzen Monaten nur eins davon geschafft. Man bekommt den Kopf einfach nie frei für das, was man lesen will, verstehst du?«

Noah runzelt die Stirn. Er fragt sich, was das mit Leni zu tun hat.

»Leni ging es genauso. Irgendwann haben wir es aufgegeben und angefangen, uns mit Zeug zu beschäftigen, für das man nicht so viel Aufmerksamkeit braucht. Haben uns im Internet rumgetrieben. Oder DVDs geschaut. Wenn auch das langweilig wurde, haben wir eine Schwester dazu gebracht, uns die zurückgelassenen Zeitschriften aus dem Aufenthaltsraum zu holen. Es gibt selten neuen Stoff, meist sind die Dinger Monate alt. Wenn mal jemand eine Zeitschrift liegen lässt, stürzen sich gleich alle drauf, und bis man sie dann bekommt, ist sie vollkommen zerfleddert und zerlesen, überall sind Notizen drin, das Kreuzworträtsel wurde von drei verschiedenen Leuten gelöst und die dummen Tests so oft angekreuzt, dass man kaum noch die Nummern der Antworten erkennen kann.« Ein Lachen entkommt mir. »Einmal ist der Krankenpfleger voller Stolz mit einer Zeitung angekommen, in der der Test noch vollkommen jungfräulich war. ›Habe ich für euch ergattert‹, hat er gesagt. Und dieses eine Mal waren wir die Ersten, die die Fragen angekreuzt haben. Wir haben getan, als wäre das ein Riesending, ein Event, das man feiern muss. Von da an war es ein Spiel zwischen uns, für das wir alle eingespannt haben. Die Zeitschriften so früh wie möglich zu bekommen. Schwestern, Ärzte, Pfleger, andere Patienten, die beweglicher waren als wir. Natürlich hätten wir auch jemanden fragen können, Tom hätte mir sofort tonnenweise Magazine gekauft. Aber darum ging es nicht, verstehst du?«

Noah lächelt. »Klar. Es ging um den Thrill, das Abenteuer … oder so.«

»Genau. Das Abenteuer. Aber es war noch mehr. Wenn wir eine Zeitschrift ergattert hatten, haben wir sie nicht sofort gelesen. Wir haben sie aufgehoben.« Meine Stimme wird leiser, während ich daran denke, wann wir darin gelesen haben und wie. Das Schlucken fällt mir plötzlich schwer. »Kennst du dieses gemeine Nagen im Bauch, das man als Kind immer hatte, wenn man ins Bett geschickt wurde? So ging es mir im Krankenhaus jeden Tag. Immer wenn …« Soll ich Noah wirklich davon erzählen? Unsicher mustere ich ihn und lese in seinen Augen, dass ich ihm alles sagen kann. Ich hole tief Luft. »Immer wenn Alex gegangen ist. Er kam meistens nachmittags und war lange da. In der Zeit ging es mir am besten, ich war gut aufgehoben. Wenn er bei mir war, war für ein paar Stunden alles in Ordnung, und wenn er gehen musste, kam dieses gemeine Nagen im Bauch. Die Nacht lag vor mir, unendlich lang und leer, mit den Geräten um mich herum, die einen nie richtig schlafen lassen. Mit der Angst, dass die Schwestern mitten in der Nacht in Aufruhr geraten, weil ein paar Zimmer weiter jemand …« Zu oft habe ich das erlebt. Ich muss mich jetzt nicht daran erinnern. »Immer, wenn Alex weg war und es mir besonders elend ging, hat Leni eine der Zeitschriften rausgeholt und den dämlichen Test mit mir gemacht. Sie hat mich so lange mit den Ergebnissen aufgezogen, bis ich nicht anders konnte, als zu lachen. Am Anfang, als das noch ging, habe ich immer meine Infusion genommen und sie rübergeschoben, damit ich zu Leni ins Bett klettern konnte. Damals … damals haben wir uns gegenseitig gehalten.« Merkwürdigerweise spüre ich keine Trauer, als ich davon erzähle. Nur Dankbarkeit. Tiefe Dankbarkeit, dass ich sie hatte. Ich weiß nicht, wie ich es ohne sie geschafft hätte. »Wenn es ihr schlecht ging, wenn Claire sich mal nicht gemeldet hatte oder so, habe ich ihr dafür den Fortsetzungsroman vorgelesen. Meist irgendeinen Arztroman. *Der Alpendoktor* oder *Die verwaiste reiche Erbin vom Bodensee.*«

Noahs Lachen ist ansteckend. »Klingt spannend.«

»Allerdings. Leni hat immer behauptet, solche Romane wirken am besten, wenn man sie vorliest. Sie hat dann meine Hand gehalten und so getan, als ob die Spannung sie völlig fertigmacht. Ich fürchte, seitdem habe ich eine Schwäche für solche Geschichten, die werde ich nie wieder los.«

»Keine Sorge, ich verrate es niemandem«, erwidert er mit einem verschwörerischen Lächeln.

»Ach, ich stehe dazu. Es kann nur passieren, dass ich irgendwann versuche, dich mit so etwas zu trösten. Aus lauter Gewohnheit.«

»Ich glaube nicht, dass das nötig ist.«

Er sagt es, als ob er vollkommen zufrieden mit allem wäre, und so wirkt er auch, gelassen und ruhig, nicht von Sorgen und Ängsten geplagt wie ich. Aber ich weiß, dass es Dinge gibt, die ihn beschäftigen, auch wenn er es nicht zugeben will. Die Sache mit seiner Ex und das mit seiner Mutter. Das Studium, das er hasst. Ich erinnere mich noch genau, als er das erkannt hat. Er war so überrascht und gleichzeitig so voller Überzeugung. Ich nehme ihm einfach nicht ab, dass er das wirklich so auf die leichte Schulter nimmt, wie er mich glauben lassen will.

»Wenn du jemals reden willst, also …« Ich komme mir albern vor.

»Worüber denn?«

»Zum Beispiel über den wahren Grund, warum du das Studium nicht schmeißt. Warum du immer noch weitermachen willst, obwohl du es hasst.« Vorsichtig mustere ich ihn.

Er ist blass geworden, noch blasser, als er eh schon ist. Ich schimpfe mich eine Idiotin. Vielleicht hätte ich doch nicht fragen sollen. Aber jetzt ist es zu spät.

Kapitel 31

www.herzforum.de/experimentelle-Behandlungsmethoden/
topicreveal88713
Re: Was, wenn ich nur den Placebo bekomme?
Antwort von Noah (vor fünf Monaten)
»Die Behandlung kann trotzdem erfolgreich sein. Manchmal reicht es schon, wenn man glaubt, dass etwas hilft.«

Noah

Entsetzt starre ich sie an. »Was?«, frage ich, obwohl ich sie genau verstanden habe.

Sie lächelt zaghaft, beinahe entschuldigend. Sie will mich nicht drängen. Aber das muss sie auch nicht, und ich muss nichts sagen, sie durchschaut mich. Wenn ich lüge, wird sie es merken. Aber ich will sowieso nicht lügen. Nicht noch mehr.

»Das mit deiner Mutter ist nur ein Vorwand, oder?«

»Das ist doch jetzt unwichtig …«

»Finde ich nicht.« Ihre Hand bewegt sich in meiner.

Ich schließe meine Finger um ihre, etwas zu fest. »Es gibt nichts zu bereden.«

Ihre Enttäuschung ist deutlich, auch wenn sie versucht, sie unter einem aufmunternden Lächeln zu verstecken. »Du musst mir natürlich nichts sagen.«

»Ich will dich nur nicht mit meinen Problemen zumüllen, du hast schon genug eigene.«

»Ich würde dir aber gerne zuhören.« Sie wendet den Blick nicht von mir ab. Sie meint es ernst.

»Ich will nicht …« Noch nie habe ich jemandem davon erzählt, und eigentlich will ich nicht, dass sie es weiß. Gerade sie soll nicht wissen, wie es in mir aussieht.

»Ich will nicht mit dem Studium aufhören, weil mir das wie Versagen vorkommt«, erkläre ich, um ihr etwas entgegenzukommen. Es ist nicht mal eine Lüge. Aber es ist auch nicht die ganze Wahrheit. »Ich habe schon so viele Sachen gemacht, so vieles ausprobiert und bin bei nichts geblieben. Damals bei der Einschreibung habe ich mir geschworen, dass mir das bei meinem Studium nicht passiert. Dass ich es zu Ende bringe, egal, was passiert.« Ich hoffe, dass ihr das als Erklärung genügt.

»Es geht doch total vielen Leuten so, dass sie immer was anfangen und dann wieder aufhören. Ich finde das nicht schlimm.«

Ich aber. Natürlich spreche ich es nicht aus. Ich bin froh, wenn sie sich damit abspeisen lässt.

»Oder das ist einfach dein Ding. Immer was Neues testen, viele verschiedene Sachen kennenlernen. Man muss doch nicht sein Leben lang bei einer Sache bleiben.«

»Nein, vielleicht nicht.«

Gwen mustert mich. Sie scheint genau zu wissen, dass das nicht alles ist.

Ich wende den Blick ab und stehe auf. »Hast du auch Hunger? Könnte sein, dass unten noch was ist.« Ich gehe auf die Treppe zu, die in die Kajüte führt.

»Noah …«, sagt sie sanft, fast bittend. »Du hast mir so viel gegeben in den letzten Tagen. Lass mich etwas zurückgeben.«

Ich schließe die Augen. »Da ist nichts, okay? Nichts, was wirklich ein Problem wäre.« Nicht so wie bei ihr. Wenn ich daran denke, was sie durchgemacht hat, wirken meine Sorgen wie bescheuerte Luxusprobleme. Sie kommt zu mir, legt eine Hand auf meine Wange und küsst mich. »Tut mir leid«, murmelt sie an meinen Lippen. »Ich wollte nicht aufdringlich sein.« Sie legt die Arme um meinen Hals und vertieft den Kuss. »Aber wenn du reden willst …«

Nein, ich will nicht reden. Ich ziehe sie enger an mich und drücke sie gegen die Wand neben der Tür. Essen will ich auch nicht mehr. Ich will nur noch ihren Körper an meinem, warm und weich, so wie jetzt. Ich will, dass sie vergisst, was heute passiert ist, das mit ihrer Freundin, und dass sie vergisst, was sie mich fragen wollte. Behutsam lotse ich sie unter Deck.

***

Gwen liegt neben mir auf der Sitzbank in der Kajüte, matt und erschöpft, immer noch nackt unter der dicken Wolldecke, die ich über uns gebreitet habe. Ihre Stirn ruht an meiner, und sie klammert sich an mich, als ob sie kein bisschen von der unglaublichen Nähe zwischen uns verschwenden will. Ich kann immer noch nicht fassen, wie vollkommen sie sich auf mich eingelassen hat. Schon letzte Nacht hat sie mich überrascht und überwältigt damit, wie sie auf mich reagiert hat. Jedes Mal, wenn meine Fingerspitzen über ihre Haut gleiten, jedes Mal, wenn ich ihr etwas ins Ohr flüstere, verliert sie etwas von ihrer Unsicherheit. Noch nie habe ich so etwas erlebt. Es ist, als könnte ich ihre Ängste verjagen und Stück für Stück freilegen, wer sie wirklich ist, einfach nur, indem ich sie berühre.

Als Gwen die Augen öffnet, leuchtet mir daraus ein Vertrauen entgegen, das mir den Atem verschlägt. Wie kann sie mich so ansehen, als wäre ich nach so kurzer Zeit der Mittelpunkt ihrer Welt? Als würde sie mir überallhin folgen. Als könnte ich nichts tun, um sie abzustoßen. Es beschämt mich. Wie konnte ich nur glauben, dass sie irgendetwas, was ich ihr anvertraue, für dämlich oder unwichtig halten würde?

So gut es eben auf der engen Bank geht, richte ich mich etwas auf. Mit einer Fingerspitze fahre ich sacht die Narbe auf Gwens Brust nach. Sie zuckt nicht zurück, sondern liegt mit halb geschlossenen Augen da.

»Ich fühle mich hohl«, flüstere ich. Es ist so seltsam, ihr meine Probleme aufzuhalsen, die im Vergleich zu ihren so lächerlich sind.

Sofort öffnet sie die Augen und hält meinen Blick fest. »Wie meinst du das?«

Ich atme tief durch, überlege, wie ich es ihr am besten begreiflich machen kann. »Meine Mutter … Sie hat eine Aufgabe, in der sie völlig aufgeht. Sie brennt dafür und steckt jede Minute ihres Lebens hinein. Ich wollte das auch immer. Diese Leidenschaft. Für etwas brennen, durch und durch. Verstehst du?«

Etwas wie Bedauern zuckt über ihr Gesicht. »Ja.«

Ich warte, ob sie weiterredet, aber sie schweigt. »Lange habe ich gedacht, dass es von alleine kommt. Aber es ist nie passiert. Egal, was ich versucht habe, egal, wie sehr ich herausfinden wollte, was es ist, ich bin nie auch nur in die Nähe gekommen. Irgendwann ist mir die Zeit davongelaufen, und ich musste mich entscheiden. Also habe ich mich für BWL eingeschrieben.« Ich lächele matt. »Totales Klischee. Kann sein, dass ich es nur gemacht habe, weil Sevi das schon immer wollte und ich gehofft habe, dass seine Begeisterung auf mich abfärbt. Aber das Einschreibungsformular auszufüllen kam mir wie eine furchtbare Niederlage vor. Und im Vorlesungssaal fühle ich mich … eingesperrt. Am vollkommen falschen Ort. Ein falsches Studium, ein falscher Job. Für den Rest meines Lebens.« Meine Finger hören auf, sie zu streicheln. »Das klingt bescheuert, oder?«

»Gar nicht. Wenn ich mich in der Uni so fühlen würde, würde ich auch nicht hingehen.«

»Manchmal glaube ich, es ist zu spät für mich. Wenn ich jetzt nicht weiß, was ich machen will, wann dann? Ich empfinde keine Leidenschaft, nicht den Drang, dass ich etwas unbedingt machen muss. Nichts begeistert mich. Ich bin einfach nur innen hohl.«

Gwen mustert mich ernst. Sie legt eine Hand auf meine Wange, und ich schließe die Augen. »Aber das ist doch nicht wahr«, flüstert sie. »Du brennst für etwas. So oft, wie du in das Forum schaust. Das machst du doch nicht nur, weil es sein muss. Du machst es, weil es dir wichtig ist und weil dir etwas an den Menschen liegt. Das ist echte Begeisterung.« Sie küsst mich sanft. »Irgendwann wirst du rausfinden, was du machen möchtest, da bin ich ganz sicher.«

»Was, wenn es einfach nichts gibt? Nichts, was ich besonders gut kann?«

»Das glaube ich nicht. Es gibt eine Menge Dinge, die du gut kannst.« Sie wird rot um die Nase und presst die Lippen aufeinander, als ob sie am liebsten aufhören würde zu reden. »Du kannst gut zuhören, du kannst mich zum Lachen bringen, du …« Sie zögert, fasst sich ein Herz. »Niemand außer dir hat mir je das Gefühl gegeben, dass ich so in Ordnung bin, wie ich bin. Alle behaupten immer nur, dass alles gut wird. Aber wenn ich bei dir bin, weiß ich, dass es wahr ist.« Ihre Stimme ist immer leiser geworden. Ihr Gesicht ist jetzt knallrot, und sie leckt sich nervös über die Lippen. »Ich finde«, sagt sie zittrig, »dass das eine ganze Menge ist.«

Ich will antworten, aber ich bringe keinen Ton raus. Denkt sie wirklich so über mich? Oder ist sie nur dankbar, weil es ihr bessergeht?

Lange halte ich sie fest, drehe und wende ihre Worte in meinem Kopf, bis ich langsam anfange, sie zu glauben.

»Wenn du willst …«, beginnt sie. Ihre Gesichtsfarbe wird noch dunkler, falls das überhaupt möglich ist. »Ich könnte eine Weile bleiben und dir helfen, herauszufinden, was du machen möchtest. Ich meine, ich weiß es ja selbst auch nicht, aber zusammen könnten wir …« Meine eigene Hilflosigkeit spiegelt sich auf ihrem Gesicht wider.

»Leni ist tot, aber ich lebe noch. Für mich geht es weiter, und ich glaube, ich will endlich etwas tun. Ich will nicht länger stillstehen, so wie die letzten Monate.« Eine Träne schimmert in ihrem Augenwinkel, aber sie lächelt. »Ich will Leni zeigen, dass ich den Sommer genießen kann. Ich könnte darüber bloggen, wenn ich den Blog nun schon habe. Darüber, wie es ist, mit einem neuen Herz zu leben.«

Wortlos starre ich sie an. Meint sie das ernst? Bedeutet das, dass sie ihren verrückten Plan aufgeben will, mir ihr Herz zu geben? Die Hoffnung, dass es so ist, schnürt mir die Kehle zu.

»Was ist?«, fragt sie verunsichert. »Denkst du, das ist keine gute Idee?«

»Doch«, stoße ich mühsam hervor, unfähig, mehr zu sagen.

»Es würde mir hier gefallen.«

Während die Begeisterung ihr Gesicht immer mehr erhellt, kriecht kaltes Entsetzen meine Wirbelsäule entlang. Ich würde so gerne erwidern, dass sie bleiben soll. Wie sehr ich mir wünsche, dass sie nicht mehr in meinem Gästezimmer schläft, sondern bei mir. Eigentlich habe ich mir geschworen, nie wieder jemanden bei mir einziehen zu lassen, aber der Gedanke, jeden Morgen neben ihr aufzuwachen, überwältigt mich.

Ich kann nicht. Sie weiß nicht, wie sehr ich sie belogen habe. Wenn sie es je erfährt, wird sie mich dafür hassen und mich verlassen. Es wird keine Rolle spielen, dass ich ihr nur helfen wollte. Sie wird gehen. Ich werde sie verlieren, so oder so. Bis vor ein paar Tagen dachte ich, dass ich ihr die Wahrheit sagen sollte, aber da wusste ich noch nicht, was sie für mich empfindet. Da wusste ich noch nicht, dass sie ihren Plan aufgegeben hat und dass sie wirklich glaubt, dass alles wieder gut werden kann. Wenn ich ihr jetzt eingestehe, wie sehr ich sie belogen habe, würde sie das dann immer noch glauben?

Nein. Ich sollte sie stattdessen davon überzeugen, dass sie nicht bleiben kann, sondern zu ihrer Familie zurück muss. Wenn sie nicht mehr hier ist, wenn sie in dem festen Glauben nach Hause fährt, dass alles gut wird, wird es das vielleicht auch. Dann vergisst sie irgendwann, dass sie bei mir bleiben wollte.

»Wir könnten damit anfangen, dass du mir die Uni zeigst. Was meinst du?« Ihre Augen leuchten so sehr, dass es in meiner Brust schmerzt.

»Das könnten wir«, antworte ich leise. Es ist gar keine schlechte

Idee, denn während wir das machen, kann ich versuchen, sie vom Gehen zu überzeugen. Auch wenn ich keine Ahnung habe, wie ich sie wegschicken soll, ohne ihr wehzutun.

Kapitel 32

www.jungundherzkrank.de/Forum/Intern/showtopic9754
Re: Weltreise, Urlaub, Sport – was habt ihr danach vor?
Antwort von Gwen (vor acht Monaten)
»Das klingt toll, wirklich! Ich wünsche dir von ganzem Herzen, dass es irgendwann klappt.«

Gwen

Wir haben die Nacht auf dem Boot verbracht. Noah hat noch ein paar Kekse aufgetrieben, die nicht wirklich satt gemacht haben, und eine Flasche Champagner, die ich natürlich nicht angerührt habe. Trotzdem wäre ich gerne noch geblieben, aber als ein klein wenig Wind aufkam, hat Noah die Gelegenheit ergriffen und das Boot zurück zum Segelclub gesteuert. Dass Sevis BMW uns in kürzester Zeit nach München zurückgebracht hat, tut mir fast ein bisschen leid.

Jetzt steigen wir die Treppe zu Noahs Wohnung hinauf. »Ich hüpfe als Erstes unter die Dusche«, sage ich mit einem Seitenblick zu ihm und hoffe, dass er die Einladung versteht. Auch wenn er findet, dass man aussprechen soll, was man sich wünscht, ist es für mich immer noch nicht so leicht.

»Ja, tu das.«

Ich atme tief durch. *Okay, das war wohl nichts. Dann frag ihn eben. Sag ihm, dass du willst, dass er mitkommt.* Ich bin beinahe so weit, als Noah die Wohnungstür aufsperrt. Flecki kommt uns entgegen und maunzt vorwurfsvoll. Dabei hat Noah gestern Abend noch Sevi gebeten, ihr Futter hinzustellen. Trotzdem hat sie es ziemlich gut drauf, so zu tun, als ob sie am Verhungern wäre.

»Also … die Dusche«, beginne ich.

»Geh ruhig«, unterbricht er mich. »Lass dir Zeit. Ich füttere in der Zwischenzeit das arme Tier hier.«

Er schickt mich weg? »Okay«, antworte ich leise und kann nicht verhindern, dass es enttäuscht klingt. Aber wir haben alle Zeit der Welt.

Unter dem warmen Wasser, das sanft über meinen Körper perlt, vergesse ich die Zeit. Es war nicht direkt kalt heute Nacht, aber trotzdem habe ich auf dem Boot ein wenig gefroren. Es tut gut, sich die Kälte aus den Knochen zu spülen. Meine Gedanken schweifen ab, und ich überlege, was wir heute machen können. Während ich mich abtrockne, stelle ich mir vor, wie Noah mir den Campus zeigt. Die Vorstellung, hier zu studieren und jeden Tag mit ihm dorthin zu fahren, breitet sich warm in mir aus.

Alles wird gut. Endlich glaube ich es auch.

In das Handtuch eingewickelt, gehe ich zur Waschmaschine, neben der ein paar von meinen Sachen hängen. Ich schnappe mir eins von meinen neuen T-Shirts und drehe mich um. Dabei fällt mein Blick auf die Badetasche, die neben der Waschmaschine steht. Die Badesachen sind nicht mehr drin, aber etwas anderes leuchtet mir aus der Seitentasche entgegen. Ich ziehe es heraus.

Die Postkarte. Ich hatte sie ganz vergessen. Die beiden Frauen darauf lächeln mir entgegen. Ausgelassen und glücklich. Ich lächele zurück.

»Gwen?«

»Ich bin hier. Bei der Waschmaschine.« Als Noah den Kopf zur Tür reinsteckt, halte ich die Karte hoch. »Guck mal, die müssen wir noch einwerfen.« Er mustert die Karte.

Ich schaue sie mir selbst noch einmal an. »Ist das nicht wunderschön?«

»Was?«, fragt er.

»Die Art, wie sie sich festhalten. Als ob sie zusammengehören.

Für immer. Ganz selbstverständlich.« Wie es wohl ist, zu wissen, dass man sein ganzes Leben mit einer bestimmten Person verbringen möchte?

Noah sieht auf mich herunter, als ob er meine Gedanken errät. »Also ich … ich geh dann auch mal duschen.«

Mist. Hoffentlich hat er das jetzt nicht falsch verstanden. Mir ist bewusst, dass das mit uns noch ganz neu ist. Ein Anfang, mehr nicht. Aber wenn ich mir ausmale, wie es sein könnte, hier mit ihm zu leben, dreht sich nichts um mich. Das Atmen fällt mir nicht schwer, und das Herz rast nicht. Wenn ich mir ein Leben mit Noah vorstelle, sehe ich ein Leben, das ich meistern könnte.

***

Wir fahren mit den Fahrrädern eine Straße entlang. Staubiger Asphaltgeruch steigt heiß um uns herum auf, dieser Geruch, der für Stadtbewohner Sommer bedeutet. Die Sonne brennt schon wieder ziemlich auf uns herunter. Ich halte das Gesicht hinein und lächele. Pläne zu schmieden ist wunderbar. Endlich bewegt sich etwas vorwärts. Noah fährt voraus. Als wir eine Brücke über einen kleinen Fluss queren, ramme ich den Fuß in die Rücktrittbremse.

»Das glaube ich nicht!« Ich achte nicht darauf, ob Noah angehalten hat, mein Blick gilt einzig und allein dem Fluss unter mir und dem Schauspiel auf dem Wasser. Hinter der Brücke türmt sich eine riesige Welle auf, die man in so einem schmalen Kanal nicht für möglich halten würde. Aber das ist nicht, was mich so gefangen nimmt. Es ist der Surfer, der darauf reitet, als ob er sich in Australien am Strand befindet.

»Oh, ja, die Surfwelle«, erklärt Noah, als er neben mir ankommt. »Stimmt, die wollte ich dir sowieso zeigen.«

Als der Surfer irgendwann von seinem Brett springt, nimmt sofort ein anderer seinen Platz ein. Eine lange Schlange von Menschen in schwarzen Neoprenanzügen und mit Surfbrettern hat sich zu beiden Seiten des kleinen Kanals gebildet.

»Verrückt.« Ich grinse Noah an. Eine Surfwelle mitten in der Stadt. Ein Glockenspiel, vor dem alle flüchten. Was gibt es hier noch zu entdecken? »Ich mag München.«

Er lächelt zurück, aber seine Augen bleiben ernst. »Wollen wir weiter?«, fragt er.

»Zur Uni?«, schlage ich vor.

»Dann da lang.« Neben dem Fluss mit der Surfwelle führt ein Weg in den Englischen Garten hinein. »Man kann hier direkt bis zum Geschwister-Scholl-Platz fahren. Da ist das Hauptgebäude der Universität.«

Er fährt wieder vor, und ich folge ihm über geschwungene Wege, an dem japanischen Garten vorbei und weiter über die langgezogene, ausladende Grünfläche. Auf einer Wiese liegen ein paar Nackte, was Noah nicht zu verwundern scheint. Lachend folge ich ihm weiter.

Irgendwann verlassen wir den Englischen Garten und biegen in eine kleine Gasse ein, die uns zu einer breiten, vielbefahrenen Straße führt, an der sich riesige, ehrfurchtgebietende Prachtbauten aneinanderreihen.

Noah deutet auf die andere Straßenseite. »Das ist das Hauptgebäude der Uni. Da drüben ist die Stabi – die Staatsbibliothek.« Wir wechseln die Straßenseite. Nachdem wir die Fahrräder angeschlossen haben, führt er mich in die große Eingangshalle der Uni. Staunend sehe ich mich um. Das Gebäude ist wunderschön, es hat etwas von einer Kirche. Auf jeder Seite der Halle führt eine gewundene verschnörkelte Steintreppe nach oben, und an der Decke gibt es ein Oberlicht, umgeben von einem Muster aus Stein, das an Bienenwaben erinnert.

Noah wartet stumm neben mir, während ich mich umsehe. Ob es ihm unangenehm ist, hier zu sein, weil es ihn daran erinnert, dass er sein Studienfach hasst? Oder dass er sich für nichts begeistern kann? Wie gut ich ihn verstehe. Mir geht es ähnlich und doch ganz anders.

Ich wollte nie für etwas brennen, weil es unerträglich gewesen wäre, es nicht machen zu können. Ich habe mir nie erlaubt, mir eine Zukunft auszumalen, weil ich lange nicht wusste, ob ich überhaupt eine haben werde. So lange, dass ich auch jetzt noch keine Ahnung habe, was ich eigentlich will.

»Ich würde auch gerne diese eine Beschäftigung finden, die einen wirklich glücklich macht, weißt du?«, sage ich zu Noah. »Alle anderen wussten schon in der Grundschule, was sie werden wollten, und bei vielen ist es auch dabei geblieben. Nur ich wusste es nicht. Nie. Aber ich glaube, dass man danach suchen sollte.«

Sein Blick zuckt zu mir. Zum ersten Mal heute erscheint er interessiert. »Willst du damit sagen, dass ich mit dem Studium aufhören soll?«

»Keine Ahnung. Ich weiß es nicht. Ich weiß nicht mal, was ich an deiner Stelle machen würde.«

»Mist, ich hatte gehofft, du könntest mir die Entscheidung abnehmen. Weitermachen oder aufhören.« Er lächelt matt.

»Beides kann richtig sein. Du hast schon recht, es fehlt nicht mehr viel. Es wäre nur vernünftig, den Abschluss zu machen. Aber ich finde, wenn, dann solltest du es ordentlich machen. So wie jetzt hängst du nur in der Luft. Du studierst nicht wirklich, aber du suchst auch nicht nach etwas anderem.« Ich verstumme. Ich weiß ja gar nicht, ob er sucht oder nicht. Am Ende denkt er noch, ich halte ihn für faul. »Sorry.«

»Nein, schon gut«, erwidert er nachdenklich. »Da ist was dran. Vielleicht … suche ich nach nichts, weil ich wirklich in der Luft hänge. Nicht zu wissen, wie es mit dem Studium weitergeht, lähmt mich.«

Er ist so niedergeschlagen, dass ich seine Hand nehme und ihn sanft auf die Lippen küsse. »Wir finden etwas. Ganz bestimmt.« Wir. Wenn er es will.

Er nickt, ohne mich anzusehen. Irgendwas beschäftigt ihn doch. Warum kann er sich nicht mit mir darüber freuen, dass ich endlich nach vorne sehen will? Dass ich leben will?

Ich will leben. Entsetzt lege ich mir die Hand auf die Brust. Ich will leben und das Herz behalten.

Eiskalt breitet sich die Erkenntnis in mir aus, woher Noahs gedrückte Stimmung kommt. Wie konnte ich nur so dumm sein? Wie konnte ich vergessen, dass er mein Herz braucht? Die letzten Tage hatte ich so viel anderes im Kopf und Noah … Man merkt ihm überhaupt nichts an. Es war leicht, seine Krankheit zu verdrängen. Auch er hat nicht mehr daran gedacht, wollte sogar auf einen Berg steigen. Aber als ich angefangen habe, Pläne für die Zukunft zu schmieden, ist ihm klargeworden, dass er mein Herz nicht haben kann. Ich wende mich ab, weiß nicht, wie ich ihm noch ins Gesicht sehen soll. Ich habe ihm Hoffnung gemacht, und jetzt nehme ich sie ihm wieder weg. Über die Warteliste wird er nie ein Herz bekommen, dafür geht es ihm nicht schlecht genug. Sicher sind viele vor ihm dran, Menschen wie Leni, die ein Herz dringender brauchen als er. Schuld schlägt über mir zusammen. Menschen wie Leni. Ich will mein Herz nicht mehr verschenken, aber selbst wenn, sollte nicht Noah es bekommen, sondern der, der ganz oben auf der Liste steht. Auch wenn Noah derjenige ist, dem ich es mehr als alles andere geben will, weil ich nicht will, dass er stirbt.

Entsetzt keuche ich auf, halte mir die Hand vor den Mund.

Er wird sterben, weil ich leben will. Weil er eine Krankheit hat, bei der es einem zu lange zu gut geht. Weil es nicht genug Spenderorgane gibt.

»Gwen? Alles in Ordnung?«

Nur mühsam kämpfe ich mich aus der Spirale, die mich mitreißen will. Tief nach unten in einen Strudel aus Angst, Panik und Selbstvorwürfen. Ich bin nicht schuld. Ich bin nicht schuld. Wie ein Mantra sage ich es mir vor. Ich war es bei Leni nicht, und ich bin es nicht bei Noah.

Ich zwinge mich, ihn anzusehen. Noch lebt er. Es geht ihm gut. Er muss nicht zwangsläufig sterben. Er könnte Glück haben, eine neue OP-Methode könnte entwickelt werden. Ich halte mich an dieser Hoffnung fest, weil die Vorstellung, jetzt mit Noah über all das zu reden und vor seinen Augen zusammenzubrechen, noch schlimmer ist, als es tief in mir zu vergraben.

»Zeigst du mir noch mehr? Eine Bibliothek oder das schwarze Brett?«, frage ich mit zitternder Stimme, um ihn abzulenken. Ihn und mich.

»Klar, wenn du willst«, antwortet er mit einem durchdringenden Blick, der mich ahnen lässt, dass ich ihm nichts vormachen kann.

Trotzdem führt er mich ohne nachzufragen aus der Halle heraus und einen langen Gang entlang. Irgendwann bleibt er stehen und deutet auf eine riesige Wand voller Zettel, die in unzähligen Schichten übereinanderhängen. Ich lese auf dem schwarzen Brett herum. Es fällt mir schwer, mich darauf zu konzentrieren, immer wieder verschwimmen die Texte vor meinen Augen. Ich reiße mich am Riemen. Ich bin nicht schuld. Er könnte Glück haben.

Lerngruppen suchen Mitglieder. Bücher stehen zum Verkauf. WG-Zimmer werden vermietet. Gegenüber dem schwarzen Brett auf einer Fensterbank liegt ein dickes Vorlesungsverzeichnis, abgegriffen und mit einer Kette an der Heizung darunter befestigt.

»Gwen?« Sorge schwingt in Noahs Stimme mit, er hat gemerkt, dass mit mir etwas nicht stimmt.

»Guck mal.« Betont fröhlich deute ich auf das Vorlesungsverzeichnis. »Vielleicht finde ich ja was.« Ich schlage das Buch auf.

Noah rührt sich nicht, meine aufgesetzte Fröhlichkeit täuscht ihn nicht. »Ich weiß nicht. Findest du nicht … solltest du nicht mit deiner Familie sprechen, bevor du Pläne machst?«

Meine Finger schließen sich fester um die dünnen Seiten. »Warum? Sie wünschen sich doch, dass ich auf eigenen Beinen stehe. Sie wollen, dass ich studiere. Und mir gefällt es hier.«

Er zieht die Augenbrauen zusammen. »Aber nach allem, was passiert ist, wäre es trotzdem gut, erst mal mit ihnen zu reden, meinst du nicht?«

Das Vorlesungsverzeichnis rutscht aus meiner Hand zurück auf die Fensterbank. Möchte er etwa nicht, dass ich hierbleibe? Will er mich loswerden, damit er nicht mehr daran denken muss, was meine Zukunftspläne für ihn bedeuten?

»Ich meine nur, dass du etwas langsamer machen solltest, dich erst mal an alles gewöhnen und so.«

Langsamer machen? Verwirrt mustere ich ihn. Was meint er denn damit? Ich halte die Luft an. Natürlich. Ich habe doch gemerkt, wie er vorhin auf die Postkarte reagiert hat. Vielleicht meint er ja gar nicht, dass ich langsamer machen soll, sondern er. Vielleicht ist er deshalb so nachdenklich und ruhig. Es geht ihm zu schnell. Wild und unvernünftig jagt die Hoffnung durch meinen Körper, dass es das ist, was ihm auf die Stimmung drückt. Nach der ganzen Misere mit seiner Ex will er nicht, dass gleich wieder jemand bei ihm einzieht. Wenn es nur das ist, dann ist die Lösung ziemlich einfach. Ich muss schließlich nicht bei ihm wohnen.

Ich deute auf eine Anzeige für ein WG-Zimmer. »Guck mal. Das ist nicht schlecht.« Ich reiße eine der Telefonnummern ab, damit er sieht, dass ich es ernst meine. »Ich wollte schon immer in einer WG wohnen.« Das stimmt sogar. Natürlich habe ich gehofft, dass ich bei Noah bleiben kann, wenn ich in München studiere oder eine Ausbildung mache. Aber ich könnte es mir auch ganz nett vorstellen, etwas Eigenes zu haben. Ein Zimmer, das nur mir gehört. So lange, wie er braucht, um sich an den Gedanken zu gewöhnen, dass wir zusammen sind.

Er wirkt allerdings nicht erleichtert. Bestimmt muss ich nur deutlicher machen, dass ich nicht vorhabe, sein Leben durcheinanderzubringen. »Es muss sich doch nichts ändern. Nicht viel jedenfalls.« Verzweiflung spricht aus meinen Worten.

»Gwen, verdammt …«, flüstert er und schüttelt den Kopf.

»Ich bin sicher, wir kriegen das hin«, falle ich ihm ins Wort. Sonst sagt er noch, was wirklich los ist, und das könnte ich nicht ertragen. Ich weiß, dass ich es nicht für immer aufschieben kann. Wir werden darüber reden müssen. Aber nicht jetzt. Nicht bevor ich weiß, wie ich damit umgehen soll. Ich schließe die Augen. Er könnte Glück haben.

»Ja«, antwortet er. Seine Niedergeschlagenheit treibt mir die Tränen in die Augen.

»Komm«, sage ich mit schwankender Stimme. »Die … die Postkarte muss weg.«

Wenig später stehen wir vor einem Briefkasten. Ich hebe die Klappe, aber im letzten Moment halte ich mich zurück, hole einen Stift aus meinem Rucksack und schreibe »Von ganzem Herzen alles Gute« auf die Karte. Dann sehe ich sie mir ein letztes Mal an.

Vor wenigen Stunden war ich mir noch sicher, dass es richtig ist, hier einen neuen Anfang zu machen. Weit weg von allem, was mein altes Leben belastet hat. Jetzt frage ich mich, ob es für Noah und mich überhaupt einen Anfang geben kann. Von einer Zukunft ganz zu schweigen.

Kapitel 33

www.herzforum.de/Seelsorge/topicreveal88713
Re: Ich glaube nicht mehr daran.
Antwort von Noah (vor einem Jahr)
»Es gibt immer Hoffnung, bis zur letzten Sekunde. Bitte gib nicht auf, auch wenn es schwerfällt.«

Noah

Gwen hat irgendwas, und ich fürchte, ich weiß auch, was es ist. Sie ahnt, dass ich sie belüge. Warum sonst würde sie sich so komisch verhalten? Schon die ganze Zweit weicht sie mir aus und versucht, mich abzulenken, sobald ich frage, was los ist.

Als wir im Flur meiner Wohnung stehen und uns ratlos anschweigen, sehe ich endlich ein, dass ich es nicht länger hinauszögern kann. Wenn sie die Wahrheit vermutet, wird mein Plan, sie vorsichtig dazu zu bringen, nach Hause zu fahren, nicht funktionieren.

Während Gwen sich die Schuhe auszieht und sie bedächtig neben meine stellt, voll konzentriert, als wäre es die wichtigste Sache der Welt, überlege ich, wie ich anfangen soll. Aber als sie sich aufrichtet, mich gequält anlächelt und mir einen schnellen Kuss auf die Lippen gibt, bringe ich es nicht über mich, und sie verschwindet im Bad. Erleichtert atme ich aus, merke erst jetzt, dass ich die Luft angehalten hatte.

Während Gwen duscht und mir dadurch einen kleinen Aufschub verschafft, tigere ich ruhelos durch die Wohnung, bis ich die Wohnungstür quietschen höre. Ich sprinte hin.

»Sevi!« Selten habe ich mich so gefreut, ihn zu sehen.

»Hey. Bist ja doch da. Ich wollte nur …«

»Dein Auto, ja, warte.« Ich schnappe mir den Autoschlüssel von dem schmalen Sideboard, wo ich ihn für Sevi deponiert hatte. »Ich komme mit runter, dann kann ich dir zeigen, wo ich es hingestellt habe.« Feigling.

»Ich habe schon gesehen, wo …«

»Ich glaube, ich habe was drin vergessen.« Lügner.

»Na gut.« Etwas verwundert steigt Sevi hinter mir die Treppe nach unten. Beim Auto angekommen, streckt er die Hand aus. Ich umklammere den Schlüssel. *Hör auf, das bringt doch nichts. Die paar Minuten retten dich sicher nicht.*

»Noah?« Sevi hält mir immer noch die Hand hin. Als ich keine Anstalten mache, ihm den Schlüssel zu geben, lässt er sie sinken. »Was ist denn los?«

Ich überlege, ob ich ihm alles erzählen soll, aber das wäre nur eine weitere Verzögerungstaktik. Nicht er muss die Wahrheit erfahren, sondern Gwen. Wenn es nur so einfach wäre. »Manchmal ist es einfach verdammt schwer loszulassen«, antworte ich leise.

Sevi verengt die Augen. »Ich wusste gar nicht, dass du mein Auto so magst.«

Wieder bin ich versucht, ihm alles zu sagen, aber Gwen ist sicher längst fertig mit der Dusche. Es ist nicht fair, sie länger als nötig warten lassen. »Hat was, es zu fahren. Viel mehr, als ich zuerst dachte.« Heisere Worte, die Sevi nur noch misstrauischer machen.

»Ja«, gibt er gedehnt zurück. »Ich weiß, was du meinst.« Er hat längst durchschaut, dass ich nicht vom Auto rede.

»Ach ja?«

Lange antwortet er nicht, sondern legt nur eine Hand auf das Dach seines Wagens. Liebevoll, untypisch. Auch wenn er sich immer das Neueste vom Neuen holt, weiß ich, dass er sein Herz nie wirklich an einzelne Dinge hängt. Eher glaube ich noch, dass er die Karre tatsächlich nur gekauft hat, damit die zweite Garage nicht leer steht. »Zuerst hältst du es für ein normales Auto.« Sevi steht unbewegt da, aber es ist deutlich, dass er händeringend versucht, seine Gedanken zu bändigen und in Worte zu pressen, die nicht zu deutlich verraten, worum es ihm wirklich geht. »Es ist nur spannend, weil es neu ist, und du gehst davon aus, dass du es bald satthast. Aber dann gewöhnst du dich daran, du entdeckst … lauter tolle Extras. Du fängst an, es zu mögen. Brauchst es sogar.« Seine Stimme ist rauh und belegt. »Es wächst dir ans Herz. Und dann … Dann möchtest du gerne, dass deine Freunde es auch mögen, und zeigst es herum.«

Er redet von Kiel, oder? Bevor ich nachhaken kann, erzählt er schon weiter.

»Aber manche … Autos mögen nicht herumgezeigt werden wie ein Besitz. Auch nicht, wenn du es machst, weil du stolz darauf bist und nicht weißt, wie du sonst vor deinen Freunden zeigen sollst, wie viel sie dir bedeuten. Auch wenn du es nur tust, weil du sie …« Er bricht ab, streicht gedankenverloren über die glänzende Autotür. Viel zu zärtlich dafür, dass es nur Lack und Metall ist. Also doch. Er redet von dem Mädchen aus Kiel. Er muss sie wirklich mögen, so sehr, dass er sie sogar den Jungs vom Segelclub vorstellen wollte. Was offenbar ein ziemliches Desaster war. Ich kenne ihn gut genug, um mir zusammenzureimen, wie das abgelaufen ist. Bei seinen Kumpels ist Sevi unausstehlich, sarkastisch bis zum Geht-nicht-mehr, aber das merkt keiner. Sie halten es für echt. Wenn er seinen Selbsthassertrip auf das Mädchen ausgeweitet hat, wundert mich nichts mehr. Ich schätze, er hat sie als sein neues Spielzeug präsentiert, weil er sich vor den anderen nicht die Blöße geben wollte, ihnen zu zeigen, wie sehr er sie mag.

»Und sie schätzen es auch nicht besonders, wenn man ihnen zur Entschuldigung was Teures kauft. Gar nicht. Sie schleudern es einem vor die Füße und verschwinden auf Nimmerwiedersehen.« Sevi erwacht aus seiner Starre. »Gibst du mir jetzt den Schlüssel oder was?« Ich zögere, dann reiche ich ihm die kleine Ledertasche. Er schließt per Fernbedienung auf und öffnet die Tür.

»Warte doch mal.«

»Was ist denn noch?« Sevi hat die Hand so fest um den Rand der Tür gekrampft, dass die Kante sich sichtbar in seine Handfläche drückt.

»Kannst du nicht …« Ich überlege, wie ich es formulieren soll, ohne ihn in die Flucht zu schlagen. »Manchmal kann man sich Sachen zurückholen, die man schon aufgegeben hatte«, versuche ich mein Glück und komme mir etwas bescheuert dabei vor, immer noch so zu tun, als ginge es um Autos, obwohl wir beide wissen, dass es nicht so ist.

»Ich weiß nicht, wie.« Die plötzliche Hilflosigkeit, die von ihm ausgeht, erschreckt mich, und ich ahne, dass es um viel mehr geht als nur um das Mädchen. Seit das mit ihr passiert ist, seit er sich durch ihre Augen gesehen hat, hasst er sich selbst noch mehr als vorher und weiß nicht, wie er daran etwas ändern soll.

Ich zermartere mir das Hirn, wie ich ihm helfen kann, ohne an seiner Ehre zu kratzen. »Manchmal ist es auch gut, dass man bestimmte Dinge verliert.« Zum Beispiel Mädchen, die nicht hinter die zugegeben ziemlich abschreckende Fassade schauen können, um zu entdecken, was wirklich in jemandem wie Sevi steckt. »Autos, die nicht wissen, wie viel Glück sie haben, in einer ganz bestimmten Garage zu stehen.«

Mein Gehirn verknotet sich gerade. Wenn wir nicht bald anfangen, Klartext zu reden, drehe ich noch durch.

Zum Glück versteht Sevi, was ich meine. Er presst die Lippen zusammen und schüttelt den Kopf. »Danke für den Versuch, aber ich fürchte, da ist nichts mehr zu retten.« Das ist wohl als Abschied gedacht, aber er bleibt stehen, die Hand immer noch auf der Tür. Kann sich genauso wenig losreißen wie ich.

»Das kenne ich«, erwidere ich finster und denke an das Gespräch mit Gwen, das mir bevorsteht. »Ich fürchte, ich habe mein … Auto auch ziemlich vor die Wand gefahren.«

»So schlimm?«

»Totalschaden.«

Sevi grinst, ohne etwas zu erwidern. Schließlich lässt er sich in den Fahrersitz fallen und hebt zum Abschied die Hand, während der Motor aufheult. Ich warte, bis er ausgeparkt hat, aber als der schwarze BMW nicht mehr zu sehen ist, habe ich keinen Grund mehr, mich noch länger hier herumzudrücken. Während ich die Treppe wieder hochsteige, breitet sich die Erkenntnis in mir aus, dass ich das Gespräch mit Gwen so lange hinausgezögert habe, weil ich gehofft habe, dass mir doch noch ein Geistesblitz kommt, wie ich alles geraderücken kann. Aber Sevis Worte treffen auch auf mich zu. Da ist nichts mehr zu retten.

Kapitel 34

www.jungundherzkrank.de/Forum/Intern/showtopic9754
Re: Überall Narben
Antwort von Gwen (vor einem Jahr)
»Manchmal ist es gar nicht so schlimm. Bei mir sieht man es sofort, aber ich habe eine Freundin, bei der sieht man fast nichts.«

Gwen

Ich steige gerade aus der Dusche, als ich die Wohnungstür höre. Schnell wickle ich mir ein Handtuch um und linse vorsichtig in den Flur. Noah ist vor der Garderobe in die Hocke gegangen und streichelt Flecki, die gerade so weit entfernt an ihm vorbeigeht, dass er sie noch erwischen kann. Immer wieder dreht sie um, den Schwanz in die Luft gereckt, jedes Mal tut sie so, als ob sie jetzt aber wirklich genug hat und verschwinden wird, nur um dann doch wieder umzudrehen, damit Noah ein weiteres Mal mit den Fingerspitzen über ihren Rücken streicheln kann.

Ich gehe auf die beiden zu, vorsichtig, um sie nicht zu erschrecken. Als ich vor ihm stehe, sieht Noah auf. Das warme Glimmen in seinen Augen verschwindet, sein Lächeln verblasst. Kälte krallt sich in meinen Magen. Soll ich etwas sagen? Müsste ich es nicht ansprechen, jetzt da mir klargeworden ist, was ihn belastet? Oder müssen wir vielleicht nicht darüber reden, weil wir beide wissen, was Sache ist? Ich öffne trotzdem den Mund, um die unangenehme Stille zu überbrücken, aber Noah kommt mir zuvor.

»Hier, streichele du sie. Ich muss das Abendessen bestellen.« Er fixiert mich kurz, senkt den Blick und verschwindet im Wohnzimmer. Er will auch nicht reden.

Mit Tränen in den Augen beuge ich mich zu Flecki und streichele über ihr unfassbar weiches Fell. Jetzt erst merke ich, dass sie schnurrt. Ganz leise nur, so dass man es nicht hört, sondern nur die leichte Vibration spürt, wenn man sie berührt.

»Was soll ich nur machen?«, murmele ich, als könnte die Katze es mir verraten. Ich gehe zurück ins Bad, wasche mir die Hände und nehme meine Tabletten. Dann greife ich nach der Tube mit der Salbe. Wie gerne hätte ich, dass Noah sie einmassiert. Die Erinnerung an seine sanfte Berührung kribbelt angenehm in meinem Bauch. Am liebsten hätte ich, dass er jeden Tag meine Narbe für mich versorgt.

Wenn ich hier in München wohnen würde, könnte es so sein. Kurz gebe ich mich der Vorstellung hin, dass auch Noah Glück hat, so wie ich. Ich erlaube mir, zu vergessen, warum wir uns kennengelernt haben und was ich vorhatte. Ein Lächeln schleicht sich auf meine Lippen, als ich an meinen Forenpost denke. *Herz zu verschenken.* Ich habe es verschenkt. An Noah. Aber auf andere Art, als ich wollte.

Der Traum zerplatzt, und ich lasse den Kopf auf das Waschbecken sinken. Ich drücke meine Stirn daran, bis die Kälte des Porzellans in meine Glieder dringt. Wie kann ich ihm jetzt noch in die Augen sehen, und wie soll ich es ertragen, ihn auch noch zu verlieren?

Meine Knie zittern. Langsam lasse ich mich auf dem Rand der Badewanne nieder. Natürlich wird er mein Herz jetzt nicht mehr wollen. Vielleicht wollte er es von Anfang an nicht, und es ist ihm gerade erst klargeworden, genau wie mir. Weil er in den letzten Tagen nicht mehr daran gedacht hat, was es bedeutet, wenn er sich ausgerechnet in mich verliebt.

Es klopft vorsichtig an der Badezimmertür. »Alles okay?«

Nein. Nichts ist okay. Er weiß es, ich weiß es. Und doch ist es unfassbar schwer, es auszusprechen.

Langsam gehe ich zur Tür und öffne sie. Noah steht davor. Eine steile Falte bildet sich zwischen seinen Augenbrauen, als er mich sieht.

»Gwen …« Der Schrecken in seiner Stimme passt zu dem Entsetzen in meinem Inneren.

»Noah, ich …« Ich versuche, mich dazu zu bringen, es auszusprechen. Aber was sollte das ändern? Ich kann ihm nicht helfen, ich kann nicht dafür sorgen, dass er ein anderes Herz bekommt, genauso wenig, wie ich es bei Leni konnte. Ich schließe die Augen und atme abgehackt aus. »Kannst du mich einfach nur halten?« Wenigstens kann ich endlich sagen, was ich mir wünsche.

Sofort schließen sich seine Arme um mich, so wie immer in den letzten Tagen. Ich klammere mich an ihn, vergrabe meine Nase an seinem Hals und sauge seinen wunderbaren Geruch ein. Alles in mir schreit, dass es ungerecht ist, trotzdem schweige ich.

Genau wie Noah. Sicher hat er durchschaut, was mit mir los ist. Reden ist unnötig geworden.

»Können wir …« Der Versuch, meiner Stimme einen festen Klang zu geben, scheitert kläglich. »Ich will einfach nur …« Was will ich? Alles vergessen, was zwischen uns steht, und nur noch daran denken, was wir haben. Ich lege meine Arme um seinen Hals und fahre mit den Fingern durch seine Haare. Was wir haben, ist Sehnsucht und Verlangen. So viel, dass es für den Moment alles andere überdeckt. Ich ziehe Noahs Kopf zu mir herunter, bis meine Lippen seine berühren. Vergessen. Nur für heute Nacht.

***

Noah liegt neben mir, ich habe mich an ihn gekuschelt und lausche seinem Herzschlag, kräftig und ruhig. Schon verrückt. Nichts deutet darauf hin, dass etwas mit ihm nicht in Ordnung ist, aber natürlich bin ich kein Arzt. Selbst mit Stethoskop ist es fraglich, ob ich etwas

Auffälliges an seinem Herzen bemerken würde. Bei mir konnte ich es hören, gegen Ende immer besser, weil es so deutlich war. Aber bei ihm bin ich mir nicht sicher, ich weiß nicht, ob man bei seiner Krankheit überhaupt etwas hören könnte.

Ich stütze mich auf die Arme und mustere ihn von oben bis unten. Nein, er sieht wirklich nicht krank aus. Alles an ihm ist perfekt, er ist nur etwas blass. Vorsichtig lasse ich meine Hand über seinen Bauch wandern, über die Muskeln, die sich leicht unter seiner Haut abzeichnen, und weiter hinauf zu seiner Brust, wo man ihm stärker ansieht, wie sportlich er ist. Seine Brust ist vollkommen glatt, genau wie ich es mag, seine Haut straff und gleichzeitig weich, makellos. Meine Finger halten inne, knapp unter seinem Schlüsselbein.

Makellos. Ich runzele die Stirn. Hat er nicht erzählt, dass er operiert wurde, bevor entschieden wurde, dass er ein neues Herz braucht? Ich suche seinen Oberkörper nach Anzeichen dafür ab. Es gibt so viele Herzkrankheiten und so viele unterschiedliche Behandlungsmethoden. Alles ist möglich. Trotzdem kommt es mir komisch vor, dass er nirgendwo auch nur die kleinste Narbe hat. Noch einmal mustere ich ihn genau, alles, um sein Schlüsselbein herum. Manchmal sind die Narben ganz klein, je nachdem, wie operiert wurde, oder sie sind verblasst, so dass man sie kaum erkennt, wenn sie direkt am Schlüsselbein liegen. Aber ich schaue genau hin, und trotzdem sehe ich nichts. Langsam setze ich mich auf.

Er würde doch nicht behaupten, dass er operiert wurde, wenn es nicht stimmt, oder? Nein, ich muss mich irren. Oder ich habe einfach nicht genau genug hingesehen. Unwillkürlich fällt mein Blick auf Noahs Arme. Vorsichtig ziehe ich an seinem Handgelenk, so dass ich seine Ellenbeuge betrachten kann. Noah seufzt leise im Schlaf. Hastig nehme ich meine Hand weg, und er legt den Arm unter seinen Kopf. Trotzdem habe ich es gesehen. Nichts. Da ist nichts. Ich betrachte meine Ellenbeuge. Nicht so schlimm wie die von Andrea. Nur ein paar winzige dunkelbraune Flecken verraten, dass dort längere Zeit immer wieder ein Venenkatheter gelegen hat. Man könnte sie für Sommersprossen halten.

Doch Noahs Ellenbeuge ist so makellos wie seine Brust. Aber es bedeutet nichts, dass man ihm dort nichts ansieht. Mit trockenem Mund ziehe ich die Decke so weit zurück, dass ich seine Leistenbeuge sehen kann. Auch hier ist nichts.

Eine dunkle Vorahnung krallt sich in meinen Bauch. Eine kleine, gemeine Stimme, die mir einflüstert, dass Noah nicht aussieht wie jemand, der immer wieder untersucht wurde, bis nur noch die Transplantation als Ausweg blieb. Nicht wie jemand, der herzkrank ist. Ich versuche, die Stimme aus meinem Kopf zu verbannen. Man muss es ihm nicht ansehen, nicht jeder trägt Narben von den Untersuchungen davon, und nicht jedem merkt man sofort an, dass er todkrank ist. Warum sollte er lügen? Was hätte er davon? Ich zwinge mich, mich wieder neben ihn zu legen, aber der Gedanke lässt mich einfach nicht los, und plötzlich fallen mir so viele Dinge ein, die keinen Sinn ergeben. Er wusste nicht, wie seine Krankheit genau heißt. Er wollte mir nicht erzählen, wie er erfahren hat, dass er eine Transplantation braucht, und er ist wie der Teufel Fahrrad gefahren. Die Party, auf der er sich noch vor wenigen Wochen betrunken hat. Kleinigkeiten, die ich bisher übersehen habe. Weil ich nie geglaubt hätte, dass er mich anlügen könnte.

Die Dielen knarzen, als ich meine Füße aus dem Bett schwinge. Vorsichtig schleiche ich zur Tür. Im Gästezimmer werfe ich mir Jeans und T-Shirt über und gehe ins Arbeitszimmer. Ich setze mich an Noahs Schreibtisch und fahre seinen Computer hoch. Es kann einfach nicht sein. Er hat doch in seiner E-Mail geschrieben, dass er mich gelöscht hat, weil er das Herz selbst will, also muss er krank sein. Ich könnte ihn fragen, aber wenn ich mir vorstelle, wie er mich ansieht, wenn ich ihm so etwas vorwerfe … Nein. Das bringe ich nicht fertig. Sicher hat er im Forum irgendwann mal was über sich und seine Krankheit gepostet. Dann weiß ich Bescheid.

Ich öffne das Forum, logge mich ein und gehe auf Noahs Profil, um seine Beiträge zu sehen. Willkommensgrüße für neue Mitglieder. Tipps, wo man bestimmte Infos findet. Beruhigende Antworten auf panische Posts. Aber niemals ein »Das kenne ich auch«. Oder ein »Das ist bei mir auch so«. Meine Hand beginnt zu zittern, während ich immer schneller durch die Posts browse. Sicher liegt es nur daran, dass er schon so lange dabei ist. Jeder weiß, dass er krank ist und was er hat, oder? Aber würde er nicht trotzdem wie alle anderen in den Thread posten, dass er jetzt weiß, dass er ein neues Herz braucht? Das kann noch nicht so lange her sein. Sicher habe ich es nur übersehen. Ich scrolle wieder nach oben, gehe noch mal die neueren Posts durch. Nichts.

Das kann einfach nicht sein. Ich suche, bis meine Augen brennen und ich kaum noch geradeaus gucken kann. Ich bin bei den älteren Posts von vor zwei Jahren angekommen. Aber auch hier ist kein Hinweis, nichts. Nur immer wieder tröstende Worte und hier und da mal ein paar Antworten auf rechtliche Fragen. Unter anderem, dass Organspende immer anonym ist und der Spender oder seine Familie nicht bestimmen können, wer nach dem Tod das Organ bekommt. Ich will weiterscrollen, aber dann halte ich inne. Gehe zum letzten Post zurück. Wie betäubt starre ich auf die Buchstaben.

Re: Kann mir jemand sein Organ vermachen?
Antwort von Noah (vor zwei Jahren)
»Nein. Das geht nur bei Lebendspenden, zum Beispiel wenn eine Mutter ihrem Sohn eine Niere geben will. Alles andere ist verboten, und das ist auch gut so. Sonst könnte jemand auf die Idee kommen, sich auf diesem Weg ein Organ zu verschaffen, das doch der bekommen sollte, der es am dringendsten braucht.«

Wieder und wieder lese ich, was er geschrieben hat. Ich wusste es ja, aber mir hat er gesagt, dass es eine Ausnahme gibt, wenn Spender und

Empfänger gut zusammenpassen und am selben Ort sind. Sein Post liest sich aber nicht, als wäre das möglich. Und je länger ich darüber nachdenke, desto unwahrscheinlicher kommt es mir vor. Wie eine Lüge, die ich damals in meiner Verzweiflung nicht durchschaut habe, weil ich so benebelt war, dass ich nicht mehr logisch denken konnte. Man kann ein Organ niemandem vermachen. Es gibt keine Ausnahme. Selbst wenn ich gewollt hätte, ich hätte Noah mein Herz nicht geben können. Wie gelähmt starre ich auf den Bildschirm. Er wusste von Anfang an, dass mein Plan niemals funktionieren würde. Aber wieso hat er mich glauben lassen, dass es geht? Wieso hat er mich angelogen und eine Herzkrankheit vorgetäuscht? Ist das alles nur ein grausames Spiel für ihn?

Meine Hand zittert jetzt so stark, dass ich die Maus kaum bewegen kann. Irgendwie schaffe ich es, meinen E-Mail-Wechsel mit Noah aufzurufen.

Sorry, dass ich dir schreibe, aber es scheint im Forum einen Bug zu geben. Ich habe was gepostet, das ist zweimal verschwunden, dann bin ich rausgeflogen und jetzt kann ich mich nicht mal mehr einloggen. Kannst du da was machen. Bitte? Es ist dringend.

Ich habe dich und deinen Post gelöscht.

Warum hast du mich gelöscht?

Damit niemand den Beitrag sieht. Weil ich das Herz selbst will. Komm doch einfach her. Meine Mutter ist Herzchirurgin, die kann auch gleich die Transplantation vornehmen.

Ich lese es mehrmals, von oben nach unten und von unten nach oben. Meine Beiträge sind verschwunden, zweimal. Er hat sie gelöscht. Eine Ahnung steigt eiskalt in mir auf, eine Vermutung, auf die ich damals im Leben nicht gekommen wäre. Eine Antwort darauf, warum Noah mich so lange ausgefragt hat, bevor er mich fürs Forum freigeschaltet hat. Wieder lese ich die Mail.

Komm doch einfach her … Meine Mutter kann auch gleich die Transplantation vornehmen.

So schreibt man nicht, wenn man es ernst meint. Ich schließe die Augen. So schreibt man, wenn man auf eine dämliche Frage eine dämliche Antwort gibt oder wenn man verärgert ist. Wenn man jemanden für ein Fake hält. Das Schlucken fällt mir schwer. Er hat geglaubt, ich wäre ein Troll. Er hat gedacht, ich will nur Unruhe stiften. Ich kann es ihm nicht mal verübeln. *Herz zu verschenken.* Wer postet so was? Ich fahre mir mit der Hand über die Augen.

»Gwen?«

Ich zucke zusammen, die Maus rutscht mir aus der Hand und knallt auf die Tischplatte. Hastig drehe ich mich um und stehe auf, damit er nicht merkt, was ich gemacht habe. Dabei bin nicht ich es, die etwas zu verbergen hat.

»Alles in Ordnung? Kannst du nicht schlafen?«

Ich versuche, in seinem verschlafenen Gesicht einen Anhaltspunkt zu finden, warum er es getan hat. Nichts. Ich sehe nur das Gesicht, das ich in den letzten Tagen so liebgewonnen habe. Höre die Stimme, die so ein großer Trost geworden ist. Spüre seine Berührungen, die eine ungekannte Sehnsucht in mir geweckt haben. Lügen. Alles nur Lügen.

»Du bist gar nicht krank, oder?« Die Angst, dass ich ihm unrecht tue, hat mich ebenso fest im Griff wie die Hoffnung, dass ich mich irre.

Noah zuckt zusammen, ist plötzlich hellwach. »Was?«

»Bitte, Noah.« Es klingt verzweifelt. Nicht wütend, weil er mich hintergangen hat, sondern entsetzt, weil alles, was mir in den letzten

Tagen geholfen hat, nichts weiter als ein Trugbild ist. »Lüg mich nicht weiter an. Sag mir die Wahrheit.«

Er sieht mich bewegungslos an. Entsetzt und erschrocken, genau wie ich. »Gwen …«, beginnt er schließlich.

»Du hast gedacht, ich bin ein Fake«, hauche ich.

»Aber nur am Anfang. Bis du vor meiner Tür standest.«

Unwillkürlich muss ich lächeln. »Das muss ein ziemlicher Schock für dich gewesen sein. Du schreibst eine sarkastische Mail, und plötzlich stehe ich vor dir.«

Zögerlich erwidert er mein Lächeln, als wäre er sich nicht ganz sicher, ob ich nicht jede Sekunde explodieren könnte. »Es tut mir so leid, dass ich dich angelogen habe. Aber ich konnte dich nicht wegschicken. Als ich dich gesehen habe, wusste ich sofort, dass du …« Er macht eine Pause. »Dass es dir schlechtgeht. Ich hatte Angst, dass du davonläufst, wenn du erfährst, dass meine Mail nur ein dummer Witz war. Ich dachte, du könntest dir etwas antun.«

Mit hängenden Armen stehe ich vor Noah, und plötzlich ist mein ganzer Zorn verraucht. Er wollte mir helfen. Deswegen hat er mich belogen. Damit ich bei ihm bleibe und mir nichts passiert. Wärme durchdringt mich von Kopf bis Fuß, weil er das für mich getan hat. Für eine völlig Fremde. Er hat mich aufgenommen, hat mich versorgt, hat zugelassen, dass ich sein Leben durcheinanderbringe. Hat sich in mich verliebt und wusste dann nicht mehr, wie er mir sagen soll, dass er mich belogen hat. Ich gehe auf ihn zu, nehme seine Hand und gebe ihm einen Kuss auf die Handfläche. Als sich seine Finger um meine schließen, warm und kräftig, wird mir klar, dass er nicht sterben wird.

Die Erkenntnis zuckt durch meinen Körper wie ein Stromschlag und reißt mich fast von den Füßen. Noah wird nicht sterben. Er braucht mein Herz nicht, meins nicht, und auch kein anderes. Ich werde ihn nicht verlieren. Ich wage kaum zu atmen, weil ich nicht glauben kann, dass es die Wahrheit ist. Ich sollte wütend sein wegen der unglaublichen Angst, die ich um ihn hatte, und wegen der Schuldgefühle, weil ich ihm mein Herz nicht mehr geben will. Aber ich kann nur daran denken, dass er es nicht durchmachen muss. Das Warten, die Vorbereitungen, die OP. Die Reha. All das bleibt ihm erspart. Und mir. Ich fasse seine Hand fester, lege sie an meine Wange und schließe die Augen. Genieße das Wissen, dass alles, was ich mir in den letzten Tagen für uns ausgemalt habe, doch noch wahr werden kann und ich nicht noch einen Menschen verlieren werde. Nicht Noah, der mich schon jetzt so vollkommen durchdringt, dass ich nicht weiß, wie ich ohne ihn zurechtkommen soll.

»Du brauchst kein Herz«, flüstere ich. »Du … du …« Meine Stimme überschlägt sich. Du wirst leben. Ich bringe kein einziges Wort heraus, kein einziger Ton verlässt meine Lippen.

»Nein, ich brauche kein Herz. Ich habe das alles nur gemacht, um dir zu helfen. Alles, Gwen, das musst du mir glauben.« Seine eindringlichen Worte schrecken mich auf.

Alles? Die kalte Ahnung von vorhin erwacht wieder und fließt eisig durch meine Adern. Ich lasse Noahs Hand los. »Was meinst du damit? Alles? Die E-Mail, das mit dem Forum? Deine nicht vorhandene Krankheit?«

Er atmet tief durch. Dann sieht er mich an. »Da ist noch mehr.«

»Was?«, frage ich, obwohl ich es nicht wirklich hören will, wenn es Noah so verstört. Ich will ihm verzeihen und es dann vergessen. Ich will nichts hören, und vor allem nichts, was ich ihm vielleicht nicht vergeben kann.

»Du warst so verwirrt und verzweifelt. Und als ich dich in der Badewanne gefunden habe … Ich konnte das nicht alleine, Gwen, verstehst du? Ich musste mit jemandem darüber reden.«

Mein Mund wird trocken. »Du hast es jemandem gesagt? Wem?«

»Michael. Ich habe ihn angerufen und um Rat gefragt, wenn ich nicht weiterwusste.«

Wenn er nicht weiterwusste. Hat er es etwa mehrmals getan?

»Ich habe ihm erzählt, was im Bad passiert ist, obwohl du es nicht wolltest. Und …« Er holt tief Luft. »Ich habe ihm immer wieder SMS geschrieben und ihm berichtet, wie es dir geht.« Seine Stimme verebbt, und er mustert mich, wartet darauf, dass ich irgendetwas erwidere. Aber ich habe keine Ahnung, was ich darauf antworten soll.

»Du weißt ja nicht, wie es schrecklich es war, dich so zu sehen, mit diesem verdammten Messer in der Hand«, fährt er fort. »Dieser Ausdruck auf deinem Gesicht. Ich habe noch nie jemanden mit so einem Blick gesehen.« Er redet jetzt schnell, hastig, verzweifelt. »Ich brauchte jemanden, der mir sagt, was ich machen soll. Wie ich dir helfen kann. Michael hat mir Tipps gegeben, damit du mit mir redest, er hat mir erklärt, worauf ich achten und wie ich mich verhalten muss. Ich habe das einfach gebraucht, verstehst du?«

Wie betäubt stehe ich vor ihm. »Ich verstehe das sehr gut«, murmele ich. Zu gut. So gut, dass die eiskalte Ahnung zu Gewissheit wird, zu einem stechenden Schmerz, der mir die Sprache verschlägt.

Ich habe das alles nur gemacht, um dir zu helfen.

Alles. Wirklich alles? Er hat nur mit mir geredet, hat nur Verständnis gezeigt, weil sein Bekannter ihm dazu geraten hat? War er nur in meiner Nähe, damit ich mir nichts antue? Hat er sich das mit den Geocaches für mich ausgedacht, um mich abzulenken?

Ich senke den Blick, damit er nicht sieht, dass meine Augen feucht werden. Es ergibt alles Sinn. Seine Niedergeschlagenheit, nicht, weil er mein Herz nicht bekommt, sondern weil er sich wegen all der Lügen schuldig fühlte. Seine Zurückhaltung, als ich überlegt habe, nach München zu ziehen, weil er nicht wirklich mit mir zusammen sein will. Sein Gerede, dass ich erst mal nach Hause fahren und mit meiner Familie reinen Tisch machen soll. Und dass ich nicht mit Alex Schluss machen soll.

Ich kriege kaum noch Luft, atme rasselnd ein, weil ich nicht glauben kann, dass ich so dumm war. Alles, was Noah getan hat, alles, was er mir gegeben hat, war nur gespielt. Er hat es nicht über sich gebracht, mich wegzuschicken, weil er ein zu guter Mensch ist, um zu riskieren, dass eine Fremde sich etwas antut. Und weil er zu sehr ein Kerl ist, um ein Mädchen abzuweisen, das zu ihm ins Bett will. Ich kann nicht mal wütend sein.

Der Schmerz in mir überdeckt alles andere, und die Angst, auseinanderzufallen, ist wieder da. Stärker als je zuvor.

»Ich muss nach Hause«, würge ich hervor und drücke mich an Noah vorbei. Ich stürze in den Flur, ins Gästezimmer und stopfe meine Sachen in den Rucksack. Meine Hände zittern, wollen nicht so, wie ich will, immer wieder rutscht mir etwas aus den Fingern. Eine Hand legt sich auf meine.

»Gwen, bitte. Tu das nicht. Wir können doch über alles reden.«

Ich erstarre, hebe den Kopf und halte Noahs Blick fest. »Reden?«, flüstere ich. »Willst du vorher noch deinen Bekannten anrufen, damit er dir Anweisungen gibt, was du mir sagen sollst?«

Er wird blass. »So war das nicht.«

Ich schnaube. Vielleicht nicht. Aber es fühlt sich an, als ob nichts, was er je zu mir gesagt hat, wirklich von ihm gekommen ist. All die wunderbaren Worte, die ich tief in meiner Seele trage.

»Ich kann trotzdem nicht bleiben.« Ich reiße meinen Rucksack hoch und gehe ins Bad. Ohne darauf zu achten, schiebe ich die Sachen in meinen Rucksack und verschließe ihn. Über der Badewanne hängt Noahs T-Shirt, das mit den Cookies, in dem ich die letzten Tage geschlafen habe. Er hat es mir geschenkt. Meine Hand zuckt, aber dann lasse ich es hängen. Ich will nichts von ihm, nichts, was mich an seinen Geruch erinnert. Ich will einfach nur vergessen, dass das alles hier jemals passiert ist.

In der Tür laufe ich fast in Noah hinein. Ihm so nahe zu sein ist beinahe zu viel für mich und meinen Vorsatz, zu verschwinden. Seine Brust vor meinem Gesicht ist verlockend, eine breite, tröstliche Brust, an die ich mich schmiegen möchte, damit er mich hält, bis in meinem Kopf Ruhe ist. Aber das will er nicht wirklich. Er hat das alles nur getan, um mir zu helfen. Verstohlen wische ich mir über die Augen.

Ich habe schon genug Leute, die mir immer nur helfen wollten. Ich brauche nicht noch jemanden, dem gegenüber ich mich schuldig fühlen muss.

Langsam hebe ich den Kopf. »Leb wohl, Noah.« Dann drücke ich mich an ihm vorbei in den Flur, ziehe meine Schuhe an und schnappe mir meine Strickjacke, die an der Garderobe hängt.

»Das ist doch Irrsinn, es ist mitten in der Nacht. Bitte bleib hier.«

Ich schüttele den Kopf. »Ich fahre nach Hause. Jetzt. So, wie du es wolltest.« Hastig wende ich mich um, damit er nicht sieht, wie eine Träne über meine Wange läuft. Keine Schuldgefühle für mich, kein schlechtes Gewissen für ihn. Es ist nicht seine Schuld, dass ich geglaubt habe, er würde mich halten. Ich öffne die Wohnungstür.

Noah folgt mir und berührt mich vorsichtig am Arm. »Du willst wirklich mit dem Auto fahren? Allein?«

Ich nicke, ohne ihn anzusehen. Seine Berührung, so zart, so flüchtig, brennt wie Feuer auf meiner Haut. Ich will nicht fahren.

»Viel zu gefährlich. Das lasse ich nicht zu.«

»Das ist nicht deine Entscheidung«, gebe ich zurück und lasse ihn stehen.

»Ich will doch nur nicht, dass dir was passiert. Die Fahrt ist viel zu lang, lass mich mitkommen. Ich fahre, wenigstens einen Teil der Strecke. Und in Berlin setze ich mich sofort in den Zug zurück.«

Ich beiße mir auf die Lippen. Selbst jetzt kann er nicht anders, als mich zu beschützen. Es ist so verlockend. Ein paar letzte Stunden mit ihm, bevor er mich für immer verlässt. Aber es geht nicht. »Nein. Das würde es nur schwerer machen.«

Er folgt mir ins Treppenhaus, und als er hinter mir die Stufen runtergeht, drehe ich mich um. Er hat immer noch nur seine Boxershorts an. Trotz allem muss ich lächeln. Halb nackt, mitten im Treppenhaus. Typisch. »Ich bin die Strecke schon mal alleine gefahren. Das schaffe ich wieder.«

Noah öffnet den Mund, um mir zu widersprechen, und mir wird

klar, dass er niemals aufhören wird, wenn ich ihm nicht deutlich mache, was Sache ist.

Also nehme ich all meinen Mut zusammen, sammele alle Wut auf ihn, die in mir steckt. Ich erinnere mich daran, dass er mich zärtlich geküsst hat, obwohl er genau wusste, dass er nicht mehr von mir will. Dass er so getan hat, als wäre es etwas Besonderes, als er mit mir geschlafen hat. Dass er sich nicht zurückhalten konnte, obwohl er genau wusste, dass aus uns nie etwas werden kann. Langsam, nur langsam pocht das Herz etwas schneller und treibt die Wut durch meinen Körper.

»Ich will nicht, dass du mitkommst.« Meine Stimme schwankt gefährlich, mit etwas Glück wirkt es wie Zorn. Ich will ihm die ganze Ansprache geben: dass er nicht über mich hätte entscheiden dürfen. Dass er mich nicht hätte manipulieren dürfen, aber mehr Wut als für diesen einen Satz habe ich nicht in mir. »Du hast für mich getan, was du konntest, jetzt ist es vorbei.« Ich lächele, so gut es geht, ohne loszuheulen.

»Gwen …« Sein zärtlicher Tonfall gibt mir beinahe den Rest.

Mühsam sammele ich meine Stimme, damit sie so ruhig wie möglich ist. »Ich meine es ernst. Es geht mir besser. Ich fahre nach Hause und …«, *werde mich schrecklich fühlen ohne dich,* »… bringe alles in Ordnung. Alles wird gut. Ich brauche dich nicht mehr.« Ich ersticke fast an den Worten, trotzdem klingen sie erstaunlich gefasst. »Du hast deinen Teil erfüllt.«

Ich drehe mich um, renne die Stufen hinunter, lausche bei jedem Schritt, ob er mir folgt. Ein dummer, winziger Teil von mir hofft, dass er es tut. Dass er sich nicht abwimmeln lässt. Aber der Rest von mir weiß, dass es so besser ist. Für ihn war das alles hier nicht echt. Es bringt nichts, daran festzuhalten.

Trotzdem wird der Schmerz in meiner Brust übermächtig, als es hinter mir ruhig bleibt. Weil ich gehofft habe, dass er sich genauso in mich verliebt hat, wie ich mich in ihn. Wenn es so wäre, würde er mir doch folgen und nicht zulassen, dass ich gehe. Tränenblind laufe ich durch die Häuserblocks zu meinem Auto. Es dauert ewig, bis ich es finde. Ich werfe meinen Rucksack auf den Beifahrersitz, dann bleibe ich sitzen, die Hand auf den Zündschlüssel gelegt.

Nur ein paar Minuten. Es fährt sich so schlecht, wenn alles vor den Augen verschwimmt.

Kapitel 35

www.herzforum.de/Leben-nach-der-Tranpslantation/topicreveal 5682
Re: Endlich wieder zum gewohnten Arzt
Antwort von Noah (vor drei Monaten)
»Es freut mich, dass dein Arzt so ein Rückhalt für dich ist und du bei ihm gut aufgehoben bist.«

Noah

Shit, das wollte ich nicht. Ich habe versucht, zu retten, was zu retten war. Ihr die Wahrheit gesagt und darauf gehofft, dass sie anders reagiert, als ich dachte. Aber natürlich will sie nur noch weg. Ich schaue ihr nach, als sie die Treppe hinunterläuft. Obwohl alles in mir schreit, dass ich ihr folgen sollte, zwinge ich mich, stehen zu bleiben. Dabei würde ich am liebsten hinter ihr her stürzen, sie am Arm packen, zu mir herumdrehen und gegen die Wand drücken. Sie küssen, bis sie vergisst, dass sie weglaufen wollte. Bis sie vergisst, was ich getan habe. Die Vorstellung ist so real, dass ich mir einbilde, die Wärme ihrer Lippen auf meinen zu spüren. Ich schmecke sie sogar. Unwillkürlich setze ich einen Fuß auf die Stufe unter mir, nur um mich dann doch zurückzuhalten. Ihr jetzt zu folgen würde sicher anders enden. Sie würde trotzdem davonlaufen. Wütend und verwirrt ins Auto steigen. Viel zu gefährlich.

Lieber lasse ich sie gehen.

Das sagt jedenfalls mein Verstand. Mein Körper kapiert das wohl nicht, denn er weigert sich, sich auch nur einen Schritt vom Treppenabsatz wegzubewegen. Lange nachdem das Geräusch der sich schließenden Haustür durch das Treppenhaus gehallt ist, lange nachdem ihre Schritte auf dem Asphalt verklungen sind, stoße ich mich vom Geländer ab und gehe zurück in die Wohnung. Blaue Augen starren mich durch das Grau der Dämmerung an. Unbewegt. Fragend. Oder anklagend?

»Ich wollte das nicht, wirklich.« Klasse. Jetzt rechtfertige ich mich schon vor der Katze. »Du warst auch nicht gerade eine vorbildliche Gastgeberin«, werfe ich ihr vor, während ich vorsichtig auf sie zugehe. Sie bleibt sitzen, zuckt nur leicht mit dem Schwanz und lässt mich keine Sekunde aus den Augen. Sie beäugt jede meiner Bewegungen, während ich mich behutsam vor ihr auf dem Dielenboden niederlasse.

Als ich die Hand ausstrecke, steht sie auf und stolziert außer Reichweite meiner Fingerspitzen auf und ab. »Komm schon. Jetzt sind wir nur noch zu zweit. Wird Zeit, dass wir uns zusammenraufen.« Ich beuge mich weiter vor und erwische ein Stückchen weiches Fell an ihrem Bauch. Sie faucht leise. Sofort ziehe ich die Hand weg. »Schon gut, schon gut. Das mit dem Raufen war nicht wörtlich gemeint.« Ich lasse die Hand sinken. Flecki hört auf, vor mir auf und ab zu gehen, und mustert mich unbewegt.

»Das ist also auch wieder nicht recht. Was willst du eigentlich von mir? Was soll ich tun? Kannst du mir das verraten?« Sie legt den Kopf schief, als ob sie denkt, dass ich das schon selbst herausfinden muss. Ich wünschte nur, ich wüsste es. Was soll ich tun? Alles in mir sträubt sich dagegen, einfach hier zu sitzen und abzuwarten. Viel lieber würde ich aufstehen, in mein Auto steigen und nach Berlin fahren. Hinter ihr her. Aber ich bin kein Stalker, auch wenn ich in den letzten Tagen manchmal dazu gezwungen war, mich wie einer zu verhalten. Ich rede mir ein, dass ich ihr folgen muss, um sicherzugehen, dass sie sich unterwegs nichts antut, aber ich weiß genau, dass das nur eine dumme Ausrede ist. Ich erinnere mich daran, wie sie aussah, kurz bevor sie sich das Messer genommen hat. Verwirrt, aufgeregt, entsetzt. Nicht so gefasst wie gerade eben.

Ich brauche dich nicht mehr. Du hast deinen Teil erfüllt.

Flecki kommt ein Stückchen auf mich zu. Ich streichele über ihr weiches Fell. »Was soll ich darauf antworten?« Kein Wort könnte etwas ändern. Alles ist klar. Ich muss sie nicht überzeugen, dass ich ihr nur helfen wollte. Sie weiß es. Sie war nicht mal wirklich wütend über all die Lügen. Trotzdem ist sie gegangen. Ich rede mir ein, dass sie nur geschockt war. Dass sie nur Zeit braucht und sich melden wird.

Wenn ich nur wüsste, dass sie sicher zu Hause ankommt. Ich springe auf. Flecki faucht und rast ins Arbeitszimmer. Ich fluche leise. Die Katze zu erschrecken hilft mir auch nicht weiter. »Tut mir leid«, flüstere ich ihr nach. Sie quittiert es mit einem leisen Knurren.

Ich haste zurück ins Schlafzimmer, wo mein Handy auf dem Nachttisch liegt. Immer noch ausgeschaltet. Ich drücke den Knopf und warte, bis das verdammte Ding hochgefahren und einsatzbereit ist. Fluche, weil es sich mit meinem Computer solidarisch erklärt und ewig dafür braucht.

Ich hoffe auf eine SMS oder die Nachricht, dass ich einen Anruf nicht angenommen habe. Bis mir einfällt, dass Gwen meine Nummer nicht hat. Und ich ihre nicht. Wieso habe ich nie daran gedacht, Nummern mit ihr zu tauschen?

Wie von selbst tippen meine Finger auf die Links zum Forum. Lächerlich. Sie ist gerade erst zur Tür raus. Wenn sie ins Forum schreibt, dann frühestens morgen. Übermorgen. Oder nächste Woche. Oder nie. Verdammt.

Nach einer Weile checke ich meine E-Mails, aber auch dort ist natürlich nichts von ihr. Nur der alte Mailwechsel wegen der gelöschten Beiträge. Ich lese sie mir durch. Muss lächeln und den Kopf schütteln.

Wie konnte ich das nur versauen?

Wie hätte ich es richtig machen können?

Im Posteingang ist eine E-Mail von Sofie. Widerwillig öffne ich sie.

Mit Enrico ist Schluss. Hole Miss Sunshine am Sonntag.

Wie betäubt starre ich auf Sofies Nachricht. Kein »Hallo«. Kein »Tut mir leid«, kein »Passt es dir am Sonntag?« Langsam rührt sich tief in mir Wut. Eiskalt kriecht sie an meiner Wirbelsäule nach oben, bis ich am liebsten mein Handy gegen die Wand feuern würde, nur damit ich den Beweis nicht mehr sehen muss. Den Beweis, dass Sofie scheißegal ist, wie es mir geht. Oder Flecki. Mühsam beherrscht klicke ich auf »löschen«. Hilft ja nichts. Flecki gehört ihr.

Mein Handy macht ping. Hastig rufe ich die SMS auf. Enttäuschung krallt sich kalt in meinen Magen. Sie ist von Sevi.

00:15 Kommst du jetzt zur Party am Sonntag?

Ich presse die Lippen zusammen. Denke daran, was ich am Sonntag eigentlich vorhatte. Nichts. Nichts Bestimmtes. Irgendwas. Irgendwas mit Gwen.

00:18 Wenn's sein muss.

00:20 Na also. Zieh was Ordentliches an. Hole dich um 21.30 ab.

Ich schnaube leise.

00:22 Das kleine Schwarze oder wie?

00:23 Hauptsache mit Sonnenbrille.

Gegen meinen Willen muss ich lächeln. Ich will die Nachrichten schließen, da sehe ich eine ungelesene SMS von Mom. Von gestern Abend. Spät.

23:27 Bitte ruf mich an. Lass uns reden.

Lange zögere ich. Dann springe ich auf. Ich will nicht reden. Mit niemandem. Und schon gar nicht mit ihr. Ich will nicht hören, dass ich Gwen aufgeben soll. Will nicht die Freude in Moms Stimme hören, wenn ich ihr erzähle, dass Gwen weg ist. Meine Brust zieht sich zusammen. Ich atme tief ein und gehe ins Ankleidezimmer. Erst als ich vor den Stapeln von Sofies Klamotten stehe, wird mir klar, was ich wirklich will.

***

Ich nippe an einem Kaffee und betrachte mein Werk. Der halbe begehbare Schrank ist leer, in der Mitte stapeln sich Kisten über Kisten. Bis Sonntag gebe ich ihr Zeit. Wenn sie nicht kommt oder die Sachen nicht mitnimmt, spende ich sie, genau wie Gwen es vorgeschlagen hat. Im Hinausgehen werfe ich einen Blick auf die leeren Regalfächer. Sehe dort Jeans und T-Shirts liegen. Eine Strickjacke. Ein etwas zu enges Kleid. Ich schüttele den Kopf. Vorbei. Hör auf damit.

Mein Handy meldet sich. Wieder eine SMS von Mom. Wieder ignoriere ich sie. Bastele am Kaffeeautomaten herum, habe entschieden, dass er gerade jetzt eine gründliche Reinigung braucht. Ich zucke zusammen, als das Handy klingelt. Ohne zu gucken, wer es ist, gehe ich ran. Es könnte Gwen sein. Sie könnte inzwischen zu Hause sein. Sie könnte meine Nummer auf der Website gefunden haben.

»Noah?«

Ich fluche innerlich. »Mom.«

»Es tut mir leid«, wirft sie ein, gehetzt, als hätte sie Angst, dass ich auflege, bevor sie den Satz loswerden kann.

Ich schweige ins Telefon.

Sie holt tief Luft. »Es tut mir leid, was ich gesagt habe. Ich habe das nicht so gemeint, wirklich. Ich möchte mich auch bei deiner Freundin entschuldigen.«

Ich schnaube.

»Bitte, du musst mir glauben.«

»Warum hast du es dann gesagt?«

Eine Weile ist es still, und ich frage mich, ob die Leitung tot ist, bis ich Mom schlucken höre. »Ich habe geglaubt, … dass du sie nur benutzt.«

»Was?« Ich bin kurz davor, wieder aufzulegen, aber diese Anschuldigung ist so wahnwitzig, dass ich nicht anders kann, als weiter zuzuhören.

»Was sollte ich denn sonst denken? Du bringst sie am Sonntag zu Oliver ins Krankenhaus, obwohl sie keinerlei Symptome hat. Für einen Routinecheck, den man genauso gut am Montag hätte machen können. Du reibst sie mir förmlich unter die Nase, tust so, als ob du nicht willst, dass ich sie kennenlerne, und dann bestehst du darauf, dass du nur zum Brunch kommst, wenn du sie mitbringen kannst?« Sie lacht bitter. »Was sollte ich denn denken? Und wie sie vor mir saß. Vollkommen geknickt.«

Unfähig, auch nur ein Wort herauszubringen, versuche ich zu verarbeiten, was sie mir da vorwirft. »Du denkst«, würge ich schließlich hervor, »du glaubst wirklich, dass ich ein Mädchen wie Gwen benutzen würde, um deine Aufmerksamkeit zu bekommen?«

»Das war dumm von mir. Bitte, glaub mir, ich weiß, dass du niemals so weit gehen würdest. Es ist nur … Ich hatte eine üble Nacht in der Klinik, und dann habe ich sie gesehen …«

»Und deswegen hast du sie behandelt wie Dreck. Hast sie links liegen lassen …«

»Weil ich angenommen habe, dass sie nicht reden will. Erinnere dich bitte daran, wie sie da saß. So niedergeschlagen. Da wollte ich sie nicht auch noch ausfragen.«

Ich erwidere nicht, dass sie einfach nur ein paar nette Worte hätte sagen können. Ich bin immer noch zu geschockt, dass sie geglaubt hat, ich könnte Gwen für so etwas benutzen.

»Vielleicht wollte ich auch einfach nur glauben, dass du sie benutzt.

Weil ich den Gedanken nicht ertragen konnte, dass du sie wirklich magst.«

»Wie bitte?«

»Du weißt ja nicht, wie es ist«, fährt sie fort. Ihre Stimme ist belegt. »Ihre Hoffnung zu sehen und die Freude, weil sie endlich Glück haben und eine Transplantation bekommen. Du hast noch nie erlebt, wie schrecklich es ist, wenn die Eltern ein paar Monate später alleine zu mir kommen.« Ihre Stimme bricht. »Oder wenn die Ehefrau mir verzweifelt erzählt, dass doch alles so gut aussah.«

Sie hat recht. Ich weiß es nicht. Ich lese es im Forum, immer wieder, aber noch nie hat mir jemand davon erzählt. Und ich wusste auch nicht, dass es Mom so nahegeht. Ich dachte immer, dass sie über all dem steht. Das Atmen fällt mir schwer, und ich brauche eine Weile, bevor ich antworten kann. »Sie sterben doch nicht alle.«

»Nein.« Sie schweigt, als ob sie ihre Stimme unter Kontrolle bringen muss. »Im Gegenteil. Wir haben große Fortschritte gemacht, die Patienten haben so gute Chancen wie nie zuvor, viele führen ein normales Leben. Ein langes Leben.«

»Aber?«

Es dauert, bis sie antworten kann. »Ich bin nicht der behandelnde Arzt, ich operiere nur. Die meisten Patienten, bei denen alles gutgeht, sehe ich nach der Entlassung nie wieder, weil sie zur Nachbehandlung wieder zu ihrem Kardiologen zurückgehen. Nur die, bei denen es schiefgeht, die, die das alles noch mal durchmachen müssen, kommen wieder zu mir.«

»Ich wusste nicht, dass es so ist.« Was für ein bescheuertes System. Zum ersten Mal beneide ich sie nicht um den Job, für den sie so brennt.

Lange herrscht Schweigen, bevor Mom leise weiterspricht. »Ich will nicht, dass du irgendwann so vor mir sitzt.«

Ich schließe die Augen. Das ist es also. »Das will ich auch nicht.« Ich will Gwen nicht verlieren. Nicht jetzt, nicht in zehn Jahren und auch nicht in zwanzig. »Aber du kannst dich freuen«, erwidere ich bitter und spüre förmlich, wie sie zusammenzuckt. »Sie ist weg.«

»Oh, Noah. Das wollte ich nicht, wirklich.«

»Ist nicht deine Schuld«, gebe ich heiser zurück. »Sondern meine.« Ganz allein meine.

Ohne auf eine Antwort zu warten, lege ich auf, immer noch mit diesem ekelhaften Frosch im Hals. Gwen wird nicht wiederkommen. Ich stütze das Gesicht in die Hände. Schon gar nicht, wenn sie ihrer Familie erzählt hat, wie sehr ich sie hintergangen habe. Alle werden ihr einreden, dass sie sich von mir fernhalten soll. Mit steifen Gliedern rappele ich mich schließlich auf. Sie wird nicht wiederkommen, und sie wird auch nicht wollen, dass ich zu ihr fahre. Trotzdem will ich wissen, dass es ihr gutgeht. Ich werde ihr eine letzte Mail schreiben, damit ich wenigstens weiß, dass sie Berlin sicher erreicht hat.

Ich hoffe, du bist gut angekommen?, tippe ich.

Kapitel 36

www.jungundherzkrank.de/Forum/Intern/showtopic3341
Re: Wieder zu Hause
Antwort von Gwen (vor sieben Monaten)
»Fühlt man sich nicht fremd, wenn man nach so langer Zeit wieder nach Hause kommt? Es kommt mir so unwirklich vor, nicht so wie der Alltag hier im Krankenhaus.«

Gwen

Ein Tag. Einen ganzen Tag bin ich wieder zu Hause und habe mit niemandem mehr als einen Satz gewechselt. Wann auch? Gestern Vormittag bin ich todmüde zur Tür reingefallen und habe mich sofort in mein Zimmer verkrochen. Papa ist einmal vorbeigekommen, um hallo zu sagen, Mama auch. Tom hat angeklopft und ein »Hey, Schwesterchen« reingerufen. Sie denken, dass ich meine Ruhe will. Vielleicht stimmt das auch. Ich will mich in Ruhe in der Sehnsucht nach Noah vergraben. Ich will allein auf dem Bett liegen und mir wünschen, er wäre hier. Vor allem aber will ich seine letzte Mail vergessen.

Ich hoffe, du bist gut angekommen?

Nur dieser eine Satz, mehr nicht. So gleichgültig, dass er mir fast das Herz zerreißt. Ich habe es noch nicht geschafft zu antworten. Alles, was ich schreiben will, ist: Bitte komm her. Halt mich, lass mich nie wieder los. Aber ich will nicht, dass er sich verpflichtet fühlt, also schreibe ich nichts, liege einfach nur da und starre an die Decke. Genau wie vorher.

Manchmal setze ich mich an den Laptop, surfe durch Noahs Forum und lese seine Beiträge. Aber die meiste Zeit warte ich darauf, dass mein Handy klingelt oder eine SMS kommt. Oder dass irgendwer an meine Tür klopft. Ich würde so gerne Alex anrufen, aber es ist gut, dass ich es nicht mehr kann, auch wenn ich mir wünsche, dass er hier wäre, um mit mir zu reden. So sehr, dass es weh tut.

Als ich Schritte auf der Treppe höre, setze ich mich auf. Es ist Tom, ich würde ihn überall an seinem Gang erkennen. Er geht vorbei. Enttäuscht lasse ich mich wieder nach hinten fallen. Er will mich nicht stören. Immerhin habe ich ihm seit meiner Entlassung aus der Reha vermittelt, dass ich meine Ruhe will. Als ich Tom das nächste Mal im Flur höre, gehe ich zur Tür. Ich mache sie wie zufällig auf, als ob ich ins Bad will. Tom bleibt stehen und lächelt mir zu.

»Hey, Gwen.«

»Hey.« Zaghaft lächele ich zurück.

Komm schon, Bruderherz, sag irgendwas. Aber ich habe seine SMS wohl zu oft ignoriert, denn er klopft mir nur auf die Schulter, als wäre ich einer seiner Kumpels, und wirft mir im Vorbeigehen zu: »Schön, dass du vernünftig geworden bist. Morgen nehme ich dich wieder zum Laufen mit, okay?«

Dann verschwindet er nach unten. Während ich ihm nachsehe, kommt die alte Wut wieder hoch. Schon wieder fragt er mich nicht. Weder, wie es mir geht, noch, was ich will. Er entscheidet, dass wir morgen laufen gehen.

Mühsam verdränge ich die Wut. Ist es auch meine Schuld, weil ich es zugelassen habe, anstatt mich zu wehren? Gerade als ich mich dazu durchringe, ihm nachzurufen und ihm endlich zu sagen, dass ich es nicht mag, wenn er über mich bestimmt, fällt die Haustür hinter ihm ins Schloss.

Ich stehe im Gang, unschlüssig, was ich tun soll. Gehe ein paar Schritte zurück zu meinem Zimmer, dann Richtung Bad und schließlich zum Treppenabsatz. Ich halte mich am Geländer fest, wie um sicherzugehen, dass meine Füße mich nicht ohne mein Zutun nach unten tragen. Oder will ich es? Ich wünsche mir doch, dass sich etwas ändert. Wie kann es das, wenn ich mich in meinem Zimmer einigele?

Papa ist vor einiger Zeit nach Hause gekommen. Er sitzt im Wohnzimmer und liest den Rest seiner Zeitung, den er in der Mittagspause nicht geschafft hat. Ich setze einen Fuß auf die oberste Stufe. Dann den andern auf die nächste. Auf der Hälfte der Treppe höre ich aus dem Wohnzimmer das Rascheln der Zeitung.

Mein Mund wird trocken. Ich taste mich weiter vor, bis ich in der Wohnzimmertür stehe. Papa sieht nicht auf. Ich räuspere mich. Sein Blick zuckt zu mir, und er lässt die Zeitung sinken. Lachfältchen bilden sich um seine Augen. »Schön, dich zu sehen.« Er klopft neben sich auf die Couch. Ich komme mir wie Flecki vor, weil ich misstrauisch das Polster beäuge und abwäge, ob ich mich dort niederlassen soll. Langsam gehe ich auf das Sofa zu und setze mich auf die Kante.

»Wie war es in München?«

Warum fragt er mich nicht, wie es mir geht? Sonst ist das immer die erste Frage, die er stellt, wenn er jemandem begegnet. Noahs Stimme hallt in meinem Kopf wider. *Vielleicht hat er Angst vor der Antwort.*

Ich senke den Kopf. Ja, wie war es? »Schön.« Irgendwie.

»Tom hat gesagt, du wolltest dir die Uni anschauen.«

»Ja«, erwidere ich tonlos.

»Und? Was hältst du davon? Käme das für dich infrage?«

Die Hoffnung in seiner Stimme tut weh. Nichts hat sich geändert. Er denkt immer noch, dass alles gut wird, wenn ich nur endlich einen Studiengang finde, der mir gefällt.

»Ich glaube, das ist nichts für mich«, lüge ich. Weil das viel einfacher ist, als ihm zu gestehen, wie sehr ich mich darauf gefreut habe, nach München zu gehen. Für einen kurzen Augenblick. So lange, bis Noah mir die Wahrheit gestanden hat.

»Oh. Na ja.« Er fingert an der Zeitung herum. »Dann machen wir demnächst mal einen dieser Tests aus dem Internet. Du findest sicher etwas.«

Ich sehe Papa an, dessen Blick leer auf seine Zeitung gerichtet ist. Warum kann er mich nicht einfach in den Arm nehmen? Ohne einen Lösungsvorschlag parat zu haben, ohne etwas verbessern zu wollen. Ohne mich verbessern zu wollen. Und warum kann ich ihn nicht einfach darum bitten? Bei Noah war es so einfach. Sag es. Sag ihm, was du dir wünschst. Lass ihn nicht weiter im Dunkeln tappen. Bei Tom hätte ich es auch fast geschafft. Aber ich kriege keinen Ton heraus. Ich springe auf.

Sofort sieht Papa von seiner Zeitung auf. »Wo willst du hin?«

»An den See«, antworte ich, bevor ich darüber nachdenken kann. An den See. Der Gedanke gefällt mir. Papa will etwas erwidern, aber dann wendet er sich wieder der Zeitung zu. Ich gehe in den Flur und schlüpfe in meine Chucks.

Er meint es nur gut. Er meint es nur gut.

Die Worte begleiten mich, während ich zu unserem Auto gehe. Es sind nur ein paar Minuten bis zur Havel und zum Düppeler Forst. Der nächstbeste Ort, an dem ich meine Ruhe habe. Ich stelle das Auto ab und laufe in den Wald hinein, den Weg entlang, den ich seit meiner Kindheit kenne. Ich habe schon immer geliebt, dass man tief in den Wald hineingeht, um am Ende plötzlich am Seeufer zu stehen. Wasser, so weit das Auge reicht, und links von mir die Pfaueninsel. Die fand ich als Kind immer wahnsinnig geheimnisvoll. Ich gehe etwas weiter hinaus, bis ich auch das andere Ufer im Blick habe. Erstarre, als ich die weißen Masten in die Höhe ragen sehe. Ich hatte vergessen, dass am gegenüberliegenden Ufer ein Segelclub ist. Ein stechender Schmerz erwacht in meiner Brust, während ich die Boote beobachte, die weiß in der Sonne glänzen. Genau wie Sevis Boot. Genau wie an jenem Nachmittag auf dem Starnberger See.

Für einen Augenblick schwankt der Boden unter meinen Füßen,

und am Horizont über dem Wasser ragen Berge in die Höhe. Ich verdränge das Bild. Nichts davon ist echt. Ich bin in Berlin. Noah ist nicht hier.

Ich wende mich ab, gehe vom Segelclub auf die Pfaueninsel zu. Trotzdem kann ich Noah nicht vergessen. Ich kann nur daran denken, wie gern ich ihm die Insel zeigen würde. Die Pfauen, die dort frei herumlaufen. Ich würde ihn gerne in Berlin herumführen, es würde ihm hier gefallen. Sicher würde er sofort vorschlagen, nach einem Geocache zu suchen. Ich muss lächeln. Bis der Schmerz überhandnimmt.

Ich könnte das alles alleine tun. Das Boot zur Pfaueninsel fährt nicht weit von hier ab. Ich könnte selbst schauen, ob es einen Cache gibt. Aber wozu, wenn ich es mit niemandem teilen kann? Ohne Noah kommt mir alles so schrecklich sinnlos vor. Ich habe sogar darüber nachgedacht, trotzdem nach München zu gehen. Aber was soll ich da ohne ihn? Es wäre einfach nur ein anderer Ort, um alleine zu sein. Ein sehnsüchtiges Ziehen erwacht in meiner Brust. Warum musste ich mich in ihn verlieben und mir eine Zukunft mit ihm ausmalen? Warum musste ich herausfinden, dass er gelogen hat?

Mit aller Macht wünsche ich mir, ich hätte es nie erfahren. Irgendwann hätte er sich an mich gewöhnt. Hätte das Gleiche für mich empfunden wie ich für ihn. Irgendwann wäre es nicht mehr wichtig gewesen, dass er am Anfang alles nur gespielt hat. Ich schlinge die Arme fest um mich und wünsche mir, es wären seine. Versuche verzweifelt, mich zu halten, so wie nur er es kann. Aber es hilft nicht. Natürlich nicht.

Plötzlich will ich unbedingt hier weg. Ich renne so schnell zum Auto zurück, dass ich kaum noch Luft bekomme. Weg vom See, weg von den Segelbooten. Weg von der Hoffnung, dass er zu mir zurückkommt. Ich fahre immer der Straße nach, bis auf einen großen Parkplatz.

Erst als ich aussteige, merke ich, wo ich bin.

Der Friedhof. Lenis Grab.

Leni besuchen. Claire hat in ihre Mail geschrieben, wo das Grab liegt. Ich rufe die Mail auf, suche auf dem Plan, bis ich es finde, und laufe los. Schnell, immer schneller. Mir ist egal, dass das Herz rast, dass das Blut durch meine Adern schießt, dass mein Atem pfeifend geht.

Lenis Name auf dem Grabstein trifft mich trotz allem unvorbereitet. Ich bleibe stehen, keuchend, das Blut rauscht in meinen Ohren.

Madeleine Lacroix

Der Rest verschwimmt vor meinen Augen. Wie konnte ich nur glauben, dass es gut sein könnte hierherzukommen? Ihren Namen dort zu sehen? Einen Namen, der nicht auf einem Grabstein stehen sollte, sondern auf einem Ordner mit Vorlesungsmitschriften. Um mich herum wird es dunkel, der schwarze Nebel ist wieder da. Hilflos strecke ich den Arm aus, will mich festhalten, aber es ist niemand hier. Ich habe niemanden mehr, der mich hält. Alex nicht. Noah nicht. Leni nicht. Niemanden, der mich vor den Stimmen schützt und davor, mich einfach aufzulösen.

Mir wird eiskalt, ich zittere, meine Knie werden weich. Ich will weglaufen, kann es aber nicht. Ich weiß nicht mal, vor was, weiß nicht, wohin. Warum weiß ich es nicht? Warum kann ich nicht aus diesem schwarzen Strudel herausfinden, der mir die Sicht nimmt? Ich spüre einen stechenden Schmerz in den Knien. Feuchtigkeit auf meinen Handflächen. Aufhören. Es soll aufhören. Ich kralle die Finger in den Boden, Erde gräbt sich unter meine Fingernägel. Lange bleibe ich so, halte mich an der Erde fest, bis die Schwärze nachlässt, bis ich wieder atmen kann.

Tränen laufen mir über die Wangen. Meine Hände zittern vor Angst und Wut. Ich kann so nicht weitermachen. Ich kann nicht auseinanderfallen, nur weil mich keiner hält. Ich kann keine Panikattacke bekommen, weil Leni tot ist, weil Noah mir fehlt oder meine Zukunft anders ist, als ich sie mir vorgestellt habe.

Ich will das nicht mehr.

Ich lege das Gesicht in meine Hände. Mir ist egal, dass sie dreckig sind. Ich brauche Berührung, muss meine Tränen fühlen. Mein eigenes Gesicht.

Ich muss mich selbst halten.

Egal, wie sehr ich mich nach Noah sehne und mir wünsche, er wäre hier, egal, wie sehr ich mit ihm zusammen sein will, ich kann nicht länger von ihm abhängig sein. Aber wie hält man sich selbst?

Lange bleibe ich so sitzen, vor Lenis Grab, die Hände auf dem Gesicht, bis das Zittern aufhört und alle Tränen fortgeweint sind. Noch einmal versuche ich, den Grabstein zu lesen. Wieder misslingt es mir. Aber ich will lesen, was darauf geschrieben steht. Ich will hierherkommen, ohne zusammenzubrechen. Ich will ihr sagen können, dass ich dieses Leben genieße, das mir geschenkt wurde.

Ich weiß nicht, wie man sich selbst hält, aber ich weiß, dass ich es lernen muss.

***

Als ich zu Hause ankomme, höre ich Geschirrgeklapper aus dem Esszimmer. Sie essen ohne mich. Schon vor langer Zeit haben sie aufgehört, auf mich zu warten. Ich gehe auf das Esszimmer zu, jeder Schritt ein einziger Kraftakt. Als ich in der Tür stehe, hebt Mama den Kopf und lächelt. Tom fährt zu mir herum, und auch Papa sieht von seinem Teller auf. Sie sehen mich an, als hätten sie einen Geist gesehen.

»Willst du dich zu uns setzen?«, fragt Papa.

Mama steht auf. »Ich hole dir einen Teller.«

Sie haben nicht mal für mich gedeckt. Ich kann es ihnen nicht verübeln.

»Nein danke. Ich will nichts essen.« Ich würde sowieso keinen Bissen herunterkriegen.

Papa lässt sein Besteck sinken. Erwartungsvolle Blicke ruhen auf mir. Keiner fragt, was ich will, niemand drängt mich. Nur ich. Ich kann nicht länger warten. Also zwinge ich mich, die Worte zu sagen, die ich die ganze Heimfahrt über in meinem Kopf hin und her gewälzt habe. »Ich brauche bitte die Überweisung.«

Papa schüttelt den Kopf. »Was für eine Überweisung?«

»Die Überweisung zum Psychotherapeuten. Die ganze Mappe, die ich dir gegeben habe.«

Er runzelt die Stirn, öffnet den Mund, aber Mama kommt ihm zuvor. »Natürlich, ich hole sie dir. Jetzt gleich?«

»Ja bitte.« Ich muss das Papier in den Händen halten. Sofort.

Mama geht zu ihrem Sekretär und holt einen gelben Zettel und die grüne Mappe heraus. Sie drückt sie mir in die Hand. Ich schließe meine Finger darum, bis das Papier der Überweisung knittert. Natürlich ist die Überweisung längst nicht mehr gültig, aber die Karte mit der Adresse, die Sabrina mir zugesteckt hat, die existiert noch. Morgen früh rufe ich dort an.

»Warum fragst du danach?«, erkundigt Mama sich leise. »Ist etwas nicht in Ordnung?«

Ich blinzele sie an. Sieht sie denn nicht, dass nichts in Ordnung ist? Einen Augenblick lang weiß ich nicht, was ich darauf antworten soll, bis ich den ratlosen Zug um ihren Mund bemerke. Ein verzweifeltes Glimmen in ihren Augen. Sie weiß nicht, was sie machen soll. Genauso wenig wie ich.

Manchmal kann man es eben einfach nicht.

Es ist nicht ihre Schuld, dass sie nicht erraten konnte, was ich brauche, und es belastet sie genauso sehr wie mich. Die ganze Zeit wollte ich sie schützen, indem ich nicht ausgesprochen habe, wie schlecht es mir geht, und habe damit das Gegenteil erreicht. Mit meinem Schweigen habe ich nicht nur mich selbst gequält, sondern auch sie.

Ich nehme all meinen Mut zusammen. »Nichts ist in Ordnung.« Meine Stimme überschlägt sich. Trotzdem rede ich weiter. »Ich fühle mich schrecklich, schon die ganze Zeit. So schrecklich, dass ich wollte, dass es aufhört.«

Meine Mutter keucht auf und hält sich die Hand vor den Mund. Ihre Finger zittern. Sie hat es verstanden. »Warum hast du nichts gesagt?« Erschrocken schüttelt sie den Kopf. »Warum haben wir es nicht gemerkt?« Sie sieht sich nach Papa und Tom um.

Dann nimmt sie mich endlich in den Arm. Sie drückt mich so fest, dass ich kaum noch atmen kann.

Toms Augen sind geweitet, seine Hand hat sich so fest um die Lehne des Stuhls geschlossen, dass seine Knöchel weiß hervortreten. Ich sehe, dass er sich Vorwürfe macht, weil er mich wegen des Laufens so gedrängt hat.

»Niemand hat Schuld«, stoße ich hervor, weil ich Toms Anblick nicht ertragen kann. Auch nicht Papas entsetztes Gesicht. »Aber ich … Ich brauche Hilfe.« Es ist unendlich schwer, das zuzugeben.

Papa steht auf und kommt um den Tisch herum. »Es tut mir leid. Ich wollte nur … das Studium … ich habe …« Er bricht ab.

»Du hast es nur gut gemeint.« Ich ringe mir ein Lächeln ab.

»Bist du deshalb abgehauen?«, fragt Tom. Er steht auf, kommt zu uns und drückt meine Hand.

»Ich musste weg.« Ich sage nicht, dass ich nie vorhatte zurückzukommen, und sie fragen nicht danach. Zum ersten Mal bin ich froh darum.

»Warum gerade nach München?«

Ich öffne den Mund und schließe ihn wieder. Was soll ich ihnen antworten? Dass ich nach München gefahren bin, um Noah mein Herz zu geben? Es kommt mir so absurd vor, so unendlich fern, so gar nicht mehr ich, und dabei ist es nur wenige Tage her.

»Noah ist in München«, antworte ich, als würde das alles erklären.

»Noah?« Auf Papas Stirn bildet sich eine steile Falte. »Wer ist das?«

Die Frage verschlägt mir die Sprache. Dabei ist die Antwort so einfach. Noah ist derjenige, nach dem ich mich Tag und Nacht sehne, weil er mir zuhört. Der, bei dem ich zum ersten Mal seit langem ganz ich selbst sein konnte. Der, der mir tagelang etwas vorgespielt hat, nur damit ich mir nichts antue.

»Jemand aus dem Forum«, erkläre ich heiser. Jemand, ohne den ich mir mein Leben nicht mehr vorstellen kann.

»Er hat mich bei sich wohnen lassen und mir geholfen.« Ein Satz, der alles sagt und doch nichts richtig beschreibt. Mein Blick fällt auf die Überweisung in meiner Hand. Ohne ihn hätte ich nie den Mut gehabt, danach zu fragen.

»Was willst du jetzt tun?«, fragt Mama leise, als wäre ich zerbrechlich und ein einziger lauter Ton aus ihrem Mund könnte mich in meine Einzelteile zerspringen lassen. Als wäre ich immer noch todkrank. Wie soll sie auch verstehen, dass ich es nicht mehr bin, wenn es mir selbst gerade erst klarwird? Mein Herz schlägt ruhig in meiner Brust. Als wäre es schon immer dort gewesen. Als wäre es schon immer meines gewesen. Natürlich muss das nicht so bleiben. Irgendwann könnte es mir wieder schlechtergehen. Aber Noah hat recht. Ich kann nicht mehr im Stillstand verharren, nur weil ich Angst davor habe, dass etwas Schlimmes passiert.

»Ich weiß es nicht. Aber ich denke, ich werde es herausfinden. Ich brauche nur etwas Zeit.«

Ganz allmählich breitet sich ein Lächeln auf dem Gesicht meiner Mutter aus. Sie streicht mir ein paar Haare aus dem Gesicht, die gar nicht da sind. »Du sollst alles haben, was du brauchst.«

Ich nicke stumm. Papa steht neben mir, die Arme hängen an seinen Seiten. Ein letztes Mal für heute nehme ich meinen Mut zusammen. Sie sollen nicht länger raten müssen, was ich brauche.

»Kannst du mich umarmen, bitte?«, flüstere ich so leise, dass nur er es hört.

Als seine Arme sich um mich schließen, als ich mich an seine breite Brust kuschele, tief hinein in seinen weichen Pulli und seinen herben Geruch, merke ich, dass nicht nur Noahs Gegenwart die Stimmen zum Schweigen bringt. Papa kann es auch.

Kapitel 37

www.herzforum.de/Leben-nach-der-Transplantation/topicreveal 77754
Re: Wie geht es weiter?
Antwort von Noah (vor zwei Jahren)
»Lies nur mal die Geschichte von dem, der nach der Tx Extrembergsteiger geworden ist. Alles ist möglich. Lasst euch bloß nichts anderes einreden.«

Noah

Wasser glitzert mir im Dunkeln entgegen. Es spritzt aus einer Ecke des Pools, ein Kichern dringt zu mir herüber, kaum wahrnehmbar durch das laute Wummern der Musik, das sogar hier auf Fabians Terrasse noch die Gläser zum Vibrieren bringt.

Ein hübsches dunkelhaariges Mädchen schaut aus dem zur Tanzfläche umfunktionierten Wohnzimmer zu mir herüber. Sie lächelt und winkt mich nach drinnen. Ich schüttele den Kopf. Auch wenn sie nicht so zugedröhnt aussieht wie der Rest, der sich dicht gedrängt zur Musik bewegt. Ich würde nur mit Gwen tanzen wollen. Natürlich würde sie niemals dort reingehen. Der Beat bringt ja schon mein Herz fast aus dem Rhythmus.

Mein gesundes Herz.

Ich gehe ein paar Schritte um den Pool herum. Ein dummer Fehler. Das Kichern im Wasser ist inzwischen zu einem leisen Stöhnen geworden. Hastig wende ich mich ab und schlage mich zwischen die Bäume, weg von dem glitzernden Wasser.

»Bitte, ich kann nicht mehr warten«, keucht jemand ein Stück den

Weg runter. Ich fluche leise. Warum können die immer noch? Müsste das viele Gesaufe sie nicht daran hindern?

Ich sollte nach Hause fahren. Sevi hat sich vor einer Weile mit einem Mädchen verzupft, und ich habe echt keine Lust, hier alleine rumzuhängen. Warum wollte er überhaupt, dass ich mitkomme, wenn er doch nur wieder mit Mädels rummacht? Und ich kann nur an Gwens Antwort auf meine Mail denken.

Kein »Bitte komm her, ich halte es ohne dich nicht aus«. Nicht mal ein »Bin gut angekommen, wie geht es dir?« Nichts, was darauf schließen lässt, dass sie mich vermisst oder dass sie mir den letzten Satz nur im Eifer des Gefechts hingeschleudert hat.

Ich brauche dich nicht mehr.

Mit jedem Tag, der verstreicht, verändert sich der Klang der Worte in meinem Kopf, bis ich überzeugt bin, dass sie es ernst gemeint hat. Weil ihre verdammte Mail genau das Gleiche sagt.

Alles bestens.

Zwei Wörter, die ausdrücken, dass sie wunderbar ohne mich klarkommt.

»Danke, das war's?«, kreischt jemand hinter mir.

Ich fahre herum.

»Du spinnst wohl!« Ein lautes Klatschen und ein leises Stöhnen lassen keinen Zweifel daran, dass jemand gerade eine ordentliche Ohrfeige kassiert hat. Nur wenige Sekunden darauf stolziert eine schlanke Blondine an mir vorbei, so würdevoll es eben geht, während sie gleichzeitig ihren Rock nach unten zieht. Ist das nicht …?

»Hey, Noah, da bist du ja.«

Ich fahre herum. Sevi steht hinter mir, stopft sich sein Hemd in die Hose und reibt sich dann über die Wange, die unnatürlich rot ist.

Also habe ich mich doch nicht geirrt. »›Danke, das war's?‹« Ich hebe eine Augenbraue. »Wirklich?« Beinahe muss ich grinsen. Das ist unglaublich bescheuert, so was kann nur Sevi bringen.

Er zuckt mit den Achseln. »Ja.«

»Warum? Die sah doch sehr nett aus. Und blond war sie auch. Das wolltest du doch.«

Sevi stopft nur noch vehementer sein Hemd in die Hose und richtet seinen Gürtel. »Nett, ja. Aber zu schlau. Du kannst dir nicht vorstellen, wie schwer es ist, eine hohlköpfige Barbie zu finden.«

Sofort ist der kurze Anfall von guter Stimmung wie weggeblasen. »Meine Güte, Sevi. Willst du nicht endlich mit dem Mist aufhören?«

»Nein, will ich nicht.« Er zückt seine Sonnenbrille und schiebt sie sich auf die Haare.

»Ernsthaft? Es ist dunkel.«

»Hast recht.« Er klappt die Brille zusammen und hängt sie in die Knopfleise seines Polo-Shirts. »Na dann, auf ein Neues? Wenn du willst, helfe ich dir, auch eine …«

»Nein«, erwidere ich, viel schärfer als beabsichtigt. »Mach ruhig weiter, wenn du es nicht lassen kannst, aber lass mich da raus.«

Er hebt hilflos die Hände. Er hält mich wohl für einen hoffnungslosen Fall. »Was dann? Zur Bar?«

War ja klar. Aber was habe ich erwartet? Außer natürlich, dass ich Lust haben werde, mich zu besaufen. Habe ich aber nicht. Noch nicht mal ein Bier habe ich angerührt. Ich will nicht herumlallen, für den unwahrscheinlichen Fall, dass sie anruft. Ich will nüchtern sein, falls ich mich ins Auto setzen und zu ihr kommen soll. Trotzdem nicke ich. Sevi wird sich ja doch nicht abhalten lassen.

An der Bar bestelle ich mir eine Cola zum Festhalten, Sevi nimmt ein Helles. Ein Mädchen neben uns spricht ihn an. Sie hat rötliche Haare, ein nettes Gesicht und eine sympathische Stimme. Als Sevi sie mit einem Seitenblick zu mir abblitzen lässt, atme ich erleichtert auf.

Er sieht mich an, dreht sich weg, wendet sich dann doch wieder mir zu. »Ich bin nicht dafür gemacht, eine nette Freundin zu haben, mit der ich intelligente Gespräche führen kann. Für mich tut's ein dummes hübsches Ding, ein Prestigeobjekt, das ich meinen Freunden vorführen kann. Und mit ihnen teilen.« Sein Lächeln gleicht einer Fratze aus einer Geisterbahn.

»Spinnst du jetzt völlig?«

»Nicht meine Worte. Ihre.«

»Was?« Plötzlich ergibt alles Sinn. Das Ganze ist so klischeehaft, dass er versucht hat, es noch mehr auf die Spitze zu treiben, um damit umzugehen. Er bestraft sich, indem er ein Mädchen nach dem anderen verletzt und sich von ihnen dafür niedermachen lässt. Mit Worten oder mit Ohrfeigen. Immer und immer wieder. »Ich weiß nicht, was ich sagen soll.«

Sevi lacht, aber es ist ein furchtbares Geräusch, das mir eine Gänsehaut verursacht. »Sie hat eben recht. An mir ist nichts weiter dran als Geld und ein Händchen dafür, noch mehr Geld zu verdienen. Das kann ich, also sollte ich dabei bleiben.«

Gottverdammt, ich hasse es, wenn er so ist. Wenn er doch nur sehen könnte, dass so viel mehr in ihm steckt. An ihn ranzukommen, ist wie ein Kampf gegen einen feuerspuckenden Drachen, aber unter dem dicken Panzer ist er unfassbar loyal, warmherzig und großzügig.

»Du brauchst keine, die dir so was sagt.«

»Doch«, flüstert er. »Brauche ich.« Er wendet das Gesicht ab. »Aber ich werde sie nicht bekommen, also was soll's.«

»Sevi …«

»Lass. Ist schon halb vergessen.«

Ich schnaube. »Klar.«

»Denk doch, was du willst.«

»Wenn es dir egal ist, warum hast du es mir dann erzählt?«

Er schließt die Augen. »Ich habe dir gar nichts erzählt, wir haben nur über Autos geredet.«

Ich lache ungläubig. »Über Autos.«

»Ja, über Autos. Was ist aus deinem Totalschaden geworden?«

Gwen. Allein der Gedanke an sie bringt mich fast dazu, alles stehenzulassen und zu ihr zu fahren. Aber sie will es nicht. Alles ist bestens, auch ohne mich. Ich nehme betont lässig einen Schluck aus meinem Glas, damit er nicht merkt, wie sehr es mich aus der Bahn wirft. »Irreparabel.«

Sevi lacht bitter. »Ja. Das fasst ihre Worte ganz gut zusammen.«

Wut kocht in mir hoch, auf dieses Mädchen, das ihm solche Sachen vorwirft, obwohl sie ihn nicht kennt. Sie weiß nicht, wie er wirklich ist. Nicht nach den paar Tagen in den Semesterferien. Verdammt, ich habe ein ganzes Leben gebraucht, um es herauszufinden. »Vergiss sie, Sevi, sie weiß nicht …«

»Glaub mir, sie weiß es. Sie weiß über mich Bescheid, besser als irgendwer sonst.« Er mustert mich. »Außer dir.«

»Trotzdem, was du da tust … Du hast das nicht verdient. Und die Mädchen auch nicht«, sage ich eindringlich. »Hör endlich auf damit.«

Sevis Hände klammern sich so fest um das Glas, dass ich befürchte, es könne zwischen seinen Fingern zerbrechen. Er starrt auf den Rest goldgelbe Flüssigkeit, als würde er sich am liebsten darin ertränken. Dann sieht er mich wieder an. »Ich kann nicht, okay? Ich kann nicht.« Aus seinen Worten spricht nicht nur Hilflosigkeit, sondern auch eine Bitte. Er will, dass ich ihm meinen Segen gebe, mit dem Mist weiterzumachen. Aber das kann ich wiederum nicht. Ich kann nicht verhindern, dass er weitermacht, aber ich werde sicher nicht auch noch so tun, als ob ich seinen Selbsthasstrip akzeptiere.

Als wir ausgetrunken haben, stehen wir auf, schlagen uns wieder nach draußen durch, stehen eine Weile stumm nebeneinander am Pool. Inzwischen ist der Rand mit Biergläsern vollgestellt, und das Wasser wimmelt vor knutschenden Pärchen.

»Ich sollte heim«, sage ich schließlich, weil ich nicht weiß, was ich hier noch soll.

»Spinnst du? Die Party fängt gerade erst an.« Viel Lust scheint er darauf allerdings nicht zu haben. »Hast du noch was vor?«

»Nein«, antworte ich. Dann fällt mir ein, dass das ja gar nicht stimmt. »Verdammt. Sofie wollte kommen und Flecki abholen.«

»Was? Die will die Katze zurück, nachdem sie sie dir aufs Auge gedrückt hat? Die spinnt ja.«

»Mit ihrem Neuen ist es aus. Also will sie sie zurück.«

Sevi schnalzt mit der Zunge. »Wenn sie meine Ex wäre, könnte sie sich das abschminken. Nach allem, was sie sich geleistet hat.«

Irgendwie hat er recht. »Aber deswegen kann ich doch nicht ihre Katze behalten.«

»Klar kannst du. Sie hat sie dir geschenkt, oder nicht? Du hast doch die Papiere?«

»Ja, schon. Trotzdem. Flecki will bestimmt zu ihr zurück.«

»Also ich würde nicht zur ihr zurückwollen, nachdem sie mich wie eine Fußmatte bei dir vor die Tür gelegt hat. Ich hätte zu viel Panik, dass sie mich bei nächster Gelegenheit wieder aussetzt, weil ihr neuer Macker nur schwarze Katzen mag.«

Das ist etwas unfair, trotzdem entlockt es mir ein winziges Lächeln. Er hat recht. Woher weiß ich, dass Sofie das Gleiche nicht nächste Woche wieder macht? Außerdem hat Sofie sich heute nicht mal gemeldet. Es ist kurz vor Mitternacht, wenn sie Flecki wirklich holen wollte, hätte sie sich längst beschwert, dass ich nicht da bin.

»Flecki hat so eine Behandlung nicht verdient.«

Ich starre Sevi an, suche in seinem Gesicht nach Anzeichen dafür, dass er schon betrunken genug für so einen gefühlsduseligen Spruch ist. Aber er wirkt völlig klar.

»Echt, der würde ich so die Meinung sagen, dass es knallt. Verstehe nicht, dass du das nicht schon längst gemacht hast.«

»Ich bin nicht wütend«, lüge ich.

»Klar, deswegen hast du auch ihre Sachen noch.«

Sevis Worte versetzen mir einen Stich. Das Gleiche hat Gwen auch gesagt. »Nicht mehr lange. Morgen haue ich das Zeug raus. Zusammengepackt habe ich alles schon.«

»Auf den Kies am Isarufer damit und abbrennen.«

Mein Handy plärrt »Nur für dich«. Sevi glotzt ungeniert auf mein Display. »Wenn man vom Teufel spricht.«

Ich rolle mit den Augen und hebe ab.

»Noah? Wo steckst du, verdammt? Wir stehen vor deiner Tür und …«

»Bin auf einer Party. Du hast ja nicht verlauten lassen, wann du kommen willst.« Na gut, ich bin doch wütend.

»Ich habe doch gesagt, ich komme Sonntag.«

Noch wütender. »Ach, und du erwartest, dass ich den ganzen Tag herumsitze und auf dich warte? Hast du mal auf die Uhr geschaut? Es ist kurz vor zwölf.«

»Und? Kommst du jetzt her oder was?«

Meine Nackenhaare stellen sich auf. »Nein«, knurre ich. »Du kannst nicht einfach bestimmen, wann du vorbeikommen willst. Ist dir schon mal der Gedanke gekommen, dass ich Besseres zu tun habe, als auf dich zu warten?«

»Das ist so typisch für dich, unzuverlässig bis zum Geht-nicht-mehr«, kreischt sie in den Hörer. Ich habe sie noch nie kreischen hören.

»Ich?« Meine Stimme zittert vor unterdrückter Wut. »Wer hat denn eine Affäre angefangen? Wer ist einfach ohne ein Wort gegangen? Wer hat seinen ganzen Müll zurückgelassen? Wer hat nicht ein einziges Mal nachgefragt, wie es der Katze geht, die er mir vor die Tür gesetzt hat? Wenn hier einer unzuverlässig ist, dann du.« In der ganzen Zeit, in der wir zusammen waren, haben wir nicht einmal ordentlich gestritten. Hätten wir machen sollen. Tut richtig gut.

»Darum geht es jetzt gar nicht, wir wollen nur Miss Sunshine.«

Wir? Ich verenge die Augen. »Wer ist wir?«

Schweigen schlägt mir entgegen. »Ich und Andreas. Er ist nett«, fährt sie zögerlich fort. »Er mag Katzen.«

»Ach, und wenn er Geschichte ist, setzt du mir Flecki wieder vor die Tür?«

»Also ehrlich, Noah, so kann man nicht vernünftig mit dir reden.« Sie seufzt theatralisch. Mir platzt fast der Kragen. »Dann komme ich halt am Mittwoch und hole meine Sachen und Miss Sunshine auch.«

Hat sie überhaupt irgendetwas von dem gehört, was ich gesagt habe? »Da kann ich nicht.« Ich werde sehr beschäftigt damit sein, nicht in die Vorlesung zu gehen.

»Noah, ich verlange, dass du …«

»Nein, damit ist jetzt Schluss. Ich habe mir lange genug gefallen lassen, dass du einfach machst, was du willst, ohne auch mal an andere zu denken. Deine Sachen stelle ich dir unten vor die Eingangstür, wenn du sie morgen nicht abholst, lasse ich sie wegbringen.«

»Das kannst du nicht machen …«

»Natürlich kann ich. Und Miss Sunshine behalte ich.« Ohne ihre Antwort abzuwarten, tippe ich auf das rote Symbol.

Sevi starrt mich mit geweiteten Augen an. »Alter.«

Langsam breitet sich ein Grinsen auf meinem Gesicht aus. »Was denn? Sie hat mir die Katze geschenkt. Sie gehört mir. Hast du selbst gesagt.« Außerdem habe ich mich an sie gewöhnt. Ich mag es, wenn sie ein wenig mürrisch durch die Wohnung streift, aber das werde ich Sevi nicht auf die Nase binden.

»Sicher.« Er lächelt. »Fühlt sich gut an, oder? Alte Geschichten soll man nicht mit sich rumschleppen.« Seine Stimme verebbt, als ob er sich bewusst wäre, dass es etwas merkwürdig ist, wenn so was gerade von ihm kommt.

»Das sollte man wirklich nicht«, antworte ich und fixiere ihn.

Er wendet sich ab und schiebt betont lässig die Hände in die Hosentaschen. »Ich glaube, ich geh doch noch eine Braut klarmachen …«

»Nein, so läuft das nicht. Erst schlau daherreden und dann selbst so weitermachen wie bisher.«

Er atmet tief durch und sieht mich wieder an. »Sie will mich nicht, okay? Also vergiss es.«

Ich presse die Lippen zusammen. Das Gleiche könnte ich von

Gwen behaupten. Sie will mich nicht. »Dann haben wir was gemeinsam.« Sevi zuckt zusammen. Mein bitterer Tonfall hat nicht nur mich erschreckt. Aber ich wollte es ja so. Das habe ich nun davon. Sie hat ein Leben. Ohne mich. »Shit«, murmele ich. »Vielleicht will ich doch ein Bier. Oder was Härteres.«

»Komm schon, Gwen machte mir nicht den Eindruck, als ob sie nachtragend ist. Das lässt sich doch sicher richten. Fahr zu ihr, rede mit ihr.«

Ich schnaube. »Und du? Fahr doch nach Kiel, rede mit ihr.« Ich verziehe den Mund. Ich erwarte, dass Sevi ablehnt, aber er sieht mich nur an, mit einem Glimmen in den Augen, das ich für Verzweiflung halten würde, wenn es nicht um Sevi ginge.

»Das würde ich, glaub mir. Wenn es etwas bringen würde, würde ich es tun. Sofort. Nur um sicherzugehen, dass es kein Missverständnis ist.«

Nur um sicherzugehen? Kann ich wirklich sicher sein, dass sie mich nicht mehr sehen will? Was sie in der E-Mail geschrieben hat, klang nicht gerade ermutigend. Aber würde Gwen schreiben, dass sie mich vermisst? Könnte doch sein, dass sie es schreiben wollte und es nur nicht fertiggebracht hat.

Mein Mund wird trocken. Ich würde so gerne glauben, dass es so ist. Wenn ich daran denke, was sie auf dem Boot und dann auf der Treppe zu mir gesagt hat. Nicht, dass sie mich loswerden will. Nur, dass meine Aufgabe erledigt ist.

Alles bestens. Das hat sie geantwortet. *Alles bestens.* Ich dachte, dass sie damit ziemlich deutlich macht, dass sie mich nicht wiedersehen will. Aber jetzt bin ich mir nicht mehr so sicher. Sie hat gedacht, ich habe alles nur getan, um ihr zu helfen. *Deine Aufgabe ist erledigt. Alles bestens.* Es geht hier um Gwen. Gwen, die immer alles alleine tragen will, um die anderen zu schützen. Gwen, die niemandem erzählen kann, was sie braucht. Es wäre typisch, dass sie nicht schreibt, was sie sich wünscht, weil sie nicht will, dass ich mich verpflichtet fühle, mit ihr zusammen zu sein. Vielleicht ist es tatsächlich ein Missverständnis.

Kapitel 38

www.jungundherzkrank.de/Forum/Intern/showtopic9754
Re: Erfahrungsberichte
Antwort von Gwen (vor zwei Stunden)
»Es ist nicht leicht, mit allem fertigzuwerden. Es ist sogar manchmal ziemlich schwer. Aber es ist okay. Das weiß ich jetzt. Das Schwierigste ist, es zuzugeben, aber ihr dürft es nicht in euch reinfressen.«

Gwen

Wieder und wieder lese ich Noahs Mail.

Ich hoffe, du bist gut angekommen?

Klingt das, als ob er mich vermisst? Klingt es, als ob er mich wiedersehen will? Ich würde es so gerne glauben. Aber ich fürchte, es bedeutet, dass er mir alles Gute wünscht. Er mag mich, aber vielleicht muss ich der Tatsache ins Auge sehen, dass es nicht mehr ist als das und niemals war.

Ich fahre zusammen, als es an der Tür klopft.

»Kann ich reinkommen?« Es ist Mama.

Ich verkleinere schnell das Fenster.

Sie lächelt zögerlich, geht zum Bett, streicht über die Tagesdecke und setzt sich darauf. »Wie geht's dir?« Das fragt sie mich jetzt jeden Tag. Manchmal ist das etwas anstrengend, aber ich bin trotzdem froh, dass sie es macht. Weil sie die Antwort wirklich hören will.

»Es geht.« Es ist nicht leicht, sich nicht wieder von den alten Gewohnheiten einfangen zu lassen. Es ist sogar verdammt schwer. Auch wenn man weiß, dass man nicht klein beigeben darf, und man unbedingt etwas ändern will. Aber alles um mich herum ist wie immer. Das Haus, mein Zimmer, die Menschen. Mein Alltag hat sich nicht geändert. Walken, Tabletten nehmen, an die Decke starren. Nur die Stimmen sind leiser geworden. Meistens reden sie nicht mehr in meinem Kopf mit mir, sondern in Wirklichkeit. Es ist doch nicht alles gleichgeblieben. Nur verändert es sich nicht so schnell, wie ich es mir wünsche.

»Wie war die Nacht?«, fragt Mama. Ich habe ihr von den blutigen Träumen erzählt. Lukas, Sabrinas Bekannter und mein neuer Psychotherapeut, hat mir dazu geraten. Schon am Freitag hat er sich einen Termin für mich freigeschaufelt, und das Gespräch mit ihm hat unheimlich gutgetan. Er ist ehrlich, manchmal sogar schmerzhaft direkt. Er sagt, dass ich einen langen Weg vor mir habe, aber dass es besser ist, ihn langsam zu gehen. Stück für Stück, gemeinsam. Irgendwann in den nächsten Wochen will er mich zusammen mit meinen Eltern und Tom sehen. Es fühlt sich richtig an. Und doch so falsch.

Ich wollte so viel mehr.

»Ganz gut«, lüge ich aus reiner Gewohnheit und beiße mir sofort auf die Lippen. Ich habe ihr versprochen, sie nicht mehr zu schonen. »Nein, nicht so gut, ehrlich gesagt.« Immer noch sehe ich die Frau, die bei dem Autounfall stirbt. Ihre leeren Augen, das Blut auf ihrer Stirn. Ihren Mann, der Trost darin sucht, dass er anderen Menschen mit ihren Organen helfen kann.

Ich bin nicht schuld.

Das wiederhole ich immer wieder, und ich weiß jetzt, dass es stimmt. Aber es wird eine Weile vergehen, bis ich es auch empfinde.

»Wieder die Träume?«

Ich nicke. Sie nimmt meine Hand, ihre Finger schließen sich tröstlich und warm um meine. »Es wird besser.«

»Es ist schon besser.« Es ist wahr. Auch wenn es nicht das Leben ist, das ich mir ausgemalt habe, das Leben, von dem ich dachte, dass ich es meistern kann, es ist besser. Viel besser.

»Hast du dich schon entschieden?«

Wenn ich das nur wüsste. Seit Tagen beschäftige ich mich damit. Ein paar Wochen freiwillig in die geschlossene Abteilung der Psychiatrie gehen. Einen Grundstein legen für einen Neuanfang. Der Gedanke ist wunderbar. Fast so schön wie der Traum von meinem Leben in München. Bei der Vorstellung habe ich keine Bauchschmerzen. Keinen Widerwillen. Nichts von dem, was ich fühle, wenn ich daran denke, zu Hause zu bleiben. Im Gegenteil. Es kommt mir wie ein sicherer Hafen vor.

»Kann ich dir dabei helfen?« Auch diesen Satz höre ich jetzt öfter, nicht nur von ihr, sondern auch von Tom. Nur Papa tut sich ein wenig schwer, aber er gibt sich Mühe.

»Ich glaube, das muss ich allein entscheiden.« Das hat zumindest Lukas gesagt. Tief in mir drin kenne ich die Antwort, auch wenn sie mir nicht gefällt. Die Geschlossene wäre nur eine weitere Flucht. Nur ein Aufschub, genau wie die Reha. Ich muss lernen, will lernen, hier draußen zu leben.

Mama lässt meine Hand los und setzt ein Lächeln auf. »Na gut. Was hast du heute vor?«

»Mit Tom laufen. Und mich wegen dem Cache schlaumachen.«

»Für Leni?« Ihre Stimme schwankt. Sie ist immer noch tief getroffen von ihrem Tod. »Ich finde, das ist eine ganz tolle Idee. Wirklich.« Sie fährt sich über die Augen. »Bestimmt hätte es ihr gefallen.«

»Das hätte es«, flüstere ich.

Lukas hat mir empfohlen, mir ein Projekt vorzunehmen, etwas, das mir Spaß macht und womit ich mich beschäftigen kann, wenn ich mal keine Lust habe, an die Decke zu starren. Sein Humor ist klasse.

Zuerst habe ich an meinen Blog gedacht, aber dann fiel mir Lenis

Traum ein, selbst einen Cache zu legen. Leider ist das nicht so einfach, es gibt eine Menge zu bedenken, Vorschriften zu beachten, und am Ende muss der Cache geprüft und freigeschaltet werden.

»Vorher brauche ich den passenden Ort.« Ein paar Ideen hatte ich schon, aber nichts schien für den Cache, den ich mir überlegt habe, zu passen. Nicht hier in Berlin.

»Hast du nicht erzählt, du wüsstest den perfekten Ort dafür?«

Ich wende das Gesicht ab. Als ich ihr von der Idee erzählt habe, habe ich auch erzählt, wie ich mir den Ort vorstelle. Einen ganz bestimmten Ort. Einen, der verdächtig an die Isarauen erinnert. »Das ist zu weit weg. Man soll einen Cache nur dort verstecken, wo man wohnt, damit man ab und zu kontrollieren kann, ob das Gefäß noch dicht ist und so.«

»War denn der Ort so weit weg?«

»In München.« Es auszusprechen bringt alles zurück. Kann man Heimweh haben nach einem Ort, den man kaum kennt, kann man sich so sehr dorthin wünschen, dass es weh tut? *Reiß dich zusammen.* Berlin ist wunderbar. Ich werde hier auch einen perfekten Ort finden.

»Dann frag doch diesen Noah, könnte er nicht ab und zu danach sehen?«

Ich schließe die Augen. »Nein. Ich kann ihn nicht anrufen.«

»Willst du mir nicht endlich erzählen, was passiert ist zwischen euch?«, fragt sie sanft. Mitleid spricht aus jedem ihrer Worte. Wie gerne würde ich es ihr erzählen, nur müsste ich dann alles beichten, weil ich mir geschworen habe, sie nicht mehr anzulügen. Und ich bin noch nicht so weit, dass ich ihr sagen kann, warum ich ursprünglich nach München gefahren bin.

»Liebst du ihn?«

Ich blinzele sie an. »Was?«

Sie lächelt traurig. »Jedes Mal, wenn sein Name fällt, sehe ich es dir an. Willst du nicht mal mit ihm reden?«

Meine Augen werden feucht. Ich drehe den Kopf weg und warte

ab, bis die Tränen ungeweint verschwinden. »Ich glaube nicht, dass er das will.«

»Woher weißt du das?«

Ich hoffe, du bist gut angekommen? So schreibt man doch nicht, wenn man jemanden vermisst und nichts lieber will, als ihn wiederzusehen. So schreibt man nicht, wenn man den ganzen Tag einen winzigen stechenden Schmerz mit sich herumträgt, ein dumpfes Ziehen, das überall und nirgends ist. Das Gefühl, dass etwas fehlt, was man unbedingt zum Leben braucht. »Er wollte mir nur helfen. Mehr war da nicht.«

»Wenn du meinst.« Sie steht auf. »Aber wenn du darüber reden möchtest …« Langsam geht sie zur Tür.

»Mama?«

Sie dreht sich um.

»Was würdest du an meiner Stelle tun?«

»Ich würde sichergehen, dass ich mich nicht irre. So was passiert viel zu leicht und endet viel zu häufig in Bedauern.« Sie nickt, als hätte sie alles gesagt, und verlässt mein Zimmer.

Ich kaue auf meiner Unterlippe herum. Sichergehen. Wie könnte ich sichergehen, dass ich ihn nicht falsch verstanden habe? Ich drehe mich wieder zum Computer um und klicke Noahs E-Mail groß.

Ich hoffe, du bist gut angekommen?

Alles bestens.

Das war meine Antwort. Entsetzt lese ich sie noch mal. So schreibt man doch nicht, wenn man will, dass jemand alles stehen- und liegenlässt und einem ewige Liebe schwört. Eine Weile lese ich den Satz immer und immer wieder, dann weiß ich endlich, was ich tun muss.

Ich rufe den Off-Topic-Bereich in Noahs Forum auf und verfasse einen Post.

Herz zu verschenken. Blutgruppe spielt keine Rolle. Abzuholen in Berlin.

Als ich die Sätze abgeschickt habe, frage ich mich sofort, ob es richtig war. Nicht, dass jemand denkt, ich erlaube mir einen üblen Scherz. Ich fahre mit dem Mauszeiger über »Beitrag bearbeiten«. War ich zu voreilig? Vielleicht ist das doch zu gewagt für dieses Forum. Wäre es besser gewesen, eine E-Mail zu schreiben? Aber ich will nicht, dass Noah sich verpflichtet fühlt, mir zu antworten. Wenn ich nur ins Forum poste, muss er es nicht. Stattdessen kann er einfach so tun, als hätte er den Beitrag nicht gesehen. Trotzdem … Es kommt mir jetzt doch etwas zu krass vor. Ich klicke auf »Beitrag bearbeiten«. Löschen kann ich ihn nicht, das können nur Moderatoren, aber den Text entfernen und etwas anderes reinschreiben, das geht.

Die aufgerufene Seite ist nicht verfügbar.

Wie bitte? Hastig klicke ich auf den Link, mit dem ich die Übersicht über den Off-Topic-Bereich angezeigt bekomme. Tatsächlich, mein Thread ist nicht mehr da. Ich runzele die Stirn. Ein Moderator muss ihn entfernt haben. Schnell sehe ich nach, wer online ist. Noah. Mein Herz schlägt schneller. Er muss den Beitrag gelöscht haben. Und er kann sehen, dass ich auch online bin. Ich lade die Seite neu, in der Hoffnung, dass er eine private Nachricht geschrieben hat. Nichts.

Noch mal lade ich neu.

Null neue Nachrichten.

Eine Träne löst sich und läuft über meine Wange. Er hat meinen Thread gelöscht, ohne mir zu antworten. Immerhin weiß ich jetzt Bescheid.

»Gwen?«, brüllt Tom von unten. »Kommst du mal?«

»Was ist?«, schreie ich zurück.

»Komm runter. Sofort.«

»Verdammt«, fluche ich, wische mir notdürftig die Tränen ab und gehe zur Treppe. »Was ist denn los? Kann man nicht mal in Ruhe vor sich hin …« Ich verstumme, als ich sehe, warum Tom mich gerufen hat. Er steht an der Haustür, aber er ist nicht allein.

»Noah?« Unwillkürlich reibe ich mir noch mal über die Augen. Ich muss mich täuschen. Es kann nicht sein. Ich habe den Beitrag doch gerade erst geschrieben. Selbst er kann nicht so schnell hier sein. Außerdem hat er ihn gelöscht, gerade eben noch. Es muss Wunschdenken sein.

Ich stolpere die Stufen nach unten und ersticke beinahe an dem Wunsch, ihm um den Hals zu fallen. Aus dem Augenwinkel sehe ich Tom grinsen, dann macht er sich davon.

Noah sieht mich an. Ernst, fragend, beinahe ängstlich. Ich gehe auf ihn zu, bis ich direkt vor ihm stehe. Mir wird bewusst, dass ich überaus schick angezogen bin, mit grauer Jogginghose und ausgeleiertem T-Shirt. Aber Noah hat keinen Blick für meine Klamotten übrig. Er mustert nur mein Gesicht. Das Herz schlägt mir bis zum Hals. Als ob es will, dass ich für uns beide auch ja das Richtige mache.

Warum sagt er nichts? Ist er hergekommen, um mich anzuschweigen? Ich zermartere mir das Gehirn, immerhin könnte ich ja auch als Erste den Mund aufmachen. *Schön dich zu sehen,* käme vielleicht ganz gut.

»Warum hast du meinen Beitrag gelöscht?«, frage ich stattdessen und verfluche mich sofort. Natürlich weil er ihn unangebracht fand. Dumm und unangebracht. Warum musste ich es erwähnen?

Aber Noah lächelt, und mein Magen macht einen Satz. »Weil ich es für mich selbst will. Dein Herz.«

Sprachlos sehe ich ihn an, mustere ihn, sauge alles an ihm in mich auf. Seine leuchtenden Augen mit den dunklen Schatten darunter. Er muss die ganze Nacht durchgefahren sein. Sein Blick, der auf mir ruht und alles an mir zum Kribbeln bringt. Seine Hand, die er nach mir ausstreckt. Ich nehme sie in meine. Er ist es wirklich. Er ist echt. Für einen Moment muss ich die Augen schließen, weil seine Berührung zu viel ist für mich. Und weil ich noch mehr davon will. Langsam lege ich seine Hand auf meine Brust, dorthin, wo mein Herz kräftig schlägt. Kräftig und etwas zu schnell. Für ihn. Nur für ihn.

»Das ist gut. Es würde nämlich zu niemand anderem passen«, antworte ich zittrig.

Ein erleichtertes Lächeln breitet sich auf Noahs Gesicht aus. Wortlos zieht er mich an sich und küsst mich.

Mein Herz gerät ins Stolpern. Genau so, wie es sein sollte.

Epilog

www.herzforum.de/rechtliche-fragen/topicreveal29750
Re: Kann man etwas über den Spender erfahren?
Antwort von Gwen (vor zwei Wochen)
»Nein, das ist in Deutschland nicht erlaubt. Spenden sind immer anonym. Wenn die Familie des Spenders zustimmt, kann man ihnen aber über eine offizielle Stelle einen Brief ohne jegliche persönliche Daten schicken, um ihnen zu danken.«

Gwen

Ein halbes Jahr später

Mehrmals sehe ich mich um, bevor ich in das Loch im Baum greife und die Finger um die mittelgroße längliche Plastikdose schließe. Das Loch hat mit viel gutem Willen eine Herzform. Wir mussten es einfach nehmen. Ich stecke die Dose unter die Jacke.

»Schnell, da kommt wer«, raunt Noah.

Wir gehen ein paar Schritte vom Baum weg. Noah zieht mich an sich, drückt mich gegen einen der anderen Bäume und küsst mich, bis mein Kopf leicht wird und mir beinahe die Knie wegsacken.

»Nur zur Tarnung«, murmelt er an meinem Mundwinkel, bevor er weitermacht. »Damit niemand merkt, was wir hier wirklich tun.«

Ich seufze leise und lasse mich nur zu gern auf sein Spiel ein. Tarnung ist immerhin sehr wichtig. »Wir würden ja nicht wollen, dass ein Uneingeweihter den Cache entdeckt.«

»Nein«, murmelt er zwischen zwei Küssen. »Das würden wir wirklich nicht wollen.«

Zärtlich streife ich seine Lippen mit meinen, lege ihm die Arme um den Hals und vertiefe den Kuss, bis Noah leise stöhnt. Mit einer Hand fahre ich unter sein T-Shirt und zupfe am Bund seiner Jeans, weil ich weiß, wie verrückt es ihn macht. Sofort wird sein Kuss fordernder, er drückt mich fester gegen den Baum.

Mein Atem geht schneller, und ich wünsche mir, dass es nicht helllichter Tag wäre und es uns egal sein könnte, dass der Weg nur wenige Meter entfernt ist und immer wieder Menschen vorbeilaufen, selbst am Vormittag. An der Isar ist immer was los. Deswegen haben wir diesen Ort ja ausgesucht. Einen Ort, der nicht zu abgelegen ist, damit möglichst viele Leute ihn besuchen können, aber doch versteckt genug, damit man den Cache heben kann, ohne sofort gesehen zu werden.

Als Noah wie zufällig durch das T-Shirt den Ansatz meiner Brust mit den Fingerspitzen streift, ist mir schon fast alles egal. Fast. Bedauernd schiebe ich seine Hand weg.

»Nicht. Die Tarnung«, murmelt er.

»Die war mehr als perfekt. Ich fürchte, jetzt hat sie ihren Dienst getan.«

Vorsichtig drücke ich gegen Noahs Brust, bis er sich widerwillig von mir löst.

»Ich protestiere entschieden.«

»Ist vermerkt.« Ich gebe ihm noch einen schnellen Kuss, dann hole ich mit dem Rücken zum Weg die Plastikschachtel unter meiner Jacke hervor.

Lenis Schatz.

Bedächtig öffne ich die Klammern, mit denen der Deckel festgemacht ist, und reiche ihn Noah. In der Box liegt ein dickes Notizbuch in einer Plastiktüte. Ich hole das Buch heraus. Es hat einen schweren Einband aus dunkelbraunem Leder und ein rotes Lesebändchen. So wie Leni es gemocht hätte. Ich schlage die erste Seite auf und lese wie immer als Erstes die Zeilen, die ich vor zwei Monaten hineingeschrieben habe.

Niemand ist für mich gestorben, das weiß ich jetzt. Aber jemand hat mir ein Leben gegeben. Ein neues Herz, das für mich schlägt, weil mein eigenes es nicht mehr konnte. Ein Herz voller Zweifel, Schuld und Angst. Aber auch ein Herz voll Freude und Dankbarkeit. Wer auch immer du warst und von wem auch immer du geliebt wurdest, ihr habt mir das größte Geschenk gemacht, das überhaupt möglich ist. Danke.

Gwen

Darunter haben sich unzählige Leute eingetragen. Manche nur mit einem einzigen Wort. Manche mit mehreren Sätzen. Einer hat sogar mehrere Seiten mit seiner Geschichte und mit dem Dank an seinen Spender gefüllt. Ich blättere nach hinten.

»Schon wieder fünf neue.« Meine Stimme ist belegt. Nie hätte ich mit so einer Resonanz gerechnet. Viele Caches werden nur wenige Male pro Monat gefunden. Dieser hier mehrere Male pro Woche. Nicht nur von Leuten, die selbst ein Organ bekommen haben, sondern auch von Angehörigen der Spender und vielen anderen. Manchmal schreiben sie sogar in das Buch.

Danke für eure bewegenden Geschichten.

Oder:

Es sollte viel mehr Orte wie diesen geben. Orte, die zeigen, dass Menschen einander so viel zu geben haben.

Ich lese die neuesten Einträge. Einige Seiten sind gewellt, an Stellen, wo mit Filzstift geschrieben wurde, ist die Schrift verlaufen. Ich bin nicht die Einzige, die beim Durchblättern immer wieder feuchte Augen bekommt. Als ich den letzten Eintrag gelesen habe, lege ich das Buch zurück. »Wir müssen es bald austauschen.«

Noah zieht eine weitere Plastiktüte aus der Box. »Was machen wir denn mit denen? Das werden langsam ganz schön viele.« In der Tüte sind Briefe, versiegelt oder in Geheimschrift verfasst. Briefe von Menschen, die nicht wollen, dass jemand ihre Geschichte liest, oder die sich ihrem Spender näher fühlen, wenn nur sie wissen, was sie geschrieben haben. »Und es sind wieder mehr geworden.«

»Ich weiß nicht. Eine größere Box anschaffen?«

Noah lacht. »Dann brauchen wir aber bald einen größeren Baum.«

Ich zucke mit den Schultern. »Lass uns darüber nachdenken, wenn es so weit ist.«

Er legt die Briefe zurück. »Wie du willst.«

Darüber nachdenken, wenn es so weit ist. Das ist derzeit unser Motto. Wir verpacken den Cache wieder und verstecken ihn in seiner Höhle im Baum. Auf dem Rückweg zum Isarufer nehme ich Noahs Hand. Immer noch umfängt mich tröstliche Wärme, wie jedes Mal, wenn ich in dem Notizbuch gelesen habe. Und auch Rührung, weil Lenis Schatz so viele Leute bewegt.

»Danke«, flüstere ich. »Danke, dass du mir damit geholfen hast, das bedeutet mir wirklich viel.«

»Habe ich gern gemacht.« Noah erwähnt es nie, aber ich weiß, dass ihn die Einträge im Buch auch nicht kalt lassen. Ich glaube, er mag dieses Projekt genauso sehr wie ich.

Wir gehen zur Isar, über den Radweg und die Wiese bis zum Kiesbett, wo immer wieder umgestürzte Bäume liegen, fahl und glatt geschliffen vom Wasser. Wir lassen uns auf einen davon nieder, und Noah legt einen Arm um mich. Wir sitzen einfach nur da und sehen dem Wasser zu, wie es an uns vorbeifließt, vorbei an den Laubbäumen, die jetzt im Winter kahl sind. Ein halbes Jahr hat Noah auf mich gewartet. Ein halbes Jahr, das ich gebraucht habe, um mir über einiges klarzuwerden. Zusammen mit Lukas, meinen Eltern und Tom. Ein halbes Jahr, in dem Noah oft in Berlin und ich in München war, wir uns immer wieder besucht und den Cache gelegt haben. Aber dieses

Mal bleibe ich. Einen neuen Therapeuten habe ich schon, und auch ein Zimmer in einer WG. Es ist wichtig, es zu haben, auch wenn ich jetzt schon weiß, dass ich es nicht oft benutzen werde.

»In ein paar Wochen geht das neue Semester los.« Noah erwähnt es beiläufig, aber ich weiß, dass er es als Frage meint. Ob ich bereue, mich nicht eingeschrieben zu haben. Ob ich es bescheuert finde, dass er sein Studium abgebrochen hat, ohne etwas Neues anzufangen.

»Ohne uns«, erwidere ich. Ich lächele ihn an, um ihm zu versichern, dass ich es in Ordnung finde, wie es ist. So lange Zeit habe ich gewusst, wie mein Leben verlaufen wird. Ich habe gewusst, dass ich krank bin. Habe gewusst, dass mein Herz irgendwann versagen wird. Eine Zeitlang habe ich geglaubt zu wissen, dass ich sterben werde.

Aber gestorben ist nur ein winziger Teil von mir. Mein altes Herz. Ich nicht. Ich lebe, und zum ersten Mal weiß ich nicht, wie es weitergeht. Ich will es auch gar nicht wissen. Es reicht mir, dass ich es zusammen mit Noah nicht weiß.

»Glaubst du, ein Jahr ist genug, um herauszufinden, was wir wollen?«

Ich zucke mit den Schultern. »Keine Ahnung. Und wenn nicht, machen wir eben weiter.« Wir haben uns für Praktika beworben, haben die Stellenausschreibungen nach interessanten Jobs und Volontariaten durchkämmt. Ich weiß, für Noah ist es seltsam, beängstigend sogar. So als würde er wieder etwas aufgeben, anstatt es durchzuziehen. Aber wir werden etwas finden. Nicht zu wissen, was das ist, lässt mein Herz schneller schlagen. Als wäre ich zum ersten Mal wirklich frei. Frei, mich zu entscheiden, wie es weitergeht.

Für mich und mein neues Herz. Dieses verdammte Herz voll Leben.

Nachwort

Ich werde oft gefragt, wie ich auf die Idee für Gwens und Noahs Geschichte gekommen bin. Wenn ich mich recht erinnere, war es eine Folge einer TV-Serie, in der jemand eine neue Niere bekam. Drei Tage nach der OP lief derjenige wieder fröhlich durch die Gegend, gesund und munter, Happy End. Diese Darstellung ist leider ebenso verbreitet wie falsch. Ich persönlich empfinde sie sogar als Beleidigung für alle, die eine so schwere Erkrankung und eine Organtransplantation durchmachen müssen. Das war es, was mich ursprünglich dazu gebracht hat, dieses Buch schreiben zu wollen. Zeigen, wie es wirklich ist.

Die Suche nach der Wirklichkeit hat mich viele Tränen gekostet, während der Recherche habe ich viel Zeit weinend vor dem Bildschirm verbracht. Oft war ich überzeugt, dass ich etwas viel zu dramatisch darstelle und es in der Realität niemals so aussehen kann. Fast immer lag ich jedoch richtig, was mich häufig an die Grenze des Erträglichen brachte. Es war nicht leicht, die vielen Geschichten zu lesen, die so hoffnungsvoll beginnen und dann so schrecklich enden. Aber es war auch unglaublich schön zu sehen, wie oft es gutgeht und dass die Medizin immer größere Erfolge erzielt. Es hat mir gezeigt, dass der Kampf um Leben sich immer lohnt, und ich hoffe sehr, dass ich mit meiner Geschichte diesem Kampf und den Menschen, die ihn täglich ausfechten, gerecht geworden bin.

Trotz allen Anspruchs an möglichst realistische Darstellung bleibt dieser Roman eine fiktive Erzählung über zwei bestimmte Menschen, die ich erfunden habe.

Jeder Mensch, der an einer Depression leidet oder eine Organtransplantation hinter sich hat, hat seine eigene Geschichte. Vielleicht ähnelt sie der von Gwen, so wie derjenige vielleicht auch Gwens Gedanken und Ängste in sich wiederfindet. Sie könnte aber auch ganz anders verlaufen, und derjenige könnte ganz andere Sorgen und Bedürfnisse haben als Gwen.

Derzeit stehen über 10 000 Menschen in Deutschland auf der Warteliste für ein Spenderorgan, pro Jahr erhalten nur ungefähr 800 von ihnen eine Transplantation. Früher waren es etwas mehr, die Skandale der letzten Zeit haben die Situation noch verzweifelter gemacht. Ich kann die Wut und Verunsicherung verstehen, niemand will illegalen Organhandel unterstützen. Aber durch mangelnde Spendenbereitschaft werden solche Machenschaften nicht verhindert. Es gibt dadurch nur einfach noch weniger Organe für die Menschen, die sie dringend brauchen.

Ich möchte nicht dazu aufrufen, dass jeder sich einen Organspendeausweis zulegt. Dafür ist das eine zu persönliche Angelegenheit, die jeder mit sich selbst ausmachen muss. Aber wenn ich mit diesem Buch erreichen kann, dass ein paar Menschen darüber nachdenken und sich dann bewusst dafür oder dagegen entscheiden, würde mich das wahnsinnig glücklich machen.

Lily Oliver, im Frühling 2016

Danksagung

Mein größter Dank im Zusammenhang mit diesem Buch gilt allen Menschen, die ihre Erfahrungen, Ängste und Sehnsüchte mit anderen teilen. Ihre offenen Gespräche, ihre Beiträge in Foren, in denen sie ihre teilweise sehr schmerzhaften, aber auch wunderbaren Erlebnisse festgehalten haben, ihre Blogartikel und Bücher haben es mir erst möglich gemacht, dieses Buch zu schreiben und es so realitätsnah wie möglich zu gestalten. Danke an alle, die nicht schweigen.

Ganz persönlich möchte ich meiner lieben Freundin Iris Leonard danken, der dieses Buch gewidmet ist, weil es ohne sie nicht existieren würde. Du warst es, die mich dazu brachte, mich an einem realistischen Stoff zu versuchen. Durch dich habe ich meine Leidenschaft für Geschichten ohne Fantasy entdeckt. Danke dafür und auch für alles andere. Ohne dich wäre ich nicht, wo ich heute bin.

Auch meiner Mutter kann ich nicht oft genug danken. Danke, dass deine Antwort auf »Das geht nicht!« immer »Warum nicht?« war.

Ein großes Dankeschön richte ich auch an meine Lektorin Martina Wielenberg, die schon an das Buch geglaubt hat, bevor ich es selbst tat, und mir ebenso unermüdlich wie unerbittlich dabei geholfen hat, das Beste aus diesem Buch und aus mir herauszuholen. Danke für die wunderbare Zusammenarbeit und dass du mir immer mit Rat und Tat zur Seite stehst. Ich weiß das sehr zu schätzen. Ohne dich wäre das Buch nicht, was es jetzt ist.

Außerdem danke ich meiner ehemaligen Agentin Julia Abrahams für unser wunderbares gemeinsames Jahr, in dem sie immer ein offenes Ohr für alle meine Sorgen und Nöte hatte und meine Panikattacken gekonnt beschwichtigt und für Abhilfe gesorgt hat.

Als meine Agentur schließen musste, hat mein neuer Agent Markus Michalek mich sofort unter seine Fittiche genommen und mir das

Gefühl gegeben, gut aufgehoben zu sein. Dafür danke ich dir von ganzem Herzen, ebenso wie für die beste Rund-um-die-Uhr-Betreuung der Welt, die es mir ermöglicht, mich ganz auf das Schreiben zu konzentrieren.

Großen Anteil an diesem Buch hat auch wie immer mein Mann, der jederzeit hinter mir steht und an mich glaubt, mir beim Austüfteln meiner Geschichten hilft und meine Liebesromane sogar stolz in der U-Bahn liest.

Zum Schluss und mit am wichtigsten der Dank an meine Testleser. Romy Wolf, die von Noah gar nicht genug bekommen konnte und mich mit ihrem Hunger nach mehr Lesestoff unheimlich motiviert hat, sowie Yalda Lewin und Sabrina Železný, die Gwens Perspektive akribisch nach Südsprech abgesucht haben, damit sie als Berlinerin nicht plötzlich »Semmeln« isst oder »in die Arbeit« geht.

Außerdem danke ich allen aus dem Tintenzirkel für den Rückhalt, das gemeinsame Freuen und die vielen spannenden Diskussionen.

Eure Lily